聆森武侠小说选

BAIMAJIAN SHAOXIA

白马涧少侠

顾聆森 著

时代出版传媒股份有限公司

安徽文艺出版社

图书在版编目（ＣＩＰ）数据

白马涧少侠/顾聆森著. 一合肥：安徽文艺出版社，2019.3（2022.5重印）
ISBN 978-7-5396-6545-0

Ⅰ．①白… Ⅱ．①顾… Ⅲ．①长篇小说－小说集－中
国－当代 Ⅳ．①I247.5

中国版本图书馆CIP数据核字(2019)第 017679 号

出 版 人：朱寒冬
责任编辑：胡　莉　　　　　　　　装帧设计：韩玉英
....
出版发行：安徽文艺出版社　　www.awpub.com
地　　址：合肥市翡翠路 1118 号　　邮政编码：230071
营 销 部：(0551)63533889
印　　制：三河市人民印务有限公司 (0316)3650588
....
开本：880×1230　1/32　印张：13.125　字数：260 千字
版次：2019 年 3 月第 1 版
印次：2022 年 5 月第 2 次印刷
定价：56.00 元
....

目　录

白马涧少侠

三剑情仇

被你勾动的武侠情怀（序一）

周传家

    不知道是什么原因，今年夏天全球气候异常：希腊、加州燃起熊熊森林大火，加拿大、欧洲高温不退、热浪滚滚，印度、日本强降水、山洪肆虐，就连北极圈温度都一度超过 30 摄氏度……北京虽不是处在气候异常的风口浪尖上，但也特别炎热难熬，令人打不起精神。偏偏今年夏天家里家外、业内业外、大大小小、琐琐碎碎的事情又纷至沓来，多如牛毛，折磨得我心烦意乱，筋疲力尽。恰恰在这种情境下，顾聆森先生约我为他即将出版的第二部武侠小说选集《白马涧少侠》作序。

    我和顾聆森先生是多年老朋友，既然他开了尊口，我高情难却，不好拒绝；勉强答应，却又勾起了我与武侠有关的一段往事的回忆。我出身于北大中文系，在读时就喜欢上了武侠小说，虽非武侠小说的行家里手，多少也浏览涉猎过还珠楼主、梁羽生、金庸、古龙、温瑞安等各家作品。二十世纪的九十年代，我在北京艺术研究所任所长，期间忝列中国武侠文学研究会副会长。但我从事的主要还是戏剧戏曲方面的研究和教学。当时武侠小说方兴未艾，风起云涌，人才辈出。武侠文学研究会除举办各种比赛、选秀活动外，还策划了对金庸武侠小说成规模、上系列的评点工作，集中人力编著《金庸武侠全集评点本（全八卷）》。评点小组由冯其庸和严家炎先生领衔，由文化艺术出版社具体承办。想不到的是，八卷评点本出版后，我们与金庸先生发生了激烈争吵……

    如今金庸先生已经驾鹤西去，往事也就烟消云散了。但从那时起，我很少再接触武侠小说。没想到这种状态却因顾聆森先生的一个邀约而打破。从上世纪末开始,我和顾聆森先生因戏曲、昆曲结缘,成为朋友。但顾聆森先生并不了解我的这段经历和心路,约我为他的武侠选集《白马涧少侠》写序。开始我也挺奇怪,我一直认为他是著述丰富的著名昆曲史论、艺论的专家,怎么突然之间写起武侠小说?我哪里知道,早在上世纪八九十年代,顾聆森青年时期就创作过一批武侠小说,都曾畅销一时,颇受读者欢迎。2017年安徽文艺出版社出版了他的武侠小说选集《青玉灯密码》,包含了两部小说,即《青玉灯密码》和《青萍第一剑》。而此次即将出版的《白马涧少侠》则是他的第二部武侠小说选集,也包括两部小说,《白马涧少侠》外,另一部是《三剑情仇》。看得出来,顾聆森先生虽与戏曲结缘,投入巨大心血,却并未忘怀通俗文学,尤其是对武侠小说,始终怀有深厚的情感,武侠小说已经成为他笔耕生涯的重要内容。我们经常看到有的人金玉其外,夸夸其谈,其实是腹中空空,绣花枕头;而顾聆森先生质朴厚重,举止平易,却内藏锦绣,多才多艺,辗转腾挪于逻辑思维和形象思维之间,实在是一位难得的健将和干才。特别是他的谦逊态度、敬业精神、勤奋作风,令我感动,给我鼓舞和激励。尽管我和他的过从并不密切,但他的音容笑貌却比周围许多低头不见抬头见的人更加生动而清晰,这大概是我们之间的缘分和他的文人魅力所致吧!

平心而言,我非常喜爱《白马涧少侠》,诚如作者所言,这是一部为少年儿童创作的武侠小说,描写传说中的仙人与一只神秘的白猿共创了"三影神功",并将功谱藏于大阳山巅的白猿洞内,以护佑天下苍生,却招致盘踞太湖落魂岛的盗魁栾世雄的觊觎和垂涎。他企图倚仗绝世武功盗取"三影功谱"。白马涧村中一位年仅十余岁的传奇少年蛋和尚,窥知其阴谋,遂联络好友童蛟和鲍二奎,不畏艰险,深入虎穴,挫败盗魁残害白猿、盗取功谱的诡计,最后协助苏州府太湖剿匪,大战落魂岛,剪灭盗魁,保佑了一方平安。"为国为民,侠之大者"。少年蛋和尚有哪吒的影子,又不同于哪吒,稚拙可爱,奇特诡谲,具有平民化情怀和民间传奇色彩,生动传神,呼之欲出,是武侠小说中新的形象,

《白马涧少侠》以苏州一带的民间传说为基础,地域色彩十分浓

郁、鲜明。白马涧并非子虚乌有,而是位于苏州西郊的千年古村落,风景秀丽,民风淳朴。少年蛋和尚的传说在苏州一带流传颇广,并非全是作家天马行空的虚构和杜撰。白马涧乃是作者的故乡,给他留下许多美好的记忆。然而随着现代经济的发展及农村城市化进程的推进,村区已是高楼林立,面目全非,原来意义上的白马涧已不复存在了。《白马涧少侠》依托古村落中蛋和尚等几位少年行侠仗义的故事,刻画了古代白马涧人的尚武性格,也赞美了四周的名山古刹、文物古迹。作者"希望借此留存一些心中难以泯灭、但确确实实业已湮灭了的千年古村落的记忆碎片",借此传承民族文化传统,勾勒民族文化脉络,寄托时代变革的感慨,记载缕缕乡愁……

《三剑情仇》和《白马涧少侠》一样,兼采旧武侠和新武侠技法,以传统的章回小说模式为躯壳,以浪漫叙事为主调,注重人物形象的塑造和细节描写。它借家喻户晓的民间故事《珍珠塔》,创造了又一个动人心魄的传奇,既包罗青春、奇幻、言情、热血之内容,也有斗法、纷争、仇杀之桥段,力图表现正邪、善恶、美丑、文野之间的博弈和决斗,由于注重挖掘复杂丰富的历史、社会、文化因素,因而具有喻世、警世、醒世的社会意义和赏心悦目的审美价值。

阅读这两部武侠小说,我心头充溢着亲切温馨的感觉,摆脱了曾经经历的某些往事的不快,重新勾起对武侠小说的那份情怀,因此深深感谢顾聆森先生的邀约。相信这两部小说肯定会受到老、中、小广大读者的欢迎。

是为序。

2018.10.26 日于北京蓟门烟树

(周传家,文学博士、北京文史馆馆员,中国武侠文学研究会、中国昆曲古琴研究会副会长)

那片天空那颗星 (序二)

不宁

　　我一直近乎固执地以为:人,本质上具有一定的植物属性。我们的身体其实对于土壤、水分、气候等因地而异的元素往往有着深深的依赖,不论是"胡马依北风,越鸟巢南枝",还是狐死首丘、安土重迁,无不可以作为这一结论的有力佐证。如同尽管我已经南迁数十载,但每到深冬时节,我那曾经在北方长成的身体,一直思念的则是一大碗冒着热气、飘着红色羊油辣子的羊汤和屋外夜灯映照着的纷纷扬扬的雪花。

　　而很多精美的艺术,也往往依托特定的地域而生。比如说有的戏剧,如果换一个声腔、换一个剧种来演,不管演绎如何完美,总是让人感到一种说不清道不明的"违和"。地域赐予人类艺术的厚贶,确是一个值得深思的话题。

　　从作者角度,驱使作者营造这些精美艺术的,往往是发自内心的与地域有关的感情和冲动。昆曲和武侠,大雅和大俗,这两个本来相距遥远的存在,聆森先生却左牵黄、右擎苍,凭性逍遥畅游。聆森先生以其资深的昆曲学者身份驰骋于武侠天地,他的昆曲论著和武侠作品可以横跨雅、俗二域。也就在这两个看似"不搭界"的世界里,我们却收获了同样的感动。透过这些有灵感、有见识、有感染力的文字,我们还能看到一个"土著"对于乡井的深深情爱:昆曲是情,武侠也是情;昆曲是爱,武侠也是爱。因为这里面有一股浓郁的味道、一样缠绵的记忆、一个深沉的心结——家乡苏州。

　　《白马涧少侠》的主人公蛋和尚其实负载着作者美丽的童年:白马

洞那座并不高的山，那条一直流在梦里的河，那棵树，那个院落，那些夏夜，还有每一次抬头都会看到的那片美丽而璀璨的星空。而《三剑情仇》是聆森先生为苏州评弹的名作《珍珠塔》创作的续书。《珍珠塔》对于很多江南人而言，是他们一起沉醉、悲欢的一段时光，是江南人共有的一段梦境，在此意义上，我宁愿将先生的这个续作视作《牡丹亭》中杜丽娘的《寻梦》，而且我深信，对于有着浓郁"珍珠塔"情结的江南人而言，这个梦境同样美好，同样迷离。

　　大凡让我们记忆深刻的艺术，往往都点染着浓郁的地域色彩，也往往都是作者动情、深情之作。聆森先生这次结集的是两部武侠小说，即《白马涧少侠》和《三剑情仇》；这里我还得提到不久前出版的另外两部武侠小说，即《青玉灯密码》和《青萍第一剑》(见《聆森武侠小说选·青玉灯密码》，安徽文艺出版社2017年出版)。以此二者考量，聆森先生的武侠作品都无疑是浸透着作者深爱的文字，在浸淫高雅的昆曲艺术几十年的同时，作者仿佛故意别开一番天地，另造一种市井情境，用文字构造出了与昆曲的清雅截然有别的一派纷纭、一派闹热。"有心情那梦儿还去不远"。这就仿佛别出心裁，将楼台亭阁建筑在山峰绝地，而且，以绳为枢，以瓮为牖，是等你，也是等清风。这显然就是一种凡夫俗子所不能知、不能解的境界了，正如不宁诗云：

　　　　　　偏将堂庑置峰台，
　　　　　　且待知我遁俗来。
　　　　　　大隙不避绳瓮构，
　　　　　　为见清风四处开。

　　　　　　　　　　戊戌国庆日记于姑苏三五斋

（不宁，苏州大学文学院教授，博士后，博士生导师）

005

白马涧少侠

第一回　蛋和尚降生里石桥　金天柱追说白猿洞

相传殷商的时候,陈塘关总兵李靖的夫人,怀孕三年半,竟生下来一个大肉球。李靖以为是妖,用宝剑一劈两半,里面就跳出一个小娃娃来。于是,哪吒便出世了! 无独有偶,苏州枫桥白马涧里石桥畔,金家夫人怀孕也足足三年,一朝分娩,生下了个大鸭蛋! 夫人惊慌失措,在床上大哭起来。做父亲的叫金天柱,是个成名拳师。起手一掌,拍到蛋上。因为是个蛋,天柱只是稍微运力。虽然如此,也足有一百多斤的力量了。此蛋却纹丝不动! 天柱略略一怔,便运起三分功力,不料依旧如此。紧接着一掌连一掌,力加至八成,蛋仍是坚不可摧。天柱这才大吃一惊,便使出了看家的金家掌来。二十多年中,金天柱靠金家掌,威震四方,败过无数武林高手。此掌到处,雷霆万钧,可以破石碎碑! 谁知拍到蛋上,下面一寸半厚的方砖已然粉碎,蛋也陷入地下数尺之深,然而挖出来时,还是毫发无伤。"罢! 罢!"金天柱长叹一声:想不到名满四海的金家神掌,竟拿一个"蛋妖"无可奈何! 不觉闷闷不乐。当下就命女儿金丽娟把"蛋妖"扔到河里去。

金丽娟刚满七岁。她把这个圆滚滚的大鸭蛋抱在怀里,觉得十分可爱。她那个幼小的心眼里升腾起一个奇异的念头来:家里的那只芦花老母鸡正在孵小鸡,也让它来试试看! 于是,她把这个"蛋妖"放进了鸡窝里。

这天早晨,丽娟听到老母鸡在鸡窝里咯咯地叫着。她忙赶去时,

003

见鸡窝里面叽叽喳喳热闹非凡，小鸡都破壳问世了。有黄的，有白的，还有花的，一只只极为可爱。只有"蛋妖"仍然是个蛋。丽娟失望得简直想哭！而就在此时，她发现了一点异样：原来横着的蛋此时却竖起来了。那蛋壳也不同以往，周身布满了花纹。仔细瞧时，哪是什么花纹，分明是许多裂缝。不一会，奇迹发生了：蛋壳一片片地掉下来，里面露出一个小娃娃来。丽娟揉了揉眼，霎时，那小娃娃似乎长大了些。浓眉大眼，一丁点的小耳朵和小鼻子。那小肚皮的下端，两条腿的中间，还长着一粒小小的"花生米儿"。最使她惊奇的是，他没长一丝头发，脑袋光光的像个芋头。他站着，小手一摆就伸了个懒腰，同时张开小嘴打了个哈欠。那样子逗得丽娟直乐。他似乎饿极了，伸手抓了个小鸡崽就嚼，一会儿又把骨头和鸡毛吐了出来。吃完一个又一个，不多会，把一窝鸡崽吃了个精光！小丽娟这下着了急，慌忙跑到房里，恰好爹也在。

"爹！妈！蛋弟弟把一窝小鸡都吃光了！"

金天柱听了哈哈一笑，对夫人说："你看，我们想儿子，连女儿也在想弟弟了！"金天柱说罢，忽然想到了什么，不由得一凛，忙问，"什么蛋弟弟？莫非是那个'蛋妖'！"

见到父亲惊慌的样子，丽娟觉得自己一定闯了大祸：是她偷着把这个妖怪孵出来的！何况这个妖怪在蛋里的时候，爹都打不过呢！丽娟吓得哭出声来，哽咽着把老母鸡孵蛋的经过说了一遍。

金天柱铁青着脸赶到鸡窝边。鸡窝里一片寂静，原来连老母鸡也只剩下了几根骨头！

金夫人和小丽娟都赶了来。

小家伙似乎很懒，又伸了个懒腰，打了个哈欠。然后抹了抹粘着鸡毛的小嘴巴，睁开了一双大大的眼睛，含情脉脉地望着金夫人。金夫人大着胆子把他抱在怀里，他的小脑袋就直往夫人怀里拱。金夫人解开衣襟，把乳头塞进他嘴里时，他竟贪婪地吮吸起来了。

"夫人！"金天柱疑惑地说，"还是扔了吧！恐怕是个不祥之物！"

"什么祥不祥的？你不是给我讲过哪吒的故事吗？当初李靖夫人

是怎么生他来着?"夫人袒护着"蛋妖"。

金天柱倒一时语塞起来。金夫人一手抚摩着儿子光溜溜的脑袋,继续说道:"管他胎生、卵生、湿生还是化生!只要他是我肚皮里的肉,吃我的奶,就是我的亲儿子!——他爹,你就给他取个名吧!"

金天柱拗不过夫人,却又默不作声。

"这样吧,他既是个蛋变的,就取一个'蛋'字,叫他'金蛋'吧!"夫人说。

金天柱轻轻叹了口气,也只好默认了。

丽娟于是有了个小弟弟:金蛋。但是后来几乎没有人叫他"金蛋",因为他没有长头发,头上始终光得像和尚,人们索性叫他"蛋和尚"了!

蛋和尚这一段稀奇的出生经历,是他母亲后来告诉他的。究竟是真是假,无从考证。但蛋和尚自己也这么说。既然主人公自己承认了,写书的似乎也没有必要给他隐瞒。何况蛋和尚稍稍长大以后,一些淘气的小朋友稍不顺心,就骂他"臭蛋""卵蛋",这些粗恶的词语著者也避不胜避。于是必有人奇怪蛋和尚的父母何以给他取了这样一个怪名,因而索性把主人公这一段离奇的出生传闻写在书的前面,所谓"无奇不传",或许见怪不怪了!

蛋和尚十岁那年,姐姐金丽娟出嫁,他大哭了一场。姐夫徐少堂,也是武林中的一条好汉,文武双全,官至平湖指挥使。不料婚后两年,因剿匪失职,连累妻子一起充军三千里!这个消息传来,蛋和尚小小的脸庞倏地变得苍白无色,愤怒的大眼睛里旋转着泪光。他对着青天叫一声"姐",凄凉而悲戚。与此同时,他挥臂向里石桥边斗一般粗的椐树干拍了一掌,似乎不如此便不足以发泄他满心的悲愤!

"砰!"高耸的椐树一折两段。蛋和尚一时竟不知发生了什么。当他明白了怎么回事的时候,禁不住一阵狂喜,十二岁的他已经练就了家传的神掌——碎碑手!从年龄上算,他比他父亲早了整整十五年。于是他暂时忘了姐姐充军的哀痛,提起轻功,飞也似的过了里石桥,来到父亲面前。

"爹,成了!"

"什么成了?"

"碎碑手!"

金天柱眼睛一亮:"是吗?"

"不信,就试一试!"

蛋和尚的小手指着院中的一块大青石,不由分说拖着他爹到那块大青石前。蛋和尚一运气,右手娴熟地在胸前走了一个漂亮的起势,突然上身一矮,翻掌直下,犹如电光之一闪。天柱先见大青石微微一抖,然后才听到了掌风。再细看青石,中间刀劈斧削般地裂开了。于是他也禁不住心头一阵狂喜,绽开了笑颜。

"爹爹,你说话算数吗?"儿子得意过后,紧接着问。

"大丈夫一言既出,驷马难追!"父亲回答。

"那么你可以告诉我了吗?"

"告诉什么?"

"你的眼睛的秘密!"

金天柱脸上掠过一阵阴冷。他有个外号叫"独眼掌"。这个外号,既誉他神掌了得,又讥他瞎了左眼。金天柱年轻时左眼已残。奇就奇在他这只残眼与一般盲眼不同:眼皮深深地陷落,眼皮里面竟是一个深邃的黑洞,没有眼珠。于是人们猜想,在这个黑洞中,一定深藏着某个惊险的秘密。只是金天柱守口如瓶,不肯言谈罢了!他的一个徒弟曾问起过,但是刚提起,他便暴跳如雷!然而,儿子与徒弟毕竟不同,他会死皮赖脸地缠着,非要他讲不可,金天柱拗不过蛋和尚,曾"有条件投降"过。

"当初我是怎么答应你的?"金天柱反问儿子。

"有两个条件。一个就是得练成碎碑手。如今不成了吗?"

"还有一个条件是什么?"

蛋和尚并不迟疑:"不就是要在三招中赢你吗?来来来,蛋和尚现在不怕老子了!"

"好!"

金天柱说着脱了外衣。他知道儿子的武功虽然大有长进,然而要在三招中赢自己,那简直是想架梯登月。如今他练就了碎碑手,骄傲得不得了,尾巴快翘到天上去了!如果不败一败他,那也许什么时候他会爬到老子头上撒尿来!

蛋和尚也学着老子脱了外衣。

"爹,咱们点到为止,你可不能伤了儿子蛋和尚哪!"

金天柱笑了笑:"嗯,碰着算输,可不能赖!"

蛋和尚学着父亲的口气:"大丈夫一言既出,驷马难追!"

"来来来!"金天柱摆了个架子。

"来来来!"蛋和尚这样说时,不客气地先进一招。金天柱认得是"月下追魂",不觉暗暗称赞。这一招不仅学到了家,而且速度极快,掌风凌厉。金天柱一个"链锁蛟龙",张开五指来扼蛋和尚的手腕。蛋和尚忙缩回双手,顺手变一招"蛟龙取水",向乃父的下裆切进。金天柱不敢怠慢,两足分开,双手下按,要擒他的光头。蛋和尚啊呀一声,自知难逃,索性扑在地上,双脚用力一蹬,身体像离弦的箭一样,从父亲裆下哧溜一声穿过去。"这是什么招?"金天柱正惊疑不定之时,屁股上啪的一声,早着了儿子一巴掌。同时,听得儿子在背后嘿嘿嘿大笑着。

"爹输了!爹输了!"

"这算什么招?不算!"

"怎么不算?你要个招的名称,那还不容易?就叫它'乌龟穿洞'吧!"

"胡说!哪来这邪招?"

"我不管什么招不招!反正三招之内我赢了。爹,可是你自己说的,碰着算输。第三招可是我的掌碰了爹的屁股,不是爹的屁股碰了我的掌!"说罢,蛋和尚又补充了一句,"大丈夫一言既出,驷马难追嘛!"

金天柱这才有点耳热。他知道为父的一言一行对于儿子立身的重要。即使输得有点蹊跷,但他宁可认输也不敢在儿子面前失信。于是他咳嗽一声道:"你先起来!"

"不,你不答应,我就不起来!"

"我答应。"

"真的?"蛋和尚一骨碌爬起来。

"但是,你还得依我一个条件!"

"又是条件,该不是再比第二回吧?"

"不。你只要答应,永远不上阳山!"

白马涧附近有的是山。例如灵岩、天平、观音、高景、天池、花山,阳山不过最高最险而已。不去就不去!然而,当他这么想着的时候,一种好奇、兴奋正在他小小的心灵深处积累、升腾!也有那一丝狡黠的微笑,在他脸上一闪即逝。

"你得跪下,对天起誓!而且得起个重誓!"金天柱严峻地说。

"好吧!"蛋和尚跪了下来,对天发誓道,"蛋和尚要是上了阳山,就不姓金!"

"胡说!"金天柱喝道,"你上了阳山怎么能不姓金?不姓金又姓什么?重来!"

蛋和尚偏着脑袋想了想,对父亲说:"要不我就说,上了阳山就一家子死光光!行不行呀?"

金天柱皱了皱眉,但很快点了点头。他虽然觉得设誓过重,但这誓言必能有效约束蛋和尚。

蛋和尚见父亲应允,便重新对上苍叩了个响头,发了重誓。只是金天柱只顾听他发誓,却偏偏忽略了一个重要的细节。原来蛋和尚在发誓的时候,一只脚的脚尖在地上不停地写着"不"字。

誓毕,金天柱和蛋和尚席地而坐。父亲明亮犀利的独目之光越过院墙,投向远处淡青色的阳山顶峰,一动也不动,好像沉湎于触景生情的某种深思中,脸上隐隐透出些许恐惧。

金天柱终于决定公开自己失目的秘密。他的声音一开始就显得很深沉。

"那阳山山坡上,有一处古迹,叫白马台。从白马台向东北攀高,直到顶峰处,有一个山洞。洞前是一块大石坪,下临百丈深渊。洞内有一部秘密功谱,谁得到了它,谁就能天下无敌。就这部秘籍,吸引了多少武林高手! 能上大石坪的,固然不少;然而,上了石坪能生还的却百不足一……"

"爹!"蛋和尚忽然高叫一声,"你进过洞吗?"

"凭你爹这点功夫,还能进洞?"

"你没进洞,怎么知道洞里有一部天下无敌的功谱呢?"

"问得好!"金天柱顿了顿,接着说,"这都是祖上传下来的消息!爹的师父洪雪峰已经印证了这个消息。"

"怎么,爹的师父进过洞了吗?"

"是的。他凭他上乘的轻功上了百丈崖,进了山洞。但他自己也因此付出了血的代价:不仅双目被挖,而且还被推下了悬崖!"

"什么? 谁把他推下去的?"

"你听着! ——爹见到师父时,他已经奄奄一息了。我问他是否取到功谱,他摇了摇头,问他是否见到功谱,他点了点头。正要问他怎么被剜了双眼时,他却死了! 显然,这是一个不解的谜! 那谜底也正是为父当时急于探求的。因此过了几天,爹也借着月光潜上了阳山,就像一片落叶一样轻轻上了坪台。谁知脚刚着地,就见到一个白生生的怪物跳到前面,并向我发了一记怪拳。爹当时使出了金家掌中的一路绝招,急急封闭门户。不料那怪物一手使了一个莫名其妙的拳花,化解了我的招式,而另一手则以迅雷不及掩耳之势,偷袭了我的左眼。我感到左眼皮上似乎只被轻轻地点了一下,眼珠已经迸出。更骇人的是,那个怪物摘了我的眼珠,就放在嘴里大嚼起来。我自知性命难保,忙转身逃跑。哪知这个怪物出手奇快,又力大无穷,它一下就抓住了爹的衣服,把我高高举托起来,扔下了悬崖……"

"啊!"蛋和尚惊呼起来,"爹莫不被它摔死了?"

"死了还会有你?"金天柱说,"幸亏峭壁的石缝中长着棵大松树,爹被挂住了。虽失去了左眼,总算保住了一条性命,这也是不幸中的大幸了。"

"怪物的模样你看清楚了吗?"

"说穿了,才真正骇人听闻:那原是一头白毛猴子!"

"猴子?"蛋和尚下意识地把身子向父亲靠拢一步。隐藏在体内的那份兴奋的激情,此时开始躁动不安了。

"而且是一只不小的猴子。个头比你还高!我想,它使的招数,也许就是那功谱上的拳术……"

金天柱忽然收住了话头,焦虑和不快蓦地兜上心来。因为他注意到儿子的眼睛忽然变得贼亮贼亮。潜伏在他心底的欲望,正抖动着涌向他的眼睛,变成了摇曳的狡猾的光!而这一切立即被金天柱捕捉到了。

"听着!"金天柱声色俱厉地说,"有武术功底的人,都想天下无敌!而多少比你强十倍的高手已经葬身阳山了。你如果偷上阳山,就是不孝,因为你是对天发过誓的!"

"爹爹放心!"蛋和尚贼兮兮地一笑,"儿子决不敢偷上阳山!"

他嘴里这么说着,心里却正在说:"要去,要去,死了也要去!爹爹你不晓得,我在发誓的时候,脚下写了好多好多的'不'字呢!"

于是,又一个狡猾的笑,偷偷地浮现在他的脸上。

第二回　大调皮踏月上阳山　小豪杰听风探秘窟

皓月中天。

蛋和尚躺在小床上，翻了个身，又翻了个身。他从外床翻到里床，一会儿，又从里床翻到外床。月光透过天窗射在蚊帐上。蓦地一阵抖动，那些密密的纱眼中，忽然长出无数根白生生的毫毛来。一个白毛猴头同时出现在帐门的上端。它咧着嘴巴，像在对着他笑。

蛋和尚一骨碌爬起来，撩开帐门。

月光如水，只有蛙声在静谧的夜空此起彼伏。

蛋和尚愣了一会儿，又倒身睡下，却无法抵御那白毛猴子一次次的诱惑。强烈的探险欲，像一阵阵热浪，不住地在他的胸中鼓荡。碎碑手的成功，以及白天父亲在他手下"吃败仗"的事实，仿佛成为他探险的"本钱"，使他探险的欲望膨胀得几乎无法抑止。他不由自主地下了床，穿上蒲鞋，又蹑手蹑脚地走出房间，打开了大门。

"谁？！"父亲的一声断喝，从上房传来。

"我！"蛋和尚慌忙回答。

"干吗呀？"

"撒尿！"

"披衣服了吗？外面天凉！"

"披啦！……"

门外月明星稀。黑魆魆、高耸的阳山蹲在那里，雄浑而神秘。蛋和尚想,那白猿此刻在干什么呢?练拳?拜月?抑或静坐洞口,看守着那部天下无敌的奇书?他的两眼盯着白马台那个方向,凝望了片刻。生恐父亲猜疑,也不敢在外面久留,便怏怏地回到屋里,上了床。

不多会,他听到了父亲的鼾声,心中不由得一动,再次起身,轻轻地打开了大门。

"怎么啦,蛋子?"

轻细的声音依然没能逃过内功深厚的父亲的耳朵。

"撒尿!"蛋和尚不得不依旧这样回答,心里却骂着那该死的门。

"又撒尿?今夜你的尿怎多?"

"爹,睡前我喝了好多好多凉水。"

"那么,你到后屋端一个尿桶吧,放在房门口,不要再出门了。"

"嗯哪!"

蛋和尚面朝阳山,果真撒了一泡尿。然后在后屋端了尿桶,放在房门口。正要上床,忽然想到大门还没有关,这时,一个念头倏地在他心底撞了一下,脸上立即掠过了一个狡黠的微笑。他迅速地钻进了蚊帐。

当上房均匀的鼾声再度响起的时候,蛋和尚赤脚下床,手提蒲鞋,悄悄溜了出去。这一回,他用不着再担心讨厌的开门响声了。出了门,飞也似的跑了一阵,他才嘿嘿地暗笑着,穿上了蒲鞋。他也并不担心敞开了大门会遭贼偷。一来,家中没有什么值钱的东西;二来,也没有一个小蟊贼吃了豹子胆,敢偷"独眼掌"的家!

蛋和尚明白,脚下的路充满了怎样的艰险,但他全不在乎!他的心里,正在为即将结识一个新朋友而千遍万遍地欢呼。他上了阳山山坡以后,就沿着一条羊肠小道斗折蛇行,盘旋而上。茂密的树林把皎洁的月光筛碎了,斑斑驳驳地洒了他一身。前后左右不时传来窸窸窣窣的响声,那是什么小动物受了惊,正在乱窜?山狐?野兔?或者是狡猾的黄鼠狼?蛋和尚不管它们,只顾提着轻功,疾走如飞。

眼看就到白马台了。相传,东晋之时,观音山上的高僧支道林,一日闲游阳山,在此遇见了一匹神马,遂牵回牧养。后来,他就骑马升了天。观音山留有"马迹石",石上马迹俨然。而阳山遇马之处,后人便造坛祭祀,故有"白马台"之名,每逢支氏遇马之日(正月初九),白马台下就挤满了祭祀的人群。他们焚香点烛,顶礼膜拜。而膜拜的对象,不过是嵌在台壁中的一块石碑而已。那块碑上刻着"白马台"三个斗大的字。

一般上山的人,足迹所止的地方,就是白马台。台后是一片参天的古木,封锁着一个神秘而怪异的天地。一眼望去,阴森莫测。来到此处,蛋和尚忽然一个寒噤,立即停住了脚步。他感到一阵胆怯。

正在彷徨之际,忽然听到一阵喧哗。蛋和尚急忙躲在一棵大树的背后。只见白马台前来了四个大汉,手擎火炬,一个个长得虎背熊腰,清一色锅底样的黑脸。他们光着膀子,发达的肌肉高高地爆凸起来,仿佛皮下包藏着一只只蛤蟆似的。他们使杠弄棒,只片刻,随着一声吆喝,偌大的一块白马台台碑,被从石壁中挖了出来!使蛋和尚不胜惊奇的是,台碑的背部,下半截显得凹凸不平,奇形怪状;上半截却比前面更为光滑。借着火光,他看清楚那上面刻的是一只玲珑机灵的猕猴,手里还捧着个大蟠桃,栩栩如生,好不俏皮。

这块台碑乃是白马台的镇台之宝,白马神灵的象征。每年正月初九,白马涧四周的乡民,直到庄基、关郎、西津桥,无论男女老少,几乎都要上山来祭祀它,企求来年风调雨顺,五谷丰登。什么人敢冒阳山百姓之大不韪,竟深更半夜来坏阳山的风水?蛋和尚压抑不住突然涌起的怒火,嗖地跳出林子,大喝一声:"呔——"

像一个平地春雷,在白马台前爆裂!一个汉子尚未看清什么,吓得拔腿就跑,嘴里惊慌地喊叫了一声:"白……白毛猴子……来啦!……"

其他三人闻风丧胆,跟着乱跑起来。

"站住!"

四条汉子同时站住了。他们都确切地听到了一个清脆的童声。当他们转过身来,见到一个小不点大的孩子时,才互相瞅一眼,舒了口气。

"你是哪家的小孩？半夜了，怎么还不去睡觉？"其中一个走近了蛋和尚。

"不准你们偷这块台碑！"

"咦？"他说，"这块碑是你家的？"

"是我们山里的！"

"山里的？山里又不是你家的！"

"横竖不许你们动它，谁动我就揍谁！"

四条汉子哈哈大笑起来，那最凶的一个，脸上有一条深深的刀疤的人，笑得更厉害。"好个小英雄，真了不起！"他说时伸出了蒲扇般的大手，"怎么样？有种就来扳个手劲。你赢了，这块碑归你！"

"真的？"

"不假！"他说时，在一块平平的石块前蹲下来，把手肘子搁在上面。

"来吧！"他笑着。

"来就来！"

蛋和尚就在他的对面，也伸出了手。蛋和尚的小手还没有他三分之一大，差不多只能握住他的一个大拇指。

"开始！"另外三个鼓噪着。

"刀疤"故意只使三分力气，笑嘻嘻地把蛋和尚的手向一边压去。他们僵持了一个短暂的瞬间。

"压不到底就不算赢！"蛋和尚说。

"刀疤"又加了三分力气。可是，两条手臂仍然僵在那里。"刀疤"这才意识到眼前这个小毛头有点来头，再不敢怠慢，猛地使出了全身力气。

"刀疤"的黑脸已涨得猪肝一般发紫。蛋和尚不动声色，暗暗运气于掌心，毫不费力地反攻过去，然后一下把"刀疤"的手背紧紧地压在石块上。

"喔哟，喔哟，骨头压断了！"

蛋和尚放开了手："那么请滚蛋吧！"

"嘿!""刀疤"恼羞成怒,"我看你还没长成个人样,就来和老子们抬杠! 你乖乖回去睡觉便万事全休,不然,这乱石就是你葬身的坟墓!"

他失信的无耻,把蛋和尚深深地激怒了:"你们滚不滚?不滚我就揍你们!"

四条汉子已知蛋和尚有点手段,哗啦一声,疏散开来,前后左右各占一方,把蛋和尚包围在中心。站在前面的汉子略丢一个眼色,后面的汉子冷不防从蛋和尚身后蹿出,连他两臂一起抱住。这个招式使来十分娴熟,武学上也有个美名,曰"黄龙缠腰"。另外三条汉子见他一招成功,都微微一笑,从三个方向同时向中心合拢。

蛋和尚狠命一跺脚,去踩身后大汉的脚背。那汉子也乖巧,一足后撤,化了他一招。岂知蛋和尚醉翁之意不在酒,这招原是虚招,引那汉子分散注意力,他却趁机用自己的后脑勺向身后撞击。蛋和尚还只有那汉子齐胸高,这一撞,正中胸口,那大汉怪叫一声,连忙撒了手,向后踉跄不止,刚站稳脚步,一口鲜血就喷出一丈有余。

诸君! 蛋和尚这一招分明已经教你们了。诸君日后如遇歹徒,也从后面把你连臂带腰抱住的话,蹬足、撞勺是两个十分厉害的应对招数。倘若你比蛋和尚长得高,这一撞又恰恰撞在歹徒的鼻梁上,岂不更是得力? 如果此刻你的双臂尚有自由,还不妨用力弯下腰去,从自己两腿之间去扳敌双足,甚至去攻击他的下阴。当然,这一手蛋和尚尚没有机会显露,只不过是著者过于饶舌,把蛋和尚的秘招儿硬是给泄露了。

当下四条汉子中有一人受伤,其余三人并没有停止攻击,已从前面和左、右形成了夹击之势。蛋和尚对着离自己最近的正面敌人起手一掌,此掌没有掌风,轻飘飘似乎软绵无力。对手欺他是小孩,用前臂抵挡。谁知,此掌形柔实刚,掌、臂两接,砰的一声,臂骨已经断裂。那人惊呼了一声:"金家掌!"

前敌刚退,左右之敌拳峰已到。其实,蛋和尚发掌伊始,业已审时度势,左手拇指和食、中二指屈节张开,形成了一个"苍鹰扣",随时准备扼右敌之腕。而右腿同时飞起，足尖正瞄着右敌的膝盖。没想到蛋和尚的蒲鞋穿老了，已经不太跟脚，起腿之时，此鞋随势从他的光脚上滑出起飞，不偏不倚，落在了右首汉子的脸上，啪的一声，恰似脆生生地扇了他一个耳光。须知，蛋和尚一脚踢出，运足了内功，那蒲鞋带着强劲的攻势，少说也有百十斤力！那汉子被扇得满口流血，骨碌碌滚落了两颗大牙，面颊霎时肿得像充了气似的！

左面的汉子闻声一愣，不期手腕落入了蛋和尚的"苍鹰扣"中。蛋和尚既已练成了碎碑手，他的手指上，自然也有破砖碎石的功力。痛得那汉子冷汗直淋，立即跪了下来。

"饶命、饶命！"告饶的正是那个"刀疤"。

"你老人家好生之德，大慈大悲！咱们不过为盖房子，才来偷这块碑的。你老人家总不会为小的们这点过失，就置小的们于死地吧！"

蛋和尚松开了手："那么，你们还滚不滚？"

"滚！滚！"

"慢！你们还得把这块碑照旧砌好！另外，快把我老人家的蒲鞋找回来！"

"是、是！你老人家金口虎威，小的们怎敢不依？"

四条汉子先把蒲鞋找回，又很快把石碑砌好了，然后就像四条丧家之犬，拿起火把，灰溜溜地溜了。

白马台又陷落在死一般的寂静中，月亮突然失色，显得苍白灰暗。一片薄云飘过，整个阳山更显得阴森恐怖起来。蛋和尚已经全不在乎，他沉浸在胜利后的豪情之中，哼着一支小曲，进入白马后面那个诡秘的世界中。他虽然自幼练武，但与人开仗，今天还是第一遭。哦！难忘的头一遭：他一个人击败了四个彪形大汉！他陶醉在一种晕乎乎、轻飘飘、舒服而忘我的惬意之中，不知路之远近，也不知高低深浅！

蓦地，他脚下踢到了什么，低头看时，才大吃一惊：是一颗人头白骨！而不远之处，还有几副骷髅，其中的一副还高高地搁在树杈上。猛抬头，才知道前面已临百丈悬崖。如果方向不错，这悬崖的顶上，该就是白猿洞前的大石坪了！

蛋和尚这时方感到一阵紧似一阵的恐惧。他凝视着树杈上的那副骷髅,心想,若当初父亲摔死了,不也就像这样,高高挂在树杈上?想着不禁毛骨悚然起来!

然而,已经到了白猿洞跟前,再退回去吗?这似乎是极荒唐的,太没志气了!刚才在床上翻来覆去的,不就是为了这一刻吗?蛋和尚刚要前进,耳际忽又响起了父亲金天柱的声音:

"能上大石坪的固然不少,上了大石坪还能生还的,却百不足一!"

蛋和尚不禁又驻足犹豫起来。他的一颗小小的心正在经受一场痛苦抉择的折磨。他猛地一掌拍在石壁上,那坚硬的岩石,立即清晰地印出了他的五个指印!

"谁得了这部功谱,谁便能天下无敌!"

于是,那勃勃的雄心又开始在胸中躁动起来,战胜了恐惧的阴影,驱动着他登上了悬崖峭壁。他小心翼翼地攀登着,很多时候,他不得不依靠"吸壁功"缓慢地向上爬行。约莫过了一个时辰,蛋和尚方始到达了离坪面只有数丈的一块凸出的巉岩上。

他稍稍喘了口气,稍一静心,耳边就听到了一种裂帛似的声响。声音不高,却十分遒劲。蛋和尚非常惊奇:这分明是极其凌厉的拳风。听来刚柔相济,强弱有致,是他从未听到过的。以风辨拳,那每一招、每一式似乎都蕴藏了千般膂力、万种玄机!刚才因以一胜四而激起的那种豪情,此刻已彻底烟消云散了。他怔怔地蜷缩在巉岩的一角,让冷月照着他尚未成熟的、略显孱弱单薄的躯体。而那些白骨、骷髅正在眼前不断地升降、浮沉,让他深深地抽了一口凉气!

他想起白天父亲严厉的告诫,开始后悔冒失地上山了。随即心中又涌起了令人懊丧的念头:下山。心念刚动,忽然发觉那可怕的拳风渐远渐细起来,终于消失。因为拳风并不是戛然而止,蛋和尚做出了这样的判断:白猿正沿着某种固定的方位和路线远离。于是,又一个念头开始蠢蠢欲动:趁机飞上石坪去,纵然盗不到功谱,远远地看一眼白猿,也算不虚此行了!这个念头是如此富于诱惑,蛋和尚浑身一热,用手拍了拍自己的光头,一个"鹞子翻身",就上了石坪。

使蛋和尚不胜惊异的是,这块石坪竟有方圆好几亩,西北角上有一个白色的光点正在月光下急剧地跳动,那也许就是白猿的背影。蛋和尚迅速环视四周,庆幸的是,白猿洞居然离他只有几步之远。那洞口果木扶疏,细流涓涓,好一个洞府仙居!蛋和尚连忙箭步闪身,没入树荫,然后悄然进入了这个凡人绝迹的神秘之窟!

这使蛋和尚振奋不已!他何其幸运,即将实现一个各路武林高手甘愿舍命追求的梦!他好不容易压制住狂跳的心,借着洞外的月光,扫视了一下洞内。

这原是一个极普通的山洞。蛋和尚摸遍了洞穴,别说功谱奇书,连一角纸片都没有发现。他的一颗狂跳的心,立即又变成了一块顽石,只感到沉甸甸的,嘴巴中也充满了苦味。但他并不死心,唯恐功谱夹在石缝之中,便又伸手去摸洞壁,刚伸手,就触到了一块光滑的石板,足有三尺见方,上面深深地刻满了方块字!蛋和尚心中一亮:功谱!洞中果然有功谱!然而,他又很快失望了。如果这果真是一部人们梦寐以求的功谱的话,那它也仅仅是一部无法外传的书!强烈的失望把他紧紧攫住。顽石般的心,仿佛一下坠入了大海,不断地向着深邃的海底沉落。

他懊恼得直想大哭,猛然又想起,他还不能在这里发愣,必须火速离开。于是他箭一般地冲出洞去,刚到洞口,不觉一凛,一个白乎乎的怪物挡住了去路。猛一抬头,看清了一张通红的猴脸,正目光霍霍地盯着他。这一惊非同小可,差点使蛋和尚魂飞魄散!

蛋和尚自知难逃大祸了。与其束手待毙,不若孤注一掷!他趁白猿也在惊愕之际,来了个"先下手为强",劈面一掌,正是白天与他老子金天柱比试用的"月下追魂"!原来,蛋和尚天真得可以,幻想着白猿也会像父亲一样,出手一招"链锁蛟龙",从而让他有机会重演白天的故事。岂知一掌甫起,眼前只见白光一晃,白猿已然闪到了蛋和尚的脑后,其身势之迅捷,简直匪夷所思!蛋和尚立即收招回身,也没有看清白猿究竟耍了个什么花招,猿掌已经触压在肩。他慌忙将身一矮,饶是至快至疾,双肩衣服已被白猿抓住,并被它腾空提起。蛋和尚吓得冷汗淋漓,急中却生出个"智"来,他闪电般扯断纽扣,两臂脱壳似的从衣袖中抽出来,随即一个空翻,赤膊翻到了石坪边缘,纵身跳下了悬崖。

这里正是他的上崖之处,因而下落点正好在先前的那块巉岩上。他落地抬头时,那白猿又何等神速,已经站在悬崖边上了。它手里拿着刚从他身上剥下来的衣服,目光如电,吱吱地俯身怒叫着。蛋和尚再不敢做片刻滞留,使出他飞檐走壁的浑身解数,飞快地离开巉岩,并一口气逃奔到白马台,方才停住了脚步。而此时,惊魂依然未定,想到自己半招之内就几乎丧命,又气又吓,就蹲在地上,放声痛哭起来。

哭了半晌,又自觉没趣。抬头望望月亮,已经偏西,估计将近四更天了。身上少了件衣服,又如何向爹娘交代? 总不能说是被耗子叼走了呀? 于是,他又十分惶恐,惶恐中,渐渐抬起头来,看那白马台时,又不觉惊愕地倒退了两步。

白马台正面的石壁仍被挖开了一个大窟窿,那块台碑不翼而飞了!

蛋和尚想起了那四个黑脸汉子,心坎上仿佛被他们捅上了一刀。他气恼得上齿咬着下唇,几乎咬出血来。他猛地大喊出一声:"浑蛋!"似乎又不过瘾,随后又加了两句,"大浑蛋! 不要脸的强盗!"

白马台碑的丢失,标志蛋和尚今天的又一个失败! 他伤心得直哆嗦。他开始讨厌头顶上的那轮月亮,讨厌那呜呜的山风,讨厌那潺潺的山泉,仿佛它们也都在对他嘲讽嬉笑! 于是,他好像一只斗败了的公鸡,无精打采地拖着懒散的脚步,一路歪歪扭扭地往家走。

走不多远,他隐隐听到了一阵哭叫,随即是一个女子的呼救声。蛋和尚蓦地又精神抖擞起来!

第三回　四尺孺童战屠伯　十龄蛋子斗无常

蛋和尚振作精神,循声下山。

凄凉的呼救声很快消失了,但夜风中隐隐夹杂着刀兵之声。蛋和尚飞身上了树梢,向不远处的一个小村落望去。这个山村,稀稀落落的几户人家,正沉睡在夜色之中,而村尾却有一家亮着灯光,那刀兵声似乎正从那里传来。蛋和尚急忙下树进村,纵身上了那家屋脊,见屋前的晒谷场上,闪动着两个人影,一高一矮,正在激战。那矮个儿脚旁还有一条黑影,蹿跃蹦跳,来回奔突,协助着它的主人,伺机向高个儿攻击。蛋和尚想,莫非他也有一条"哮天犬"不成?

在皎洁的月光下,蛋和尚尚能辨清他们的一招一式,但是看不清他们的脸。屋内的灯光从敞开的大门射出。那矮个儿偶尔进入那一片光区,蛋和尚不禁吃了一惊:她是个与自己年纪差不多的小姑娘!黝黑的瓜子脸上,一双大眼睛黑白分明,此时正充满着无限的愤怒、惶恐与焦急。她手执渔叉,招式竟也颇为地道。一式"宿鸟投林",迅捷无伦。蛋和尚暗暗叫了声"好",心里却又道:"快使'乌龙摆尾'!"心念刚动,小姑娘果然使了一招"乌龙摆尾",甚是老辣,把高个儿逼退了一步,蛋和尚好不欢喜!暗暗又道:"拨云望日!"谁知这回她偏使了"燕子抄水"。蛋和尚跌足道:"可惜、可惜!岂不让他白占便宜了!快'回身串枪',锁他咽喉!"她果然使的是"回身串枪"。只是对手反应极其神速,手中一把铁尺左拦右挡,十分得心应手。何况他身躯高大,气壮如牛,招招不失主动! 蛋和尚站在屋上,心中为小姑娘着急,暗暗替她使劲,却忘记了自己原是可以下去助她一臂之力的!

忽听砰的一声,铁尺荡开了钢叉,小姑娘踉跄半步,立足不稳。高个大汉乘隙疾进,一掌向她头顶拍去,蛋和尚暗暗叫声"不好",此掌雷厉风行,稍有差池,小小脑袋就要粉碎了。说时迟,那时快,那"哮天犬"早掠过光区,蹿上大汉右肩,只听汉子哎呀一声,忙缩手向自己的右肩方向反击。蛋和尚在这时方才看清了,哪是什么"哮天犬"? 分明是一只小毛猴,它竟在危急之时救了主人之难,蛋和尚好不惊诧,眼睛只管盯着那只小猴不放。

那猴子十分机灵,伸手在大汉脸上挠下了一片皮肉,不等他回手,又跳下逃跑了。汉子大怒,手中一紧,铁尺呼呼生风,逼得他的对手连连后退,几乎难以招架。

蛋和尚"啊也"叫了一声,骂自己道:"笨蛋,你在这儿干着急,何不下去帮她一手呢?"可惜,等他想到要下去时,已经迟了。只见那大汉虚晃一尺,左手倏地飞出,蛋和尚认得是"勾罗手",但忽然又中途变招,化成剑指,突奔她的肩井穴。小姑娘已无法躲避,被他点个正着,顿时不能动弹! 那小猴子乱蹦乱跳,吱吱地怒叫着,却又不敢对大汉攻击,真是爱莫能助! 大汉这才冷笑一声,也不管他们,兀自进了屋去。

蛋和尚不知他是盗是贼,下去后也闪身跟进屋去。只见那汉子进了房间,把房门砰地关紧了。幸亏板壁甚稀,他把眼睛凑近缝隙,只见一条长凳上,捆绑着一个大肚皮孕妇。那汉子进了房,先打了一瓢凉水,一饮而尽,然后哈哈大笑。随着笑声,他满脸狰狞的横肉簇簇地抖动着。那眼光阴森森的,像活阎王一般,令人毛骨悚然。这一瞬间,蛋和尚忽地起了一身鸡皮疙瘩,他的心仿佛一下变成了一个冰秤砣,不时地向外散发着寒气。

那妇人脸无血色,眼中闪现出那种坠入地狱般的恐怖。

"你的女儿也甚是了得!"那"活阎王"走近妇人,拿去塞在她嘴里的棉絮,接着说,"小小年纪竟能与我拆上十余招,也算得上一个巾帼英雄！"

他的话煎熬着她。

"你可以放心，我并没有伤她。刚才不过点了她的穴道，点得也不算重，一两个时辰就会自动解开。不过，你要她活命，必须跟我合作！"他说时阴冷地一笑。

蛋和尚不知他要她如何"合作"。

"你听着！"他的目光在黑密的短眉下盯住了她，"你也莫怪我心狠手辣！我不过是奉落魂岛三楼天子栾世雄岛主之命，专门炼制'童骨丹'。此丹需用一百个胎儿的骨粉才配制得成。有了这样的金疮仙丹，任何刀创剑伤，都能立即痊愈！你能捐一个婴儿，不也是功德无量吗？"

"不……不！"妇人大叫着。

他从一个葫芦里倒出一颗白色的药丸。

"你眼前只有两条路，"他凶狠地说，"第一条路是把这颗药吞下去，你可以安全地堕下胎儿渡过难关；第二条路就是开膛剖肚！"

说时，他把那颗药丸塞进妇人口中。

妇人吐掉了药丸，哭骂道："畜生！……你这个下地狱、永世不得轮回的畜生呀！……"

他并不动怒，反而扬起了一阵使人发怵的长笑："老子人称白日无常屠伯，难道还怕下地狱吗？"

说着，他就要行凶了。蛋和尚哪里还能按捺得住？一脚踢开房门，又腰瞪眼，吼了一声："贼屠伯！"他忽又想起了白马台前四个彪形大汉对他的恭维，便又接着说，"你来吃我老人家一掌！"

白日无常一怔，怒道："哪来的赤膊野杂种，敢来坏我的好事！你莫非活得发腻了，要来寻死吗？"说时，袖中亮出了铁尺。

蛋和尚蹿到屋外："贼屠伯！有种外面来与我老人家较量！"

屠伯追到打谷场上，用铁尺指了指僵立在那里的小姑娘，对蛋和尚道："你看到她了吗？一动也不能动！我抓住了你，要你比她更苦！"

蛋和尚笑着握住小姑娘的一只手，暗运内气，通过劳宫穴，将内气输入了她的手臂，很快冲开了被闭的肩井穴。小姑娘啊地叫出声来，顿时全身都能活动了，只是四肢一点力气也没有。

"小妹妹！"蛋和尚也不知她几岁，便老实不客气，以"大哥哥"自居了，"先进屋去看着你妈，这贼，我来收拾！"

她感激地点了点头。那只小猴子跳到她肩上，亲昵地依偎着她。

屠伯十分诧异，料不到蛋和尚小小年纪，竟能轻而易举地解了她的穴道，不觉叫道："这野杂种倒还有几把刷子！快通下名来，也免得枉死在白日无常手里了！"

蛋和尚瞪圆了眼："我老人家行不改姓，坐不改名，乃是'独眼掌'金天柱的膝下，叫蛋和尚的便是！"

屠伯听了，又发出了长声的冷笑："我道是谁，原是'独眼掌'金天柱的香火！"

他的脸色骤然变得铁青，双眼喷射着残忍的火焰。他目光霍霍地在蛋和尚脸上扫了几圈，俨然是一只充满杀机的鹰隼！

"也是天赐其便，好让我代弟报了大仇！"

蛋和尚并不知道父辈间的恩怨，但听了屠伯的话，不觉也冷笑了一声："你想下杀手吗？"

"别人都可以饶得，唯独你这个小王八羔子，我丝毫不会手软！"

说罢，竟不顾辈分之差，先下了手。一招"白蛇出洞"，铁尺直奔蛋和尚太阳穴。蛋和尚没有想到他会先发制人，急切间，俯首避过，尺身险险地离耳旁寸许处擦了过去，只感到凉飕飕的寒风掠过，方知屠伯内功过人。蛋和尚聚精会神横臂出掌。须知，金家掌共有九路，九九八十一掌。这是第二路中第十五掌，名为"巧摘魁星"，直捣屠伯中脘，掌尚未到，屠伯感到中脘一阵灼热，已被掌风所熏，不觉一凛，急忙闪身躲避掌锋，方知金家掌着实厉害，便不敢小觑。蛋和尚见他拆了一招，倏地又变新招，乃是第五路中第三十九掌"寒鸡拜佛"，也是一记撒手锏。

原来九路金家掌是巧妙地融入九种短兵器的精湛，为己所用。这九种短兵器乃是刀、剑、斧、铜、拐、鞭、锤、棒、钎。尽管看来是掌劈指戳,却全是兵刃路数。"寒鸡拜佛"乃是一记斧招。屠伯铁尺翻起,先是"抄点斜刺",继而"返身竖旗",避开了蛋和尚两条臂膀。二人一来一往,激烈酣战。一时谁也不能奈何谁!岂料那只小猴子生性好动,忽地又从屋里蹿出来助战,围着蛋和尚一起进退。蛋和尚又怕一脚把它踩死,便助战不成,反为累赘了。蛋和尚稍一分心,只见尺影一沉,正削他下路,蛋和尚急忙提腿相避,已是不及,啪的一声,屁股上着着实实地吃了一尺子,只感到一阵火辣辣的彻骨生疼!

屠伯见一招得手,正自得意,忽见眼前黑影一闪,小猴子蓦地蹿上了他的脑袋,屠伯急欲对付之时,蛋和尚负痛出手,乃是金家掌最后一路的看家掌"马裆一字掌"!屠伯正要封闭门户,谁知被小猴子趁机一撒手,撒了一抔沙土,顿时双眼被眯难睁。只听屠伯大叫一声,小腹已然中掌,不得不弃了蛋和尚仓皇逃命。

蛋和尚不去追赶,一则是屁股上疼痛难熬,二则虽然打了他一掌,他自以为碎碑手威力无穷,岂知还不能碎他的小腹,可见屠伯的金钟罩铁布衫功夫是何等了得!他心中也着实畏惧。

这时,那小姑娘解了母亲的绳索,稍稍歇了一阵,忍不住趴在窗台上观战,也不等体力完全恢复,又操起渔叉,就要助战。到门口,正见屠伯败北,落荒而去。这时,蛋和尚也咬牙皱眉,双手捧着屁股滚倒在地上拼命叫痛。她马上把蛋和尚扶到屋里,那妇人立即替他剥下裤子,见半边屁股完全发紫了。

"童蛟!"妇人叫着她的女儿,"快去舀盆清水来,替恩公冷敷在屁股上,或许能够止痛。"

"哎!"

童蛟舀了一盆水来,特又拿了块新毛巾,让妈妈替他冷敷。谁知屠伯的铁尺上染过毒,遇到了凉水,发作得更加厉害!蛋和尚痛得翻来覆去,满头大汗,惨叫道:"不得了!不得了!疼死我了!"

"妈!怎么办呢?"童蛟十分着急。

"唉!这山沟里一时也请不到伤科郎中呀!"

童蛟听了,哇的一声哭出声来。

蛋和尚一急，却又急出了"智"来："快！快把那桌上的葫芦拿来！"

童母颤巍巍地拿起屠伯丢下的葫芦，递给了蛋和尚。蛋和尚从里倒出了百十颗药丸来。药丸分为红、白二色。

蛋和尚何等聪明！刚才屠伯逼童母吞的白丸，必是堕胎丸无疑！这红色的，焉知不是屠伯所说的特效金疮"仙丹"——"童骨丹"呢！

"快用水化开二丸，与我敷上！"

其实，这童骨丹吞一颗就立时见效，蛋和尚未免聪明过头，偏要用水化开了敷上，平白多费了一番手脚。

童蛟见童骨丹果有奇效，方转忧为喜，拍手跳了起来，搂着母亲的脖子，咔咔地笑个不停。她的眼泛起了欢乐、满足和撒娇的道道涟漪，并流露出了对蛋和尚真挚的关怀。这使蛋和尚十分感激，心中就此一热。他怔怔地望着她的可爱的脸蛋，心想，要是自己也有个亲妹妹多好！对！回去一定叫妈妈养一个和她一样的妹妹。

童母也擦了擦欢乐的泪花："小恩公身上怎么连件衣服也没穿？"她顿了一下，又说，"来，我来替你裁件新衣裳吧！"说时，就来替他量尺寸。

蛋和尚心中一乐，并不推让，可是又觉得应该说几句客气的话："不用，不用！我家里有好多好多新衣裳，都来不及穿呢！"

童母慈祥地一笑："小恩公救了我们一家三条性命，我们也没有什么报答的，难道做件新衣服还不成吗？"

蛋和尚故意侧头想了想："那好！——可是你们以后不要叫我什么'小恩公'，怪扎耳的！还不如叫我'蛋和尚'好听！"

"你姓'蛋'吗？"童蛟忍不住问。

"不，我姓金。我的小名叫'蛋和尚'。"

"我没有哥哥，就叫你'蛋哥'，行吗？"

蛋和尚又是一乐："怎么不行？你就叫我'蛋哥'。恰好我也没有妹妹，就称你童妹吧！"

"不，蛟妹！"

"蛟妹就蛟妹！——啊呀，难听死了！还不如干脆叫妹妹顺口。"

童母见他们打得火热，打心眼里笑了笑，就拿起篓匾，又从箱子里翻出一段新布来，到外间去裁衣服了。

"还疼吗？"童蛟问。

"早没事了！"

童蛟钦佩地望着他："你好了不起！"

"怎么，我了不起吗？"蛋和尚不免有点得意。

"你这一手漂亮极了！"童蛟一边说，一边比画着。

"这是'寒鸡拜佛'！"

"还有这一手，这么，这么这么……"

"那是'大蟒翻身'！"

"那最后一手又精彩又厉害。呀！呀呀！"

"呀，呀呀！"蛋和尚忍不住站在床上，挥起拳脚来，"呀，呀呀，马裆一字掌！——啪！"

"插翅难逃！"

"正中小腹！"

"呜呼哀哉！"

"不。这个屠伯金钟罩铁布衫功夫甚是了得！不过，他虽然死不了，这一掌之伤，也够他养两年的！"

蛋和尚和童蛟兴致勃勃地夸夸其谈，明白无误地忽视了这样一个铁一般的事实：小猴子那至关紧要的一抔沙土！那猴子似乎也察觉到自己被冷落了，纵身跳在童蛟怀里，咧着嘴儿，一双猴眼盯着蛋和尚，它"吱吱"地乱叫着，仿佛在表达着它的烦躁、不满和愤怒。蛋和尚把它抱在自己的怀中，抚摸着它的毫毛。霎时间，他大大的眼睛里忽然充满了浓重的懊丧。严格地说，今天夜里，他经受了第三次重大的失败！要没有这猴子的帮助，他不只是屁股蛋子皮开肉烂的问题，恐怕小性命也保不住了！这种懊丧，最终在他脸上化成了一个苦笑。

他紧紧地搂住猴子，心里忽地想到了白猿。

"你喜欢它吗？"童蛟问。

"喜欢!"

"我送给你!"

"不,我自己会捉!"

"我也会捉!"

蛋和尚蓦地一怔:"什么? 你说什么?"

"我和你一样,也会捉猴子。这只猴子,就是我自己捉的!"

"你用什么方法逮住了猴子?"蛋和尚紧张地问。

"你呢? 你用什么方法?"

"我?"蛋和尚扬了扬拳头,"靠功夫!"

童蛟咯咯地笑了一阵,说:"这是个笨办法!"

"那么,你的办法能告诉我吗?"

"你要逮猴子,就得预先准备好一坛美酒。"

"喔哈哈……"蛋和尚忽然茅塞顿开了,"这些猴子是最嘴馋的,闻到酒香,必定偷吃,直到它吃得酩酊大醉时……"

"最好再给它预备一双红绣鞋,放在酒坛子边上。"

"要红绣鞋干吗?"

"猴子也爱漂亮。"她指着蛋和尚怀里的小猴子,"它吃醉了酒,就穿上我给它准备的红绣鞋,歪歪扭扭地跳舞呢!"

"有趣极了! ……"

"我去捉它时,它还想逃。"

"这时你要快,捉它个措手不及!"

"用不着啦! 我的这双红绣鞋是用厚厚的铅做的底,它再也跑不动了!"

蛋和尚眼前倏地一亮,停了半晌:"那么,我托你办点事。"

"嗯! ……"

"也给我做双红绣鞋。"

"干吗还做? 我的这双给你就是了。"

"不,我要大的!"

"多大的?"

"我也能穿!"

"怎么,你也要学跳这歪七歪八的猢狲舞吗?"

于是,二人便一起咯咯咯地大笑起来。童蛟忽然撒起娇来:"我不给你做,除非……"

"除非什么?"

"除非你告诉我,你要这么大的红绣鞋,究竟想干什么。"

蛋和尚忽地神秘异常,挪动身子,紧靠着童蛟,然后悄悄地跟她说:"上白猿洞!"

童蛟惊恐地立起身来,连连后退两步:"你……莫非发疯了?"

"不,我已经去过一回了!"

"我不信!"

"骗你是小狗。我的上衣就是被白猿抢走的!"

"你不害怕?"

蛋和尚老实地点了点头:"是的,当时我也很害怕。"

"蛋哥,我不让你再去冒险!"

"为什么? 你知道白猿洞里有什么? 一部天下无敌的功谱! 现在我一点也不害怕了! 我可以带着最香最好的美酒上去,还有你亲手做的红绣鞋。待那白猿醉倒了,我就可以进洞去,把功谱抄下来! 有了这功谱就能天下无敌! 到时,管你什么白日无常、黑天夜叉,管你屠伯还是屠叔! 所有的坏蛋,我都能把他们打得稀里哗啦,让他们跪在面前——"蛋和尚不自觉地模仿着白马台前的四个彪形大汉讨饶的口气,"你老人家,好生之德,饶我们一条狗命吧!"

童蛟听了,笑得前仰后合。

"红绣鞋你做不做呀?"蛋和尚急切地期待着。

"不做。"

"好妹妹,我求求你啦!"

"除非你再答应我一个条件。"她涨红了脸。

"说吧,什么条件?"

"到时带我一道去!"

"这敢情很好。可是,你爹能答应吗?"

"我爹在外面跑生意,难得回来一次!"

"你妈呢?"

童蛟想了想:"我们不告诉她去白猿洞。"

"那说什么呢? 对! 只说上白马台捉蟋蟀。可是,你妈一定要问,哪里的蟋蟀不好捉,一定要到那个荒凉的山坳坳中去捉呀! 我们就说——"

"说什么呢?"

"就说,就说白马台的蟋蟀好斗,斗得过大公鸡哩! 荒凉并不可怕,我们练武的,就喜欢惊险嘛!"

"嗯,好!"

童蛟因为蛋和尚的鼓励,全身每个毛孔也都充满了兴奋,觉得完成这样一件惊天动地的事,不过举手之劳了。她伸出了一个小指头:"一言为定!"

蛋和尚与她勾了勾小指:"一言为定!"

当东方泛出鱼肚白的时候,蛋和尚穿了童母给他赶制的新衣裳,开始往家赶了。一夜的历险,使他感到异常充实。胜利的光明和失败的黑暗,在这个晚上,轮番地在他小小的心田里更替,时而是甜,时而又是苦。然而,这些其实都不重要,只有童蛟活捉白猿的锦囊妙计,才使他真正地神往、振奋,驱散了心中的一切黑暗,从而让希望的火炬大放光明起来。此时,他得意地唱着一支山歌,一蹦三跳地向前赶路。但见泉水淙淙,鸟语花香,美不胜收! 暂引元代善住和尚之诗《阳山道中》以证其胜。诗云:

雨余深涧水争分,野雉双飞过古坟。
眼见人家住深坞,山花绕屋不开门。

蛋和尚正在阳山道中忘情地赶路,突然一阵酒的醇香扑鼻而来。他忍不住深深吸了口气,停住脚步,去寻觅那酒香的方位。很快地,他看到了一位少年公子骑着一匹白练似的小驹,慢悠悠地从转弯处露了面。七八个家人抬着好几个酒坛子,还有饭担、菜盒,紧紧跟随在后面。

蛋和尚站在路中央。

少年公子勒住马缰,宽阔的前额下面,一对滚圆的眼睛一动不动地盯着他。他的脸色白净,两个大大的鼻孔几乎朝着天。蛋和尚想,要是天下起雨来,那鼻官就得遭殃了。

"你这个小和尚,莫非想诈几个买路钱?"

"钱不要,只想借坛美酒。"

少年哈哈大笑起来,浓而短的眉毛不时地抖动着:"美酒是不借的!——送倒可以!"

蛋和尚一拱手:"多谢公子哥!"

少年跳下马来,拍了拍一个酒坛子:"这一坛是刚出窖的百年老酒,就送你了。"说时,他又让一个家人从菜担中拿出一壶酒来,斟在两个玉盅里,"咱们就在这路当中干一盅,也算是个萍水相逢的纪念!"

蛋和尚本来不会喝酒,但也难却那少年的一片热情,便接过来喝了两口,方知那酒甜甜的,十分可口,不觉一饮而尽。

那少年见他喝完酒,就把自己手中的酒泼在地上,诡谲地笑了笑:"你感觉怎么样,我的小和尚?"

蛋和尚忽觉天旋地转起来。山崩了,地陷了,树倒了,连那刚刚升起来的太阳也落在地上,跌成了无数四溅的火星。他咕咚一声,栽倒在地。

第四回　铁金刚破气潜逃　朝天鼻邀朋结义

蛋和尚悠悠醒来时,发现自己赤条条地躺在一张竹榻上,一个家院正在给他修指甲。

"你醒了?"

家院似乎有些紧张,匆匆收拾好指甲片、剪刀,一溜烟似的跑了。

蛋和尚怔怔地望着房梁,觉得浑身倦怠无力,连手脚都懒得动。待屋梁看腻了的时候,他才缓缓地侧过脸,转动着眼珠,将屋内扫视了一遍。不过堆了些形形色色的石碑,还有作台、墨料以及其他一应杂物。雪白的墙上挂满了大大小小的拓片。这里或许是一座碑拓工场。他的眼光停留在墙上的这些拓片间,蓦地一怔:他见到了一个偌大的蟠桃,捧托在一只猿猴的双掌之中。那刀工竟是如此细腻,连细细的毫毛仿佛都可以一根根数得清楚,逼真得在初入眼帘的瞬间,竟使蛋和尚误以为它或许会从纸上跳下地来。蛋和尚一眼就认出那是白马台碑上的那幅猴像! 不过,这时他才看清了,猴像下面还刻着一幅地图。地图旁又有许多鸟兽文字,可惜他一个也不识。他于是把眼光在那些石碑中间搜寻了一会儿,希望能发现那块阳山的白马石碑。

他不知道这里是什么地方,不知道那个"朝天鼻"何以要加害于他,更不知道,在白马台见到的四个黑脸汉子和"朝天鼻"之间又有什么勾当。好在自己业已苏醒,一旦恢复力气,他无论如何都要解开这个谜底!

他试着活动了一下手脚,觉得体力渐加,正暗暗高兴,却忽然感到一阵心悸,四肢也发生了轻微的痉挛。丹田中一束真气由慢而快地旋转起来,最后向着周天和奇经八脉乱窜妄突,仿佛走火入魔一般,简直无法控制! 蛋和尚十分恐慌,却又束手无策。过了片刻,上丹田一阵灼热后,便感到自己的意识在开始不断地向下沉落,而身子却在徐徐地朝上飘浮。身子飘浮得越高,与意识间的联络便越弱。最后,他仅存了一点知觉,只觉着自己仿佛化成了一个气球,飘飘忽忽,悬挂在高空,身躯再也不能自主,在不着边际的广宇之中歪跌踉跄,手舞足蹈!

这种微妙而奇异的感觉持续了一段时间,倏忽之间,他又感到身体急速地往下坠落了,并重重地跌在竹榻上。而意识就在这瞬间清晰地回归了! 他猛然睁开了眼睛,一番新的景象摄入眼来:一位少年公子像喝醉了酒一般,在他面前歪跌踉跄,手舞足蹈! 仿佛就是刚才飘忽在高空中自己的模样。蛋和尚细看时,这位少年公子不是别人,正是那个诱使自己吃下蒙汗药的"朝天鼻"!

见到这天雨无遮的两个大鼻孔,蛋和尚不觉怒从中来! 他霍地跳起身,一把揪住了"朝天鼻",正要挥拳揍他一顿,忽见他脸色发青,身体软绵绵的,业已人事不省。蛋和尚想,乘人之危,也算不得英雄好汉! 于是,他把他平放在地,起手按在他的命门穴上,将内气源源输入他的经脉。也不过一炷香的工夫,"朝天鼻"慢慢地苏醒了过来。

"咦?""朝天鼻"竖起了身子,"你这个小和尚怎么没死?"

"浑蛋!"蛋和尚怒吼一声,"我和你有什么过节,竟要我死?"

"这个……"朝天鼻一时语塞。

"看拳!"

蛋和尚出手时,感到拳头虚飘飘的,知道自己甚是虚弱。

"妈妈的! 你打人?"朝天鼻嚷嚷着还手招架。砰! 两臂相交,双方不约而同后撤了一步。蛋和尚感到对方臂坚如钢。这个朝天鼻的武功原来也颇有根基。朝天鼻也兀自失色,只感到自己的手臂一阵酸麻。

"哇呀呀呀!"朝天鼻大叫着,"看我把你这个和尚头敲烂了!"

"你小心自己的朝天鼻,别叫我揍扁了!"

二人调整了一下气息,又卷土重来。打了十来个回合,朝天鼻忽然哐地跳出圈子。

"你小爷先告个假!"

"不羞! 莫不是打不过想溜了?"

"尿! 小爷打得尿急了,撒了尿再和你理会!"

说着,朝天鼻便走到那些乱石碑间,褪了裤子要撒尿。

"我撒尿,你不准偷袭!"

"少废话! 我看你准是缓兵之计,假撒尿!"

"妈妈的! ⋯⋯"

也不知为什么,明明一肚子的尿憋得了不得,临场却撒不下来。偏偏蛋和尚又在一边笑他:"你搞缓兵之计,蛋和尚也不怕你!"

朝天鼻勉强滴了几滴,就系了裤子,又来战蛋和尚。刚战上手,朝天鼻忽又大叫起来:"了不得,了不得! 小爷又要告假了!"

蛋和尚冷冷一笑:"这回偏不准你的假!"说时一拳"黑虎偷心"!

"呀呀呀! 两兵相交,怎么不准撒尿?"朝天鼻勉强避过拳锋。

"除非你告诉我两件事!"蛋和尚又一式"单鞭迎风"!

"快说,快说什么事?"

蛋和尚住了手,指着墙上的猴像,问道:"你说,这副碑拓是哪里来的?"

"我道什么事!"朝天鼻两手捂着小腹,"我爹开着这碑拓作坊,是专干这个买卖的。昨天夜里,有四个抬碑的黑脸汉子,肚子饿了,突然闯到我们家里,逼我爹给他们整治酒菜。因为我喜欢这只猴子,就偷偷地把它拓下来。——就这些了。"

"那块碑呢?"

"他们填饱肚子抬走了! ——快问、快问! 还有什么问题,小爷快憋不住啦!"

"那么我再问你,你为何要害我?"

"这与我无干,是我师父的意思!"

"你师父？你师父是谁？"

"我有好几个师父,最近拜的一个是独眼掌金天柱……"

"胡说!那是我蛋和尚的爹!"

朝天鼻愣了半晌,方说:"妈妈的!小爷有眼不识泰山,你原来就是蛋和尚!"

"快说,你师父究竟是谁?"

"哎呀!蛋和尚,刚才我还没有说完呢,我师父乃是独眼掌金天柱你爹的徒弟……"

"我爹的徒弟我都认识,你说是谁?"

"你别急呀!我说的是你爹徒弟的亲眷的朋友的朋友的朋友……叫铁头金刚白豹。比我大两岁,我一个月前才认识他。他说他正在练一种稀奇的秘功。一旦练成,就可独霸武林!我因而拜他为师,请进家里。谁知练了三天,他说需要一个童男子给他固气,因此吩咐我装着野餐,一路物色人才,伺机劫持。"

"劫持了又怎么说?"

"关在这里。他说要你的头发,我说你是和尚,单单没有头发。他说指甲也行。于是就差家院剪了你的指甲,他便握在手里,面南背北,坐在预先挖好的地室内,用意念控制你的精、气、神三宝。我这才明白,你若不死,他徒劳无功;你一死,他便大功告成了!"

蛋和尚一凛:"那不就是'泛魔法'吗?大大的左道邪功!"

"正是'泛魔'神功!他说只要你呜呼哀哉,他就可以横行海内了!"

蛋和尚哈哈笑道:"那么我怎么没死?"

"我想,我和你往日无冤,今日无仇,怎么忍心害你?因此想偷偷来把门开了,丢了他的气,好让他'徒劳无功'!谁知刚开门,妈妈的!一股吸力把我吸进门去,顿时就人事不省了!我吃了亏是明摆着的,这不便宜你了?"

蛋和尚鼻孔中哼了一声:"看来,你还是我的救命恩人哩!"

"论什么恩人、仇人!你到底让不让我撒尿?"

"去！尿得出尿不出，这可是最后一次准你的假！……"

朝天鼻遇赦一般，又到墙角处，褪下了裤子，顿感小腹中一阵酸疼，哪里尿得出？充其量又滴了这么几滴。偏偏蛋和尚话不饶人，催得他面红耳赤："尿不出又摆穷架子！打不过，夹起尾巴趴在地上也就罢了！要不然，爽气一点，上来再打它一千个回合！"

朝天鼻无奈，又怕打架时尿了裤子被他笑话，就索性把衣裤脱光了，一样精赤条条地跳到蛋和尚跟前，呼地一拳，却是"孤雁出群"。

蛋和尚连忙闪身急避，一眼瞥见他脸色赤红，而耳根发紫。

"看你脸红耳紫，必有重症！"蛋和尚脱口而出，说时还了他一拳，却是"叶底藏花"。

"胡说，小爷气壮如牛，哪会生病？"说时朝天鼻化拳为掌，一招"鹞子钻天"，"——你说，我得了什么病？"

"尿秘！"蛋和尚"青龙转身"，化了他一掌。

"胡说，我从来小便痛痛快快的，哪会尿秘？"朝天鼻又换成"平穿掌"，"——你说，怎么个治法？"

"这是没有救药的！"蛋和尚使的是"下贯掌"。

"胡说！有矛就有盾，有病就有药！"

"谁叫你拜了这样一位臭师父？又是谁叫你冒冒失失闯进他的泛魔场中，被他闭了肾经尿脉？"

"妈妈的！你能治尿秘，本公子饶了你小命，不再打你！"朝天鼻又化掌为拳。

"现在不知谁要挨打呢！"

正在这时，朝天鼻脸色由红泛白，额上细汗涔涔，只感尿道火烧火燎一般，脚步一乱，蛋和尚一掌已从下盘切进，朝天鼻吓得魂不附体，瞬息之间，但见蛋和尚平掌化为剑指，直戳他的气海穴！朝天鼻哎呀大叫一声，气海穴已被蛋和尚戳个正着。他自以为此番必定腹破肠断，谁知忽感眼前一阵清凉，一场尿像黄河决堤般地涌了出来。蛋和尚在一旁跺脚拍手，大笑不止。

朝天鼻感到浑身说不出的舒泰，知道这是蛋和尚给他点穴治了病。可他嘴里还铁硬不化："你说我尿秘,我偏尿给你看了!"

说着,突然一拳当胸打来。蛋和尚不觉大怒。此时,他已感元气恢复,手脚麻利,便运起金家掌,霍霍霍,乃是第三路"九星连环掌"。朝天鼻哪里抵挡得住?连连后退不已。正危急之时,忽见家院匆匆而来,跺着脚道:"公子,你还在这里打架,家里出事了!"

朝天鼻临时封了门户,对蛋和尚道:"家有急事,你可不能乘人之危!"

蛋和尚住了手,见他问那家院:"我正要赢他,你倒来了。究竟出了什么鸟事?值得如此慌慌张张!"

"白道长说你破了他的神功,就卷走了大堂所有的古董细玩、金器银具,打出大门,跑啦!"

"有这等事?给我追!"

朝天鼻在门角落撩起一根铁棍,丢下蛋和尚,就追了出去。家院立即招来四五个家丁,各执家什,跟着他呼啸出门。追了半个时辰,哪见铁头金刚的踪影?

"罢了、罢了!"朝天鼻长叹一声,"拜师、拜师,我错拜了一个臭贼强盗!"

他一回头,猛见蛋和尚精赤条条跟在他的身后。

"阿也! 你来干什么?"

蛋和尚自己也不知道,怎么稀里糊涂跟了出来,便道:"帮你的忙呀!"

"那么,你怎么光着屁股出来帮忙?"

"咦? 你身上不也是一丝不挂吗?"

朝天鼻低头看了一眼,不觉笑出了声,家院、家丁早已忍不住,嘿嘿哈哈爆笑起来。朝天鼻冷不防揍了蛋和尚一拳:"好,有你的! 咱哥们真正的不打不相识! 也罢,咱也不追那牛鼻子的白豹了,回去喝上一盅解解渴,怎么样?"

蛋和尚正觉得又渴又饿,便道:"那好! 敢问朝天……"忽又改口道,"敢问公子哥尊姓大名?"

"我叫鲍二奎！你叫我'二奎'就行。"

蛋和尚点了点头。

二人手挽手进了鲍家大院，鲍二奎吩咐摆上酒菜，自己穿上衣裤，外罩一件薄绸洒花长衫。虽有几分呆气，配上一副白净面皮，也颇为风度翩翩。

"仁兄上坐！"他拱手道。

蛋和尚一怔，你自己倒衣冠楚楚起来，难道让我光着屁股陪你喝酒不成？

"我的衣裤呢？还望赐还！"他还礼说。

不料朝天鼻漫不经心地一挥手："不穿也罢！"

蛋和尚瞪起眼睛，倒竖了两条蚕眉："胡说！你若不还我的衣裤，蛋和尚性子一起，看我把你的衣服扒来自己穿了！"

"啊哈！那么你一定要讨回？"

"一定！"

"果真要讨还？"

"果真！"

"其实这也不难，除非你办了一件事！"

"什么事？"蛋和尚直视着他，眼光带着几分疑惑，几分警惕。

"与我结拜兄弟！"

"我道什么事！"蛋和尚笑道，"这有何难？"

鲍二奎高兴得一拍屁股："快、快！给蛋哥哥赠衣！"

家院立即拿来一套衣裤，与鲍二奎所着完全一样。蛋和尚穿了，站在鲍二奎旁边，一般衣衫，一般高矮。只是一个白皙，一个黝黑；一个憨呆，一个机灵。好一对异姓兄弟，众人无不喝起彩来。鲍二奎道："我们先行八拜之礼，然后吃酒。"

"慢！"蛋和尚又伸出手来，"我原来穿的衣裳呢？"

"嗨！"鲍二奎道，"你穿了绸的，还想那些破布头干吗？"

"不。"蛋和尚正色道，"那衣裤虽然粗布简陋，可上衣是一个朋友送的，裤子是妈妈缝的，千针万线的，我怎能就把它们丢了？"

"那好!"鲍二奎听了,仿佛也颇受感动,掀了掀两个朝天的大鼻孔,道,"我就叫人浆洗干净了,到时打个包裹还你。"

"这就多谢了!"

鲍二奎于是转过身去,兴致勃勃而又迫不及待地吩咐家人:"快快点烛焚香,我和蛋和尚要行八拜大礼啦!"

"慢!"蛋和尚又叫了一声。

"妈妈的! 怎么老是慢、慢、慢个没完?"

"和你结拜兄弟,没劲儿!"

鲍二奎忽然泄了气,不禁愤愤然起来:"看来你想赖账啰?"

"不,我是说,'三结义'才有意思哩! 不如再添一个人。"

"添谁!"

"童蛟!"

"童蛟?"鲍二奎眼中闪电般亮了一下,"你说的是童家庄的'浪里黑鲤'吗?"

"什么浪里黑鲤?"

"怎么,你还不知道? 童蛟陆上的本事也不过如此,可在水底,她不但能行走如飞,而且可以不必经常换气!"

"啊呀呀,这么说我倒有点儿小看她了!"

"只怕她不肯光临!"

"怎么不肯? 你用我们二人的名义,发一个大红请柬去请她,我看她准来!"

"那好!"

"慢!"

"怎么又'慢'?"

"最好用一顶小轿子,不,用一匹小驹子,披红挂绿地去把她驮来!"

"有趣、有趣! 我们家还从来没有这么热闹过呢! 那么我们不吃酒,先等她吗?"

蛋和尚干咽了一口涎水:"等!"

约莫过了半个时辰,只听门外马蹄嘚嘚,早有家人报将进来:"浪里黑鲤童蛟到了!"

鲍二奎欢喜异常,立即吩咐打开正门迎接。不多时,只见一位又黑又俏的小美人从外而来,一只活蹦乱跳的小猴子跟在脚边。刚进门厅,只见她右手一扬,说一声"照镖!",呼的一声,一宗暗器已带着劲风,直向蛋和尚飞来!

第五回　白猿洞哥哥遇险　红鳌池妹妹寻尸

　　鲍二奎大吃一惊,转眼看蛋和尚时,他早已把"暗器"接住。哪是什么金镖? 分明是一双红绣鞋。

　　"你们搞的什么鬼名堂?"鲍二奎眨巴着双眼,忽然自作聪明地傻笑起来,"啊哈! 明白了,明白了!"

　　"你明白了什么?"蛋和尚诧异地问。

　　"这是她给你定情的信物!"

　　蛋和尚生平第一次红了脸,急道:"胡扯! 你胡扯!"

　　鲍二奎用手刮着自己的脸皮,道:"没羞、没羞!"又朝着童蛟,"浪里黑鲤,什么时候喝喜酒呀?"

　　童蛟羞得差点哭了出来:"蛋哥哥,你不揍他吗?"

　　"是得揍他!"

　　"啊呀呀,君子动口不动手呀!"鲍二奎见蛋和尚已举起了拳头,便高叫起来,"这不是信物,不是,不是! 一百个不是! 还不行吗?"

　　蛋和尚刚放下拳,童蛟道:"他嘴上说'不是',心里在说'是'哪!"

　　蛋和尚又要打,鲍二奎慌了手脚,对童蛟道:"好妹妹,你就饶愚兄这一遭吧! 若要证明不是信物,何必打我呢? 你告诉我干吗送他一双红绣鞋,不就得了?"

　　鲍二奎的话分明绵里藏针,暗中讥诮。蛋和尚一时无计,又急于想表明自己的"清白",只得凑在鲍二奎的耳边,叽里咕噜了一番。鲍二奎不听便罢,听了,大嘴巴半天合不下来。

"我看你们都吃了灯草灰了!"

"怎么?"

"放屁掂不到分量啦!万一……"

"万一它不落圈套,是不是? 那就是一场恶战吗?"蛋和尚怕他动摇了童蛟,便故作轻松地接着道,"我已和白猿交过手了!"

"你没被它打死?"

"死了还能在这儿和你说话? 老实说,我的功夫和它也不过差这么一小截,现在有童蛟相助,就万无一失了! 得了功谱,不比你那个劳什子的'铁头金刚'强一百倍、一千倍?"

"要这样,你们得添我!"

"偏不添你!"童蛟抢着道,"你太坏!"

"添我自有好处! 你们不是要美酒吗? 我家有现成的百年醇香!"

"你的醇香酒我们偏不稀罕!"童蛟又道。

鲍二奎用袖子擦了擦额上的汗,眼珠子在那两根烟囱管的上头转了几圈,忽地射出几分狡猾的笑意来:"恐怕你们少了我还不行呢!"

童蛟冷笑道:"怎么个不行?"

"我问你,就算白猿醉倒了,谁去抄功谱?"

"蛋哥哥自然能抄!"

"哈! 蛋和尚斗大的字识了几箩筐呀? 再说,大凡功谱都有图有文,我看他画个球也是扁的! 怎么能成?"

蛋和尚不禁也着急起来,便问道:"那么,你说怎么办呢?"

"以我之见,不如添了我去!"

"你能画画吗?"

"我用不着画画,只要带点墨料、白纸,到时三下五除二,就能照样把它拓下来!"

蛋和尚突然搡了他一拳,哈哈笑道:"看这三下五除二的分上,添你了!"

"啊呀呀,还是和尚爽气!"

说完，鲍二奎欢天喜地地吩咐家人备起香案，准备换帖八拜。童蛟第一个把帖写好，只见上面歪歪扭扭地写着：

浪里黑鲤童蛟
己巳年十一月廿一日亥时生

鲍二奎叫了起来："哎呀，你有个雅号，我们都没有呢！"
蛋和尚却说了一声"我有"，也提笔写了：

蛋和尚金蛋
戊辰年四月廿二日戌时生

"你们都有雅号，我岂能没有？"鲍二奎提着毛笔沉思了片刻说，"你们也给我想一个呀！"
"我看，你就叫'朝天鼻'挺好！"蛋和尚脱口而出。
早把童蛟笑得前仰后合，连眼泪都笑出来了。鲍二奎却一本正经地自语着："朝天鼻鲍二奎，顺倒蛮顺，就是不太雅观。"
"那有什么不雅观的！"童蛟喘了口气，"这个雅号可爱极了！"
"那……"鲍二奎望着蛋和尚。
"好不好你自己定！"
"有了！"鲍二奎忽然福至心灵，得意地用双手直拍屁股，"与其叫'朝天鼻'，还不如叫'瞻日烟囱'呢！既雅观又气派！"
当下他也不管蛋和尚和童蛟说什么，就在帖上写道：

瞻日烟囱鲍二奎
己巳年四月廿九日辛时生

"从今天起，你们就是我'瞻日烟囱'的大哥和小妹了！"
二奎说罢，一手拉蛋和尚，一手牵童蛟，走到香案跟前，与他们行了八拜之礼。——古人结拜兄弟，大抵要拜八拜，故称"八拜之交"。拜的原是八位古贤。这八位古贤中，管仲、鲍叔牙乃是"贫富之交"，俞伯牙、钟子期是"知音之交"，廉颇、蔺相如为"刎颈之交"，左伯桃、羊角哀称作"生死之交"。其中尤以"生死之交"最为难得。相传左、杨原都是穷秀才，在赶考的路上结为兄弟。恰逢大雪封路，而二人囊中羞涩，左伯桃遂脱衣、解囊，赠予羊角哀，自己自刎路口，这才有了羊角哀后来的功成名就。——后人结交八拜，只想学全。可惜，到头来"八拜"只成了一种规矩、仪式。他们究竟在膜拜谁，也不甚了了。更何况蛋和尚他们？当下三人嘻嘻哈哈拜了八拜，又换过帖子，便携手入席。或许正是八拜之力，他们顿感亲密无间，彼此频频举筯（只为那甜甜的水酒），手下全无顾忌。真所谓"筷如雨点，喉似竹箩"，大有风卷残云之势！

只恨时间过得太慢，他们恨不得此刻能飞上天去，把"月亮嬷嬷"拎上来，好让他们立时上山探险去。而他们越焦急，时间老人越是慢条斯理，仿佛偏要和他们作对似的。

"咱们也来吟诗，助助酒兴，消磨辰光，怎么样？"童蛟说时乜了鲍二奎一眼。

"你还会吟诗？"鲍二奎不免有点小看童蛟，"吟不出可要罚酒哪！"

"老鼠眼看出来的人影都是矮的！你出个题儿，我先来吟给你听！"

"那好！……"

二奎正想题目，却被蛋和尚抢了先："我觉得时间太慢了，你就吟个'快'字吧！"

其实，童蛟哪会吟诗？她搜肠刮肚，好不容易从看过的闲书中搬出了几句来："日月如梭去，光阴似箭来。——快不快？"

"快是快，不过是老套子的话！"蛋和尚说。

"老套子也行！"鲍二奎分明为自己留后路了，"好像还应该有两句。"

"青丝转眼白,一觉魂方回!"

"妈妈的! 一觉醒来,黄花女变了老太婆,确实够快的!"此时,鲍二奎对童蛟简直要刮目相看了。

"轮到你了,没有诗当心罚你一大壶!"

"还是大哥先来!"鲍二奎有点不寒而栗。他心里也巴不得蛋和尚先出个大丑才好。不料,蛋和尚又十分爽气:"这也难不倒我! 你们就听听我的诗——对空射一箭,骑马到福建。勒马回缰转……"

"呀、呀、呀!"鲍二奎忍不住要挑刺了,"去一趟福建,再快也得半个月! 太慢太慢!"

"别打岔!"蛋和尚接着吟道,"箭杆在半天!"

"咦?"鲍二奎十分诧异,"莫非被鹰叼了不成? 怎么半个月也不掉下来呢?"

"能怪箭吗? 是我的马快呀! 福建打个转,那箭杆还没有来得及掉下来呢!"

"这么说,作诗其实也不难! 这样的诗,要多少我有多少!"

童蛟把满满的一壶酒推到他的跟前:"别吹牛! 吟不出诗来,就罚你喝光这一壶!"

鲍二奎不慌不忙地清了清嗓子,朗声吟道:"早上放个屁,骑马到山西……"

"那是偷来的! 不算,不算!"童蛟说。

"哪是偷来的? 他说射箭,我说放屁! 他去福建,我去山西,相差远着呢!"

"这两句饶了你,下面可不许抄了!"

"再抄一句,行吗?"

"不行。"

"不行我就不作了!"

蛋和尚见他可怜,便道:"那再饶你一句!"

鲍二奎大喜,又从头吟起:"早上放个屁,骑马到山西。勒马回缰转,屁眼还没闭! ——可快?"

早只听咕咚一声，童蛟已经笑得跌在地上。蛋和尚也捧着肚皮，还差点闪坏了腰。鲍二奎得意万分："换个题目，咱们重新来！怎么样？"

"不来了，不来了！"童蛟已经上气不接下气，"再来，我要没命了！……"

不觉酒足饭饱，三人在一起把上山的计划细细商议了一遍。看看月近中天，便一齐扎束停当，带上了一应器具，悄悄出了鲍家庄，直奔阳山而去。

不一刻，到了白马台。蛋和尚指着台壁上的一处大窟窿，愤愤地说："昨夜我就轻易上了那四个王八羔子的当，让他们坏了我们阳山人的风水！"

"要不，"童蛟说，"待我们盗谱下来，先找些石块把窟窿砌平了？"

"我看不必！"鲍二奎说，"不如索性请人做一块新的台碑，照着拓片的样子凿上字，岂不更好？"

"敢情很好！但切不要忘了碑后还有一只活脱脱的老猢狲！"蛋和尚连忙补充说。

"那当然！"

他们到了百丈崖下，各尽本领攀到了巉岩之上。蛋和尚猛一抬头，见不远的崖壁上斜长着一株古柏，那树梢正托着一轮金晃晃的明月。好不凑巧，正是昨夜的这个时分！

裂帛似的掌风同时灌进了他们的耳官，蛋和尚已经想象出了白猿的狰狞，大气也不敢出一口；童蛟捏着蛋和尚的手，且越捏越紧，蛋和尚已经感到了她一阵又一阵的轻轻战栗；只有鲍二奎依旧相信着蛋和尚的话：他们二人已足够对付白猿了！从而反倒镇定自若。

掌风转弱，渐渐消失。蛋和尚向鲍二奎点了点头，两人飞燕掠影般地翻上了石坪。一个跳动着的白色光点依然隐现在西北角的那个方位上。蛋和尚一落地，轻轻把醇香酒坛放稳，去了坛封，又从怀中取出红绣鞋，放在旁边，然后蹑步走向山洞。鲍二奎一手拿着纸，一手拎着墨料桶跟在后面。蛋和尚已非初次光临，驾轻就熟，领着他顺利地进了白猿洞。按照分工,鲍二奎在洞内摸索着拓片,蛋和尚则守在洞口,监视着白猿。纸小碑大,一次只能拓四分之一。好一会,鲍二奎完成了第一张,把它交给蛋和尚。

蛋和尚拿着这梦寐以求的一纸成品,心狂跳不已。他把纸叠成四方,在洞口机警地扫了一周坪面,然后出手抛向"大本营"——巉岩。

原来他们三人,二人进洞,一人留守巉岩。鲍二奎拓片,蛋和尚用内力抛递,童蛟在巉岩上接收。这也是蛋和尚的乖巧之处,唯恐大功告成之时遇到不测,被白猿一网打尽,从而前功尽弃。现在得一张是一张,哪怕只是个残本传于世上,他们也死而无憾了!

此时,洞前开始弥散酒香。蓦地,蛋和尚眼前掠过了一个白影,其快如风。那白影不偏不倚,落在酒坛边。定眼看时,正是那白猿。蛋和尚心中一凛:偌大一个石坪,也得好几亩方圆,它一个跟斗,即从西北角翻到东南沿! 任你轻功绝顶,怎能逃出它的手掌? 蛋和尚不觉为自己昨夜的侥幸脱险而加倍庆幸了。

蛋和尚见那白猿绕着酒坛兜了个圈,一会儿挠耳抓腮,一会儿又摇头咧唇。它甚至不愿碰酒坛,就怏怏离去了。然而,或许它实在无法抵御那酒香的诱惑,终于又去而复返。它先用手伸进坛内,蘸酒来尝了尝,然后又扳过酒坛,喝了两口。霎时间,它变得乐不可支,索性抱起酒坛,暴饮了一番。它甚至再也舍不得放下酒坛了,跑一阵,喝一阵,又吱吱地叫一阵。蛋和尚趁机又抛出了第二片纸。

白猿转了一个圈,回来时擦着洞口走过,这时它手中只剩下了一个空坛。借着月色,蛋和尚看清它浑身上下正冒着雾气,一时不知所以。他哪里知道,白猿自有一套解酒祛邪的本领,那一坛烈性美酒,虽说也有五六十斤,它一口气喝了,其中大部分酒精能很快化成雾气,从毛孔中蒸发,因而白猿即使再饮上一坛,也未必会立即醉倒!

尽管如此,白猿仍有点不能自持,也走起醉步来了。也许它正挂念着那双红绣鞋,又去把它穿在脚上。这时,它又一次表现得欣喜若狂:它发疯一般地高叫着,跳起了奇形怪状的舞蹈。蛋和尚想,要是童蛟见了它这副怪模样,岂不又要笑破肚皮? 这时,正好鲍二奎第三片拓成了。蛋和尚又立即出了手。想不到竟是这样顺利！

洞内的鲍二奎因为只剩下最后一片纸了，兴奋得手都哆嗦起来，不听使唤了。好不容易完成了最后一片，不料一脚踢翻了墨料桶，只听得咣啷一声，虽不算太响，传到蛋和尚耳中，却似雷霆般地炸开了。

"不好！"蛋和尚急出一身汗来。

话声未了，鲍二奎已经逃到洞口，蛋和尚不由分说，拖起他就往外逃！那白猿何等机警，且就在附近，没逃几步，就被它拦路截住。

好在第四片纸已经抛出，两人就摆开迎战的架势。白猿虽有醉意，出手依然奇快。只见它轻舒猿臂，径取二人。

"妈妈的！"二奎有些轻敌。他用一手设防，另一手使个"银斧开山"，想着要出奇制胜。岂知，招数刚才成形，认定的"斧"着点已经丢失。他根本没有弄清白猿的路数，已见两根毛茸茸的猿指，奔他两眼而来。慌得他忘了招架，竟去用两手挡在眼前，护住双目。

蛋和尚大惊失色！这时，他自己的"金家掌"正向白猿左肋切去，只见白猿左臂打了个"鬼花"，猛然下落，猿掌顺势来削蛋和尚的小臂，蛋和尚不得已收掌。只可惜鲍二奎已经吓得愣了神，失去了应变时机，霎时间，仍被白猿抓住了腰带。

白猿显然已经怒不可遏。它随势一带，已把鲍二奎高高举在空中。蛋和尚急忙乘虚进招，白猿竟一手拆招，一手举着二奎不放，只听得二奎在空中一声惨叫，被白猿活生生从石坪上抛下了百丈悬崖！

蛋和尚魂飞魄散，哪敢再战？此时只恨爹妈没给他生下四条腿，拼命地逃跑！幸亏他神智依旧清楚，没有忘却巉岩的方向，而白猿因穿了红绣鞋，步履沉重，又恰恰酒性发作，它吱吱乱叫着，也懒得追赶，眼看着蛋和尚仓皇地逃窜，跳落！

蛋和尚跳到巉岩上，一下收刹不住，向前急跌了两步，亏得童蛟一把抓住了他。

"我听到了一声可怕的惨叫，以为是你！"童蛟明亮的双眸中，充满了惊骇。

"不是我……"

"那么,二哥呢?"

"他……摔下去了!"

童蛟哇的一声哭了出来,蛋和尚立即用手捂住了她的嘴巴。

"不要哭,我们得下去把他的尸首找到。"蛋和尚抑止住了从心底蹿上来的一声叹息,"全尸恐怕是找不到了!"

童蛟痉挛得变了语调:"兴许摔成肉饼子了!"

二人很快下了悬崖。童蛟把拓片塞在怀里,腾出了装纸的布袋:"蛋哥哥,我们把二哥的'肉饼子'放在布袋里吧!"

"死了,棺材也没得困,也太委屈二弟了!"

他们沿着断崖边沿,细细寻找了一遍,却不见二奎的尸首。蛋和尚不禁想起了挂在树杈上的白骨,便领着童蛟一棵棵地去检查树冠,但仍无踪影。

"我明白了!"童蛟指着前面一片粼粼的波光,"一定是被扔进红鳖池了!"

"有理!"

蛋和尚说罢,纵身跳入水中,要去摸捞尸体。他哪里料到,这湖原是极深的,自己又不识水性。两脚没蹬着湖底,心中就慌了神,不觉咕咕地喝了几口水。

他使劲冒上水面来,谁知浑身的轻功,在这里不怎么管用。他越用力向上,反而越往下沉,好不容易挣扎出水面,只来得及喊了一句:"妹妹救命!……"

童蛟早已跃入池中,双足一蹬,人就像离弦的箭,霎时"射"到了蛋和尚身边。她用手轻轻一托,就把蛋和尚托出了水面。她踩水就像踩着平地,直把他送到岸边。蛋和尚狼狈地爬到岸上,再看童蛟时,她一头潜入深水,动作之轻捷,几乎难以想象,水面上只轻轻地扬起了一朵小小的水花,便无影无踪了。仿佛是一只狡猾的水獭!

好久好久,不见童蛟浮起。蛋和尚望着月光下面耀着散金的水面,不免担心起来。他曾听老人说起过,红鳖池中有许多硕大无比的红毛鳖鱼。倘使童蛟也葬身鳖腹了,他蛋和尚也只好跳湖了! 正胡思乱想间,忽听得近岸处鱼跃般一声轻响,童蛟已浮上了水面,她双手抓住了岸边的草藤。

"我已踏遍了湖底,没有二哥的尸体。"

蛋和尚伸手把她拖到岸上。

"会不会没有摔死呢?"童蛟嘴上这么说,内心却做了斩钉截铁的否定。

"不可能!"蛋和尚也说,心中好不惨然。

"难道……"

"这山上原有野狼出没,我想……"

一言说到了童蛟的心坎里,她再也控制不住了,扑到蛋和尚的怀里,放声大哭道:"野狼把二哥的'肉饼子'给舔啦!"

蛋和尚紧紧抱着她的头,也不禁失声痛哭起来:"二弟,二奎贤弟!你死得好苦、好苦呀!"

宁静的夜空战栗着。有几只山鸦受了惊,扑棱棱地冲天飞起。就在这时,他们听到身旁一声断喝:"孽障!还在这里抱头痛哭!"

二人闻声,魂飞魄散!各自抬起头来,透过那晶莹的泪帘,见一个魁梧的身影站在跟前。不是别人,正是蛋和尚的父亲金天柱。

第六回　金天柱初识三影功　少楼主一试落魂掌

金天柱喝声才起,一掌已向蛋和尚拍来,蛋和尚猝不及防,哪里闪躲得及? 早中了肩髃,被拍开了七八丈远! 蛋和尚明白,父亲是怒极出手,但手下绝对留情,虽肩头感到了一阵剧痛,料也不致伤及筋骨。他跪在地上,哀切切地叫了声:"爹!"

童蛟见是蛋和尚的父亲金天柱到了,也惊慌起来。她从金天柱的眼里看见了自己父母亲所没有的那种威严、可怕的东西,不觉悚然后退了一步。

"大伯!"她也跪下哀求道,"都是我不好! 是我把蛋哥哥引来捉蟋蟀的。你不知道,这里的蟋蟀斗得过大公鸡呢!"

"胡说! 你们刚从白猿洞逃出来,还当我不知道吗?"

"爹!"

"畜生! 当初怎么发誓来的? 你今天上了阳山,不就是在咒你爹妈死光光吗?"

"这个咒是不作数的!"蛋和尚分辩道,"我嘴上说着一家子死光光的时候,脚尖在地上写了好多好多个'不'字呢!"

金天柱一愣:他竟中了儿子的圈套! 便又喝道:"那么,你自己找死也便罢了,怎么把鲍家公子也害了!"

"爹! 你怎么知道鲍家公子来?"

"哼! 要不是我早到一步,他就粉身碎骨了!"

"怎么,他没有死?"蛋和尚惊喜地问,一面想起了父亲一两托千斤的神功。

"我把他接住了!"他说。

蛋和尚不觉泪流满面,亲亲地又叫了一声"爹",还恭恭敬敬地给他磕了三个响头。

童蛟也激动得飞珠溅玉,嘤嘤地哭泣起来。

金天柱方散了怒气,但他并不立即叫他们起来,却牢牢地盯着他这个胆大妄为的儿子,好一会,才说:"起来去看看你们的结拜兄弟吧!他受惊散了气,我把他放在白马台上将息。"

"不忙!"蛋和尚快活地跳起身来,踮起了脚尖,厚厚的嘴唇凑到乃父耳旁,神秘地说,"功谱到手了!"

"嘿!"金天柱冲动地把蛋和尚抱起来,"在哪里? 快拿出来瞧瞧!"

蛋和尚向童蛟一摆手:"在哪里? 快拿出来瞧瞧!"

童蛟下意识地把手伸到布袋里,见是空的,忙往怀里一摸,吓得魂不附体:"坏了、坏了!"

"什么坏了?"

"丢了、丢了!"

"怎么会丢? 我亲眼见你放在袋子里的!"

"为了放二哥的'肉饼子',我把它取出来了!"

"取出来了,又放哪里了呢?"

"怀里。"

"怀里?"

"糟了,我或许把它丢在红鳖池了!"

"你怎么跳湖还揣着它? 真正白活了十一岁!"

童蛟大哭道:"我也是为了救你嘛!"

"救我、救我! 脑瓜子笨得不肯转弯! 我要紧,还是功谱要紧?"

童蛟一跺脚:"我下去找还不行吗? ……呜呜呜呜……"

金天柱伸手拦住了她:"算了! 那纸片在水中泡了这么长时间,还不化了?"他轻轻叹息了一声,"也许这是天意,我们原跟它没有缘分!"

"白忙乎了!"蛋和尚余怒不息,"亏得二奎没死,死了也白死!"

话音未了,只听扑通一声,童蛟跃入了红鳖池。而就在这一瞬之间,蛋和尚无意中看到草丛中一堆白乎乎的纸片!就像馋猫发现老鼠一般,他猛蹿过去,把它们擒拿在怀里。点了点,整整四片,一片不少!他这才想到,童蛟在下巉岩时腰带磨断了。她一定疏忽了这一点,才把功谱塞在怀里,想不到功谱却从衣摆下面漏掉!于是,蛋和尚激动得连蹦带跳地把纸高高举在空中,挥舞着:"妹妹! ……功谱……在这儿啦……"

童蛟虽在水底,却清晰地听到了岸上的欢叫声。她突然感到一阵从未有过的委屈与心酸,不禁在深水里面洒了一泡眼泪。她急忙起水,爬到岸上,就把蛋和尚抓住,湿漉漉的拳头雨点般地落在他的身上:"你坏、你坏!谁白活十一岁了?"

"咦?"蛋和尚狡猾地笑道,"你说我几岁?"

"十二岁。"

"不,实足的几岁?"

"十一岁。"

"是嘛,我是在骂自己哩!那脑袋瓜子笨得转不了弯的,也不是别人……"

"是你!"

"那么你哭什么呢?可见,这个'笨'字,有我的一半,也有你的一半哩!"

童蛟不禁破涕一笑。这时,金天柱为了先睹为快,已点燃了一根松枝。火焰突突地跳动着,使蛋和尚脸上的笑容显得加倍地诡谲不定,而童蛟那对秀目中,满涨的泪水也更加晶莹闪烁了。金天柱大为不忍,便道:"你这孽障还说她笨,听二奎说,用美酒、铅鞋去诓骗白猿的妙法还是她想出来的呢!你有她一半的聪明,我便十分满意了!"

童蛟听了,情不自禁向金天柱移动一步,偎靠着他。这几句包含着某种情意的话语让两颗忘年的心接近了。她仰视着他,本来转悠在她眼眶中的泪水便无声地沿着鼻梁直淌下来。金天柱脱下自己的上衣披在了她的身上。她亲昵地、动情地叫了他一声："大伯!"

蛋和尚见童蛟对父亲这样亲昵,也不知是醋意抑或惬意,心中酸溜溜、甜丝丝的,他望着他们,只管嘿嘿嘿傻笑,忘了把功谱展开。

"拿来!"童蛟大有反客为主之意,冷不防夺过功谱,并把它打开,立即有一行大字跳进了他们的眼帘:石仙人刻三影猴功拳。

"三影? 什么叫'三影'?"童蛟道。

"三影,是石仙人给这套武功起的名呗!"蛋和尚答道。

"那为什么要取'三影'这个名呀?"

这时,金天柱已把功谱接在手里了,他轻轻地念着:"练功学拳三戒:心不正者不可练。"他点了点头,又念,"周天阻滞者不可练。"

"呀!"童蛟失望地呼叫了一声,"我还没有通周天呢!"

"不要紧! 你叫我爹爹教你!"蛋和尚把"我爹爹"三字咬得特别重。

"大伯,你收我这个徒弟吗?"童蛟问。

"怎么不收? 还有鲍二奎,我知道他大周天也没通,一并收了,做我的关门徒弟吧!"

童蛟拍手笑道:"好哇好哇! ——还有第三戒,这上面怎么说呢?"

金天柱扫了一眼下文,倏地变了脸色,不禁幽幽地长叹了一声,道:"这第三戒说,已婚者若练此功,非伤即死! 早知有此一戒,我何苦徒损一目? 那班武林志士又何苦在此喋血殒命? 咳!"

下面是"鸟兽文译",金天柱走马观花,不甚了了。再下面才是功法拳谱的正文,密密麻麻,图文并茂,也不及细观,唯最后一句特别醒目,却是"下接蟠龙碑"。

"怎么……"蛋和尚噎了半天,"……没完?"

金天柱低下了头,沉吟不语,四周的空气仿佛一下凝固了起来。

"这老石也真是!"蛋和尚恍然若失,"不知还缺多少?"

"看来,还应该有一个套路! 恐怕石祖师不欲此功为一人所占,特遗一个套路在别处,好让练功学拳者知道,天下尚有高招,从而让他永不妄自尊大,骄傲自满!"

"我们偏要占全了它!"

"要觅到蟠龙碑,谈何容易? 这好比大海捞针,全看你们的福分了!"

正嗟叹之间,远远地只见白马台处,不知什么时候燃起了篝火,火光勾勒着一幅惨烈画面的轮廓:在一个反吊在树枝上的人影下面,有人正挥动着短棍。蛋和尚和童蛟同时感到心在哆嗦,因为他们都听到了呼号,虽是遥远的、轻微的,却是极惨痛,又似乎是极熟悉的!

"二奎出事了!"

蛋和尚和童蛟连忙收起功谱,提起轻功跟在金天柱后面,直奔白马台。鲍二奎的一阵紧似一阵的叫喊声越来越清晰,也越来越揪心。当他们赶到白马台时,果见一棵大树上,鲍二奎被剥了上衣,高高地悬挂着。树盖下,一堆篝火照着三条人影。离火堆最近的是一位十四五岁的少年,满脸紫泡,目光阴冷,却也不失俊秀飘逸。他的旁边却是一位窈窕淑女,大不了少年一两岁。瓜子脸、丹凤眼,看上去婀娜苗条,似乎弱不禁风的样子。然而,她秀眉偶尔一挑,点漆般的双眸便射出两道极亮的星光,金天柱不禁为之一凛! 另一位大汉手执短棍,此时恭立在少年身后,陷落在他墨黑的阴影里。少年稍一移动,大汉斧削般的黑脸才暴露在火光之中,映出他左颊上的一条粗深的刀疤。蛋和尚认出他正是昨夜偷碑的"刀疤"。金天柱脸上却露出了一丝鄙夷刻薄的冷笑。三年前,这个刀疤自以为拳脚过人,便来白马涧寻衅比武,并口出狂言,肆意辱骂"独眼掌"。谁知一交手,也不过几个回合,就被金天柱击倒在地。那黑脸撞在锋利的山石上,从此破了相。也是冤家路窄,今天又在这里相见。如果没记错,这个"刀疤"姓屠名仲,还有个诨号叫"肉百脚"。

这时,紫泡少年从火堆中捡起一根燃烧着的树枝,走到鲍二奎面前:"你不招供,我就烧你!"

金天柱立即闪身出来,抱拳道:"不知这位公子何事冒犯小英雄,竟要对他施加火刑?"

紫泡少年转过身来,沉冷的目光打量着金天柱。

"太子!"肉百脚屠仲抢上一步道,"这就是独眼掌金天柱!"

美貌女郎的星眼闪烁了一下:"是那个小和尚的父亲?"

"只怕是的,郡主! 昨天夜里小和尚无端把哥们打了,还差点坏了我们的好事!"

金天柱见屠仲称他们是"太子""郡主",心中十分疑惑,便道:"倘若犬子得罪了诸位英雄,金天柱当面赔罪就是!"

紫泡少年和美貌女郎见金天柱举止有礼,也稍稍缓和了脸色。屠仲却一声狞笑,指着金天柱的鼻子道:"姓金的! 快收起你那假惺惺的两面嘴脸吧! 你现在称我们'英雄',昨天又何必指使儿子诟骂'郡主''太子'是两只狗熊呢!"

话声未了,冷不防出手一棍,金天柱何等敏捷,连忙闪避。屠仲原是他手下败将,今天竟敢气势汹汹指着鼻子训斥金天柱,分明狗仗人势、狐假虎威! 金天柱一时十分气恼,右手遂推出一掌,也是迅雷不及掩耳! 屠仲毕竟根底甚浅,砰的一声,前胸中掌,一口鲜血喷出,脸色迅即转紫,晃了两晃,早倒在地上,不能动弹。

女郎勃然大怒,铮地抽出佩剑,圆睁了凤目,道:"独眼掌,你也不要欺人太甚了!"

金天柱正要解释他们之间的过节,紫泡少年已伸手拦住了女郎,对她道:"阿姐何必亲自动手? 由小弟来教训他便是了!"

说罢,紫泡少年从腰间抽出了佩刀,金天柱也不得不从背上拔出刀来,左手掌搭在右手背上,对少年道:"既然不容在下分辩,金天柱就不得不奉陪了! 进招吧!"

紫泡少年知道金天柱因为辈高,不肯先动手,便虚出一招,向他砍来,也不过三分功力。金天柱冷笑一声,运力去掀它。须知金天柱使的乃是一柄家传的七星宝刀,能削铁断钢! 两兵相交,紫泡少年的腰刀立即折为两截。他稍稍一怔,即弃了断刀,却并不后退,显然是要徒手来斗。金天柱见他失了兵器,便不肯占他便宜,也把七星刀扔在地上。

紫泡少年呼地一掌,出手之间,掌心手背翻转两次,风云倏忽。金天柱不由惊呼道:"落魂掌!"

幸亏金天柱见多识广,在飘忽变幻中认得他的落掌点,急出应变异招。但金天柱因为自己辈分比他高,且对手毕竟未脱稚气,故下手也不肯过绝。岂知紫泡少年不再领情,闪身避过,双足飞起,翩然诚如反踢马蹄!同时又出一掌,眼看奔袭中盘,掌到之时,却对着咽喉,十分凶狠!天柱以左手封闭门户,右掌切进。但新招甫起,紫泡少年兀自抢到了他的前面,右手剑指对准金天柱胃脘直戳过来,逼金天柱疾退一步。蛋和尚见父亲已处劣势,向童蛟丢个眼色,蓦地跳进战圈,三人合围紫泡少年!

金天柱见"三吃一",不觉脸上无光,红一阵白一阵起来!他本想喝住他们,但那紫泡少年攻势着实凌厉,若以一对一,明摆着要吃亏!不得已含羞默认了"现状"。

紫泡少年冷笑道:"你金家十八代都来,本太子又何惧之有?"

金天柱听了,便如万箭钻心。怒气刚动,只一走神,顷刻胸前中了一掌,喉头感到一阵血腥。他立即调气凝神,自知已受内伤,更不敢大意,否则难免大祸临头。

金天柱手一软,紫泡少年攻势更盛!又战了十余回合,他蓦地双手过头,向蛋和尚猛劈。蛋和尚侧身相避,谁知紫泡少年醉翁之意不在酒,他仅借着双手下劈的势头,身体向上跃起,恰如烈马腾空。与此同时,双腿飞出,正是极厉害的一招"铁马分蹄",令人防不胜防!蛋和尚和童蛟同被踢中,跌出数丈。金天柱大叫一声,一口鲜血喷射而出,只感一阵天旋地转,也跌倒在地。

紫泡少年擦了擦手上的汗,道:"我知道屠仲与你原有过节,我也知道屠仲刚才不过是一派胡言。你家小和尚不会知道二楼郡主娄钟玉,更不会知道一楼太子南宫戬,怎么会骂我们'狗熊'?只是你也太狠毒,怎的出手就把屠仲伤了?"

这时女郎才笑道:"好了!给他们这点教训也够了。那个自称'瞻日烟囱'的呆子看来也不像知道'玉钥匙'的下落。我们走吧!"走了几步,又转过身来,道,"我们把屠仲交给你们,你们如果不想提心吊胆过日子,那么切不要和他过不去!"说时,她从衣兜里摸出一个小瓷瓶,倒出几粒药丸来,采一片树叶包了,扔给金天柱,"这是伤药,每人一丸,可以活得性命!"

女郎似乎十分细心,扬起金莲把七星宝刀踢到金天柱手边,然后与紫泡少年悄然而去。

于是,这一块临时的战场又恢复了荒野的寂静。一只野狼也许是闻到了空气中的血腥,特从远处奔来。恰恰掠过一阵山风,篝火的火焰倏地蹿高了许多,吓得它往后便逃。然后,它似乎并不死心,终于停步、回身,伸出它长长的舌头来,一动不动,在窥视着什么,等待着什么!

高高挂在树枝上的鲍二奎,把刚才惊心动魄的一幕全看在眼里,不觉三魂少了两魂。这时他方才惊魂回归,大哭道:"和尚他爹爹,你救了我,我倒害了你啦!"

只见金天柱勉强挪动着身体,拾过了七星宝刀。他看了二奎一眼,突然竭尽全力一甩,那宝刀越过高蹿的火苗,直向鲍二奎飞去。二奎下意识把头一缩,吓得半句哭声咽回了肚皮,又差点晕了过去!宝刀从他头皮上擦过,不偏不倚,削断了悬挂他的树枝。他扑通一声掉在地上,才知道"和尚他爹"并不是要杀他。

鲍二奎连忙爬起来,迫不及待地在刀刃上割断了捆绑双手的绳索。第一件事,自然是找些泉水来,把那伤药拿来救金天柱。

"是童骨丹吗?"金天柱喘着气问。

"管它'铜骨丹''铁骨丹',只要能救伤就行!"鲍二奎说。

"不,如果是伤天害理的童骨丹,我宁死不用!"

"可我不识货哪!"二奎叫道。

"拿来我看,我认得!"童蛟忍痛喊道。

"连我都不认得,你怎么认得?"二奎大大不服,但又不得不给她看。

"不是不是,童骨丹是红的,这是黑的!"

"你怎么知道童骨丹是红的?"金天柱将信将疑。

"昨天夜里,落魂岛的白日无常来我家害我母亲,亏得蛋哥哥救了性命。蛋哥哥……"

蛋和尚正在脸红。父亲这样正气浩然,宁死不用童骨丹,而昨夜他倒一连用了两颗。他怕童蛟说了出来,就拼命大叫道:"哎呀呀,痛死我啦!痛死我啦!"

金天柱料童蛟真见过童骨丹,便放心吞了药丸。蛋和尚、童蛟也吃了。果然药物有灵,不消片刻,都恢复了元气。

鲍二奎提起七星宝刀,就要杀屠仲。金天柱喝了声:"不忙!"

"我一人做事一人当!让郡主、太子找我好了!"鲍二奎愤愤地说。

"不,我是怕污了我的宝刀!"金天柱故意郑重其事地说。

"不如挖个坑把他活埋了,也好不落痕迹。即使什么'郡主''太子'要来算账,他们也没有证据了!"

屠仲着急道:"郡主给了你们灵丹妙药,你们不能忘恩负义!"

"呔!究竟是谁忘恩负义?"金天柱怒道,"三年前我俩比武,曾立过生死之约。但是,我胜了以后也并未为难你!虽说你脸上留下了个疤痕,也只怪你自作自受!今天见了恩人,造谣诬陷也罢了,何故出手偷袭,恩将仇报?"

"这是小的一念之差!"屠仲不得不告饶了,"今天你再饶我一次,日后自当犬马报效!"

"要饶你倒也不难,只需你办一件事!"

"有些事,小的没有能力去办的呀!"

"这是极容易的事!只要你把上阳山来盗碑和寻找'玉钥匙'的原委,一五一十从头说出来,就饶了你!"

"这……"屠仲面有难色,"说出来可是死罪哪!"

"我们不向外宣扬,有谁知道你说了些什么呢?"

"好吧!……你先把伤药给我吃了!"

"先说,再给你!"鲍二奎说。

"不,先让他吃了!"金天柱道,"我们不怕他逃跑。再说,让他吃了,讲起来也好有点精神!"

金天柱就把伤药递给他,眼中透射出一种令人胆寒的可怕力量,咄咄逼人地向屠仲紧逼过去。

屠仲吞了药。他已不是第一次吞服这种由郡主亲自监制的"百草丸"了。每次服下肚去,总先要感到一种麻酥酥的热流向全身扩散开,然后在重创区感到一阵冰凉、一阵奇痒。这回因伤重,预示着复原的痒感姗姗来迟。他嗫嚅地面对金天柱的遥视,深深地吁了一口气。

"实不相瞒,"他说,"在落魂岛青石滩,我们偶尔发现一块青石块上刻着'石仙人葬于此'几个大字,旁边还有一行鸟兽文,却被我们郡主破译了。才知道:石仙人墓葬的图刻在白马台碑上。郡主因而命我等四人前来盗碑。按照白马台碑上的刻图所示,果然找到了一个石窟,只是无法进入。亏得碑后还有鸟兽文,说只有得了白马台的'玉钥匙'才能进去。还说……"屠仲说着戛然而止。

"还说什么?"金天柱、蛋和尚、童蛟异口同声地追问。

屠仲喝了口泉水,一种消退的恐惧又涌上了心头:"你们说话算数吗?"

"我们可不是你这样的小人!"

屠仲这才道:"听郡主说,有一个天下无敌的武功套路,刻在石仙人墓内的蟠龙碑上……"

"打住!"金天柱早已热汗涔涔了,"……你走吧!"

屠仲得赦,连滚带爬,溜之大吉。蛋和尚激动万分,搂着父亲道:"爹,这不是踏破铁鞋无觅处,得来全不费工夫吗?"

金天柱想到《三影猴功拳》上有一段"鸟兽文译",急忙再次打开来浏览,上面写得明白,白马台碑即是"玉钥匙"!只要插入石窟附近的一口枯洞,即能引动机关,使石扉自开。——只是娄钟玉没有破译清楚,误以为玉钥匙和台碑是两码事,还遗留在白马台!这样看来,玉钥匙落在落魂岛强人手里,而它启动的秘密却在自己的掌握之中。造物何以偏要做出如此安排?落魂岛主栾世雄的绝世武功,他早已耳闻。万不料岛上还有南宫戬这样的人物!娄钟玉虽未出手,他已隐约感到其武功不会在南宫戳之下。蛋和尚恰如一头初生的牛犊!他既敢进白猿洞,难保他不去落魂岛。这正是他对这个大胆儿子最感焦虑忧心的!眼下,蛋和尚那种喜形于色的神态,已经在向他预示什么了,他的心不禁一阵悸动!

他既然难以约束自己的儿子,唯一的指望是,儿子他们能够把已经到手的"三影"功法真正学成。这样,蛋和尚还有可能取得蟠龙碑——虽然成功的机会微乎其微!

"爹,你怎么了?"蛋和尚似乎觉察到了什么,问道。

"没什么!"金天柱只是抬起头来,神色凛然,他看了看月亮,道,"我们回去吧!"

第七回　醋坊桥船伯骗二奎　三清殿神拳惊白豹

蛋和尚十二岁那年,碎碑手初成。恰此时,姐姐金丽娟随夫充军三千里。出于激愤,他伸手一掌把镇东里石桥堍一株斗粗的椐树拍断。其后,金天柱在原地又种了一棵。如今过了三载,小椐树已初成气候,翠绿掩映,婆娑生姿。行人过时,都情不自禁要在桥上驻足观望一会儿,想象一下老树的雄姿,以及它在一只小手挥动下如何訇然倒下的壮观。渐渐地,里石桥便得了一个副名,叫"望椐桥"——这自然是后话了。

此刻,里石桥正沉浸在秋日黎明前的薄霭中。桥南里许之外,作为白马涧屏障的高景山,就像黑色的剪影矗立着,与西北角险峻的阳山形成一种掎角之势。它的馒头似的山顶正托着一轮圆月,浩渺瑰奇,与山影形成强烈反差,加深了夜空的神秘和不可知。

蛋和尚站在那个"馒头顶"上,正沉浸在三影功法的奇特的内在体验中。他猜想这三影功法或许是石仙人和猢狲的共同创造。人神其内而猴形其外,相辅相成,相生相灭。现在他只要略一凝神,就能使真气向丹田凝集,霎时间,百穴俱满,而四肢、躯体即为下意识所统摄。所有的自发动作看来似乎是对猴形的单纯模仿,其实奥妙无穷!它的至高无上的境界就是真气一旦为意念所摄时而达到的那种随心所欲。气功与武术的精妙结合乃是这种秘功的精髓。因此,它无须强调一招一式的规范,它始终要求把主要精力放在练精化气、练气化神、练神摄形的过程中。气有时可以表现为某种超自然的能量,通过表达心境的形体动作向外释放。威力的强弱,完全取决于功底的积累,即纯粹无杂的意念对人体三宝——精、气、神的统率与把握。蛋和尚苦练三年,已悟得其中三昧。在昨天和父亲的一场非正式的比试中,已经初露锋芒,他虽然只练就了功谱的前半部,却使金天柱在数十招之内败北。据金天柱估计,蛋和尚的武艺与南宫戬相比,也只在其上,不在其下。

金天柱自然高兴。何况他自己的两个"关门徒弟"——鲍二奎和童蛟,都已经能够碎碑裂石,金家掌的功力也不亚于三年前的蛋和尚了。童蛟周天已通,鲍二奎气功底子原比童蛟好,只因受过铁头金刚白豹"泛魔"功法的指点,稍稍入了魔,不得不花大气力拨乱反正,前些日子也终于通了大周天。再经一段时间固气,则可与童蛟一起,由蛋和尚传授三影功了。

作为一种奖赏,金天柱在高兴之余,就同意他们进苏州城游逛一天。白马涧到苏州城里,也不过十八里路程。大凡乡下人,因囊中羞涩,成人都难得进城,何况孩童?蛋和尚和二奎、童蛟都醉心于武学,有闲之时,也只知道游山玩水。生来这么大,还不知道"城"为何物。金天柱的这个奖赏,难怪要让他们喜出望外了。

今天鸡叫二遍之时,三人在高景山泉亭旁,练功三遍。原来,这高景山堪称城西诸山之秀。南宋范成大咏高景山泉亭之诗,可见一斑。诗云:

> 收拾风烟锁翠微,乱山穷处结岩扉。
> 青天不尽鸟飞尽,吴楚川原似衲衣。

这泉亭便是练功学武的好所在了。练毕,三人择路而下,踏着浅白色的熹微,先过了茶尖村,又沿着七里塘一路东去。虽是田岸小道,但不乏鸟语花香。过了狮子山,就到了枫桥镇。他们站在江枫桥上。

此时,晨雾初散,旭日东临,大运河上橹声欸乃,帆樯如林。不远处,是一座乌瓦黄墙的寺院,掩映在苍松翠柏之间。庙前的照墙上书

写着"寒山寺"三个大字。沉雄的晨钟,正在那些飞檐翘角的建筑群落中间萦绕递送,不绝于耳。范成大又曾留诗,描摹枫桥的情景:

> 朱门白壁枕湾流,桃李无言满屋头。
> 墙上浮图路旁堠,送人南北管离愁!

蛋和尚在桥上伫立片刻,顿然似有所悟。在下桥时,他问他的二弟、三妹:"你们猜,我在这里看到了什么?"

"什么呀?"

"诗!"

"诗?在哪里?我们怎么看不见?"

蛋和尚竭力捕捉闪现在脑际的那种通灵的意境,他很想告诉他的伙伴们。可惜,他不知道怎样才能表达它们!

"也怪!"他说,"我明明意会到了,就是说不出!"

"说不出是因为没人罚你吃老酒!"鲍二奎说,"诗不是作出来的,而是罚出来的!三年前吃结拜酒,我不是也有了好诗?"他得意地又念道,"早上放个屁,骑马到山西……"

"好了好了!"童蛟笑道,"你再作诗,我又要笑得走不动路了!"

"我想,"蛋和尚语气一转,却十分凝重,"我们应该多读点书才好呢!"

"哈!"二奎笑道,"你是怕'武夫'之名不好听,是不是?"

"能文能武不是更好吗?我今天进城说不定要买几本书回去呢!买什么书好,到时还请二位给哥俩谋划一下,如何?"

他们边走边聊,不觉到了苏州环城河边,过了吊桥,一座高耸的城楼挡住了去路。清一色的大青砖砌成的城墙,巍峨雄浑,而又不失精巧秀丽。抬头看时,见一块石匾镶嵌在高处,刻着两个蓝底金字:阊门。

三个拱形的城门洞,一字排列着。在它们的后面是一条整齐的街道。洞口仿佛衔接着三个色彩缤纷的万花筒。向里望去,只见红、黄、蓝、白、紫,各色招商帘儿迎风展动。有酒肆、茶馆、客栈、布庄、书场、戏院、银楼、当铺、药店、车行……衣食住行,一应俱全。街中间,车水马龙,熙熙攘攘,十分热闹。蛋和尚他们东张西望、前顾后盼,半天走不完一条街。偏偏鲍二奎又带了许多银子,管他甜的、咸的、酸的、辣的,凡是没吃过的,他们便要去买来尝尝。苏州多的是零食小吃店:采芝斋、稻香村、一品香、松鹤楼,这些传世名店,如何能不去光顾? 他们又说又笑,就好有一比——老鼠落进米缸里,把他们快活杀了!

他们逛大街,穿细巷,跨小桥,过流水,到了一个三岔口,一座细巧的白玉般的拱桥横亘在前。桥柱上矗立着两对生动的石狮,石狮下红漆填槽,刻着"醋坊桥"三字。桥下,一湾绿水潺潺而流。桥洞下停了一艘赤膊航船。一个船夫点旺了行灶,正在煮饭。炊烟袅袅,游丝般地漂移在水面上。桥西粉墙上,原来贴满的招商海报,不知什么时候被洗劫一空。一张盖着苏州府朱印的布告独占在那里,因而分外醒目。上面写道:

> 本府为落魂岛强人骚扰日久,故在玄妙观设台招贤。有胜台主者,不论男女贫贱,即封平湖都将,赏赐千金,以完天下英雄报国之宏愿。
> 此布!
>
> 苏州知府　陈世杰

蛋和尚他们看到这张布告,内心深处都立即感到了一种兴奋的刺激。这种刺激绝不来源于那封官赐金的许诺,而是这张布告勾起了他们潜在的那种比武的冲动。他们不约而同嘿嘿地笑了起来。

"我们到玄妙观看热闹去,怎么样?"

"太好了! 其实那些大街小巷也没什么好玩的,我就有点儿腻了!"

"我也是,灯红酒绿看多了,也不稀奇! 比武才是百看不厌的!"

"就是不知玄妙观怎么走。"

"生了个嘴巴不会问人吗?"鲍二奎十分自负地拍了拍胸脯,"我去问来!"

鲍二奎双眼扫了扫四周,行人虽然不少,但一个个面皮白净,见了乡下佬,他们的嘴角总爱往下撇。鲍二奎十二分地不舒服!他一眼瞧见那个船夫,倒是个地道的乡下人。鲍二奎宁可多走几步,下了桥墩。

船夫煮好了饭,正在桥旮旯处撒尿。

鲍二奎走到他身后,猛地拍了拍他的肩膀:"喂!船家!"

船夫吓了一跳,半拉子尿缩了回去:"什、什么事?"

"请问,玄妙观在哪里?"

船夫气得脸色发青,骂道:"浑蛋!问讯也不拣个时辰!"

鲍二奎心想:"妈妈的!这个乡下人比城里人更厉害!"可他要是问不到讯,刚才便白拍了胸脯,也只得忍气吞声:"对不起!劳驾指点指点!"

"不就是玄妙观吗?"船夫又恶狠狠地瞪了他一眼,"从这往北,碰鼻子转弯,往西到不是塔……"

"什么?不是塔?究竟是塔不是塔?"

"怎么不是塔?它的名字就叫'不是塔'!"

鲍二奎心中嘀咕,哪个混账的东西给宝塔起了"不是塔"的大号!他于是又问:"到了不是塔,然后怎么走?"

船夫心里骂道:这个阿屈死!玄妙观就在眼前还来问讯,我索性来个弯弯绕,诓他白走阵子冤枉路,也算报了无端惊走我半拉子尿的仇!便道:"从不是塔向北,一路走,经过钱万里桥,到阊门……"

"阊门?阊门倒像见过!"

"见过就好。然后从阊门到胥门,再经过盘门到南门,到了南门就有近路了,直插葑门、相门、娄门、徐门,然后到平门……"

"这么远?"

"年纪轻轻的,这点路就怕了?"

"乘你船要多长时间?"

船夫的眉心突地一跳:"你要乘船吗?水路可近多了!"

"多少钱?"

船夫羞答答地伸出一个指头来,心想,到玄妙观不过半袋烟的工夫,我不如在牛角浜兜他一个圈圈,赚他一钱银子。

"才十两?"鲍二奎面露喜色,"不贵、不贵!"

鲍二奎当即付了银子,也不和蛋和尚、童蛟说起,只招呼他们登船。

船夫接着这三个财神,早喜悠悠地拔篙起锚。这时鲍二奎才看清桥角处原来写着四个大字:不准小便,旁边还画着一把菜刀。鲍二奎心中不禁大乐:"喂,船家!你怎么在那里解手?你不怕那把刀吗?"

蛋和尚、童蛟又笑得七歪八斜了。

苏州城里的河道密如蛛网,船夫兜了一个圈,路过一所塔院。

"你们一定不知道,"鲍二奎自作聪明,向蛋和尚、童蛟介绍道,"这明明是座塔,可偏偏取了个怪名,叫'不是塔'!"

言方了,猛一抬头,见一块招牌上写着"北寺塔胜景",才知自己上了船夫的当,不觉脸红语塞。好在蛋和尚、童蛟正在专心地观赏水巷景色,并不在意,不然又要引来一顿讥笑。

诸君!姑苏曾有"东方威尼斯"之名,在纵横交叉的河浜中游览,也算一件赏心乐事,而且古代的市河很少污染。身临其境,美不可言。有唐人白居易的诗句为证:

> 黄鹂巷口莺欲语,乌鹊河头冰已销。
> 绿浪东西南北水,红阑三百九十桥。
> 鸳鸯荡漾双双翅,杨柳交加万万条。
> 借问春风来早晚,只从前日到今朝。

那船慢悠悠地兜着风,蛋和尚三人倒并不着急。好一会,船又回到了醋坊桥。鲍二奎便起疑心:"这座桥怎么这样眼熟?"

"苏州的桥造得都是差不多的!"船夫说。

"不对!"鲍二奎立起身来,"那桥旮旯里,怎么也画着把菜刀?"

"管它呢!"船夫红着脸,"城里人爱清洁,到处画菜刀,不过吓吓我们乱撒尿的乡下人!"

蛋和尚、童蛟又大笑起来,鲍二奎也随着傻笑了一阵。亏得他们不知道他花了十两银子,否则,他们也许还要笑上好几天!

"他耍了我们!"蛋和尚小声问二奎,"你给了他多少银子?"

"不多、不多!"鲍二奎不得不打落牙齿往肚里吞,他竖起了一根指头,"我只花了这个数,让你们在城里的河浜中兜兜风!"

玄妙观坐落在闹市中心。蛋和尚他们上了岸就在人隙中鱼贯而进,从太监弄进入宫巷。宫巷尽处,便是全城最繁华的一条街,也因玄妙观而得名,谓之"观前街"。宫巷与玄妙观前殿的正山门隔街相对。前殿中塑着四天王,一个个顶天立地。不消说,蛋和尚也能一个个叫出他们的名字:魔里红、魔里青、魔里海、魔里寿。只是这里的天王气派非凡,乡下小庙中的四天王恐怕不及它们半截子腿那么大。鲍二奎忽作异想:那绿面孔天王手中的大阳伞归了自己该多棒,呼啦一打开,管你南拳、北腿、少林、武当,统统摄了进去,岂不痛快?

浏览之间过了前殿。殿后是一个极大的四合院。劈面的三清殿,雄浑而磅礴。一条砖砌的甬道,从正山门直抵三清殿前高高的露坛下。院子的两翼,罗列着各类神殿。东、西、南、北四角均有角门与外界通连。甬道两旁宽广的空地上,各种颜色的遮阳大伞铺天盖地。斗蟋蟀的,耍猴子的,卖膏药的,玩杂技的,纷纷圈地为营。算命占卜的,说书唱曲的,做媒的,拉皮条的,也俱得其所。至于那班闲游的、偷盗的、乞食的、烧香的,就像游鱼一样在人群中川流不息。一个小贩,两手掇着一个大藤匾,匾中南瓜子、西瓜子、豆腐干、脆梅、花生米,一应零食,应有尽有。脆生生的大嗓门却又得天独厚,时不时吆喝一两声:"阿要腌金花菜黄连头! 阿要刮啦啦啦山笆盐炒豆! ……"

招贤台就设在三清殿前的露坛上。这里彩旗招展、威武肃穆,然而过于冷清落寞,与前面的喧哗、嘈杂恰成对照。露坛正中,一位少年台主就像一尊木雕菩萨似的在蒲团上闭目静坐。他或许已临忘我,沉浸在一种超脱的气功境界中。但他的眉眼唇角,却显示着无法摆脱的凡尘的诱惑。一种不可一世的骄横,以及好大喜功的秉性正清晰地刻写在那里。

"咦?原来是他!"鲍二奎忽然惊呼了一声。

"他是谁?你认识?"

"他就是我的师父,铁头金刚白豹!"

"是偷你家金器古玩的那个臭贼吗?"蛋和尚想起自己差点成了他固气的牺牲品时,不觉怒从心起,又道,"既然他在这里献丑,我们就会会他去!"

他们正要从露坛的边梯登台时,守梯的军士却把手中长矛一横,拦住了他们的去路:"去!到别处玩去!"

"我们要打擂!"

"打擂?"军士把他们打量了一番,脸上却没有一丝小觑他们的神色。因为他早有一种见解,真正强大的高手,往往惯用一种懦弱的外形遮掩。例如,干瘪龙钟的老者,弱不禁风的女子,面黄肌瘦的病夫、乞丐等。开台以来,他却从未经历过这样的奇遇,所见到的都是一些外貌威武的武士,尽管看上去气壮如牛,却不堪白道长一击。这原是在他意料之中的事。眼下三位乳臭未干的小不点竟要来打擂,使他眼前一亮,肃然敬畏。

"要知道,在这儿被打死了是白死!"

"那好,也省得我们赔棺材!"

军士觉得那个小和尚回答得够气派!但他必须履行职责,交战前明白地对求战者继续进行告诫:"你们别小看了白台主!开台十天,已有多少名师被他打败!而且,不败则已,败则丧身!这几天苏州武界一个个龟缩着不敢露面了。这擂台因而也越开越冷落,全慑于白道长的武威!你们现在后退还来得及,若上了台,是没后悔药吃的!"

童蛟一把捏住了他手中的矛柄,厉声道:"你看我们是吃后悔药的人吗?"

军士勃然变色。因为他看到童蛟捏过的地方,留下了深深的指印。

"啊呀呀,真是有眼不识泰山!是否女英雄先去会会台主?"

"也好!"

童蛟阔步上了台,到了露坛中央,拱手道:"台主请了!"

不料白豹旁若无人,连眼皮都没抬一抬。童蛟大声道:"我是来打擂的!"

白豹这才半睁了眼,斜睨着她,半晌只说了一句话:"好男不和女斗!"

这分明是小觑了她。童蛟的声音透出了隐约的愤懑:"官府讲的是不分男女贵贱,都可以打擂台!你莫不是没本事,打不动了?"

童蛟说罢劈面一掌!这是金家掌中掌风最凌厉的一招:"快马追风"。童蛟倒并不是故意偷袭,只因白豹过分傲慢无礼,想借掌风吓唬他一下,逗他起身对阵。岂知白豹闻风,面色自若,非但不避,反用头颅来迎掌。须知童蛟眼下也能开碑裂石,砰的一声,童蛟心中十分纠结:靠着偷袭,把人家脑袋打烂了,虽胜犹耻,恐怕要为天下英雄笑话。心念刚起,忽感手掌一阵麻痛,才猛然想起,白豹人称"铁头金刚",果然名不虚传!而就在这瞬息之间,白豹睁开了眼,眼里闪出了辛辣的笑意。依然一句老话,却像沉重的铅块向她掷来:"好男不和女斗!"

童蛟面红耳赤!她明白,尽管自己金家掌初成,眼下却丝毫不能伤他,与他对阵,只有挨打的份。一种恍然若失的空虚感与初战失利的惶急心绪,使她几乎窒息。她感到喉头被硬结塞住了。她尽量克制住自己,要不,那个硬结就要催动泪泉化作倾盆大雨了!她快快地离开了白豹,下了露坛。

"怎么,你只给他一下?"鲍二奎问。

"他看不起我们姑娘家!"她心里酸酸的,"他死也不肯出手,说什么'好男不和女斗'!呸!"

"那么让我去收拾他!也好为你出气!"鲍二奎安慰她。

蛋和尚一把抓住他:"他练的是旁门左道!也许这几年泛魔邪功被他练成了,你得小心!"

"放心!"

鲍二奎说时上了露坛，冷不丁大喊一声："喂！"

白豹闻声一惊，迅速睁开眼来："咦？你怎么来了？"

"你这个牛鼻子小道，也是一般的'布毛屎'！我好意请你到家，拜你为师，怎的偷了我家的金银古董，就妈妈的逃之夭夭了？"

白豹红了脸："当初贫道无端被你破了气，几年的筑基功毁于一旦，让我今生今世再不能练泛魔神功了！难道让你赔区区一些金银还算过分吗？"

鲍二奎见他没有练成泛魔功，不觉更加胆壮气粗起来："那些旁门左道，毁了又有什么可惜的？你这牛鼻子偷金偷银罢了，又害得我一泡尿憋了几个时辰才撒下几滴来！——来来来，今天先吃我一掌！"

同是一掌"快马追风"，毕竟比童蛟老成，白豹不敢小觑，立即用左手封闭门户，右手一式"织女投梭"，回敬了他。

"公子先尝尝贫道的五毒手，不知滋味如何？"

原来白豹因为绝了泛魔的功缘，这几年便一心一意练他的另一宗师传秘功：五毒手。何谓五毒手？即在清明时节取井泥二十斤，用砂缸储之。待端午交节之际，取蜈蚣、赤蛇、壁虎、蜘蛛、癞蛤蟆各一种，拌着井泥捣烂，再加入白醋、烧酒等，成日地拍打。练气之时，又把泥涂于掌心，内气就被毒化了。一旦功成，掌风灼热，拂着肌肤，火辣辣地生疼。倘若受其一掌，轻则红肿、溃烂，重则叫你立时毙命！

当下，白豹一连三掌！鲍二奎虽然未被击中，但毒风拂过之处，痛不可言！急中生智，只得故技重演了："且慢，本公子尿急了，先告个假！"

"去吧！看在几天师徒的分上，贫道放你一马！"

"啧啧啧！好像本公子怕你一般！好拳还在后头，你等着！"

白豹不再搭理，依旧回到蒲团上，闭目养神，刚欲入定，一个脆生生的声音骂道："什么样的鸟道长，起来见个高下！"

白豹勃然大怒，跳起身来，吼道："贫道好意放你一马，你却只管来啰唣，不是找死吗？"

再定睛看时，站在前面的已不是鲍二奎，而是一个光脑袋的少年。

他脸上怒不怒、笑不笑,看上去胎毛也未必完全褪尽哩!

"咄! 你是谁?"

"瞻日烟囱的大哥蛋和尚的便是!"

白豹不知"瞻日烟囱"是何人,也不去追究,冷笑道:"既是和尚,就让道士来教训你!"

说罢,嗖嗖嗖,一连三掌。只是出掌时,蛋和尚明明就在眼前,落掌时却不见踪影:不是在背后,就是在身侧。白豹十分狐疑,不觉性起,双掌雨点般地向他劈落。

白豹自然不知三影猴拳的妙处。猿猴好动,手、眼、身、步,全在一个"敏"字上着落。蛋和尚入门之前,按谱首练"眼法"。初时注目静物,继而活体。眼下蛋和尚五步之外,一眼即能数清蚁群。而"意"对"气"的统摄亦臻纯熟,意到即能形到。此功也有刀枪不入的效应,但刀枪不入主要不在于皮肉的坚硬,而在于闪避之从容。因而,尽管白豹掌如雨点风片,也近不了蛋和尚真身半分。蛋和尚初试新功,得心应手,不觉喜出望外。约莫战了半个时辰,白豹已气喘吁吁,而蛋和尚仍然镇定自若,一会儿搔头摸耳,一会儿摩股挠臀! 如此又耍了他一会儿,便也想动动真格了! 白豹根本没有看清蛋和尚使了个什么花招,眼前黑影一闪,已见蛋和尚右手两指叉开,呼地向他两眼直戳过来。白豹叫了一声"不好",早是闪避不及。谁知蛋和尚手指戳着他的眼皮,却放他一马,点到即止。蛋和尚原非定要伤他,不过借他一试戳目之功。白豹的眼皮在受力的瞬间,魂魄已经惊走。须知惊必散气,气散了,金钟罩铁布衫的功夫要暂时解体。蛋和尚觑得真切,腾起一脚,就把白豹踢下了擂台。这一招原名"戳目惊心",无数武林高手丧身百丈崖,多半因白猿的这一绝招。所不同的是,蛋和尚留下了白豹的双眼,也算是他活学活用了三影功法。

台下欢声雷动! 原来他们的打斗,把整个玄妙观都吸引住了。一顶顶遮阳伞下早已空空如也。在场的,不论三教,还是九流,都拥到了三清殿前的露坛前面。有的还爬到了香炉顶上,伸长了头颈观望,眼看着白豹被个小不点踢下了擂台,雷鸣般的欢呼恰如排山倒海一样,几乎把三清殿掀翻!

看梯的军士第一个跑上去,把蛋和尚抱了起来。一会儿,又过来一队衙役,把一条彩带缠在他身上,一朵绸扎的大红花拴在胸前,足足遮去了他半个身体。

"小英雄,大人有请!"

"大人?哪个大人?"

"苏州的府台大人呀!"

蛋和尚忽然想起醋坊桥的布告,上面有个大红印戳,只是忘了府台的尊姓。

"就是那个世杰吗?"他脱口问道。

衙役都昏了头,竟也忘了避讳:"正是世杰!眼下,世杰大人正在三清殿上等着您哪!"

于是,蛋和尚在诸衙役的簇拥下,进了三清殿。三清殿上供奉着道家的三位尊神:太上老君、通天教主、元始天尊,一般地坐地顶天,果真伟岸飘逸,仙风道骨! 一位当官的,乌纱紫袍,三绺长髯,正从殿后向蛋和尚迎来。

"小英雄驾到,有失迎候!"

蛋和尚料他就是苏州府台了。

"你莫不就是苏州府台……"知府的尊姓蓦地从遗忘的角落中跳了出来,不禁脱口而出,"……府台陈世杰吗?"

陈世杰哈哈大笑:"下官正是陈世杰。"说时又亲切地搀着蛋和尚的手,叫一声,"看座!"

一个衙役搬来了一对乌木太师椅。知府先坐了。蛋和尚因为人小椅高,坐着时,双脚悬地半尺。

"小英雄尊姓大名?"

"你叫我蛋和尚好了!"

"那么,蛋……蛋英雄家住何处呢?"

"白马涧。"

"白马涧? 好地方!"

“你请我来，有什么事吗？”

“蛋英雄擂台夺魁，下官怎能食言？请英雄过来，一则领取赏金……”

“赏金？多少赏金？”

“纹银千两。”

“乖乖！”

“二则嘛，下官将面授英雄平湖都将之职。”

“平湖都将是干什么的呀？”

“为地方除害，专门捉强盗呀！”

“啊呀呀！”蛋和尚叫道，“捉强盗的事，你不能叫那个铁头金刚去做吗？”

“你说白道长？”知府吁了口气，“他乃是出家之人，志在云游。此番也是下官苦苦哀求，才答应在此充当一阵子台主呢！”

正说话间，门外一阵喧哗，数丈高的落地长窗砰的一声被撞开，七八个军士一齐跌倒在地。陈世杰倏然变了脸色，颤巍巍地高喊一声：“有、有刺客！”

第八回　无名客东园留警束　有心父西阁寄星刀

话音未落,两条人影业已闪到眼前,各出一臂,就直取陈世杰的长髯。蛋和尚急中生智,急忙运气于口,用内力吹出,让美髯翻起,倒卷面上。饶是迅捷异常,已被捋下了几根。蛋和尚随即叫道:"二弟、三妹! 还不住手! 这就是府台大人!"

"怎么,这就是府台大人?"二奎、童蛟也叫了起来。

"正、正是下官哪!"

"你这个下官也好没道理,"二奎指着他鼻子道,"我们和尚大哥把那牛鼻子的小道人打败了,你不给奖赏,怎的反而把他关在这里吃官司?"

"下官何曾关他呀?"

"这是能赖掉的吗?"童蛟说,"蛋哥哥一进来,就有人把门关了,还有十几个军士把守着呢!"

陈世杰这才惊魂初定。他见蛋和尚这一对弟妹,虽说鲁莽,却也是这样了得,那种遇才的喜悦很快在他双眸中流动,并替代了原有的惊慌与恼羞。他轮廓分明的唇角漾开了宽容的笑意:"误会、误会!"

"粗坯!"蛋和尚紧接着笑骂了一句,"世杰大人正在给我封官呢!"

"真的?!"二奎、童蛟惊喜地问道,"给你封个什么官呀?"

"他叫我当平湖都将,专门捉强盗。我正要跟你们商量,这个官当也不当?"

"还商量什么? 当!"鲍二奎眼中浮动着奇异的亮光,"你的三影功,我们的金家掌,难道一年到头吃素不成?"

童蛟把蛋和尚拉到一抱粗的庭柱后面,悄悄问道:"是对付落魂岛吗?"

"还用说吗?"

"那就当吧!"童蛟说,"落魂岛在太湖当中,当了这官,要船有船,要人有人,多方便呀!"

"我也这样想!"蛋和尚快活地说,忽又神秘地眨了眨眼睛,把话音放得更低了,"我心里一直惦记着那块蟠龙碑!……"

"我也是!"二奎和童蛟几乎异口同声。

三人相视而笑,仿佛他们在谈着一个颇有兴味的愉快话题。一会儿叽叽嘎嘎,一会儿叽叽咕咕,偶尔又咯咯地笑出几声来。蛋和尚面对着他们俩,忽地伸出两根小指头来,一只勾着他的,一只勾着她的,走到陈世杰的面前,认真地说:"我同意当官了! 不过你得答应,"他指着二奎、童蛟,"让他们当我的副官!"

陈世杰略一沉吟:"行! 就封他们副都将! 他们的身手我也见过,不必再考了!"他向一个衙役一点头,"还不快把座椅搬来!"

鲍二奎、童蛟见掀了他的胡子,他不但不气恼,反而封官礼待,一种受宠若惊之感油然而生。童蛟因见衙役为他们搬椅,又挺过意不去,便摇着手道:"不必劳驾搬椅了! 蛋哥哥的座椅挺宽敞的,我们可以坐在一块。二哥,你就跟世杰大人挤挤吧!"

鲍二奎果真挤到陈世杰的座椅上。陈世杰哭笑不得。二奎坐在他旁边,也是十二分地不自在,仿佛坐着针毡似的。他很快站了起来,道:"天色不早了,我们在这里做官,还得赶回家告知爹妈呢!"

陈世杰也站了起来,道:"三家府上,我即刻差人去报喜,同时还要奉上酬金聘银,你们尽可放心! 下官想请三位英雄在衙内下榻几天,我们还有好多好多话没聊完呢!"

蛋和尚三人当夜就在府衙的东花园住下了。蛋和尚睡的是一张锃亮的铜床。他嫌棕垫太柔软，睡着反觉腰骨子生疼，索性躺在地板上。鲍二奎、童蛟很快进入了梦乡，并发出了细柔的鼾声。蛋和尚却一时不能入睡。他一遍遍回忆着"戳目惊心"那一招的实战效应。这和徒手练习又自不同。他久久地沉浸在那种没法说清，但分明意会到了的神奇的武术境界中，沉浸在那种境遇诱发的强烈的振奋和欢乐之中。他忽然想到了蟠龙碑，那欢乐的冲动，就像潮水一样渐渐消退。蟠龙碑上刻着的一定是三影功法中最精彩的一个套路！而"玉钥匙"三年前就已经落在落魂岛强人手里了！但愿他们永远不知道白马台碑就是"玉钥匙"这个天大的秘密！此时，他恨不得立即打进落魂岛去，毁了匪窟，把"玉钥匙"抢到手中。想到这里，他忽然坐了起来，愣愣地出了半天神。

一种极轻微的声音在屋脊上响着，像猫的走动，又不像是猫。蛋和尚霍地跳起身来，窜出窗户，就纵身上了房脊。一片黑云正把月亮遮掩，四周立即陷落在阴沉的灰色里。夜风摇曳着乌黑的树枝，发出沙沙的声涛来。突然一声夜枭的怪号，使蛋和尚吃了一惊，随即是一阵寂静。他站在高处，远远地看见对面西花园一幢小楼的窗户中还泛着静谧的烛光，再不见什么动静。蛋和尚这才返回房中，刚要躺下，蓦地看见墙上多了一页纸片。急忙点亮了灯，见一枚细针射入粉墙，钉住了那片纸，纸上面草草地写着这么几个字：

小心你的光榔头！

蛋和尚也不禁骇然，有人竟能在他眼皮底下，把警柬钉在他的卧室中，而他连对方的影子都没见着！他忙把鲍二奎、童蛟推醒，把警柬给他们看了。

"妈妈的！这必定是落魂岛的强人光临了！"二奎说。

"莫不是南宫戬来了？要不然是娄钟玉！"童蛟说。

"管他什么人！"蛋和尚说，"你们俩一个到前院，一个留在东园，我去西园，各自搜寻一遍，遇到可疑人影，就盯住他，见机行事。"

"说得是!"

说罢,鲍二奎、童蛟嗖嗖地蹿出窗外。蛋和尚便进了西园,听风辨声,仍不见什么动静。只有那幢小楼中的烛光依然亮着。在那里,他曾和世杰大人共进了晚餐。夜深了,世杰大人还没有睡。他生怕那里会发生什么情况,便先到了楼前。

小楼造在一片湖泊之中,有一座曲桥与岸连通。蛋和尚已知道,那湖中布满了水雷。曲桥的折弯处,都有军士把守。若前面发生战事,后面可把一截桥板扯起。桥柱中还安置了炸药,必要的时候还可把桥炸毁。这是苏州府商议军机和进行时政决策的重要处所,闲人绝不准进入。然而蛋和尚例外,陈世杰下了令,今后蛋和尚进见,军士可以随时放行。

蛋和尚当下进了湖心楼。

"咦?"陈世杰不免惊讶地望着他,"小都将半夜造访,难道有什么见教吗?"

蛋和尚把那一片警柬摊到了陈世杰面前。陈世杰看了一眼,不觉皱起了眉头。

"你是否害怕?"

"不!"蛋和尚说,"我倒怕歹人光临你这里!"

陈世杰哈哈大笑起来:"这里没有什么值钱的东西,除了这满屋子的书,便只有下官的一颗头颅了!"

蛋和尚不禁再次打量了这间屋子,四壁尽是书架,书架上放满了各式线装书本。一个念头蓦地跳进蛋和尚的脑际:这胡子怎么看得了这么多的书? 莫非故作斯文,摆着好看? 他把眼光落在临窗的方桌上。一架银制的烛台,正点着六支蜡烛,火焰静静地燃烧着。烛台下面也摊着一本书,书前是一个长方的大理石石盘,里面有山有水,乃是绝妙的水石盆景,在烛光照耀下,比白天更觉诱人了。这次他没有了拘束,走上前去把它细细地观赏了一番。

"喂,胡……"幸亏一个"子"字未曾出口,蛋和尚立即转口道,"世杰大人,这盘里装的是什么景?"

"这里装着三万六千顷太湖呀!"陈世杰回答了他。

蛋和尚蓦然一惊,用手指着插着蓝色纸旗的一个黑色岛屿,道:"那么,这里一定是落魂岛!"

"不错!那正是湖匪的大本营。他们打家劫船,无所不为!近几年又吞并了许多小股水盗。看来,他们的目标是要一统太湖,然后割据称雄!"

蛋和尚听着,眼光始终没有离开石盘。他见落魂岛周围的许多小岛都插着黄旗,旗下画着一支支红色的箭头,正围射着落魂岛,心中不觉一动,忙问:"这些插黄旗的小岛,都在你的手中吗?"

"不!"陈世杰摇了摇头,"有些在官军手里,有些被落魂岛或其他水盗控制着。本府决定在年底前先收复这些外围的岛屿,然后——"他说时用双手做了一个合围的手势。

"不对、不对!"蛋和尚忽然叫了起来,"既是合围,这个方向也有岛屿,为什么不插黄旗?你这张渔网不就有个大洞洞了吗?"

"啊哈!"陈世杰笑出了声,然后他把眼光投向桌上的那本书,道,"孙子说过,'围师必阙'!你围得它太紧了,他们为了死里逃生,就能以一当十,不如给他们留个逃生的门儿,他们便不肯死战,都想着要逃命了!然而,真能逃出这张网的,充其量也是些残兵败将,然后再去收拾他们,岂非势如破竹吗?"

蛋和尚想,世杰大人的这个"孙子",可称得上是位奇人,竟能献上"围师必阙"这样的妙计。也不知他的"孙子"几周岁了,要有机会能和他结识才好呢!

正胡思乱想间,陈世杰眼中那种素有的淡泊与慈爱,忽地消失了,而代之以肃穆与深邃。他正色道:"蛋英雄,你来得正好,下官正有许多话要跟你私下里商议呢!你知道,本府的前任也力主剿匪,然而三年多来,屡剿屡败。他们所以损兵折将,其实是因为对敌情一无所知!本府把希望寄托在小英雄身上,英雄若能……"

"我能做些什么呢?"

蛋和尚说时,已觉十分不安。让他去对付一两个盗魁自是在所不辞,倘若要他率领千军万马去收复落魂岛,连自己也觉匪夷所思,从而不觉脸热心跳起来。

"小英雄艺胆过人,必能助本府一臂之力!……"

"怎么个助法呢?"蛋和尚焦急地问道。

"孤胆深入落魂岛去!自然,我并不要你与众盗去见一日之高低,只要你把落魂岛的地形地貌、水域情况侦察清楚,你便立下第一奇功了!"

陈世杰的话音顿挫有力,带着无限的信任。他的双眼闪烁着殷切的期盼之光。蛋和尚感到了他那温文尔雅的风度中掩盖着的真正的刚毅与自信。他为用不着去指挥千军万马而感到轻松,同时又为陈世杰仅仅叫他去侦察,而没有让他去做诸如摘取盗魁首级这一类的事而感到些许失落。不过他十分乐意地答应了世杰大人,因为寻找蟠龙碑也是一种"侦察",这两件事不谋而合了!他很快赶走了涌上心来的惆怅,甚至在心底暗笑,与其说是笑一箭双雕,还不如说是笑这世杰大人,任你精明过人,决计猜不透醉翁之意,究竟在酒,还是在山水之间!

"世杰大人!"蛋和尚来不及把脸上丝丝狡猾的笑容驱除干净,便问,"我把地形地貌侦察清楚了,你就一定能把盗匪连锅端了吗?"

陈世杰凝视着他,习惯地捋着黑须,眼中恢复了原有的淡泊与慈爱。他笑着说:"孙子说'知己知彼,百战不殆'!真正善于用兵的,不但要'知己知彼',还要'知地知天'呢!"

又是孙子!蛋和尚心中涌起强烈的好奇。

"你的那个'孙子'还说什么?"

"好比,"陈世杰接着道,"他还说,善用兵的人,能不战而屈人之兵,意思是说,开仗之前,他能先让敌人陷于被动、不利,于是,他要对付的,不过些必败之敌。所谓'胜于易胜者',就是这个意思!而要做到这一切,没有大智大勇,又怎么能想象呢?……"

蛋和尚再也按捺不住了,急着问:"能见见你的'孙子'吗?"

陈世杰初时一怔,随即便发出了一阵长笑。

"怎么……"

"不,不……"陈世杰喘了口气道,"你如果喜欢'孙子',我把它送你就是了!"

说时,他把摊在桌上的书拿起来递给了蛋和尚。蛋和尚见封面上写着"孙子兵法"四个字,才知道闹了个天大的笑话,陡地红了脸,同时也恼恨起自己的读书不多来。他不禁再次举目扫视着四壁那书的海洋。在这书的海洋中,不仅有他闻所未闻的许多故事,还有那些哲理名言。于是,一种冲动在体内萌起,他贪婪地望着它们,恨不得一口吞它们下肚,化为己有。

"怎么,你也很爱读书吗?"陈世杰仿佛猜透了他的心思,"你想读什么书,自己挑吧!"

"真的?"

早上在江枫桥上萌动的那一点求书求知的欲望,解渴般地得到了满足。蛋和尚因而惊喜万状,他这儿翻翻,那里摸摸,子、史、经、传,以及诗、词、古文,不知选什么好,又似乎什么都想读读。

"这样吧!"蛋和尚终于说,"等我从落魂岛回来交差时,一定选他一大箩!"

陈世杰正想表示什么,忽听得曲桥上传来了一阵铃铛的声响,这是有急事求见的信号。他传令准见。不一会,守门卫士放进了来人。

"叩见大人!"

蛋和尚认出他就是招贤台上的看梯军士。

"白马涧的事都办妥了吗?"陈世杰问他。

"回大人,三家的喜都报了,特来复令。"

"很好!"

"那么你见过我爹妈了?"蛋和尚急问。

"是的!在下一到白马涧,就先拜见了令尊、令堂!"

"你说我在苏州做官了吗?"

"说了!"

"他们怎么说?依也不依?"

军士摘下了腰间的佩刀:"这是令尊的七星宝刀,让我转交给都将老爷！令尊说,他无暇来苏向你道贺了。"

"怎么无暇？家中难道有了什么事吗?"

"好叫都将老爷高兴,令姐就要回家了!"

"什么什么?"蛋和尚简直不相信自己的耳朵,"你再说一遍!"

"令姐夫徐少堂,因遇特赦,从三千里外返回苏州,又因令姐身怀六甲,不得已耽搁在无锡。今日信到白马涧,令尊业已启程,往无锡接令姐去了!"

"好哇、好哇! 可是,我爹难道没说些别的什么话吗?"

"令尊因为行色匆匆,只写了个短笺在此。"

军士从贴身衣兜里取出笺纸。蛋和尚连忙接过手来,把它展开。果是父亲的手迹,却只有这么几个字:

精武报国!

父金天柱字
即日

蛋和尚愣愣地看着这几个字,甚至可以想象出父亲握笔临纸时的那种激奋的神态。那力透纸背的遒劲笔画,表达了他对儿子怎样的期待? 蛋和尚怦然心动了! 片刻之前,他其实还没有把这个"官"当成一回事,如果他曾经有点儿陶醉,则醉翁之意也全在那蟠龙碑上。而今面对着"精武报国"这四个字,他倏然感到了一种心灵的升华。他的小小的胸膛仿佛一下变得宽阔无涯,简直可以包容那三万六千顷清澈的太湖水了。它们豁啷、豁啷地在他的心里激荡着。就在这一瞬间,两颗清亮的泪珠,挤过睫毛的遮挡,沿着鼻梁、唇角,慢慢淌了下来,直滴在雪白的笺纸上。

陈世杰站在一旁,捻着他的长髯,颔首凝望着他。

"大人!"蛋和尚突然感到自己长大了许多,成熟了许多,"我们什么时候去落魂岛呢?"

"心急可吃不得热豆腐呀!"陈世杰说时,微微一笑。

说话间,楼外一片嘈杂。陈世杰即差卫士查问,不一会,卫士回报说,前院捉住了奸细,已押在曲桥听候发落。陈世杰命推进楼来。蛋和尚欢喜异常,自知来敌并非庸手,能俘获奸细的不是二弟,便是三妹! 头天晚上,他的副手就给他露了脸,便觉十分光彩! 他瞪大了眼,看着众军士把奸细押进来。刚进门,立即惊出了一身冷汗!"奸细"差不多是被抬着进来的,一男一女,被结结实实地五花大绑着,不是别人,正是瞻日烟囱鲍二奎和浪里黑鲤童蛟!

陈世杰大惊,回头对蛋和尚道:"这不就是小都将的两位副手吗?"

蛋和尚的脸色涨得通红,目光中充满了烦躁和羞意。他责问二奎和童蛟:"我叫你们搜寻歹徒,怎的又被衙役擒了?"

鲍二奎和童蛟只是不语。

"怎么不说话?"

二奎和童蛟瞪大了眼睛,只管望着蛋和尚。蛋和尚这才发现他们的两腮都鼓鼓凸凸的,知道被塞住了。他便走过,先把童蛟嘴里的东西抠出来,原是一方手帕巾;鲍二奎嘴里塞着的,却是他自己脚上的臭袜子。

"妈妈的!"鲍二奎吼道,"老子们当了副都将了,也可以这样作贱的吗?"

众衙役都还不认识这二位副都将,纷纷慌了手脚,扑通通地跪下道:"小的们有眼不识泰山,该死! 该死!"

鲍二奎和童蛟见他们跪在面前求饶,心中气消了大半,便道:"起来吧,就算老子们晦气!"

陈世杰吩咐众人退下。他眯缝着的眼中流露了深深的迷惑:"怎么发生了这样的误会? 而且以二位副都将的身手,怎么反会被这几个衙役擒了?"

二奎轻叹一声:"废话少说,快把我们的穴道先解了吧!"

"怎么,你们的穴道也被闭了吗?"

蛋和尚说时,就为他们推宫过气,解了穴道。

"三妹,这是怎么回事呀?"

"你问他!"童蛟睃了二奎一眼,活动着自己的四肢和腰腿。

蛋和尚把眼光移向二奎。鲍二奎慢慢地说道:"当时我去东园搜寻,无非见了些亭台楼阁、小桥流水,哪有什么歹徒的影子? 我想,这园里连个夜游鬼都没有,歹徒难道来此作死? 不若也到前院去!

"于是,我去了前院。转弯抹角,到了一个所在,因见里面有灯光,便舔破窗纸向里张望,只见东墙上挂着一幅偌大的地图。

"地图前站着个官儿,穿着府台大人一样的衣服,手里拿着烛台,一边照着地图,一边在上面插着各色的旗儿……"

蛋和尚转眼望着陈世杰大人,晶亮的眸子中飘过了一片疑云:"莫非也是一幅太湖图?"

"说下去!"陈世杰说。

鲍二奎见知府、蛋和尚,连童蛟都在专心致志地听他讲,不免得意地捧起茶壶喝了一大口水,然后憨憨地笑了笑,便故弄玄虚起来:"可悬着哪! 我的眼光向对面的窗格掠去,忽见那里的窗纸也被人戳了个小洞,露出来一只乌黑澄亮的大眼睛。我暗暗地叫了声'好唻',心想,真是踏破铁鞋无觅处,得来全不费工夫! 可就在这瞬间,那只眼睛也缩了回去,我急忙绕过墙角,早只见一条黑影向西而去,看上去体态婀娜,仿佛是个女子。我追了半晌,就丢了影儿。你道我当时怎么想来?"

"我们又不是你肚子里的蛔虫,"童蛟道,"怎么知道你当时怎么么想!"

"当下我想那奸细既然觊觎那地图,莫不是耍了个调虎离山之计,先把老子引开了,然后再去下手? 我瞻日烟囱岂是那么好耍的? 于是急忙回去,谁知到那里,那个官儿已被歹徒击昏在地,连墙上的地图也不翼而飞了!"

"你看、你看!"蛋和尚的声音带着几分抱怨、几分遗憾,"都怪你不好!"

"能怪我吗?"

"那后来呢?"陈世杰似乎并不着急,接着问道。

"后来,我自然马不停蹄,紧追不舍! 刚追几步,就追上了奸细。我冷不防一招'推窗望月'——喂! 世杰老官! 你一定不知道,这'推窗望月'是金家掌第四路第三十六掌,好不厉害! 神掌既出,我以为对方纵然能够抵挡,也必定要吓得尿了裤子!"

"你也未免太小觑人家了!"童蛟脸上闪过了嘲讽的冷笑,道,"区区'推窗望月',人家就尿裤子了?"

"我们战了几十个回合,也不分胜负。看来,我是有点儿把人家小觑了!"

蛋和尚听着,心中大为疑惑! 若是二楼郡主娄钟玉光临,鲍二奎绝非她的对手,怎能战成平局? 若不是娄钟玉,又哪来一个夜行女子呢? 正自不得其解,又听鲍二奎接着道:"……对方也真是厉害,突然一招'马裆一字掌'!"

蛋和尚不禁惊呼起来:"那不是金家掌的最后一路吗? 难道歹徒也会……"

"别急! 你听我讲嘛! 当时我已经怒不可遏,就还了他一掌'马裆一字掌'!"

"那怎么行? 这样个打法,不是同归于尽吗?"

"人原来都是怕死的! 落掌之际,大家吓出了一身冷汗! ……"

"你出冷汗便罢了,又怎么知道人家也出冷汗了?"童蛟斜睨着他,道。

"反正在这同归于尽的瞬间,双方仿佛达成了一个默契,不约而同地化掌为指。我点了她的大横穴,她点了我的归来穴,大家咕咚一声,倒在地上,再也不能动弹了!"

"这时衙役闻声而来,把我也当了歹徒,五花大绑起来。这时我才看清,与我打了半天的,不是别人,原是这个浪里黑鲤!"

"你好端端地不在东园,到前院来干吗了?"童蛟怒道,"窥图的奸细若不是被你惊走,而撞在了我的手里,恐怕早已束手就擒了呢!"

"这么说,"陈世杰沉吟道,"起初在白虎厅窥视太湖图的不是童英雄?"

"谁有兴趣去窥视什么劳什子的太湖图! 窥图的肯定不是我! 当

时我正在前厅搜寻,后来才见到白虎厅前有一个狗熊般的黑影,鬼鬼祟祟的!我正要上前盘问,谁知那狗熊竟先下手为强,平白地耍了一手'推窗望月'!"说时,童蛟扑哧一笑。

鲍二奎一时气得干瞪着眼,一句话也说不出。蛋和尚笑道:"就算是大水冲了龙王庙!彼此不必多计较了!只是太湖图已被强人盗了,如何是好?"

陈世杰听了,哈哈大笑起来。

"孙子曰'兵不厌诈'。"他说,"那张太湖布防图,原是下官故弄的玄虚!就怕强人不来盗呢!——好了,夜已深了,都回房歇息去吧,咱们来日再作计较!"

第九回　蛋和尚避雨登官舟　徐品诚接风开水寨

一艘官船,沉甸甸地漂浮在河面上,像蜗牛似的蠕动。不远的村子里,那淡青色的炊烟搅和着雾一般的水汽,缓缓地在树梢上空流动。秋风漫无目的地在村头闲步,猛地,它把满树的黄叶摇落在地,然后卷在空中尽情地耍弄一会,再把它们赶到了路边、墙角和那泛着粼粼波光的水面上。接着,天地终于又恢复了原先那种多少令人畏怯和不安的寂静。

北天的浓云滚动着,正向着山村压来。蛋和尚站在村头的河滩边,挥动着手臂,高叫着:"喂!快下雨了,能搭船吗?……"

村中突然窜出六七条狗来,对着蛋和尚猛吠狂叫起来。有一只大黄犬跃跃欲试地向前蹿了两步。它见同类们只是固守原地,没有响应它,又见蛋和尚连正眼也没看它们一眼,顿时泄了气,便稍稍地退回去,却又加倍使劲地狂吠着。

狗吠声中,那河中的官船渐渐靠近岸来,把蛋和尚接了上去。

一个小厮从中舱缓缓走出。

"小师父请了!"

"谁是小师父?"蛋和尚诧异地问。

"我家老爷最是信佛,见小师父站在河滩上无处避雨,差一点被狗吃了,不禁动了恻隐之心,因而把小师父请上船来,这会儿,请师父中舱一叙!"

蛋和尚笑眯着眼睛,道:"你家老爷是谁呀?"

"实不相瞒,"小厮道,"我家老爷就是京中李太师,如今告老还乡了!"

风呼啸着,夹着豆大的雨点,乒乒乓乓横扫过来。蛋和尚唔了一声,见一艘渔船从小村的河汊中驶出,船上一个大汉戴着斗笠,穿了蓑衣,不紧不慢地盯在后面。

"那么,我也没有穿袈裟,怎么成了'小师父'?"

"咦?你虽未穿袈裟,那光光的脑袋不是和尚头吗?还能瞒过谁呢?"

"阿也!"蛋和尚见河汊中又驶出两三条小船,苍蝇盯蜜糖似的缠在后面。蛋和尚眼睛望着这些渔船,一边又漫不经心地问道:"你家太师老爷家住何处呢?"

"三山岛。"

"三山岛?"蛋和尚故作惊恐道,"那不是在太湖当中吗?这船沉甸甸的,恐怕家私不少。难道你家太师老爷不怕湖匪打劫吗?"

小厮听了一笑:"朗朗乾坤,哪会有这样的事!"

"什么朗朗乾坤,眼下明摆着的乌云密布、风大雨急!"

"小师父真会取笑,快快请吧!"

蛋和尚便进了中舱。李太师正在品茶,见蛋和尚进来,忙起身让道:"请坐!老夫在舱内见你被众犬所围,好生可怜,要是眼见你被狗吃了,化为狗屎狗尿,不知要心疼几日哩!"

蛋和尚听了,有些不快。但见他银丝白发,浓眉阔口,眉口之间一个悬胆样的大鼻子,鼻孔特大,不免十分滑稽,反而忍不住笑了起来。

李太师似乎察觉了他的想法,但并不计较。他伸手摸着蛋和尚的光头,道:"和尚的头是剃光的,还是生来就没毛?"

一言触怒了蛋和尚:"你头上才生毛!"

说时,蛋和尚眼睛盯着李太师手中的茶盏,随即眼珠骨碌一转,冷不丁叹道:"太师,你老多了!"

"老夫已过花甲,自然不能和你们儿童相比啰!"

他故作姿态的那种倚老卖老的腔调,简直令蛋和尚昏倒。

"我是说,你和你过去的画像相比,显得老多了!"蛋和尚接着说。

"老夫没有请人画过像呀!"

"喏!"蛋和尚指着茶盏上的画。

茶盏上面是"高老庄招亲图",蛋和尚的手指正点着猪八戒的大鼻孔:"相比之下,你是老了许多!"

李太师大怒:"你这个小秃驴忒煞无礼!我怎么成了猪悟能了?"

蛋和尚毫不示弱:"谁叫你说我头上不生毛来!"

"啊哈!那么咱们老少之间各不相欺,算是扯平了!喂,和尚,老夫还没有问你的大号呢!"

蛋和尚笑道:"你听时站稳了,莫吓倒在地上爬不起来。不才在江湖上人称蛋和尚金蛋!"

"金蛋?"李大师语带不屑,"金蛋卖多少钱一斤?"

蛋和尚见自己净受奚落,正要发作,李太师忽然笑道:"蛋和尚,你想见见老朽的夫人吗?"

蛋和尚腾地一跳,一种别样滋味攻上心来,竟忘了应酬,只管低首沉吟。

"怎么,我的老夫人不值得足下一见吗?"

蛋和尚从忘情中惊醒,道:"快请她老人家出来吧!"

李太师于是叩响了后舱的门。舱门开处,一位皓首老媪,拄着龙头拐杖,站在蛋和尚的面前。蛋和尚不禁哈哈大笑道:"不对不对!李太师怎么哄我?"

"谁哄你来?"

"这个老太婆,哪像你的一品夫人?面孔黑不溜秋的,分明是个卖鱼婆!"

言未了,光头上咚的一声,早挨了一杖。

"我叫你放肆!"

蛋和尚双手护着脑袋,哇哇大叫起来:"不得了,不得了!这个老渔婆还打人哩!"

李太师哈哈大笑着:"好了,好了! 别演戏了!"

李夫人却道:"我生来就爱看戏! 这个小和尚也真会假戏真做,大大地讨了我的欢心!"说着,她用拐杖斫了斫船板,骂一声李太师,"你这个老甲鱼,客人都不会接待! 怎么连茶也没沏给和尚?"

于是,她叫小厮沏了茶来。蛋和尚闹得也有点口渴了,刚打开茶盏盖子,不觉皱起了眉头。他见茶面上躺着一只苍蝇,正在使劲挣扎。

"你来解释一下,"蛋和尚愤愤地说,"这是怎么回事?"

"一只苍蝇在游泳!"老夫人看了一眼道,"解释得满意吗?"

"老虔婆!"蛋和尚把茶泼了,"你给我重沏!"

老夫人笑着正要重新沏茶,一个船夫却慌慌张张闯了进来。

"老爷不好了!"

"咦?"李太师道,"本老爷哪里不好?"

"我们碰上了水盗,五六个家伙已经上了甲板啦!"

老夫人把拐杖横在胸前,瞪眼吼道:"来得正好!"

李太师也把佩剑拔了出来,对蛋和尚说:"强盗老朽去对付,和尚你就坐在这里吃茶,笃悠悠地修性养心便了!"

蛋和尚早跳起身来,笑嘻嘻地拦住了他们:"这些区区蟊贼,又何劳老太师、老夫人亲自动手? 还是让蛋和尚露露脸吧! 再说,杀蟊贼比吃茶更解渴哪!"

说完,他退出舱去,把舱门闭了。船体立即在激战中晃动起来,也不过半盏茶的工夫,只听咣啷一声,舱门被撞开,一条汉子的僵直的躯体从船头处被直扔进舱来。

此时雨过天晴,彩虹飞架在蛋和尚身后蓝色的天幕上,蛋和尚双手交叉地放在胸前,脸上带着矜持的微笑。在他的脚下,横七竖八地躺倒了四五个大汉。他静静地站立在甲板上,吹着水面上的风,挺拔得就像一块峻峭的礁石。

李太师和李夫人从洞开的舱门中看到这副画面,都忍不住欢呼起来。夫人的眼睛更是睁得大大的,明亮而疯狂,连鼻孔、嘴巴都大张着。

"喂！悟能老弟,还有老渔婆,不赖吧?"蛋和尚笑盈盈地说。

"不赖不赖!"他们同时忘了他的笑骂。

此时被掷进舱的汉子呻吟了一声,李太师抓着他的头发,把他的面孔扳了过来,骂道:"该死的强盗! 你倒躺醒了! 爷爷正有话要问你呢!"

就在这个瞬间,尖厉的呼叫从老夫人的喉管中迸发出来,使蛋和尚心里感到一阵从未有过的寒冷;李太师也猛地怔住了。他们一时都不知道究竟发生了什么。这时,老夫人猛然蹿到了受伤的俘虏面前,因为恐惧和羞愤,她霎时面色苍白,全身冰冷了! 她似乎极不愿意出口而又不得不叫出声来,声音颤抖得变了调:"怎么是……爹!"

"阿也!"李太师跳起脚来,"我怎么多了个丈人阿爸?"

俘虏凝视着老夫人,目光疑惑而惊异:"你……你是……"

"我是童蛟!"说时,一把抓去了假发。

童父怔住了!

"爹!"童蛟声色俱厉地对着她的父亲,"你不是在外面跑买卖吗? 怎么当了强盗?"

"蛟儿!"童父痛心疾首地说,"为父也是没有办法!"

"什么没有办法? 世上的路千条万条,难道非得干这没本钱的买卖不成!"

蛋和尚阴冷的目光直射着童父。童父哀求道:"蛟儿! 蛟儿! ……"

"我不管你了!"童蛟说。

"你不管,我来管!"化装成李太师的鲍二奎说,"谁叫你是丈人阿爸呢!"

"谁是你的丈人阿爸!"童蛟恨恨地瞪着鲍二奎,又偷偷瞄了蛋和尚一眼,骂道,"你这浑虫!"

"咦?"鲍二奎笑道,"我好意救你爹,反倒落得一顿臭骂!"

"蛟儿,你怎么在这官船上,又装成这个模样?"

童蛟一声不响,只管咬着细牙,奇耻大辱的煎熬使她鲜红的嘴唇变得灰白。她没有听清父亲说了些什么,眼前却浮现了金天柱的身影,以及那"精武报国"四个大字。那力透纸背的四个字,跳动着,熠熠地闪着光,仿佛在嘲笑她:你不配有一个正气凛然的好爸爸!于是她的眼里倏然浮起了晶亮的泪光。

"告诉你吧!"还是二奎替她回答了童父,"你的乖女儿当了平湖副都将啦!专来捉拿太湖强盗!"

"蛟儿做官了?"童父的双眼迸射出了喜悦的光芒,然而只是昙花一现,很快消失了,有一种绝望的预感使他的四肢不住地痉挛。

"你不是要跟……落魂岛作对吧!"

"你舍不得落魂岛?"童蛟蓦地惊醒,回过神来,对她的父亲说,"告诉你吧,妈差一点就死在落魂岛匪徒屠伯的手里!"

"屠伯?他怎么啦?"

"他要强迫妈堕胎,制造童骨丹!"

"这畜生,欺到自己人头上来了!"

"要不是蛋哥哥相救,我们全家就遭殃了!"

童父呻吟着,灰冷的眼里又燃起了凶猛的火焰:"不杀这无常鬼,誓不为人!"

"那么,"童蛟渐渐冷静下来,"我们要进落魂岛,你能跟我们合作吗?"

"进落魂岛?"

童父又失控地痉挛了一下,不禁向蛋和尚看了一眼。蛋和尚的双眼在咫尺之外闪射着异乎寻常的亮光,正紧紧地盯住了他的脸。那少年在一两招内就能把他们六个弟兄放平,他的威慑的力量,使他一想起来就感到十分恐惧。于是,他的内心在经历了一个短暂的拼搏厮杀后,终于下了孤注一掷的决定。

"蛟儿,我能为你们做些什么呢?"

像一阵旋风驱散了乌云一样,童蛟心中那份受耻的压抑立即消失殆尽了。

"爹!"她亲切的叫唤,使童父身上传遍了热流。他听她道:"我们是按照府台的计谋,扮作李太师夫妇,告老回乡。船驶近太湖口时,蛋哥哥在恶狗村招呼搭船,无非想要引湖匪的注目……"

"是的!"童父插口道,"恶狗村是我们的一个据点。我们听见狗吠时,就出来探看,见这艘官船吃水很深,靠岸又十分迟缓,以为大有油水,就盯上来了!"

"我们本想抓一个'舌头',逼他做向导,把我们引进落魂岛去,想不到这个'舌头'就是爹!"

"不瞒众位!"童父阴郁地说,"这落魂岛好比紫禁城,我们这些当小头目的也很难进去,岛内虚实因而一概不知,怎么能当向导呢?"

"这么说,"蛋和尚冷冷地动着嘴唇,"敬酒是不吃的啰!"

"不、不!"童父惊恐起来,"我只是说,我只能把你们带到落魂岛边缘,送你们登陆,上了岛,也就心有余而力不足了!"

"也罢!"鲍二奎说,"只要能绕开那些该死的水雷,安全登陆就行。"

"另有一事,恐也难办。"

"什么事呢?"

"离落魂岛二十里的湖面上,扎了水寨,是入岛必经之处。守寨的头领名叫徐品诚,诨号'红毛狮子',是岛主的心腹。一般外船都不准入内,何况你们这些陌生人呢!"

"先杀了他!"鲍二奎说。

"不行! 每一个时辰他都要和落魂岛秘密联系数次。杀了他,落魂岛断了联络,会立即用水雷封锁所有水面通道,岂不误了大事?"

"这倒不妨!"蛋和尚眉头一皱,计上心来,说道,"我们不妨……"说时,他把嘴已凑到了童父耳畔。

童父听罢,长长地叹息了一声:"试着看吧!"

说是水寨,实是数百艘木船,交叉分层排列成的弯曲迂回的水巷。官船离水寨还有数百丈,已有十余艘"浪里钻"从水巷中箭一般射出,向它麇集而来,每艘"浪里钻"上都站着三四条赤膊大汉,手里拿着明晃晃的钢刀,霎时就把官船团团围住了。

童父站在船头上。

"潜水龙童彪,原来是你!"

"是的! 这艘官船是我的战利品,今个出手好运,还活捉了李太师!"

湖臣们欢呼起来,"浪里钻"散开在两边,仿佛护航似的,直把它送到水寨。早有人把讯传到寨中。红毛狮子徐品诚业已守候在水寨门口,为童彪接风了。

"徐爷!"童彪隔船向他拱手行礼,"潜水龙童彪前来交差!"

徐品诚还了个礼,又命人递上一碗水酒以示道贺。然后他纵身跳上了官船。

"他们是谁?"徐品诚指着舱中被捆绑的人。

"这是李太师夫妇!"

"把他们杀了!"

"不不! 不能杀!"

"嗯?"

"徐爷有所不知,金银财宝全在他们的肚子里!"

"此话怎讲?"徐品诚摸着颏下乱蓬蓬的棕色虬髯,野兽般的眼睛盯着童彪。

童彪从怀中摸出一个折子来:"启徐爷,这艘官船上装的无非是些衣物箱笼,金银财宝他们另行装船押送了。这是在船上搜到的清单。"

徐品诚打开折子,字迹带着热浪扑进了他的眼帘。斗大的字不识一箩的他,对"金""银""玉""翡翠"这些字却十分熟悉。他啪的一声合上折子。

"此船什么时候开拔? 走的哪一条水道?"

"他们宁死不说呀!"

"那么,你想怎么着?"

"我想把这二位活宝献给岛天子! 他一定有办法叫他们开口!"

"我看不必!"

徐品诚就像一头嗜血的狮子,他解开衣襟,露出了粗硬的棕色胸毛,同时,向身边的匪卒一伸手:"拿皮鞭来!"

不一会,牛皮鞭子传到了他的手里。他对着鲍二奎呼地就是一鞭。

"我倒要向太师请教,究竟老命要紧,还是金银要紧!"

鲍二奎双手被反剪着,生生地受了这一鞭,他哇哇大叫起来:"妈妈的,老子也不管账,怎么打老子!"

"啊哈!"徐品诚狞笑着,"这么说,宝贝都在你这个管家婆的肚子里啰?"

说时,也给了童蛟一鞭子。

童蛟惨叫一声,在船中打了个滚,骂二奎道:"你这个老东西,平日像个守财奴,向你要一个子儿,就像挖你一块肉一样!这会儿怎么说不管账了?"

徐品诚的鞭子于是又指向二奎。鲍二奎索性装起死来,闭起双眼,尽他抽打。徐品诚见一鞭抽不出二奎一个响屁,便又来打童蛟。那刺耳的鞭声和童蛟的惨叫,就像沉重的铁锤,无情地撞击着童彪的心。他忍无可忍,就硬着头皮道:"徐爷,这两个老东西经不住抽打,打死了,我们怎么向岛天子交代?"

徐品诚一怔,就松手扔了皮鞭,懊丧地说:"也罢!你把他们送到一楼太子那里,其他事就不要管了!"

"是、是!"童彪故作受宠若惊的样子,躬身说。

徐品诚这才上了自己的船。童彪正要起航,他忽又转过身来道:"就你一个人押送他们,其他的弟兄都撤了!"

童彪拍了拍身边穿着湖匪服装的蛋和尚道,"留一个帮帮忙忙吧!"

徐品诚犹豫了一下,道:"也行,你快去快回,回来我还有买卖要你去做呢!"

"是!"

童彪于是把拖在官船后面的那几艘小船的缆绳解了,令手下的"弟兄"们(原是官船上的"水手""家人")散开,然后拨篙进寨,弯弯曲曲地过了壁垒森严的"水巷",又驶入了无涯的湖面。不时见到漂浮在水面上的葫芦与空罐,它们指引着他们安全地向落魂岛靠近。

蛋和尚从舱板底下拿出七星宝刀,割断了二奎和童蛟的绳索。童彪心疼地过来抚摸着童蛟身上的鞭痕时,不禁老泪纵横了。

"爹! 我们总算可以偷渡落魂岛了,这几鞭子也值得呀!"

"妈妈的!"鲍二奎却依然愤愤然,"老子抓住那红毛狗(他给徐品诚临时换了个诨号),要加倍地偿还他!"

船抵达落魂岛的一个荒僻的谷底时,天已经全黑。满天的浓云把月亮深深地埋藏起来,也没有一些星光。暮岚急急地从山谷中窜出,和着水浪拍岸的声音,像千军万马的喧嚣,盖过了兽类的号啸,反使人心惊胆战地感到了岛夜的寂静,死一般的寂静。

蛋和尚从舱中拿出一包银子,抛给了童彪:"你另外觅一条船回去吧!"

童蛟抓住了父亲的手,黑暗中传出了她的哽咽的声音:"爹,你该回去看看妈了,妈已经分娩,养了小弟弟呢!"

童蛟说时,感到了父亲周身剧烈的颤抖。

"爹!"她继续道,"回了家,打鱼种田,日子清苦点没什么,可再不要干这伤天害理的买卖了!"

"哪能呢?"童彪也几乎呜咽着说,"落魂岛上布着天罗地网,你们一定要处处小心才是!"

"这个你尽管放心!"童蛟接住了他的话头,"我们又不是三岁的小孩子。爹不是十一二岁就闯荡江湖了吗? 我们可都有十四五岁了呢! 再说,这次偷上落魂岛,主要的不是要和强盗厮杀。"说罢,童蛟跪下给父亲叩了个响头,随即跟着蛋和尚他们登上岛岸。

蛋和尚顺手把船缆系在一棵粗大的树干上,抬头望了一眼头顶的茂密枝叶,忍不住轻轻嗟叹了一声。原来,这株古树的下半截业已蛀空,它完全靠着一层坚厚的树皮的支撑和营养,巍然屹立在那里。

这时,童彪抹了一把眼泪,嗵地跳上岸来。

"蛟儿! 你这一走,叫我怎能放心! 我跟你们一起去。"他说。

"那跟着走吧!"蛋和尚想了想,说。

这是一条羊肠小道，转弯抹角地走了一会儿，鲍二奎忍不住道："老天也不帮忙，黑咕隆咚的什么也看不见！——喂！你们小心绊倒了！"

言未了，自己咕咚一声，被什么绊倒在地，分明跌了个狗吃屎！一摸额头时，多了老大一个疙瘩包子。蛋和尚和童蛟又要掩口失笑。而就在这时，只听一声呼哨，林中窜出几条人影，拦住了去路！

第十回　潜虎穴同心缉太子　堕蛋盆合力破机关

　　猛然间,一条汉子已经扑到鲍二奎身上,右膝跪住他胸肋,两手又趁机扼住了他的咽喉!鲍二奎急中生智,双手急忙合掌,沿着那人的前胸,向上插入他两条壮实的内臂圈中,又猛地分开!却是一式漂亮的"铁尺分桄",打脱了那双封喉的手。随即抱住他的一条腿,猝然转体滚翻,反而骑到了敌人身上。这一式是"借蹄骑虎",都是新近从金天柱那里学来的反擒拿的招法。当时,鲍二奎以牙还牙,双手也去扼他的咽喉,手下却不知高低,已把那人的脖子扼扁。只感到他两腿没命地蹬了几蹬,便在浑身的痉挛与战栗中一命呜呼了!

　　鲍二奎回过头去看蛋和尚、童蛟,谁知他们早都点了另外两个强徒的麻穴,正在一旁看着他打架。二奎见他们都抓了活口,自己得手的只是个死鬼,不觉一阵惭愧。

　　此时,蛋和尚用七星宝刀指着两个俘虏,道:"一发把你们送上天去吧!"

　　一个胖子哀哭道:"爷爷饶命!杀了我不要紧,我家里……"

　　蛋和尚冷冷一笑:"你家里有八十岁老母,是不是?还有吃奶的儿子,是不是?"

　　"是的,是的!"

　　"别信他!"童彪说,"我认识他!他是个光棍,父母早没了!"

　　"我知道!"蛋和尚说,"这两句原是他们的护身口诀,遇上了倒霉的事,他们总要念叨几遍!"说时,又把宝刀晃了两晃,"你们要活,其实也不难,只要告诉我们,石仙人葬在哪里!"

"啊呀!"那两人惊恐万状。另一个瘦子忙道:"我们在这岛上这么几年了,从没听过有什么石仙人!爷爷忍心要杀我们,何必用这些刁钻的怪题儿来为难我们呢!"

蛋和尚呼地就是一刀,刀面贴着他的头皮掠过,单单削了他一片头发下来。两人大叫道:"别砍、别砍! 我们说就是了!"

蛋和尚先让二奎、童蛟分别为他们解了穴道,然后对他们道:"快说吧!"

二人顾不得僵麻多时的腰腿手足,跪了下来。

"爷爷听了! 岛东北方向,离湖岸不远的地方,有个青石滩,石仙人就葬在那里。只是自从知道有石仙人的墓后,那里就被封锁起来,里面究竟有些什么情况,小的们一概不晓得!"

"好一个一概不晓得!"

"要有半句谎言……"

"那又怎么样?"童蛟笑骂道,"五雷轰顶,是不是?"

"不对不对!"鲍二奎道,"该说'舌底下长个疮'!"

童彪笑道:"这倒不是在耍江湖口诀。据我所知,岛天子确实有过严令:凡落魂岛的人,未经特许,不得私闯青石滩,也不准在外传说,犯者即处极刑!"

"也罢!"

蛋和尚谅他们也未必知道底细,好在已经知道青石滩的方向,就换了个话题问:"你们拿着担桶,在这黑咕隆咚的暗夜,捣什么鬼来?"

"好叫爷爷们知道,我们是奉莫师傅之命,前来取甘泉的!"

"哪有甘泉?"

"就在前面那株千年古榆旁边的池潭之中。"

"既是甘泉,一定是甜的了!"鲍二奎咂着嘴道。

"是的,这水很甜,用它淬火,可以无坚不摧!"

"怎么,你们在打造兵器?"

"那就索性告诉你们了吧。岛天子命一楼太子南宫戮监制青龙、白虎宝刀。铸刀大王莫正精选西山精英,取引落魂甘泉,锻炼了九九八十一天,眼看大功告成,就定于今晚子时宝刀出炉!"

鲍二奎最爱热闹,忙插口问:"到时要放鞭炮吗? 还唱不唱戏?"

"鞭炮当然要放,戏是不唱的。"胖子道。

"不要啰唆了,带我们去看看。"蛋和尚说。

"愿为爷们效劳!"两个强盗几乎异口同声地说。

蛋和尚就让童彪也提了一桶甘泉,跟着他们逦迤前进。

约莫半个时辰,到了一个山谷。谷底正是冶炼场。一二十个喽啰一个个明火执仗。中间一座高炉拔地而起,两匹赤色马围着辘轳滴溜溜旋转着。辘轳带动着四只巨大的风箱,正呼哧呼哧地向着高炉炉口鼓风。蓝色的火苗从炉顶两侧的通风口中蹿出,把四周的峭壁悬崖映得通红。向北回首,又蓦地一惊:重楼广厦,飞檐翘角,高耸而雄伟。一块硕大的长匾,悬挂在门楼上方,遒劲狂悖的草体题字,在火光中突突地跳动着,仿佛是金色的龙蛇在狂舞。蛋和尚远远地就看清楚了:落魂一楼。

不消说,这里到了落魂岛的太子宫,乃是南宫戮的居地。蛋和尚不禁被眼前峻峭的山势和磅礴的建筑群落震撼,显得神色凛然。

"住!"蛋和尚轻轻喝了一声。

大家停住了脚步,注视着他。炉火把树荫洒满了他的周身。蛋和尚俯身拔了一棵小草,眼中突然射出犀利的光芒,仿佛要刺穿两个强徒的心房。

"这是什么?"他说时,把小草直递到强徒的面前。

"这是狗尾巴草。"

蛋和尚一扬手,狗尾巴草立即脱手而出。看来极轻的细草,此时就像强弩射出的箭一样向前飞去。二强徒吃了一惊,凝眸去看那草时,只见它插进了一株树干。他们吃惊地啊了一声。胖子道:"好内力! 爷爷莫不是天上的星宿下凡?"

瘦子接着道:"若不是星宿下凡,哪来这非凡神功?"

"知道厉害就好!"蛋和尚的眼光在他们脸上来回扫射了一番,"待会我们就在附近的树上看祭刀,你们必须守口如瓶。要不然,一片树叶就能要了你们的狗命!"

"是是!"

于是二盗在童彪的监督下到了工场,将甘泉倒入石池中。然后由胖子向莫正复命。他唯恐蛋和尚起疑,不敢在莫正跟前多说半句闲话。他们偷眼窥视那四周的树丛,只见密密层层,枝叶叠翠,却不知蛋和尚他们藏在何处。

正南一座石坛上,彩旗缤纷,猎猎翻风。太子楼前,玄色的华盖下,放着一张虎皮交椅,威严而肃穆,似乎正在静候主人大驾光临。

一阵怪风卷过,树涛的喧嚣,仿佛汹涌海潮的轰鸣。满山树影摇曳,又仿佛在对那神秘而巍峨的落魂楼弯腰膜拜。山脊倚天之处,蓦地电光一瞥,随即一个闷雷,隐隐约约,从远处传来。

冶炼场稍稍忙乱了一阵后,又很快趋于平静。不知哪个喽啰率先放了个大炮仗,霎时间鞭炮大作,硝烟弥漫。而落魂一楼的钢门也开始向两侧徐徐启动,门中走出一位紫袍少年。和三年前相比,除了长高了一头外,最富变化的是那一双眼睛,昔日那种纯真的清波似乎已经褪尽,不复再见,而代之以混浊和犷悍。他凝视前方纯青的炉火时,丝毫不想掩饰心中流露出的某种贪婪与刻毒。

铸刀大王莫正和在场众盗都向他行了跪拜礼,然后打开了炉门,用长长的铁钳从通红的炉膛中取出两柄刀坯来。只见紫光闪烁,嗞嗞作声,莫正抡锤乒乒乓乓一阵锤打后,就把它们扔进石池甘泉中。立即,有白色的烟雾从池中腾起,直冲霄汉。也不过一盏茶工夫,一池甘泉蒸发殆尽,而池底却露出两把白刃,发出水晶般的光辉。众盗屏息静气,全场便陷入了一种耀眼而寒冷的寂静之中。

你道铸刀大王莫正是谁,却是春秋时期铸剑大师莫邪的后裔。春秋之时,楚王使风胡子到吴国,重金聘请干将、欧冶子为他铸剑。干将遂带妻子莫邪同行,三人凿开茨山,取铁英而冶,一炉之内炼出三把宝剑,即太阿、龙渊与工布。三剑后在战乱中流失民间。直到明末,吏部尚书方卿被昏君处死,他的后代觉得读书无用,才改习武艺,在戎马倥偬之中,三大名剑终于相聚(事在拙著《三剑情仇》中)。但莫正一直没有停止寻访三剑。他甚至在年轻时就立下了遗嘱,要他的子子孙孙继承祖志,一直寻找下去。其时,为使栾世雄同意他在落魂岛上察访,才答应先为他铸造青龙、白虎两把宝刀。

宝刀既成,莫正便给它们装上了预制的刀把,形状一如龙头,一如虎脑。他踌躇满志地将宝刀献给南宫戬。南宫戬接刀在手,不禁低吟了一声:"果然好刀!"但见刃长四尺有余,宽仅寸许,尖端微微上翘。刀色一白一青,霍霍闪烁,寒光透背。南宫戬爱不释手,情不自禁要开了双刀套路。抹、撩、挂、劈、刺、削,极是便捷凌厉。加上南宫戬急速的连环步,以及娴熟的拧腰切胯身法,恰似苍龙出海,白虎下冈。一时场上欢声阵阵,大有闪电失色、雷霆掩声之势。南宫戬舞了一会儿,倏地收煞,闭眼喝一声"着",双刀兀自出手,全场目光随着飞刀投向前方,眼睁睁地看着两把飞刀把前面两棵大树削断,随后又飞入丛林。只听得哗啦啦一阵响,霎时枝倾树倒,又被削了一大片。

这时,林中却传来了唓唓的笑声:"好玩!好玩!……"

南宫戬兀自吃了一惊,遂抱拳向着郁郁苍苍的密林巡视一遍,朗声道:"不知哪路英雄夜闯鄯楼?却又何必藏头露尾!南宫所崇敬的,唯正大光明而已!最鄙夷的正是闪闪躲躲之辈!"话音未断,树林中走出二男一女三位少年。

南宫戬不觉一怔:"是你们?"

蛋和尚手抱七星宝刀,矜持地冷笑着。鲍二奎与童蛟,手里各拿着青龙、白虎宝刀,并列在蛋和尚左右。南宫戬不觉怒从心起,厉声道:"原是败军之将,何惧之有?"

说时,南宫戬立即从莫正腰间抽出一对佩刀来,呼呼地使了几个刀花,道:"你们来吧!打败了就碎尸万段,莫怪我心狠手辣!"

"那么,你自己败了呢?"童蛟反问。

"我们把这厮投到炉中化成灰尘!"鲍二奎说时,还带着白马台被吊打的怒气。

说罢,鲍二奎就要应战。蛋和尚一把拦住了他:"我听他的刀风,内力极是深厚,恐怕也今非昔比了!还是让我来斗他!"

"不!先让我去。我斗不过时,你再上来也不迟!"鲍二奎说。

"我看,我们三个一起上,就万无一失!"童蛟发表了意见。

南宫戤见他们嘀咕不休,便哈哈笑道:"都上来吧!把三年前白马台的故事重演一遍就是了!"

南宫戤那种胜利者的傲态深深刺痛了蛋和尚,白马台的耻辱又加深了他的愤激。他那溜圆明亮的眸子中,此刻喷射着炽烈的怒火。鲍二奎和童蛟正凝视着他,等待着他的决断。在这种时刻,他知道,他这个"老大"的话就像"将军令"一样。然而,在他做出某种决断的时候,往往更容易受到童蛟的左右。这一点,他似乎并没意识到。

"一起上!"他说时挥动着胳膊。

于是三人同时从祭坛上跳起身来,飞落在南宫戤的面前,又呼啦一声,三力并出,在同一个瞬间奔袭对手。

南宫戤从鼻孔中哼了一声,挥刀接战。他使的一路落魂刀法,得自他的继父——三楼天子栾世雄的秘传,堪称镇岛之术。这路刀法共分三百六十式,从奔马的千姿万态中化出,无一式重复雷同。刀锋起伏转折,矫捷连贯;左翻右转,往来飘忽。这两把刀原为莫正所佩,亦属宝刀名流,称为"日月双刀",使动时不仅呼呼生风,那耀眼的刀光,恰似两道白虹,吞吐旋绕,其势锐不可当!

蛋和尚挥舞着七星宝刀,刀法全从三影功法中化出,闪展腾挪,敏捷轻灵,看来似乎随心所欲,全无章法,其实结构严谨。须知有法至极方能归于无法!它的起落攻防全在于敌刀的变化。落魂刀法虽然奥妙无穷,但是,它的一招一式,毕竟化于常规套路,无论怎样诡奇,仍然可以辨认。蛋和尚所使的猿功刀,虽然依稀有招有式,却是根植于敌刀的招式之中,敌变我变,式无定式,一刀紧似一刀!何况青龙、白虎左右相辅,步步相逼!且青龙、白虎的刀把又特长,可单手捏,也可双手握。双手握时,因借助于腰臂之力,砍劈撩刺,兼有了刀与枪两种兵器之威,其猛无比。

喽啰们见三个打一个，义愤填膺，纷纷参战。然而，大凡高手作战，如有二三流甚至末流之辈去帮忙，一定越帮越忙！刀光之中，不时有人丢了耳朵，掉了鼻子，叫爹哭妈，唤天呼地，反乱了军心。几招以后，喽啰们见不是路，便纷纷惊散。稍有头脑的，便去向二楼郡主娄钟玉报信。于是，不消片刻，战场上只有南宫戬一人在孤军奋战了。他一会儿提膝上扎，一会儿弓步前剁，渐渐力不从心。又斗过十几个回合，他一咬牙，忽地"歇步捧刀"，猛力格开了鲍二奎、童蛟，趁势跳到蛋和尚右侧。蛋和尚迅即向右转过脸去——原来，猴子习惯正眼看人，从不斜视旁睨。若观左右，则转头不转眼。因而无论敌人在什么方位，蛋和尚总是正面对着他。此时，南宫戬正"跪步藏刀"。右刀刀背顺着自己左肩外，向脑后缠绕，唰地从身后，依次向右、向前，再绕及左肋处，刀刃吐着寒星，沿着绕行的轨迹，向蛋和尚他们拦腰平扫而来。右刀甫起，左刀已从相反方向跟进。他自以为这一招极是老辣，能够以一制三，且避不胜避。他也清楚地感觉到了，鲍二奎与童蛟因为胆怯而不得已变攻为守。然而，没料到蛋和尚左手突然下掳成勾，只一跳，就避开了要害。那七星刀对着他的头颅，已呈下劈之势。而青龙、白虎趁势变招换式，又同时从两侧斫来，南宫戬不由得惊出一身冷汗。急切之间，只得用日月刀全力格挡。只听得呼的一声，五刀相迸，恰似雷霆万钧，喷出无数金光流星。南宫戬已经力竭，纵然格住了三刀，内气却被震乱，一时乱窜妄行，不禁大叫一声，一口鲜血喷出，五把宝刀仿佛淋了一场血雨。

　　"哈！出炉新刀饮血够了！"

　　"南宫戬，你也有今天！"

　　南宫戬脸如白纸，不敢再战，急忙抽刀转身，逃进了太子楼。

　　蛋和尚想，这可称得上是一次真正的"刀会"！不仅为父亲雪了三年前白马台受掌咯血之耻，而且，南宫戬既已败北，又可能成为自己的活俘，有了这样一个"高级舌头"，则落魂岛地形地貌、布防设施又何秘之有？连同那"玉钥匙"的去处、石仙人的墓穴，也将水落石出了！真可谓一箭数雕！此时他不及多想，一摆脑袋，唇齿间只喷出了一个字：

"追!"

这一声"追"恰是鲍二奎、童蛟心中所想。三人箭一般地追入了太子楼。

进门就是高大的厅堂。灯烛辉煌,合抱粗的庭柱,厚厚的广漆,光亮可鉴。中堂是一幅打鬼的钟馗图,真人一般大小,狰狞威武。一色的树根镂制成的椅桌,极为古朴雅致。画栋雕梁,更是说不尽的豪华气派。三人追进大厅,早是空旷无人,唯见角门虚掩。鲍二奎仗刀而至,一脚蹬开角门,三人接踵而入。室内并无杂物,一架扶梯飞架而起,高高地伸到楼上。壁烛黯淡而昏黄,把扶梯的阴影长长地投在一边,杂沓的脚步惊起了一只蝙蝠,像黑色的闪电似的在眼前来回飘忽。蛋和尚望着这诡秘而森然的扶梯,不觉犹豫起来。

"脚印!"

阶梯上留下的南宫带泥的脚印,又使他们亢奋起来。他们不假思索,鱼贯而登,待到楼顶,却是一条狭长的走廊,全是铁壁铜墙。蛋和尚十分疑惑,急忙收住脚步。

"不好!"几乎是不约而同,三颗心都让一种不祥的预感占领了。

他们待要返回,哪里还来得及?楼板蓦地翻身,早把他们掀了下去。人未落地,借着翻板上面的烛光,低头看脚下时,一个个灵魂都吓出了窍!原来,他们将落到偌大的盆中,满地的蛇虫蝎子,腥秽无比。光那毒蝎,已够让人惊心动魄的了:灰的、青的、红的、花的,举头扬尾,穷凶极恶。更兼其他蛇虫百脚,恶气熏天,又好不肉麻!三人一着落,便引起蛊盆中一阵激烈的骚乱和暴动。首先是毒蝎的围攻,然后是长蛇,纷纷直身昂首,仿佛在等待谁的命令,要在一个瞬间把生人吞噬!然而也怪,经过一番暴乱后,它们忽然纷纷向壁角退却,竟无一例外!于是那盆壁四角小山似的堆积起来,互相挤压着,恨不能升天入地,逃之夭夭!蛋和尚他们趁机逃出了蛊盆,只是心中极为诧异。南宫戳见了他们畏惧遁逃,自不足怪,虫类何以也似乎惊恐万分?——他们哪里知道,蛋和尚手中的七星宝刀在铸造之时,刀匠曾以穹窿山顶的矿药和了山泉熬汁,淬火浸泡过,因而此刀挂在家中,百虫不入,沁脾润肺,醒脑益神。世人称它的好处,可以压邪祛病,并非虚话。这个缘故,蛋和尚做梦都没有想到。

当下,他们慌忙跳出蛋盆,没命地奔跑,前面又见一门,也不管三七二十一,便闯了进去,又急忙地把门关紧,唯恐那蛇蝎追了进来。直到此时,他们仍然惊魂未定。蛋和尚、童蛟已觉翻肠倒胃,只想呕吐。鲍二奎嘴上吹着牛,汗毛却一根根地竖立着。过了一会儿,童蛟又嘤嘤地哭泣起来。

事已至此,他们也只得摸黑朝前走。走了几步,一块千斤闸蓦地从顶上落下来。幸亏他们都十分警觉,且听风辨器的功夫原都不弱,早闪电般窜开。双足未站稳,身后便砰的一声,天摇地动,震落了无数尘埃。

无边的恐惧把他们都擒住了:眼前漆黑一团,脚下又不知高低!他们进也不是,退也不是,正左右为难之际,前面忽然响起了启门的声音,一束光线射出,他们才看清,不远处乃是一所客厅。

"妈妈的! 真够我们对付的!"鲍二奎道。

他们都进入了那所客厅。但见厅内也甚整齐、干净。两支粗大的牛油红蜡正在静静地燃烧,映照着一尊不知名的神像。神像前还供奉了一些蔬果糕点。蛋和尚把这间屋的旮旮旯旯都仔细地搜查了一遍,不见一丝异常,才放了心。

"你们害怕吗?"蛋和尚故作轻松地强装着笑容说。

"有什么可怕?"鲍二奎冒充英雄,"俗话说,艺高人胆大! 难道这里比阳山百丈崖还惊险?"

经鲍二奎提起,蛋和尚忽然想起了百丈崖上的白猿。尽管他差点两番丧生在它的手里,然而,却常常有一种难以名状的情感油然而生。确实,他一直记挂着它,仿佛他和它原是亲密无间的朋友! 他甚至几次萌起了这样的怪念头:有朝一日他要重上百丈崖,悄悄地探望它一次! 他不知道,这个愿望什么时候才能实现。但他相信,这一天迟早会到来。想着,他忍不住轻轻吁了口气,说:"百丈崖尽管凶险,可是那是光明正大的交手,这里却充满了小人的暗算!"

"暗算也没什么了不起!"二奎接着说,"反正我是无所畏惧的! 三妹,你怕吗? 我看你最怕那蛋盆了!"

"你别提那蛋盆不行吗?"童蛟说到"蛋盆",就感到恶心,差点又要作呕了。

鲍二奎颇感歉意地看了她一眼,忽然从供桌上拿了一个果子。

"肚皮不好受,就吃个苹果压它一压!"

童蛟横了他一眼,也不去接他递来的苹果。鲍二奎自我解嘲地咬了一口,边嚼边说:"好甜! 好甜!"

他又拿一个递给蛋和尚。蛋和尚也好馋,便跟着咬了起来:"果真又甜又酸又脆! 三妹,你咬一口尝尝!"

蛋和尚把咬过的苹果递到童蛟面前,童蛟正伸手要接。"慢!"鲍二奎一把抓住她的胳膊,"你看看三妹这手臂!"

蛋和尚看时,却是满臂的鸡皮疙瘩,忍俊不禁,哈哈地笑个不停。

"到现在你还在怕哪? 枉为大丈夫了!"他说。

"这话不对!"鲍二奎的大鼻孔掀了掀,"男子汉才是大丈夫,女人家怎么当丈夫?"

"是的,是的!"蛋和尚也打着诨,"不该说男子汉大丈夫,该说女子汉大老婆!"

童蛟不禁扑哧一笑,一边咬着苹果,一边道:"谁要当什么大老婆!"

"咦? 大老婆不当,难道当小老婆不成?"

三人都哈哈大笑起来。笑声未了,不觉哈欠连连。猛然间,那浓重的睡意,就像潮水一样向他们袭来。不一会,只感手疲足软,一个个瘫倒在地上,呼呼大睡起来!

第十一回　尝雪蛆俏郡主还刀　失龙碑小都头落魄

风呼啸着。金蛇般的闪电疯狂地把黑色的天幕撕裂，一个炸雷便从这罅隙中挤出，轰隆隆震耳欲聋。

蛋和尚醒了，渐渐睁开了眼睛。他发现自己已被绳索绑缚。鲍二奎和童蛟就躺在自己身边，也被结结实实地捆绑着，只是他们还在酣睡。

这里也是个厅堂，格局与太子楼相仿，也是全套盘根错节的根雕家具。只是中堂已不是狰狞威武的钟馗像，而是一幅绝顶美丽的九天玄女像。女像下天然几上，一对青花白瓷花瓶，插满了秋菊，色彩缤纷，千姿百态。供桌上红烛高燃，金碟银盘中堆满了鲜果。蛋和尚吃了一惊：其中一盘盛着的，正是那种又大又红的"苹果"。

厅堂正中间的百合桌畔，坐着一对男女。男的正是南宫戣；那女的，瓜子脸、丹凤眼，风姿绰约，不是娄钟玉又是谁？

蛋和尚仍觉疲软无力，他索性闭起了眼睛。他要争取时间养精蓄锐。然而，娄钟玉银铃般的说话声充满着某种诱惑，使他时不时睁开眼来，要去看看她那好看的脸蛋。

此时，娄钟玉起身敬了南宫戣一杯，道："阿弟，为姐今日以美食为弟庆功、压惊！"

说时一击掌，即有一对丫鬟手托漆盘从厨房出来，婷婷袅袅地走到他们面前，为他们每人献上一盘。南宫戣打开盘盖时，似乎异常惊愕:"阿姐! 这是什么美食? 分明是一盘白蛆!"

娄钟玉嫣然一笑:"不错,是又大又壮的蛆虫,我给它们起了个菜名,就叫'雪姐'。"

"蛆也能吃吗?"

娄钟玉笑着用银筷夹起一条蛆来,果真又粗又长,只见她用银牙咬破蛆口,吮着腹内的蛆汁。

"灵不灵,当场品!"

南宫戬战战兢兢地也夹起一条白蛆来,如法吮了一条,咂着嘴道:"哇,天底下竟有这样美味的雪蛆。这蛆是从哪里捉来的呀?"

"雪蛆还用你捉吗? 你把一只大母鸡宰了,挂在屋檐下,任它风吹雨淋雪飘,来年必定生蛆。然后把蛆聚在盆中,用人参、桂圆、红枣、莲心喂它们,慢慢地养成蚕一般大小,食用之时,洗干净了,再用开水一烫,喷些黄酒,就鲜美无比!"

"阿姐果真心灵手巧,小弟及你一半也就很好了! 不仅这雪蛆味美绝伦——"南宫说时又指着盆碟中的大"苹果","你亲手监制的这种'八味千层迷你果',也妙不可言!"

极亮的电光在眼前一闪,预示霹雳将至。

"这'千层果'倒是老头子的心计,愚姐不过费些照料工夫罢了;有了它,那阳山百丈崖……"

蛋和尚头脑中轰的一声响,霹雳也正好同时到达。

那霹雳,仿佛不在头顶上滚动,而在心中爆裂。他集中精力去听娄钟玉他们的谈话,偏偏余雷滚滚,不绝于耳!

"我们得了……"在节骨眼上,娄钟玉又放低了声音,"猕猴……岛天子……捕捉时……"

"自然! ……吹灰之力……"

蛋和尚听得不甚明白。但是,他预感到了他们似乎正在实施一个捕猿盗谱的阴谋。他回味起那些"迷果"的色、香、味,心想,无论如何,嘴馋的阳山白猿不可能逃过这样的诱惑,一定要成为盗伙的俘虏了!

又一个霹雳过后,瓢泼似的大雨便已开始,而蛋和尚额上那些冰冷的"汗雨"也在不断地往下滴落。

"阿姐,我疑心那猿猴拳谱,已被他们盗走了!"蛋和尚终于清晰地听到南宫戬这样说。

"怎么?"娄钟玉似乎有些震惊。

"他们的招式不但难以辨识,而且他们的手、眼、身、步、法,看上去怎么全是猕猴的形影?"

"喔!……"

雷声再次淹没了她的说话声,待到经久的沉雷逝去,他们已经在谈论别的话题了。

"阿姐,有人说你盗来的太湖图不是真货!"

"谁说的?"娄钟玉连忙又问了一句,"是老头子说的吗?"

南宫戬点了点头。

"我也知道那是假的!"娄钟玉说,"其实那真的我也在湖心楼中见到了。"

"那为什么不盗了来?"

娄钟玉叹息了一声:"阿弟,有些事你还不懂,恐怕……暂时还不应该懂!"

南宫戬茫然地望着娄钟玉。他也并不追究下文,一种极度的信任写在了他的眉宇之间,他再次深深地点了下头。

狂风咆哮而过,乒乒乓乓的雨点时起时伏、断断续续。

蛋和尚心中十分焦躁。恰在这时,鲍二奎和童蛟陆续醒来了,蛋和尚稍感安慰。他轻轻地滚到鲍二奎身边,手指摸着他身上的捆绳,用内力把它捻断。鲍二奎如法而动,解放了蛋和尚和童蛟。

南宫戬蓦地变了脸色,拍案惊呼道:"阿姐,你听到什么动静没有?"

"自然!"娄钟玉应道,"这是你的疏忽,捆他们怎么能用麻绳?该用浸过药的犀牛筋才是!"

南宫戬抽出日月刀来,娄钟玉立即用手拦住了他,道:"你说他们得了猕猴拳谱,我正想见识见识呢!"

"也好！你对付蛋和尚，我来收拾那个朝天鼻和黑脸渔婆！"

童蛟大怒，猛地跳起身来。鲍二奎指着南宫戮道："你阿爹与阿婆的雅号，是你乱喊乱叫的吗？"

蛋和尚也瞪圆了眼，心中的愤怒和憎恨一泻无余。他两只手猛然化作钩子，缩脖耸肩，含胸圆背，目光炯炯而光芒四射，如齐天大圣降临一般。

娄钟玉望着他的眼睛，不禁一凛。

"吱、吱吱！"蛋和尚故作猴声，仿佛不这样便不能发泄对他们企图谋害阳山白猿的激愤与不平。

大凡武学精深到一定的火候，对手便渐渐稀少，偶然遇到了一流高手，反会生出许多爱怜的心来。所谓英雄爱英雄，惺惺惜惺惺！南宫戮为了掩饰自己的败局，以便在姐姐面前挽回些面子，不免要把蛋和尚的武功十倍地夸张。娄钟玉原本心高气傲，南宫戮向她描述蛋和尚绝世武功之时，便萌起了要与蛋和尚争比高低的愿望。此刻，蛋和尚英姿飒爽，目光夺人，内劲已见一斑，于是那先前的愿望就在刹那之间化成了决战的冲动。

"好！"她简单地回答了南宫戮，却回身从天然几上拿起青龙、白虎和七星宝刀，掷还了他们，自己也抽出青冥剑来，道，"记住了今天的日子，我们是在落魂二楼一决雌雄的！"

"哈！笑话！"鲍二奎嚷道，"雌雄还用决吗？你是雌的，我大哥和我早已'雄'定了！"

蛋和尚冷然道："我若也用'千层果'来暗算你，便枉为好汉！"

娄钟玉粉脸一红："俗话说：贪嘴不留穷性命！是你们自己嘴馋偷吃了的，还能怪谁？"

"阿姐！"南宫戮叫道，"不必和他们嚼舌，照打就是！"

说罢抡动双刀，直取过去。鲍二奎、童蛟就亮刀接住了。

娄钟玉跳过一边，给他们让出战区。转眼，七星宝刀亦已出招，娄钟玉不敢怠慢，青冥宝剑一横，一式"孤鹜落霞"，却是以守为攻。

娄钟玉使了一路落魂剑法。行剑恰如高山流瀑、长河泻波，起伏跌宕，绝无间断塞滞之迹。一路使完，暗暗叫了一声"惭愧"，原来，落魂剑自成名以来，江湖上早闻风丧胆，交战之下，很少有能完肤活命的。眼前这个蛋和尚，幽灵似的，从容辗转，进退攻防，没有丝毫勉强。而他的一举一动，又似乎不着规范，全在有意无意之间。几招险招，眼看已有了着落，也不知蛋和尚使了什么法儿，又成虚发！仿佛他对她的招数了如指掌，前招刚起，便预知了她后招的路数似的，应对得这样至善至快！

此刻，蛋和尚已经完全进入了气功状态，眼前只有"青冥"的倏忽剑影。一念取代万念，致使静极生动，化成了各种身形手段，轻攀巧援，猿猴般地敏捷、轻灵、准确、自然！

渐渐地，娄钟玉也发生了一种错觉，仿佛与她交手的不复是蛋和尚，而是一只调皮狡黠的猕猴。她见青冥剑难占便宜，便剑路一变，一会儿把剑柄交给左手，腾出右掌，一会儿又交给右手，腾出左掌。

蛋和尚见她出掌之间，掌心手背不时翻转，知她掌剑并用，把落魂剑和落魂掌合成一体。与此同时，娄钟玉常常腾出金莲，反踢成势，恰如出栏猛骥！酣战片刻，蛋和尚蓦地感到，身上几大要穴轮番地有游丝般的气流出入，不觉微皱剑眉，暗暗叫声"不好"！

原来人体之内，有着两种"气"流。一曰"先天气"，来自娘胎；二曰"后天气"，得自大气和五谷精微。练功家把这两种气练成真气，纳于丹田。当真气受意念支配而贯注于某些部位时，它可以使练功家废寝忘食追求的效应，化作特异功能，碎石断铁，飞檐走壁，匪夷所思！功越深，真气越纯厚，效应则越神奇。娄钟玉剑、掌、腿三合一的战法，精深之处，还不在于外形的无懈可击，而是一有机会，就把自己体内的"后天气"强行输入敌手要穴，去干扰和稀释他的真气，使他的功力越来越疲软！南宫戮固然很厉害，但他的功夫还滞留于浅层。娄钟玉因深得要旨而进入了第二个层次。然而，落魂岛武学的精髓在三楼，三楼天子栾世雄在交战之时，可以使对手在不知不觉之间销魂蚀骨：他用自己的"后天气"去偷换敌人的真气，从而不仅废了他的武功，还补壮了自己。

娄钟玉因久未遇到这样的对手而感到了畅快。她从蛋和尚面部突然呈现出的那种惊惶的神色中看到了自己的初步成功，不觉精神大振，挥掌舞剑，更是势不可当！

　　蛋和尚明白，形势对自己十分严峻！他知道，由于三影功法的残缺，他的闭穴固田的功夫远不能抵御落魂术的侵袭。久战之下，必定耗亏了内气。杂念刚起，娄钟玉又乘隙欺进，蛋和尚慌忙避开她的肉掌，七星宝刀同时格开了她的宝剑，只听当的一声，金星四溅，已有一股凉风，从他脐中侵入，他立感腰麻腿酸，额上不觉渗出了一大片密密的虚汗。

　　回首望时，厅中不见了鲍二奎和童蛟，料他们并不是南宫戢的对手，业已败北在逃，心中又暗暗一惊。不料惊愕之中，又有几处穴道门户大开，一股股怪风乘虚而进。蛋和尚再不敢恋战，唰唰左右各劈一刀，然后一式"巧摘蟠桃"，娄钟玉竟被逼出破绽。转眼之间，蛋和尚已趁机跳出剑域掌圈，逃出厅外，没入夜雨之中。

　　他一边逃跑，一边注意分清那如注的雨声和娄钟玉细碎的脚步声。他发现自己一时无法摆脱她的追踪，而且间隔越来越近。持续的闪电又把他的身影不断地暴露无遗。这使蛋和尚十分惊恐！索性止步，再和她死战一番吗？然而，刚才交战中那凉飕飕、麻乎乎，往神阙、膻中、承浆、天目等各大要穴直钻的罡风，已使他不寒而栗。三十六计，仍然以走为上！于是，他使出平生所学，将轻功发挥到了极致。嗖！嗖！嗖！箭一般直蹿。

　　他窜进了一片茂密的树林，故意左盘右旋，意图甩开跟踪。约莫过了半个时辰，当他逃出树林的时候，蓦然听到了风浪的喧嚣：他已逃到了岛的尽头！辽阔的太湖展现在面前，它掀起了接二连三的巨浪，排山倒海般向岸边汹涌地滚来，朝着光滑的崖石猛烈冲击。它们可怕的呐喊充塞了空间，摇撼着一切！落魂岛仿佛也在战栗，似乎害怕自己会在什么时候被卷走、吞没！

　　蛋和尚被逼到了绝路！恰恰这时，一个闪电又把天幕撕开。他机警地回首张望，并不见娄钟玉的影子，才稍稍舒了口气。因见前面有个山缝,便进去避雨。

他十分惊异于这条山缝,仿佛刀劈斧削般地整齐。两边巨大的岩石对峙着。右边石腹上,向外叠长着一块巉岩,正对着左壁的一个洞穴。他就又入了那个洞穴之中。洞穴也甚宽大,却和阳山白猿洞依稀相似。正中间匍匐着一只偌大的石龟,这更使蛋和尚不胜惊诧!

蛋和尚此刻并没有心思追究这只石龟可能意味着什么!一种不祥的"瓮中捉鳖"的联想已把他的心牢牢擒住了。他惊骇地把头探出洞外,意识到,假如娄钟玉守在那石缝处,他蛋和尚纵然有三头六臂也很难冲得出去!真所谓"一夫当关,万夫莫开"!那么,他岂不要被活活地困死在这里吗?想着,他便不敢在此久留,悚然跃出穴缝。他心中又觉得十分懊丧:他原来是上岛来侦察的,早知道便不该去看那炼刀!看炼刀也便罢了,更不该和南宫戬交手,争一时之短长,忘记了世杰大人送行之时再三的叮咛:一定要以侦察为重,切不可多管闲事。

蛋和尚的心就像那风雨一样冰冷、凄凉,脸上挂满了水珠,也不知是雨水还是泪水。他姗姗地回到林边,犹豫着,不知往哪个方向逃命。而就在这时,风雨裹挟着嘈杂的人声,从丛林中传出,仿佛有一群人正杀气腾腾地向他这里闯来。蛋和尚急忙闪身,隐伏在一块石后,眼睛直视着前方,双耳全神贯注地聆听他们的说话声。

"已经追到青石滩了!"一个声音一字字地跳进了蛋和尚的耳官。

蛋和尚浑身一颤,差一点就要惊喊起来。但接下来的一个声音让他已经到了喉头的惊喊化成了一声低吟:"你们把他说得这么厉害,今天让你们开开眼界,看他是如何在我栾世雄的刀下化成齑粉的!"

把岛天子都惊动了!蛋和尚意识到他们三个已经陷入了全岛的围捕之中,而他眼看又没有了退路,不觉痛心地叹息了一声。

借着长空电光蓦地一瞥,他发现自己正蜷缩在一块长石后面。在最初的一瞬间,他几乎无法相信自己的眼睛:他看到那石块上精雕细镂着一幅猕猴的肖像,它手捧蟠桃,栩栩如生。玉钥匙!当闪电再起的时候,他因得到了确切的证实而狂喜!他的双手亲切地抚摩着这块白马台碑,眼眶已被热泪涨满!然而,当他又很快知道这块碑石旁边恰好有一个古怪的井口时,却又如被震碎了心肺!玉钥匙的全部秘密就在于,它凹凸不平、奇形怪状的下半截插入某一井口,以四匹壮马牵引旋转,可以打开泉井深处的一个壁洞,壁洞内藏有闸门机栝,一旦扳动,石仙人墓穴之门就会自动开启。残酷的现场显然告诉了蛋和尚,玉钥匙的秘密已经被落魂岛破译。他于是想起了刚才到过的石缝、石洞。那个石洞无疑正是被发掘不久的石仙人的墓葬处。蟠龙碑照例应为那石龟所驮,现在却不知去向,毫无疑问,已被盗走了!于是,他立即有一种如坠深渊的感觉,陷入更为惨烈的痛苦和绝望之中。

正在这时,湖畔又传来了刀剑相碰的声音,树林中也立即嗖嗖地窜出几条人影来。一个闪电瞬间即逝,蛋和尚看清了湖滩四个拼死相争的人影:一方是鲍二奎、童蛟,另一方却是南宫戬与娄钟玉!

蛋和尚猛叫一声,跳起身来!

他知道,不消几个回合,鲍二奎、童蛟必死!

闪电、雨幕、奔雷、巨涛!……

"这儿还有一个!"立即有人高叫。

几条黑影蹿了过来,把蛋和尚困在核心。

岛天子栾世雄站在圈外,阴沉、可怕地冷笑了几声。蛋和尚看不见他的脸,只听见他一声喊,声若洪钟,斩钉截铁:"取首级来见我!"

第十二回　封石窟穷途末路　开秘道绝处逢生

蛋和尚不知有几个人影在围打自己,也不知他们手中拿的是什么兵器。他索性闭起了眼睛,施展听风察器的功夫,凭感觉闪辗腾挪、攻防出手。渐渐地辨清了自己的对手共有十位,占据着四面八方。那刀枪剑戟,就如乱箭般向他落下。蛋和尚凭借手中的七星宝刀,东剁西斫,以一当十。强人虽人多势众,在这黑漆般的雨夜,混战之中,如何分得清敌我?忽然呼地一棍,打着了同伙的肚皮;又听扑哧一声,不知谁的大腿上,被金枪搠个正着!

蛋和尚从容应付着,耳朵却又尽力去捕捉湖畔的战况。他还能从哗哗的雨声和兵刃相接的乒乓声中,分辨出鲍二奎和童蛟的脚步,他从他们越来越杂乱的脚步声中断定,不出十个回合,他们必将败北,要么身首异处,要么再次成为俘虏!

蛋和尚的胸口闷闷的,好像就要炸裂!他大吼一声,右腕一扬,两条黑影正好撞在他的刀刃上,立即跌倒在地。栾世雄在圈外,发出了短短的一声赞叹,随即便一声呼哨,四条人影嗖地向外跳开一步,守着四角,中间只留四人动手。蛋和尚心中正十分纳闷,忽听黑暗中栾世雄喝了一声:"白马反蹄!"

几乎与喝声同时,四人兵刃各亮一式,分别是"白鹤亮翅""马后挥鞭""反弓背射""蹄前斩草"。暗合着"白马反蹄",其中有防有攻,配合得极是严谨!蛋和尚忙续一招,便又听栾世雄喝了一声:"探梅扫雪!"四敌立时应变,乃是"探骊得珠""梅竹对舞""扫花拜仙""雪山摘叶",又暗合着栾世雄的"探梅扫雪",应变得又狠又准。蛋和尚再出新招时,四人分别应以"金蛇反尾""童子抱琴""提壶敬酒"以及"炉底插香",恰恰应着栾世雄深沉的"金童提炉"!

蛋和尚借着电光,一眼瞥见栾世雄正站在五尺以外,摆着"马步",眼帘双垂,一掌高举过头,另一掌置于肩前,状如虎爪。掌心的劳宫穴处,隐隐还见紫雾缭绕。蛋和尚的心不觉怦怦直跳,并感到头皮有点发麻。

落魂功法中有一种秘道,即"颐指气使"之术,不仅可用意念指挥同党替自己厮杀,还能伺机对他们进行"采气"。同党在厮杀过程中,无不调动了平生所练的内劲真气。遇到的对手越高强,他们调动的内气就越充足,"采气"也就越方便,甚至可在一两次战斗中把他的内力全部窃为己有!栾世雄收养了许多"儿女""子弟",假惺惺教他们习武练功,原是为了供他秘密采气之用。内气一经采竭,武功也就废尽。于是,栾世雄令儿徒们继续从头练起,三年五载,有了成就,暗中再采。倘若被他窃功满三次,则非死不可!可惜他们临死之前,大多仍不知底细,还对"恩师"感激涕零!

几招过后,四敌已疲软无力,栾世雄即令另外四人接替了他们。

蛋和尚依稀知道有"颐指气使"之术,且又唯恐栾世雄使出法儿,把他的内力也采了去,于是不敢恋战,唰唰唰一连三刀,风驰电掣,迅猛无比,意在夺路逃跑。栾世雄仿佛更为兴高采烈,先喝一声"捕鹰",紧接着,一声"追燕",指使四徒使出了"捕云搜月""鹰鹏摩空"和"追地风波""燕尾点水"的招式。然而,由于蛋和尚这几刀极是厉害,四敌应这一招均竭尽了全力,内劲一泻无余,被栾世雄采尽。因此,蛋和尚又起一刀时,他们都已心有余而力不足了。七星宝刀过处,早肢断头落,死于非命!

蛋和尚趁着这个机会,回身逃命,跑不多远,却见峭壁横亘,挡住了去路,他收住了脚步,耳后便传来阴森的狞笑声。蛋和尚猛然转过身来,面对着栾世雄。

"平湖都将,名不虚传!"

"今天少不得鱼死网破!"

"不!你死,我活!"

远处,忽然隐隐地传来了几声叫骂:"妈妈的!"鲍二奎居然还奇迹般地活着!蛋和尚一阵振奋,手中的刀指着岛天子栾世雄:"你就出招吧!"

"哈!忙什么?"栾世雄阴笑道,"你最爱听的话还没有告诉你呢!"

"如要喷粪,你尽管喷!"说时,蛋和尚仍然注意倾听湖滩边的动静,他希望也能听到一点童蛟的消息。

"刚才你露了几手,"栾世雄说,"看得出,你的猿功已经有了火候!"

"哼!"

"只是没有学全!……"

蛋和尚终于听到了童蛟的声音,然而,那仅仅是几声呻吟,随即却是一阵惨叫!那叫声,像童蛟,又像鲍二奎!蛋和尚的心不由得往下一沉,又紧紧地收缩起来。他浑身上下沉浸在一种莫名的恐惧之中,眼前虽然伸手不见五指,然而,他仿佛看见如注的雨水,正在冲刷着湖滩边的血流,如磐的狂风已把两具尸首卷进了浩渺的太湖,无情的巨涛一会儿把他们高高地掀到浪尖上,一会儿又把他们深深地埋进浪谷,以至于他竟没有听清面前的栾世雄究竟说了些什么!直到一句话铁弹似的跳到他的耳膜上:"可惜,你再也见不到蟠龙碑了!……"

"浑蛋!"蛋和尚发泄般地怒吼着。其实,这时他并不清楚栾世雄的话的真实意义。

"我把它沉入了太湖!除非太湖水干,否则,谁也甭想看到它!"

蛋和尚忽然目瞪口呆。

"这该死的蟠龙碑,我好不容易找到了它,它却让我空欢喜一番!"栾世雄的话应着那隆隆的雷声,"它与我这个玩过女人的岛主无缘也就罢了,那上面刻的套路,偏又是落魂岛全部武学精义的克星!我相信,你处在我的位置,也要把它毁了的!"

蛋和尚经受了一阵难堪的折磨,他甚至用手揉了揉被刺痛的胸腔,强忍住了往上蹿的怒火,道:"蟠龙碑与你这个老东西无缘,可岛上还有年幼的,有娄钟玉、南宫戡他们!"

"让他们成功后,有朝一日来制服我吗?"

"可是,他们叫你父亲!"

"哈哈……"他笑得异常疯狂,"正因为如此,我才传他们武艺! 我拼命地让他们学,让他们练,只有他们俩才有可能进入真正的武学至境! 哈哈……"

他的长笑分明暗示着什么,蛋和尚一惊:"莫非到头来,你也要掳掠他们的内功吗?"

回答他的仍然是一串阴森的笑声。

蛋和尚不禁倒抽了一口冷气! 他猜到了:栾世雄把许多天资极高的武童拐骗到岛上,收为儿女、徒弟,教他们练功,传他们武艺,全为着自己! 这时,他不禁萌生了一丝对蒙在鼓里的娄钟玉、南宫戡的同情。只是他不明白,栾世雄何以要在这时告诉自己这些!

蛋和尚自然不知道,栾世雄因剽窃了八位儿徒的内力,此刻十分亢奋。他竭力向蛋和尚显示着自己过人的谋略与才智,显摆着他凶残的傲慢和威风。他甚至把自己的隐私和盘托出,以此表示他的无所顾忌、天马行空的气概! 在他眼中,蛋和尚只不过是他手中的一个可以任意摆布的小小猎物,他要对他进行尽情的玩弄和戏耍,这比把他一刀两断更让他感到加倍的痛快!

蛋和尚忘了力量的悬殊,对他劈面一刀。栾世雄哈哈大笑着,拔刀相迎。蛋和尚立即感到有一个轻微的寒战从心头掠过,随后便向全身要穴放射扩散。一束气流冲过左掌劳宫穴,向外溢出。看得出,栾世雄乐不可支,就像一头豺狼喝到了热腾腾的人血一样,不断地咂吮着嘴唇,手中的马刀雪片似的向蛋和尚飞来。

蛋和尚自知绝不能战,大叫一声,向后撤退,却又不禁心惊肉跳!原来,无意之中,他又进入了先前到过的那条石缝中:此缝进口之处,尚可容纳一两个人出入,越深入便越是狭窄,甚至只能侧身而过。好在蛋和尚身躯娇小,毫不费力地挤了进去。抬头看时,见石壁上巉岩凸出,才猛然想起,对面石壁上还有一个石龟盘踞的洞穴。他于是不假思索地进入洞去。

过了半晌,不见缝外动静,才渐渐地放下心来。料那岛天子身躯魁梧,进这石缝极不利索,自然,他也惧怕暗器,必不会贸然追至。只是他若在缝口把守着,蛋和尚便又成了"瓮中之鳖",即使不被活捉,最终也得困死!想着,蛋和尚又不禁暗暗叫起苦来。

过了片刻,耳畔忽然响起了轰隆隆的巨响,恰似惊雷又不是惊雷。那声音连续不断,仿佛整个峭壁都在随之抖动。蛋和尚便从洞中探出头去,要看个究竟,却蓦地冷汗淋漓!原来,对面石壁上的巉岩忽然活动起来,渐渐地向前伸出,不消一会,它便伸进洞内,嘎的一声,立即万籁俱寂,石洞被堵了个密不透风!蛋和尚认定,这个石洞当与石仙人的墓穴相关,栾世雄既已破译了玉钥匙,一定又动用过玉钥匙,把原先与石洞闭合的巉岩推开。如今他无意中进了这个密洞,就让栾世雄得了便宜,再度动用玉钥匙,拨动机关,闭了石仙人墓穴,在这暗无天日的洞中,自己似乎必死无疑!事到如今,他反而不甚悲伤,只是喟然长叹了一声!

看来,练了武艺也未必是一种福气!蛋和尚坐在洞内石龟的背上,在百无聊赖中想着,倘若自己对武术一窍不通,那么,现在必定在山清水秀的白马洞,和普通的孩子一样,成天牧羊、放牛、耕地、种菜,说不尽的悠闲、宁静与快活!因为练了一身武功,才会偷上阳山,盗下半部功谱来,从而又封了这劳什子的"平湖都将",现在又将枉送了小命!这么想着的时候,他又隐隐感到似乎不对头:如果大家都像他这样怕事、怕死,一味地向往那种悠闲和宁静,那么强盗、土匪、歹徒,靠谁去收拾呢?这世上,盗祸匪患一旦铺天盖地,国无宁日了,又焉有小康之家?又何来悠闲和清静?只恨自己和蟠龙碑无缘,因而壮志难酬!咳,现在自己要死了,这能够称得上"精武报国"吗?虽然没活几年,但毕竟也算是"小义士""大丈夫"吧?蛋和尚觉得聊以自慰的是,自己没有死在什么肮脏的地方,而是死在了师祖石仙人的墓内,和祖师爷躺在一起!——蛋和尚想到这里,霍地跳起身来。这里既是石仙人的墓穴,那么石仙人的棺木呢?他躺在何处呀?唯一的解释是:栾世雄连石仙人的棺木也没放过,一起给毁了!蛋和尚这时才真正感到悲从中来!他抡起臂来,愤愤地拍了一掌,不偏不倚,正好拍在石龟的头上!他没料到,一掌刚落,就听到了轧轧轧一串声响,又有那雷一般的轰鸣在耳畔响起,充塞在这个斗室之中。蛋和尚再去摸那龟头时,发现它正在龟背下面向后收缩。随后,龟体抖动了一下,龟尾就向一边移开,露出一个圆形的洞口来。夺目的亮光从洞内射出,把整个墓穴照得雪亮。蛋和尚立即俯身向洞内望去,差一点没有灵魂出窍!他看见一个银髯老翁,身着道服,安卧在一张石床之上,石床两旁罗列着刀枪剑戟,森严整肃。头前一只玉碟中,盛着一颗拳头般大小的珍珠,光芒喷薄,耀如白昼!(此珠名"灵犀",可以避水、避火,后也流落凡尘,因蛋和尚不识是珠,兹注。)平坦的石壁上,有一行阴字,笔画深陷,极为遒劲有力,看得出,是内力运于指尖所刻,刻着"位归灵霄石仙人"七个斗大的字。这时候蛋和尚惊魂稍定,便从洞口跳下去,落在一块黑色的方砖上。脚刚着地,又一阵轰鸣,石龟即把洞口关闭了。蛋和尚心想:也好!与祖师爷葬在一起,也是求之不得的福气!他先跪在石仙人头前,恭恭敬敬拜了三拜,磕了九个响头,然后起身,端详着石仙人。只见这位不知哪朝哪代的武学古人,天庭饱满,太阳鼓凸,看上去依旧鹤发童颜,一如生前。仿佛这石床上躺着的,不是一具遗体,而是一位熟睡的老人!石仙人不仅不朽,连衣帽鞋袜都还保持着原来的光泽,而身旁那些森列的兵刃,依然光芒闪耀,竟没有一丝锈斑。这使蛋和尚惊叹不已。

蛋和尚仔细打量着这间墓室,想找出一些与众不同的地方,然而,这里虽然雕凿得十分规整平坦,却只是一个普通的石洞,没有丝毫奇异之处。他把眼光落在那一块黑色的方砖上,心中不由得一动。上前对着黑砖蹬了一脚,只听到一阵熟悉的声响,顶上那石龟又向一边移开,从而露出了洞口,再蹬一脚,又渐渐关闭,方知那方砖下面装着机关,可以制动千斤龟石。

因见所未见而来的新奇感,使蛋和尚暂时忘记了自己身处绝地。眼前还有一宗能使人叹为观止的宝物,就是那玉碟中熠熠放光的明珠。蛋和尚把它拿在手里,觉得它光滑、微温,还散发着淡淡的幽香。他忽然若有所悟:石仙人葬于此而能不朽,莫非全赖此珠?若是这样,数百年后再有人发现这个洞窟的时候,就不只是石仙人一个人了,还有他蛋和尚!这岂不令后人大惑不解?

蛋和尚正胡思乱想间,忽觉身后有一束细微的凉风,他低低地惊叫了一声。这个水泄不通的密洞中,怎会有凉风吹拂?蛋和尚好不奇怪!他忙把明珠放回原处,静下心来,又把真气沉入丹田,让自己的触觉高度敏感起来。然后循风寻源,很快发现,凉风正来自刻着"位归灵霄石仙人"的那块石壁的下部。蛋和尚取珠照视时,又发现那最后一个"人"字,深陷的笔画特别深邃,他用手插入,也不及底,再一细辨,那"人"字撇捺之间的"三角区",竟是块可以活动的岩石,搬开岩石,一个洞中之洞便奇迹般地出现了。洞如管状,蛋和尚顺着管壁爬了进去,渐渐宽阔,又渐渐可以直立行走起来。蛋和尚仗着明珠的光亮,径直向前,约莫走了半个时辰,见前面有一个坎坷的斜坡。斜坡的顶端,有一种轻微但显然又十分磅礴的声音,源源不断地向下滚来。蛋和尚侧耳聆听了一会儿,心怦怦地猛跳起来。他听到了太湖水浪拍岸的声音,这简直要让他快乐得发疯!

出口就在斜坡的顶端,他一鼓作气爬了上去,那里虽然有些淤泥,但颇为松软,扒开一角,忽然涛声大作,他同时看到了一块铅灰色的天幕。他忍不住大口大口地呼吸着从外面涌来的新鲜空气!

他快活得要穿出洞去,但蓦地想起,手里还拿着一颗明珠。石仙人失了明珠,将永远沉沦在黑暗之中。以蛋和尚此刻的见识,还以为仙人之所以不朽,正有赖于这颗明珠。于是,良心因不安而剧烈地骚动起来。他沉吟了好一会儿,终于做出了决定:把明珠奉还给石仙人!好在这条地道还算平坦,他放还了宝珠,一路摸黑回程,颇是顺利。

出得洞口,已是风止雨收。眼前忽见人影一闪,霎时间,一柄白刃拦腰扫来。蛋和尚忙用七星宝刀格开,只听当的一声响,已把对方兵器削断。蛋和尚趁势一式"浪子回头",回刀向他下盘掠去。那人噌地一跳,避过刀锋,转身就逃。蛋和尚一个箭步赶到他的身后,左手抓住了他的衣领。

"饶命!饶命!"

"是你?"蛋和尚从声音中听出了,他的俘虏是童彪。

"是你?"童彪也放下心来。

"你怎么在这里?"

"你又怎么在这里呢?"

大家都急于先知道对方的情况。

还是童彪先说:"那时,我见你们与南宫戬动起手来,冶炼场上一片混乱,就想,你们无论胜败,离岛时,最终还得靠这条船,于是偷偷回来守在这里。刚才见树后闪出一条黑影,还以为是山上的喽啰,谁知竟是你!"

蛋和尚定睛看时,果见那条官船还歇在那里,它的缆绳还系在粗大的古榆树上。他想起那树干业已蛀空,心中便涌起一阵疑惑,连忙赶到那棵树前,方始明白了:这棵空心的树干连着一条秘密地道,直达石仙人的墓穴。他刚才正是从这树洞中爬出来的呢!

"贤侄!"童彪颤巍巍地问了他一声,"你愣神瞧什么呢?"

"把这个洞照原样填了!"

说时,蛋和尚即在附近找了些石块,填进洞内,又在上面铺了些泥土,才一把抓住童彪的手臂:"走,上船说去!"

他们解缆上船,也不敢点灯。童彪道:"怎么,我们在这里等他们吗?"

"等谁?"

"童蛟和二奎呀!"

蛋和尚这才如大梦初醒,想起了童蛟和鲍二奎。他们最后的一声惨叫,又从远处隐隐传到了他的耳旁,使他倏地感到了五脏激烈翻腾,嘴里又腥又酸,哇的一声直喷出来,也不知是血还是水!

"伯父,我对不起你!"他扑倒在童彪怀里。

"怎么?……"童彪搂紧了他。

"他们都死了!"

童彪一阵战栗。蛋和尚晃了几晃,也不知谁支撑着谁,竟都没有倒下。

"我也不要活了,就和他们拼了吧!"童彪半天挤出一句话来!

"我们都是拼了命的! 拼不过硬拼,岂不枉送性命?"

"呜呜! ……"童彪像孩子一般哭了起来,"那么,这大仇就不报了吗?"

"怎么不报? 留得青山在,不怕没柴烧!"

"可是,谁又能打得过他们!"

"有能制服他们的!"

"谁?"

"我的一个朋友!"

"你的朋友叫什么? 住在哪里呀?"

"……"

童彪见他不答,又带着哭腔道:"你不过想安慰我罢了!"

"不!"蛋和尚脱口而出,"我的朋友住在阳山白猿洞!"

童彪哽咽道:"白猿洞住着一只老猢狲,这也听人说说而已。怎么成了你的朋友?"

"我知道你不信!"蛋和尚一时没法安慰童彪,只得把谎说到底,"若不是我的朋友,我的猢狲拳功又从哪里来的呢?"

童彪见过蛋和尚的身手,回忆起来,那一招一式,果真煞如一只活脱脱的猢狲。且见他小小年纪,功夫何等了得,又由不得他不信,便拔起了船篙,道:"我马上送你去阳山!"

船即起航。蛋和尚经一夜战事,已是十分疲惫困倦了,倒头就在船板上睡了起来。童彪脱了外衣,给他盖在身上,索性让他安歇,自己独力扬帆把舵。

好一会,就在蛋和尚蒙眬之间,只听到船上人声嘈杂,好像多了很多人,有一个声音在问:"躺着的是谁?"

"啊,是给我扭绷的兄弟,淋了一夜的雨,病啦!"

"见到南宫太子了吗?"

蛋和尚这会听清了:这是红毛狮子徐品诚的声音,知道船又回到了水寨。他想起身,却感到头重脚轻的,浑身一点力气也没有。他心中不禁十分骇然,暗暗自语道:莫非我真的病倒了?

这时,他听童彪回道:"启徐爷,小的见了太子,太子大为赞赏,要亲自审问李太师夫妇呢!"

"太子给了你什么赏赐呢?"分明是一种怀疑的口吻。

"啊! ……"童彪似乎一时语塞了,顿了一下,才道,"有、有!"

"能让徐某饱饱眼福吗?"

"当然能、能啊!"

童彪略一迟疑,也许是急中生智,他忽然从蛋和尚枕下抽出了七星宝刀,对红毛狮子说:"徐爷,我们见太子时,太子正在冶炼场祭刀。其时青龙、白虎刚出炉! 也是潜水龙有福,太子一时高兴,便解下了这把佩刀赏给我了!"

徐品诚把宝刀拔出刀鞘,啧啧赞道:"果然好刀!"

蛋和尚睁开眼来,见启明星已在天边闪耀,他感到口渴难熬,浑身又沸滚发烫。他把苦涩的呻吟一声声咽下肚去,又疲乏地合起了双眼。

这时徐品诚的话音似乎温和多了:"潜水龙,这回还得辛苦你一趟!"

"徐爷有事,只管吩咐!"

"一艘宝船,因触礁漏水,耽搁在无锡鼋头渚。你就用这艘船去把珠宝载回,有你的好处!"

"是!"

"另外,这三位弟兄听你的调遣。你们速去速回,不得有误!"

"是,是!"

又一阵忙乱后,方始平静下来。蛋和尚昏昏沉沉的,感到船正在

124

驶出水寨。也不知过了多少时辰,他依稀知道,此刻船上多了四个人,船头上两个,船尾上也有两个。只不知童彪在船头,还是在船尾。他使劲地又睁开眼来,只见自己在舱内,躺在太师榻上,门帘低低地垂着。

"水……"他虽然竭尽了全力,但声音依然很低。

门帘掀开了,一个人影闪将进来。但他手里没有拿着水壶,而是提着三颗血淋淋的人头!

第十三回　似梦非梦，小楼悲侄女
　　　　　以牙还牙，长尺打顽凶

　　大凡武功深厚的人，平日不大闹病，一旦病了，就非同小可。蛋和尚生来还不知道"病"是何物。落魂岛这一夜，受尽了惊、愤、忧的交侵并袭。在与娄钟玉以及栾世雄交战时，又漏泄了内力，加上风吹雨淋，外邪乘虚而入，焉得不病？此刻，但感浑身火烧火燎，偏又闭了汗！那脸蛋儿被烧得就像炭一般通红。昏昏沉沉之际，他感到有人闯进舱来，便使劲睁开了眼皮，却见童彪手提三颗血淋淋的人头，站在面前。

　　"你、你把他们杀了吗？"他说。

　　"不杀，我们就回不去了！"

　　"也好！"蛋和尚勉强支起身来，"咳！……该死……的寒热！"

　　"你躺着！"童彪扶他又躺了下来，"离无锡不远了。我有个远房亲戚嫁在无锡，我想把你先送到那里，等养好了病，再回苏州。"

　　蛋和尚沉沉地点了点头。

　　童彪倒了一大碗热水，让他喝了。蛋和尚似乎稍稍有了些精神，道："落魂岛知道你叛逃了，必然要追杀你！你不如把那一船珠宝摇到苏州府去，好歹在城里讨个差使，无事不要露面。"

　　"那很好！"童彪道，"只是谁能为我引见陈大人呢？"

　　蛋和尚从怀中摸出一片纸，他默视着纸上"精武报国"几个大字，不觉黯然。

126

"把它交给世杰大人,就说是我荐你去的!"

童彪接了过来,小心翼翼地把它叠好,贴身藏了,便又凄然转身。他知道,眼下若再向蛋和尚提及报仇的事,太不合时宜了。

"你放心!"蛋和尚似乎洞察他的心事,喃喃地说,"童蛟妹妹的仇,慢慢地总要报的!还有二奎,总不能让他们这样白死!"

"是的、是的!"

童彪抹了抹眼角,退出舱去,收拾完尸首,又把船板上的血污擦洗干净,便重新操舵扬帆。正好一路顺风,不消多时,已抵达无锡惠山。

童彪见蛋和尚烧得更加厉害了,眼睛发赤,嘴唇开裂,便把他背在身上,恰便似背了一个滚烫的火炉,一会儿就逼出了一身热汗来。

无锡原也是个灯红酒绿的繁华之乡,进入城里,也是车水马龙。但见红楼翠馆,笙歌盈沸,三教九流,络绎不绝。蛋和尚在他背上,禁不住也抬起了头,让无力的眼神往大街两旁瞄瞄。商店的货架上,还有临街的地毯上,那些五颜六色的泥娃娃,又淘气又可爱,引得他心神不宁。

"都爷!你在背上可别乱动哪!"童彪侧过了半边脸,对他说。

"让我自己走吧!"

"你不要命啦!"童彪又说,"风头里,一刻也不能耽搁!"

蛋和尚不再言语,心里却在想,待到病好,一定要到这里来多买些泥娃娃,给二弟、三妹也买几个!猛地一个寒噤,再到哪里去找二弟、三妹他们呢?想到此,浑身竟瑟瑟地发起抖来。同时,内热上蹿,连耳朵也热辣辣的!

童彪感到了他一阵紧似一阵的痉挛,脚下不敢急慢,飞也似的朝前走着。蛋和尚渐渐感到头脑中产生了一种异样的波动,那天和地、房和树,都开始错位、旋转,连自己也不时地头足倒置起来。起先,他意识到自己在不断地向下沉落,向最深的地心沉落,然后又渐渐地向上升浮,一直升腾到茫茫的广宇中。每一次升或降,都带着一种奇异的晕乎感,时而难受,时而醋畅!也不知经历了多少个回合,他才终于控制住自己,并确切地知道,自己已经躺到了一张木床之上。他睁开

127

眼时,见到的是一个完全陌生的环境。一间小屋,摆着一些简陋的家具,板壁上挂着一些年画。板缝很稀,他能看得见隔壁房间中的一架竹榻。

"醒了、醒了!"一个女人的声音在耳畔响起。

这时,他发现一个少妇坐在床沿上,面上带着惊喜的神色望着他。

"童彪是我表叔,我叫徐阿娥。"她自我介绍说,同时把他额上的毛巾取下来,在冷水盆中拧了一把,然后再给他敷上。

"你叔叔呢?"他问她。

"啊,他说有笔买卖,急着要去一趟苏州,就把你交给我啦!"

"哦!"

于是,记忆的闸门方始被撬开。蛋和尚这才清楚地记起了自己是怎么到这里来的!这时,徐阿娥把熬好的药端来喂他。他看清她原是一个大肚子孕妇,心中十分过意不去。

"这有什么呢?"阿娥说,"快趁热把药喝了!"

蛋和尚喝完汤药,阿娥又去舀些水来,让他漱了口。

"再美美地睡一觉,发了一身汗,包你好!"

说时,她微微一笑,退出屋去,又把门轻轻地带上了。

只过了片刻,蛋和尚便觉得浑身黏糊糊、湿漉漉的。渐渐地,脸上、额上都沁出了汗来。那细汗汇合成流,从他的腮和两鬓挂下来,滴滴答答地往枕上直淌。

有几个人走进了隔壁的房间,咕咕哝哝地讲着话,起先声音不大,后来竟越来越响。蛋和尚抱头蒙在被里,也无济于事,声音直往他的耳朵灌来:"……你真糊涂!"

"我怎的糊涂?"

"我的这种局面,难道还不足以引为前车之鉴吗?"

"你也是读过书的人,岂不闻国家兴亡,匹夫有责?"

又响起了一个女人的声音,口音急而尖厉:"国家兴了,我们是匹夫,小匹夫!老匹夫!国家有事,你们这些懂武的原可以报效国家了,倘若报国有功呢,草莽武夫也挨不上行赏!倘若有过呢,当官的就想着法儿卸给你们去兜着。说到底吧,你们不过是给人垫背的一介匹夫而已。"

"咳!"

在威严的咳嗽声下出现了一个短暂的沉默。

蛋和尚简直不敢相信自己的耳朵,壁缝里传来的声音,一句句都是异乎寻常地熟悉。尤其那严厉的咳嗽声,使他的心狂跳起来。

他用手抹去了脸上纵横直流的汗水,呼地揭了被子,跳下床去。两脚刚着地,便是一阵眩晕,身不由己,向前踉跄了几步,幸亏两手在交椅背上撑住,才没有跌倒。他勉强地支撑着摇摇欲坠的躯体,把眼睛尽量靠向板壁,从壁缝中向隔壁看时,他不禁低低地惊叫了一声。

劈面对着他的正是自己的父亲金天柱,他两眉微微向上翘起,独眼眯缝着,眉宇间隐隐地透出了一点不悦之气。他前面的竹榻上坐着一男一女。

那个男的,刚刚步入中年,闪电般的眼睛,此时正阴郁地凝视着金天柱,一张斧削长脸看上去分外俊逸。他的身材很高,挺拔得就像阳山上遒劲的古松,加上他那不俗的衣着,更使他平添了一种高深莫测的感觉。蛋和尚第一眼便已被他身上那种练达和不凡的气质所吸引。于是,孩提时常有的那种信赖、敬仰与亲切之感油然而生。阔别多年了,这位姐夫的脸庞似乎并没有多大变化。

紧挨着姐夫徐少堂的是他朝思暮想的姐姐金丽娟,与姐夫相比,她的变化太大了。她同样挺着圆鼓鼓的大肚子,也许就要分娩,看上去有点憔悴。蛋和尚立即意识到:姐姐已跨越了一条鸿沟,跻身"大人"的行列中去了。但是她依旧不失端庄俊美,乌黑的头发与她白皙的肌肤互相映衬。有些时候还看得出在她的眼角、唇边还残留着些许姑娘家的烂漫和孩提的无邪。

蛋和尚几乎无法立刻相信眼皮底下的这种奇遇。他狠狠地在自己的大腿上拧了一把,竟然一点疼感都没有。于是顿然省悟,这原是一个梦,一个出人意料的梦!不觉叹息了一声。

然而,即使在梦中,他也并不愿意放弃多看亲人几眼的机会,尤其是从小抱他、背他的姐姐。壁缝中不时透过来丝丝凉风,撩得他直冒虚汗的肌肤刀割般难受,他也全然不顾。

"爹!"姐姐紧颦着蛾眉说,"少堂是对的,你说什么也不能同意弟弟去当什么都头!"

金天柱不作声,愣视着女儿。

"我也曾经是平湖指挥使!"徐少堂接住了姐姐的话头,"当初限一个月剿匪平湖,究竟有什么根据? 限期一过,不分青红皂白,就充军发配!"

姐姐眼圈一红:"在那不毛之地过了整整三个年头! 爹,少堂尚且如此,何况蛋弟!"

蛋和尚原以为姐夫是得罪了哪个"奸臣"才遭发配的,却不知道原有这样一段故事。此时,徐少堂的话跳进他的耳朵里,不免让他有兔死狐悲之感。他想到自己同样受职、受命于苏州,偏偏出师不利,不仅没有弄清落魂岛的地形布防,反而丢了两个副都将! 这叫他有何脸面再见世杰大人? 到时世杰大人追究起来,恐怕也要翻脸不认人! 倘若发配充军,自己吃点苦头便也罢了,父母、姐姐不知要怎样煎熬呢!

一阵怪风把房门推开,又鼓荡着直涌进房来。蛋和尚一个趔趄,立即感到一股寒气从脊梁上拂过,他一连打了好几个寒噤,牙关咯咯地响了一阵,随后又天旋地转起来……

他仍然相信,这是一个梦。他不愿从这个梦境中贸然退出来。虽然眼前金星乱飞,耳朵也充塞了一片嗡嗡嘤嘤的杂音,但他还竭尽全力要去捕捉这个即将消失的梦,想把慈父与爱姐的身影拉到眼前。然而,他们变得就像云丝雾片一样游移缥缈,时隐时现。与此同时,他感到了越来越彻骨的寒冷。过了一会儿,又有那难熬的奇热熏灼着全身。而他的头脑已经不能再捕捉任何画面了,只留下一片空白。他直僵僵地倒了下去,唯有一丝梦的眷恋久久地印在他的唇边。

蛋和尚的意识在消逝了一段很长的时间后,才悠悠回归。他最先感到的,是那森森的夜色,屋内被昏黄的烛光充塞。他发现自己仍然躺在那垫着厚厚棉毯的木床上,他疲倦地又合上了刚睁开的眼皮,只希望能够再次进入那个梦境中去。而就在这时,耳畔响起了低低的抽泣,姐姐的抽泣!他竭力再次睁开眼来,果见姐姐坐在床沿上,擦泪的手绢湿漉漉的,几乎可以拧出水来。姐夫徐少堂坐在旁边的竹椅里,脸色同样苍白、憔悴。

"姐!"蛋和尚惊喜地以为美梦已经回归。

"蛋弟弟!"姐姐还用了幼时的称呼,"你终于醒了呀!"

"但愿不要就醒,让这个梦做得长一点才好呢!"

姐姐破涕一笑:"你还说胡话呀!"

"什么胡话?"

姐姐伸出手来,摸着他的前额,道:"你昏睡了好几天了,成天地胡言乱语呢!"

"怎么,"蛋和尚吓了一跳,"我昏睡好几天了吗?"

"可不,足足三天三夜了!"徐少堂在一旁说。

蛋和尚将信将疑,又狠命地在自己的肚皮上拧了一把,惊喜地明白了这并不是梦。他坐起来,猛然扑到姐姐怀里,忍不住呜咽起来。

"姐姐!……"

他们抱头痛哭了一番,蛋和尚忽然感到了一点异样。过了一会儿,他指着她平瘪的肚子问道:"姐姐,你生了?"

"生了!就在你昏倒的那天夜里……"

"那么,我要当舅舅了?不知姐姐生的是尼姑呢,还是和尚?"

"跟你一样!"

"哈!也是个小和尚!他人呢?"

"在隔壁睡着哪!"

蛋和尚下意识地朝那稀疏的板壁望去。不望则已,一望又差点昏倒!那板壁的前面,原先放着的交椅已经搬开,换了一只半旧的八仙桌,素烛白幔。正面挂着的年画换成了两幅画像,都披着黑纱。其中一幅不是别人,正是笑容可掬的徐阿娥!

"怎么,她死了?"

"死了!"姐姐悲叹一声,"还有她丈夫,都死了!"

蛋和尚不禁疑云重重："怎么她好端端地就死了？姐姐，究竟出了什么事？还有，你们怎么到这里来的？爹呢？他不是也在这里的吗？"

"你还病着，蛋弟，这些事不问也罢！"

"不！"

"那么，你问姐夫吧！"

"姐夫，你快说呀！"

"那好！"徐少堂有些恍惚，"你躺着，我讲给你听！"

蛋和尚只得躺在枕头上，姐姐给他把被子掖好。

"咳！"徐少堂脸上蒙着一层浓重的悲伤。

灵台上的蜡烛突突地跳动着，空气仿佛也在战栗。

"蛋弟，你并不知道，阿娥是我的侄女……"

"啊呀！"蛋和尚惊呼起来，"我们跟童家原是沾着亲的！"

"三天前，你爹和我们正在隔壁闲谈，忽听这里一声响，急忙过来看时，怎么也想不到，会在这里见到你！"

"你病得很厉害！"姐姐补充说，"当下昏倒在地上，人事不知！"

"后来阿娥告诉我们，说你是她表叔的好朋友。"

"是的！"蛋和尚说时还点了点头。

"那天黄昏，我们送走了给你看病的郎中，你姐姐回房歇了，爹和我轮番地守着你。约莫三更时分，忽听阿娥一声惨叫，我急忙登楼，只见侄女和侄女婿双双倒在血泊之中，胎儿也叫拿了！恰在这时，又听得你姐姐一声惊呼，吓得我魂飞魄散，急忙飞身下楼，只见两个蒙面大汉在姐姐房中……"

"糟了！"蛋和尚又猛然坐了起来。

"幸亏爹已先到那里了，于是一场好斗！"

"后来呢？"

"当心你着了凉！"姐姐又把蛋和尚按倒在枕上。

"我们从屋内打到天井。战了几个回合，只听爹狠狠地骂了一声'畜生'，挥手一掌，正是'马裆一字掌'，恰似万钧雷霆，把一个歹徒的头颅拍得粉碎！另一个急了眼，手中铁尺呼呼生风。他倒也有点自知之明,几招过后,便跳出战圈,边逃边说:'金天柱!上回是你儿子坏了我的好事,今个又撞在你的手里!君子报仇,三天不晚!……'"

"蛋弟弟,你认识这个使铁尺的歹徒吗?"

"是的!三年前我们交过手!他叫'白日无常'屠伯。那死了的,是不是脸上有个长疤?"

"真是。"

"那是他的兄弟,叫'肉百脚'屠仲。都是落魂岛的强盗!"

"蛋弟,当下屠仲虽然死了,屠伯也仓皇逃命,但是爹心里却非常惶恐忐忑!"

"这又为什么呢?"

"'君子报仇,三年不晚',原是江湖上喊惯了的成语。那屠伯却道'三天不晚'!可见他绝不是喊喊而已的。他既已认出了爹,说不定会找到白马涧家中,去施行报复呢!"

"这怎么得了!家中只有妈一个人!"

"好在当晚你姐姐已安全分娩。爹便把你交给了我,急匆匆回苏州去了!"

蛋和尚稍稍舒了口气。徐少堂不觉凄然道:"只可怜阿娥夫妇惨遭了毒手!"

"弟弟你呢?这几年你过得挺好吧?听爹说,你的武功已今非昔比了!"姐姐爱怜地问。

蛋和尚正想说什么,忽又用一个指头放在唇前,屏息静气。徐少堂也已经听到了什么,忙把两柄铜拐擎在手里。而就在这同时,一阵狞笑从门外传了进来:"三天不晚!今个正好第三天了!哈哈!……"

笑声中,房门已被踢开,来人刚出现在门口,徐少堂两柄铜拐已经到了他跟前。屠伯一怔,急忙用铁尺格开,又退后一步,迅速跳到天井中去,少堂一个箭步蹿出,他们互相盯着对方的眼睛,相持着。

"哈哈!金天柱来不及来救爱女了!"

蛋和尚急忙起床到门口,索性把房门打开。房内的烛光照亮了小半个天井。

金丽娟急忙地把衣服给他披上，扶着他。

"你别去，让姐夫对付他！"

"嗯！"

蛋和尚早闻徐少堂熟读兵书，文武双全，江湖上也是成名已久的人物，且人称"铜拐徐"！但他从没亲眼见过姐夫的身手，这会倒是想要一饱眼福。

此时徐少堂眼睛灼亮，仿佛要喷出火来。屠伯被他逼视不过，目光已然萎缩，微微地偏向一旁，却又不甘就此挫了锐气，便草率出招。一式"黑虎偷心"，尺体带着毒风直扑过来。徐少堂觑得分明，左"推窗"右"望月"，动作极是干净。屠伯原是进攻的路数，少堂双拐一出，立即夭折，只得"别枝惊鹊"，避左而就右。少堂右拐和铁尺相迎，铿然有声。他乘势换了一式，前"吞云"后"吐雾"，不仅凌厉，姿势还十分优美潇洒，看得蛋和尚欢喜不迭。屠伯也非同昔比，一柄铁尺煞是神出鬼没。然而，几招一过，显然已处下风。蛋和尚特别欣赏姐夫两拐之间无与伦比的默契，前后相瞻，左右逢源，上下观照，正反兼顾。又过几个回合，对方已露破绽。徐少堂正将得手，屠伯忽然怒吼一声，腾空避过双拐，直蹿进屋来，顺手把房门关了。

屠伯用身体死死抵在门上，对天井中的徐少堂高叫道："你若敢轻举妄动，我先把你的婆娘撕作两半！"

"你——"徐少堂的声音带着恐惧的战栗。他果然不敢妄动。

屠伯又疯狂地大笑起来。然而，他的笑声很快戛然而止，因为他发现自己身旁还站着一个少年。

"你?！"

"是我。蛋和尚！"

蛋和尚竭尽全力支撑着虚弱的身体，为使屠伯看不清自己的满脸病容，他索性转过身，把瘦小的背脊对着屠伯。

"你、你，怎么……离了落魂岛？……"

蛋和尚越是轻慢，甚至把后脑勺对着他，他越显得心惊胆战。

蛋和尚故意冷冷一笑，强运内力，道："料你已经听说了，一楼太子南宫戳差一点死在我的七星刀下!"

其实,岂止听说,蛋和尚大闹冶炼场的那个晚上,屠伯也正好在场。他早为蛋和尚的绝世武功所震慑!因而,这里的不期而遇,更使他惊慌失措!

"那么,你连三楼……也闯过来了?"

蛋和尚在身旁的茶几上拍了一掌,又倏然回首,圆瞪双目,喝道:"休得啰唆!屠伯你今天究竟想死,还是想活?"

屠伯的铁尺已经落在地上,忍不住战战兢兢地跪了下来:"屠伯该死,再次冒犯了虎威!"

蛋和尚因强运内力,更耗亏了元气,眼前又是一片金星火花,心中暗暗地叫声"不能倒"!要在这节骨眼上他又昏了过去,则连姐姐都性命休矣!

屠伯迟迟不见蛋和尚发落,便抬起头来,立即看到了蛋和尚的神色大不一样。这如何能瞒得过这个岛天子的"御医"?不觉心中大乐,迅即在地上抢过铁尺,腾地跃起身来,朝着蛋和尚光光的脑袋劈过来!蛋和尚急出了一身大汗,闪身让开铁尺,那茶几已被一劈两半!屠伯见一着落空,急忙转身,又待举尺进击,不意肋下咚的一声,感到一阵剧烈的酸麻,原是徐少堂已趁隙冲了进来,用铜拐点了他的穴道。

屠伯已不能动弹,徐少堂就要杀他。

"慢!"蛋和尚叫住了他,"我还有话要问他哩!"

徐少堂很快找来了绳索,把他五花大绑,捆了个结实,又解了他的穴道,把他拖到蛋和尚的面前。

蛋和尚刚才因出了一身急汗,反祛了病气,不觉眼目清凉了。他先去褪了屠伯的裤子,露出了两爿肥大滚圆的屁股来,就用他的铁尺,噼噼啪啪一阵乱打。他三年前曾经尝过这铁尺的滋味,知道那尺身浸过毒药,沾着肌肤,揭皮刮肉似的生疼。这一阵打,屠伯如何经受得了?早杀猪般地号叫起来,闹得少堂夫妇在一边只顾发笑。

"屠伯!"蛋和尚住了手,"我问一句,你得答一句,也免得皮肉受苦!"

"快问、快问,我说就是了!"

"你在落魂岛上,见到了鲍二奎、童蛟没有?"

"没有、没有!"

话声未断,屁股上又啪地挨了一尺。屠伯只得改口道:"见了、见了!"

"在哪里见了?"

"你说该在哪里见好?"

蛋和尚一怔,便问:"是不是在青石滩见了他们?"

"一点不错,是在那里见了他们!"

"后来呢?"

"后来没看清!"

蛋和尚忽又左右开弓,稀里哗啦的,屁股打得既脆又响!

"看、看清了呀!"

"怎么说?"

"他们死了!"他又讨好地补充了一句,"我看得清清楚楚的,被岛天子斩了!"

"胡说! 该是娄钟玉、南宫戳杀了他们!"

"是的是的,原是郡主、太子杀了他们,尸首也被抛进太湖去了!"

蛋和尚听了,勃然大怒,又是结结实实的一顿铁尺。屠伯叫道:"我说了,你怎么还打? 你说话作不作数呀?"

"我说话又怎的不作数?"

蛋和尚又要打,忽觉自己似乎也不近情理,便又问道:"我再问你,你和'肉百脚'离了落魂岛,又想干什么勾当?"

"这个……说来话长啦!"

"那你快快说!"

于是,屠伯不得已说出了一段情由,把个蛋和尚吓得半天也说不出话来! 徐少堂只道他被屠伯气着了,不由分说,对着屠伯的脑袋,冷不防手起拐落!

136

第十四回　巨魁计进千层果　都将泪抛百丈崖

　　苏南流传着一个有关阳山的民间传说。这个传说或许能与本书情节互为补证。所以著者不吝笔墨,概述如下。

　　相传石仙人有个同胞兄弟,自号铁真人。二人一起修道,由于根基浅薄,年过半百,都不能位列仙班。有一天,三太子哪吒脚踏风火轮云游路过姑苏,因想起自己的父亲做凡人时修炼成仙的艰难,不禁动了恻隐之心,念二人一片真诚,便各传一术。一曰"猿功",一曰"马法"。由于仙与凡不能同列久居,哪吒才点化了一头心猿,一匹意马,分别予以助功。于是,石仙人带猿归隐阳山,修成猿功;铁真人牵马遁迹太湖,练就马法,终于都享到了彭祖之寿。

　　据说,石仙人和铁真人成功后,那意马又遇到了一位高僧,即隐居在观音山的支道林。意马、高僧双双修道,支道林终于跨马飞升。意马升天之际,有马迹留于凡间,即观音山的"马迹石"。后人曾作《马迹石诗》以咏其事。诗云:

　　　　跨马凌空亦快哉,龙腰鹤背漫徘徊。
　　　　游人欲识仙踪处,但觅苍崖白塔来。

　　至于那头心猿,仍住阳山之巅,且一代一猿,子孙不绝。只因为心猿和意马毕竟都是牲畜,当初三太子唯恐它们的哪一代出了不肖徒孙，流入民间为非作歹，故也防患于未然，留下了制裁之法，并分别以鸟兽文刻在两块碑石上。后来，石仙人在蟠龙洞羽化时，用其中一碑做了陪葬。此碑（即蟠龙碑）从此绝迹人世。另一块被铁真人铸成白马台碑，长年累月地经受着阳山的风风雨雨，在白马台前分享着善男信女的顶礼膜拜！……

这是一则几近湮没的阳山野史。著者不久前在采访中获知，铁真人在世的时候，他的"马法"被落魂岛的一个渔夫偷学了去。之后，"马法"遂以岛的名字命名了。渔夫的最后一代传人，正是太湖大盗栾世雄！而且，蟠龙碑和白马碑都落入了他的手里。

白马碑的鸟兽文中有一节刻的正是"裁猴"之法，说明需用上好的苹果，去皮，在八味汤中浸泡。浸了两天，果上就能积淀一层极薄的药霜。然后换汤再浸。如此两天一换，一年以后，无数层药霜便结成新皮，因而称为"八味千层迷你果"。此果不仅色、香、味都十分独特，且最能刺激猴子的贪欲。任你何等烈性的美酒都醉不倒白猿，但只要咬上一口这种八味千层迷你果，必定当即酣睡，从而就可轻而易举把它俘虏。届时，要杀要剐，便悉听尊便了。

"裁猴法"是被娄钟玉破译的。首先尝到这八味千层迷你果的美味的，不是白猿，却是蛋和尚、鲍二奎和童蛟，他们都只尝了一两口，就人事不知了，可见其威力。此果由娄钟玉监制，八种奇花异草，则均由"御医"屠伯在各地采集。屠伯此番出湖离岛，是奉了岛天子的"圣旨"，上阳山侦察"进贡""千层果"的路线。他们一行共有四人。自然很快就找到了蛋和尚昔日翻登百丈崖的那条山路，并且也发现了那块可作"中转站"的巉岩。其中二人已经回岛复命，屠伯因又想炮制"童骨丹"，才与屠仲赶到无锡来物色药材。他们制造了阿娥惨案。没想到作案之夜，屠仲当即被金天柱击毙。今晚，屠伯趁金天柱回苏之际，图谋报复，却在徐少堂的铜拐之下，也落得个脑浆迸裂。

"姐夫，"蛋和尚听了，脸色像纸一样白，"我今晚就得离开这里！"

徐少堂以为他还在说热昏的话，脱口问道："哪里去？"

"上阳山百丈崖！"

徐少堂笑了笑,道:"就你现在这个样子,只怕'一丈崖'也上不去!"

"不,刚才发了一身大汗,我觉得好多了。"

"百丈崖就缺一个蛋和尚哪?"姐姐白了他一眼。

"是的!我必须赶在他们前面,好阻止他们'进贡'八味千层迷你果!"

蛋和尚斩钉截铁的目光透露了一种不容置疑的坚决。少堂与丽娟对视了一眼,就骤然沉默,之后,在这沉默中,又很快爆发了姐姐的怒斥:"你疯了!一个猴子,又不是你养的!他们要捉,由他们捉去!你凭什么拦着他们?"

"还有,"少堂接住了她的话头,"当你赶到阳山时,说不定他们已经得手。即使你先到了一步,总不能从早到晚地看守着百丈崖!他们一天不来,你守一天?一月不来呢,你就守一个月?而且,他们不来便罢,来则不会单身。俗话说,两手不敌八拳!何况你大病在身!"他看了妻子一眼,又补充了一句,"你姐姐又刚生宝宝,我也不能分身照顾两头呀!"

"我自己能行!……"

"胡说!"随着姐姐的呵斥,清亮的泪珠从她白皙的脸颊上缓缓淌了下来,"爹把你交给了少堂,你就得听少堂的!给我老老实实地待在家里!等你痊愈了,就跟我们一起上路,乖乖地回白马涧去!"

姐姐的声音近乎叫喊。蛋和尚忽然觉得,她的声音不是从她的口中喊出,而是和着泪珠,从她的心里直接流出来的!他感到了一阵难言的悲痛,便立即沉下头来不说什么了。然而他的心却在混乱的旋涡中激烈地挣扎着!他不安地走来走去,仿佛一头受困樊笼的幼狮,也不知时间的流逝。

姐姐和姐夫不知什么时候离开了房间,而房门已被反锁了。

他轻叹了一声,也钻进了被窝。然而他久久不能入睡,一合上眼,阳山白猿的面容就浮现在眼前。尽管还是那么狰狞,却分明十分亲切。那对深陷在眼眶里的眼珠,于黑暗中显得异常地晶亮与犷悍,几

139

乎让你不敢正视。但是,你果真和他勇敢地交接时,它便放出了欢迎的柔光,在脉脉温情中,饱含着热烈、真诚和友好的魅力。这时,它的单纯、无邪的眼光告诉你,它还不知道什么叫受骗,什么叫阴谋!……忽然,它那毛茸茸的手里多了一个鲜红的果子,那正是八味千层迷你果!蛋和尚正要大叫一声,叫它别吃,然而它已经美美地啃了一口!它终于倒下了!立即有几个男女从它背后蹿出来,将它剥皮、剜心、砍下了猴头!……于是,那忠实看守着大半部三影功谱的它,刹那烟消云散!蛋和尚倏地从床上跳到地上,茫然环顾四周。四周悄然无声,唯有那灵台上的素烛,正无声地在流泪,发着惨淡而昏黄的光。

蛋和尚下意识地紧捏着拳头。他觉得自己已经不再处于失力状态,他的病势就像钱塘江大潮一样,汹涌而至,不告而退,这使他得到了莫大的安慰。他咬着牙暗暗地对自己说:白猿的灾难,绝不能坐视不管!他倘然能够抢先占领通向百丈崖的咽喉之地——巉岩,那么他便有可能遏止栾世雄的阴谋,甚至不怕岛天子亲自驾临!想到这儿,他冲动地去拉房门,但门外加上了铁链和锁,只拉开了二指宽的一条缝。

少堂和丽娟只听金天柱说起,蛋和尚的武功大有长进,却不知他究竟"长"到了什么田地。又欺他大病失力,以为加一条粗链就万无一失了。谁知蛋和尚从门缝中伸出两根指头,轻轻松松把偌粗的链子一剪两断!临出门,他没有忘记在桌上留了个纸条。找不到笔墨,就咬破指头,歪歪斜斜写了几个字。然而,他觉得即使写了一千一万个字,恐怕也很难表达自己的心情。说出来,姐夫、姐姐也未必能够理解。因而落款以后,他又加画了一个"爱心",似乎不这样,就不足以强调阳山白猿在他心目中的位置。

纸条上这么写着:

为了白猿

蛋弟 即日半夜

蛋和尚对这张别出心裁的留言条看了一眼,也为自己的这个创意感到满意。随后就悄然离去。

蛋和尚大体知道,苏州在无锡的东南方向。一到郊外,先判定方位,然后只顾匆匆赶路。直到日高三竿,才猛然想起,如若去苏州,上午当迎着太阳而行,怎么太阳反倒在身后升起来?问了行人,方知是南辕北辙了。急忙返身,偏又慌不择路,误入歧途。在一段很长的时间内,他在一片树林里绕来绕去。风呼啸着掠过树梢,整个林子就如愤怒的海,颠簸着、翻滚着!他只感到浑身的血在加速流转,嘴里又苦又涩!在这树的海洋中,再也无法辨出东南西北!于是心房被一阵强烈的焦虑紧紧攫住!

他终于走出林子的时候,是站在一个荒瘠的陡坡上。太阳已经沉落在山脊背后,主峰仿佛一头狰狞的怪兽,高高矗立着,把它浓重的阴影填满了整个山谷。那怪兽的背后,起先还喷射着炽烈的火焰,把天幕的一角染得通红,但很快就褪色了。灰白的暮色已开始在山谷中凝聚,并从四面八方向他包抄而来。时间,就是白猿的生命!而无情的山峦却把他困在这里!他突然蹲下身来,像小姑娘一样,用双手捂住了脸,那收不住的泪水与那伤心的呜咽,一起从指缝中迸泻出来!

忽然,不知从哪里传来了窸窣声,隔着薄薄的夜幕,一个声音从不远的山石后面传来:"呔!要钱不要命,要命留下钱来!"

蛋和尚反倒一乐,心中的乌云就像被一阵狂风席卷殆尽。他遇到了一个剪径的蟊贼,这简直是老天爷给他送来的活向导!蛋和尚刚才哭得好悲切,此时用不着装腔作势,声音颤巍巍的,自然得叫人无法怀

141

疑:"老人家饶命哪!……"

这是他生来第一次这样称呼别人,虽然违心,却也乐得好玩。

"听着!要活命好便当:把身上黄的、白的,所有值钱的,统统扔在地上!"

蛋和尚当啷一声,把七星刀扔下了。

"只有这些金银,强盗爷爷,你拿去吧!我也当给地狱里的饿鬼烧了锡箔!"

"胡说!谁是强盗?谁又是饿鬼?"

话声未了,蛋和尚嗖地从山石后蹿出,闪在眼前,冷不防伸出右手,却是迅雷不及掩耳,也不过在他肩上轻轻一拍!

"阿哇!"那人痛得蹲了下去,叫道,"喔哟!喔哟喔哟唷唷……"

蛋和尚扳过他的脸来。

"哈!我道是谁,原来是你!"

"是我!是我!"强盗显然以为遇到故人了,急又自报家门,"我是铁头金刚白豹呀!"

"那么,你睁大眼睛,瞧瞧我是谁个!"

白豹浑身一凛:"原来是卵蛋!不不不!……是你蛋老人家!别来无恙啊!"

"你莫非专门等着我,要雪玄妙观中的跌台之耻吧?"

"不敢、不敢!"

玄妙观中的惨败,果然是白豹的最大耻辱,一想起这耻辱的一幕,至今还心有余悸!那天要不是他手下留情,这"戳目惊心"一招,早叫他血淋淋地被剜了双眼,从此永远沦入黑暗!或许冤家路窄,今天白豹剪径偏又没有认清人头!后悔也是枉然,于是只得诚惶诚恐的,特别谦虚一些。

"不是我谦逊,"白豹紧接着说,"与你老人家相比,我的这几下三脚猫功夫,还不够你一个小指头摆布呢!"

凭着这句话,蛋和尚便也软了口气,拣最最要紧的先来"审"他:"这里是什么地方?"

142

"你老人家别光问话,我的肩胛被打脱臼了!我认了输,你老人家也积一点好生之德才是!"

"这容易!"

蛋和尚就把他的残臂轻轻抬平,掌心却立即感到了辣乎乎的热毒。

"你是五毒俱全,名不虚传哪!"

白豹正尴尬间,蛋和尚三指已搭在他的肩髃之上,趁其不备,另一手猛地一拍,白豹顿感一阵酸疼,也不过只用三分擒拿,关节业已入臼。

"你动动,还疼吗?"

白豹把臂甩了几个圈:"咦?一点不疼了!你老人家收我做个徒弟吧!"

"胡说!"蛋和尚觉得受到了侮辱,不由得怒道,"我收了你这个剪径贼做徒弟,武林中便没有一个口齿清楚的了!"

"怎么会呢?"

"嘴巴不都一个个地笑歪了吗?"

白豹红了脸:"也罢,也罢!我白豹从来没有剪过径,这不过第一回罢了,偏偏撞在你的手里!"

"第一回?哈!三年前你卷走了鲍二奎家的金银古玩,这与剪径又有什么两样?"

白豹脸上的红色又加了一层,好在光线暗弱,不必担心对方看见,只听蛋和尚又道:"我们辛辛苦苦练功习武,难道只为了剪径、断路、卷人家的财宝吗?"

"不是不是!"白豹简直无地自容。

"那也不过是武林中的败类而已!"

蛋和尚说话时,自觉浩然之气充塞胸膛,一字一句分外有力。他不觉心中暗忖道,怪不得人们常说"理直气壮",果然一点不假!他见白豹不再言语,便又软了口气:"你眼下准备上哪儿?"

"浪迹江湖而已!"

"我荐你一个去处!"

"哪里能容得我等?"

"苏州府! 世杰大人是十分重武爱才的!"

"不错,陈大人倒是的的确确很看得起在下,也曾要留我充当教头。当时,也是我的一念之差,认为在那里没有什么大油水,又不及江湖上逍遥自在,因此没有答应他。只是看在他一片好意的分上,我才同意在玄妙观摆几天擂台,不意又栽在你的手里。事已至此,还有什么脸面去见陈大人呢?"

"这倒不妨! 你就说是我蛋和尚叫你去的,——不,是请你去的! 世杰大人一定会加倍器重你!"

"你能行?"

"怎么不行? 你也太看轻了我和世杰大人的交情了。"蛋和尚不免有点得意,"你在那里当了教头,既能改邪归正,又能报效国家,难道不比剪径当蟊贼强吗?"

"那么,去试试看! 只是我说是你请我去的,有何凭证呢?"

蛋和尚便在身边摸出一块铜印来:"这印上刻着我蛋和尚的大号、官号! 你给他看了,就是天大的凭据!"

"那么,大人问起你呢? 好比他问'蛋和尚什么时候回府呀',我怎么回答?"

蛋和尚不禁哑口无言,深深的痛楚渐渐从他心底升了起来。他因为违反了陈大人"一心侦察,莫管闲事"的军令,一上落魂岛就暴露了行踪,乱了大人的部署不说,同时又损兵折将,把副官都丢光了! 一种负罪的意识立即浸染了他的全身心。他甚至怀疑,世杰大人此刻与他是否还有交情。也许他已经走上了他姐夫徐少堂刚刚走过的路,一条曲折而凄凉的路!

"阿也,你怎么成哑巴了?"

"不,我的事已经做完,不回府去了!"

可以想象得出,白豹此时是如何地困惑不解。蛋和尚竟大言不惭地又撒了一个弥天大谎:"我若回去,世杰大人就要用金银财宝来奖励

144

我了！我宁可不要！"

"啊!"白豹肃然起敬,"但是,我总不能这样回答大人呀!"

"当然,你就说……"蛋和尚呻吟了一会儿,"你就说我生了一场病,武功全废了,故此要交回官印!"

蛋和尚说罢,在黑暗中一摆手:"你啰唆什么,还不快走!"

白豹刚走,蛋和尚忽又猛醒过来:"喂,你还没回答我的问题呢!"

"现在你只管问吧!"

"这里是个什么所在?"

"穹窿山哪!"

蛋和尚也听说过穹窿山,只是没有到过。现在见四面层层叠叠都是崇山峻岭,且高入云霄,心想,也难为了这个山名。

"离白马涧多远?"

"你莫非要回家?"

蛋和尚点了点头。

"近得很哩!"

白豹就把蛋和尚领上东首的山峰,手指前方道:"大抵就在那个方向!"

蛋和尚的眼睛盯着这个方位。那座黑黝黝的、雄浑的阳山脉正横亘在那里。虽然只能见到它的一个大概的轮廓,但依稀还能感到它的险峻和神秘。一见之下,这熟悉而亲切的山形已让蛋和尚热泪盈眶了!

"我送你回家!"

"不,还是各人自便好!"

"那么在下告辞了!"

"你的'五毒手'也厉害得很,今后再不要错打了好人!"蛋和尚临别赠言。

"不敢!"白豹抱了抱拳。

白豹的身影已在前方隐没,蛋和尚不敢滞留,直向阳山进发。没有月亮,苍白的、高低不平的小路,渐渐地被夜母一口吞没,不复辨认。

蛋和尚全仗着轻功卓绝,不管路途如何坎坷崎岖,只当坦途平地。不消多久,便已抵达了阳山脚下。

蛋和尚选择了一条最熟悉的道路登山。一路上,那些苍郁的树木、凉凉的泉流,以及峻峭的陡壁,在那无垠的漆黑帷幕下面都显得格外安宁。他途经白马台、红鳖池,终于顺利地翻上了突出在百丈崖峭壁上的巉岩。

他占领了巉岩,这意味着封锁了通向白猿洞的咽喉。任何再想登上这块卧牛之地的人,凭你如何武功绝世,也不可能逃过先入为主者的致命攻击,等着他的只能是落下悬崖,粉身碎骨!此时,蛋和尚提吊着的心方始稍定。

但是,蛋和尚很快就失望了!他蜷伏在那块巉岩上,再没有听到白猿的拳风。开始,他以为或许练功时间未到,然而几个时辰过去,仍不见动静。于是他的心变得沉甸甸的,不住地往下坠落。尽管他还有一些解释,例如,今晚没有月亮,白猿也在闹病,等等,但无论如何也不能排斥一个最凶险的推测,即"千层果"之灾已经降临在白猿头上了。这种推测,着实使蛋和尚心慌意乱了一阵。眼下,在蛋和尚那纷乱的思绪中,有一个念头骤然成形,有力地敦促着他:再上一次石坪!

蛋和尚估量着,自己的武功已今非昔比,上坪遇了白猿,也许能够招架它几十个回合了。他上坪的目的,不过是为了证明它的存在,不必与它靠近,一见便可向巉岩撤退。当然也有风险,比如,白猿恰巧守在他翻落点的附近,可能趁他立足未稳之际,突然把他推下坪去,但这种可能性毕竟微乎其微。

漆黑的夜空正在变淡,也不容他优柔寡断。蛋和尚很快就做出了决断,稍一运气,一个"鹞子翻身",就轻轻地飞了上去。为防不测,足尖一触及石坪,便又轻轻一跳,在瞬息之间落地移位,连换了几个着落点。

这时,他这位不速之客反倒希望立即遭到白猿的攻击,他甚至为听不到丝毫反应而感到惶恐、失望!然而,他还不敢弄出响声来。这石坪空旷得使人发怵,前两次光临时的神秘气氛仿佛变了质,一种潜在的不祥之感比白猿的攻击更为可怕,让蛋和尚怔忡得几乎忘了站在哪里。

更使蛋和尚诧异的是,在巉岩上分明还是半夜,一上石坪,时间仿佛滑走了一大截,眼前陡地一亮。在这里,黎明已经降临。遥远的东天,可见绵羊般的白云,层层叠叠,幻成了万种姿态,像海洋,像山峦,也像野兽的群落。挨近地平,留出了一条蔚蓝的扁带,蓝得几乎透明。蓦地一阵波光的浮动,从这蓝带的底沿,冒出了两个光点来,冉冉上升。其中一个光点,慢慢伸长,像金色的柳眉,描绘在天幕上;另一个光点,几乎跳跃着上升,逐渐扩大,形成了一个红色的大圆球,并不过分耀眼,恰如一个偌大的蛋黄。

蛋和尚大吃一惊。有生以来,他甚至还没有想象过,太阳和月亮可能同时升起! 其实不止蛋和尚,祖祖辈辈的乡民们都没有见到过。直到蛋和尚把这个奇景传出去了,每年这一天(阴历九月三十日),才有许多人跑到阳山顶上去欣赏这日月同升的壮观景象,遂在吴郡沿袭成俗。这自然是后话了。

白猿洞就在眼前不远处,此刻它应该同时沐浴着日月的光辉。

"天!"蛋和尚痛苦地长叹了一声,哪里还有什么白猿洞? 早已成了一片断壁残岩。刻着功谱的那块石板,也被粉碎了。蛋和尚忽然感到脚软手颤,一屁股坐在地上,面对着天上的金乌玉兔,他号啕大哭起来,一边捶胸顿足,仿佛要对自己的"迟到"进行最为严厉的惩罚!

哭了一阵,究竟也无可奈何,只得怏怏地回到巉岩,下了百丈崖。四周仍像上山时一样昏黑。在这里,黎明还未来临呢! 山顶与山腰判若两个世界,这些奇异之处,并没有引起蛋和尚的好奇。开始,他在红鳖池畔伫立了一会儿,又到白马台痴痴地徘徊着。在这些山石林泉之间隐藏的、与他有关的每一个紧张而惊险的故事,都加深了蛋和尚的悲哀。最后,他身不由己地进了童家庄。他真想倒在童母怀里,再次痛快淋漓地哭一场,倾诉他没有保护好童蛟的内疚。他甚至想央求童母和童蛟三岁的小弟弟,一起把他这个自私地苟活着的臭蛋、卵蛋狠狠地痛打一顿! 然而,童家人去屋空。童彪或许已把他们接进城里去住了。咳！白猿没了，童蛟、二奎没了，连童母和小弟弟也见不到了！一阵心酸攻上了鼻梁，他又忍不住，怆然而涕下。

蓦地，哪家的公鸡高叫了一声，引起了一大片啼唱，它们呼应着，此起彼落。蛋和尚这才返身出了童家庄，下意识地朝白马涧而去。

刚敲门进家，就听得一阵锣响，立即有数十个大汉，个个发如朱砂，脸似蓝靛，把屋前屋后团团围住。一片啰唣声中，有一个声音特别刺耳："不要放走了独脚和尚！"

"弟兄们，不要留情，抢光他娘的！"

"抢了再烧！"

"说得是，烧它个赤脚皮皮光呀！"

此时，徐少堂夫妇已经回家。少堂闻声，立即起床把铜拐抢在手里。金天柱大怒，去把大门开了。强盗一拥而进。蛋和尚正好有气无处发泄，抡动着拳头，杀入了重围。金天柱、徐少堂唯恐蛋和尚有失，不得不加入混战。霎时间，鸡飞蛋打，桌翻椅倒，坛坛罐罐就没有一样是完好整齐的了！

虽说已经破晓，但家中甚是朦胧。蛋和尚拳掌到处，呼爹叫娘，鬼哭狼嚎！立即有两位高手抢奔蛋和尚而来。

对方刀光飘忽，不同凡响。蛋和尚也不拔刀，全无惧色！战了一阵，内中一个强盗道："妈妈的，这个独脚和尚好不厉害！"

听了这口音，蛋和尚大吃一惊。

"慢！"

话刚出口，一片刀光从他肩膀溜过，随后又响起了一个少女的声音："谁跟你'慢'！且把独脚和尚的光头留下来！"

蛋和尚又惊又喜。但见他们并不住手，不由得发了急："二弟、三妹！你们没有死呀！快快住手，我是我呀！"

"谁认识你是你来？"

说话间，青龙、白虎两柄宝刀早又到达蛋和尚胸前。

第十五回　烟湖弄影疑为鬼　水巷盯梢权做贼

那天,蛋和尚在落魂岛上和栾世雄交战之时,鲍二奎、童蛟与娄钟玉、南宫戡正在进行激烈的男女"混合双打"。幸亏大雨如注,天又黑得伸手不见五指,他们才能边打边逃,否则早就做了刀剑下的鬼魂了。

娄钟玉显然极不耐烦,对南宫戡道:"混战反便宜了他们,你就盯着朝天鼻,我来对付那个滑溜溜的黑鲤鱼!"

"对!单打!你看我在三招之内取了朝天鼻的首级!"

"好!我也立即叫这小渔婆身首异处!"

娄钟玉说罢,手中青冥一抖,一式"白蛇吐芯",直取童蛟的人影。童蛟叫声"不好",却不敢用刀去格挡,侧身一跳,像游鱼般从她剑下溜走。岂料娄钟玉运剑奇快,又一式"黄龙入海",剑尖跟着童蛟后背刺进,只在分毫之间。娄钟玉大叫一声"着",此刻童蛟已被逼至湖边,下临深水。只听见她一声尖叫,便跌入了太湖。娄钟玉知道,自己的剑尖虽已触及敌背,但尚未深入肌骨。她立即赶到岸边,运动夜眼,要在湖面上搜捕童蛟,以便用暗器把她结果。殊不料水中蓦地伸出两只手来,反把她的双足捉住,只用力一拖,就把个万夫难当的娄钟玉拖下了水去!

此时,鲍二奎正在和南宫戡"单打",过了两招,鲍二奎已经难以招架,却又无法脱身。

"喂!"他忽然灵感又至,高叫了一声。

149

南宫戡一怔，不觉住了手。

"大丈夫绝不乘人之危，是不是？"鲍二奎道，"瞻日烟囱现时尿憋急了，待我去湖中撒泡尿，与你再战！"

说罢，不管南宫戡答应不答应，便到湖边大大咧咧地背对了他，向着湖里撒起尿来。须知，鲍二奎本来没尿，不过是故技重演而已。这时间，正好童蛟一声尖叫，坠入湖中，南宫戡便以为娄钟玉已经成功，而他自己却只剩一招了。他原是个好胜心极强的人，为了在阿姐面前不落面子，早已抖腕出刀，偷袭二奎项背。谁知鲍二奎十分机敏，他装着撒尿，原是用计。虽然背对着他，但全副精力正集中在后面，仿佛后脑勺长了眼睛似的，趁他刀刃将到未到之际，蓦然闪身。南宫戡这一招用力极猛，一个扑空，哪里收煞得住？扑通一声，也栽进了湖中。只见他狗爬般地浮着水，显然游术很不高明。鲍二奎心中大喜，便蹿入湖内，一心要把他生擒活捉。

仍然是"单打"！双方在水中摆开了战场。在陆地上，娄钟玉自然要占绝对优势，一到水中，她的落魂掌、落魂剑已无法施展，虽然也识水性，可怎是"浪里黑鲤"的对手？童蛟在水中恰似一条凶猛的黑鲤，灵活矫捷，不亚于在陆地上。在水中使用兵器，殊为不力，童蛟索性把白虎刀塞在腰带上。看得对方分明，拳似雨点，脚似闪电，把娄钟玉死死缠住不放。娄钟玉欲退不能，只得勉强应招，渐渐地体力不支、气喘吁吁起来了。而童蛟越战越强，只见她一个"黑鲤打挺"，跃出水面，又倏地蹿入水中，踪影全无。娄钟玉方要喘息一下，忽然两腿被抱住，直往下拽！这时娄钟玉完全失去了抵抗和应变能力。她所能做的，不过是调息静气，用"内息"来替代口鼻呼吸，以免湖水倒灌腹中。

不远处，鲍二奎已经逼近南宫戡，刚要伸手去俘他，南宫戡忽然起腿一脚，正踢着鲍二奎的下颌。二奎没有提防，被踢得在水中翻了个大跟斗。原来，南宫戡水性也极好，人称"踏水无痕"。刚才栽入水中，假作狗爬之势，不过是将计就计，要引诱鲍二奎下水来擒他。二奎粗心，哪知有诈？从而中了他的圈套！此番水中跟斗刚翻罢，腹上、腰间又中了拳脚，早是青一块紫一块的了！

另一头,童蛟见娄钟玉体软无力,以为她已经昏绝,就又把她往上拖回。娄钟玉一出水面,便哀求道:"好妹子,你饶了我吧!"

"饶你怎说?"

"将来陆上相遇,我避你三次!"

"谁要你避来?"

"罢罢!那你现在就扼死我吧!"

"除非你答应我三个条件!"

娄钟玉为之一振:"快说!"

"第一,你立即上岸去,要你的老子不许与我蛋哥哥为难,放他出岛去!"

娄钟玉皱着眉道:"这事恐怕办不到了,我敢断定,他已在岛主剑下归了天!"

童蛟鼻子一酸,颤着声音道:"那就不算!"说时,又抽泣了几声,"你得把落魂岛的地形地貌、兵力布防,画成地图,在下个月……就初五吧,送到苏州去!"

"你要这干吗?"

"这你别问,只说行不行。"

"只是,地图交给你吗?"

"不!……"童蛟想了想,觉得自己仍然存亡未卜,也不知什么时候能杀出岛去,便道,"你就放在虎丘山,马王庙菩萨的帽子里!"

娄钟玉为了活命,只得说:"我答应你!第二呢?"

"第二……"童蛟想到蛋和尚已遭不测,眼前倏地一黑,一时竟想不出二、三来,便道,"这第二、第三先留着,以后再说!"

娄钟玉点了点头:"也好!"

"你得发了咒来!"

"大丈夫言语可当'阶沿石',何必发咒?"

"不行!"

娄钟玉无奈,只得道:"我若不把地图按时送到,明年今天,叫我仍然死在太湖里头!"

童蛟这才松了手,同时把她一推。

娄钟玉既已脱身,便向岸边游去。刚翻身上岸,正好一个闪电,又把湖面照亮。回头看时,只见童蛟已在和南宫戳交手。稀奇的是,二人都踩着水浪,水波最高淹不过膝盖,让人叹为观止。

若论水上本领,童蛟自要高出南宫戳一筹,然而急切之间也未必就能轻取。童蛟的心中有些焦躁,一是怕体力消耗过大,他们毕竟还得留些力气,准备逃出落魂岛。二是鲍二奎已经鼻青脸肿,相持久了,利少弊多。忽然童蛟心中一动,便大声叫住了娄钟玉:"娄钟玉,你把这个浑小子叫上岸去,这就算是第二个条件吧!"

稍过片刻,果听娄钟玉喊了一声:"阿弟,你就上岸来,我有话跟你说!"

南宫戳心中明白,水战到底,自己必败无疑,便乐得顺水推舟:"只是便宜了这个卖鱼婆和朝天鼻!"

童蛟大怒,奋起一腿,踢中了他的屁股。南宫戳哼了一声,不敢还手恋战,灰溜溜地踩着水面逃回岸去了。

童蛟见强敌退走,方软软地倒在水里,不沉不浮,随波逐流。鲍二奎使劲游到她的身边,见她正在伤心。

"三妹!"

她忽然抱住了他,大哭道:"二哥哥,你我命大,才得不死,可怜蛋哥哥……"

鲍二奎不知道怎样安慰童蛟,也不知道怎样安慰自己。他也紧紧地把她搂住,口中喃喃地道:"我想,他不会死!"

"凭什么?"

"凭……凭他不会死!"

童蛟吐了口湖水,不再吱声,又把鲍二奎从怀中推开,默默地离开了青石滩湖岸。

这几年,鲍二奎和蛋和尚都拜童蛟为师,学了游术,虽不能和她相比,却也大有长进。现时二奎跟着童蛟,游一程,又潜一程。这一片水域没有布雷,显然是因为暗礁特多的缘故。

直到天亮,已是又困又乏。见前面有个小岛,他们一鼓作气游上岛去,先钻进乱草丛中,美美地睡了一大觉。及至醒时,已是万里无云,风和日丽。轻烟样的水汽缥缥缈缈,像透明的薄纱笼罩四方。如果说昨夜太湖就像一个醉酒的罪犯,那么此刻它犹如一个温顺的少妇。恰似范仲淹吟叹太湖的诗句:

　　有浪仰山高,
　　无风还练静!

　　他们坐在全岛最高的礁石上,面对苍凉而平静的太湖,眺望着,久久不动。

"该死的,连一艘船的影子都见不到!"

直到红日西沉,才有一个黑点,出现在水天尽处。

"船!船!"

童蛟也看到了。

"三妹,你猜猜看,船上有什么?"

"哈!这时辰了,一定有香喷喷的米饭!"

"还有肥嘟嘟的红烧肉!"

"还有,辣乎乎的洋河烧酒!"

"还有!"

"还有什么?"

"鲜滋滋的清蒸浪里黑鲤!"

童蛟乜了他一眼:"狗嘴里怎么吐出根象牙来啦!"

"你是象牙?"

"你是狗嘴!"

童蛟说时,启齿一笑。但在她的眼中,仍然充溢着千种凄苦,万般苍凉。鲍二奎因为打了自己的嘴巴,颇觉没趣,于是故意把话岔了开去:"咱们游过去,怎么样?"

"让它开过来不更好吗?还省点力气!"

"晚了,就吃光啦!"

来船不小,挂着双帆。二人靠近它时,已近黄昏。他们借着暮色的掩护,轻轻翻上船去,又都飞上了桅杆,各占一帆,倾听着下面的动静。

听了一会儿,才知船上只有一个人,从他来回走动的步履声中,又料定他也是有些武功的人物。

船将到那个小岛时,船家便去解帆绳。看上去,要在这里落帆夜泊了!趁这个机会,他们飘落在船艄上。艄上一架行灶,热腾腾的!二奎打开锅盖,大半锅米饭刚刚煮熟,饭上还蒸着几块团子、几只粽子,还有一大碗熟菜。二奎只把团子、粽子抢在手里,童蛟便把熟菜连碗端了,一溜烟溜进舱内。舱内放着几个大箱子,他们就在那箱缝里,剥着粽叶。赤豆粽子好香好香。团子是荠菜馅的,好不鲜美。那一碗熟菜,乃是无锡特产肉骨头,不用说它是何等美味了。船家落完帆、泊好船,点上了风雨围灯,便要开饭。只听他咦了一声,立即用围灯去照那船帮两侧,大约查看是否伏着小贼。随后,灯光又亮进舱里来了。二奎、童蛟急忙从另一头溜了出去,猴子般地爬上桅顶。然后,用双腿夹住桅杆,高高在上地在那里大嚼无锡肉骨头!

船家从舱中出来时,手中多了几片粽叶。他把它们扔进湖里,也不吃饭,就坐在艄上,抱着两个膝头伤心地哭着。

童蛟心中暗想,这个老头太小气了!也不过吃了他几个团子、粽子,还有些肉骨头罢了,竟哭得这般伤心!倘若我们连饭也吃了呢?敢情他要投湖自尽吗?

船家哭了一会儿,方去盛饭,盛满一碗,就连碗抛到湖里,又盛一碗,又抛了。二奎、童蛟都十分纳罕,这家伙莫不是气疯了?

这时,只听他喃喃自语着,虽然断断续续,在这沉寂的水面上,听来却十分清晰:"我知道你们会来的!"

二奎、童蛟吃了一惊,莫非叫他发现了我们的行踪,故意不点穿吗?听他又道:"早知道你们喜欢吃点心,我就多买些了!"他忽然泣不成声,"童蛟,你死得好苦!还有鲍二奎,你这个浮尸呀!"

无论船家如何声泪俱下，如何哽咽得大变声调，童蛟还是辨出来了，这个老头不是别人，正是自己的父亲童彪！这一瞬间，她的心中除了哀怜，再没有其他，也不禁泪如泉涌，便嗵地跳下桅杆，跪在她父亲的面前，颤巍巍地叫了一声："爹爹！"

突如其来的一声叫，把童彪吓得浑身绵软，他的手抖抖瑟瑟地指着浑身湿透且又披头散发的童蛟："儿哪！莫不是你的鬼魂……上船来啦？"

偏偏鲍二奎也跳了下来，在童彪的身后道："我们并不是浮尸鬼哪！"

童彪回身，又见一个落水鬼模样的人影，脸形与鲍二奎依稀仿佛，更是魂不附体："你……你们……"

他边说边惊慌地向后退去。谁知艄上没有船栏，他一脚踏空，扑通栽入了湖中。

童蛟、二奎急忙把他拉上船来，童彪捏着他们温暖的双手，才确信眼前这一幕并不是人鬼相逢。于是，他一下从惊恐跌入了狂喜之中，他的双脚蹬得船板咚咚直响："短命的蛋和尚，上他的大当了！"

"怎么、怎么，爹，你说什么？"一束突如其来的希望之光使童蛟的眼睛在暮色中闪亮起来。

"我说蛋和尚骗了我，他说你们都死了！"

"那么爹见到蛋和尚了？"

"岂止见到！还是我救了他一条小命呢！"

于是，童彪把蛋和尚的故事说了个大概。

童蛟和二奎一边笑着，一边聆听着这个故事。这毫无管束的真诚的笑容，使童彪深深感动。这笑容不正是他们之间肝胆相照的友谊的象征吗？如果他这个失足的父亲也能在这些笑容中有所获取的话，这便是：良心和正义！

"爹！我们连夜返航无锡！"童蛟听说蛋和尚病倒了，就说。

"去探望他吗？"

"这几天想死我们了！"

"那不行!"童彪正色道,"落魂岛正在追杀我!我好不容易换了货船,才到了这里!蛟儿,我们必须尽快赶到苏州,接了你母亲和小弟弟,投奔陈大人去!这也是蛋都头的意思呢!"

鲍二奎在一旁道:"回去也好,我也想家了!只是今晚大水冲了龙王庙,女儿偷了老子的,害得老伯要饿肚皮了!"

"我倒没什么,只是怕你们还没有偷吃饱呢!"说时,童彪揭开船板,从下面又提出许多东西来,有青菜、萝卜,还有肋条、坐臀,甚至鲜鱼活虾。于是大家一起动手,重新起锅烧饭。童彪又开了一坛洋河大曲,趁着父女重逢之喜开怀畅饮。酒足饭饱之后,便解缆夜航。先往童家庄接了童母。童蛟已多天没见着小弟弟了,赶紧过来,抢着把弟弟搂在怀里,使劲亲吻着。

船从水路,先过了西津桥,又过枫桥,第二天掌灯时分,抵达城外渡僧桥,然后沿着水巷迤逦前进。鲍二奎坐在窗边向外眺望,怀着一种二进苏城的兴奋,心里特别愿意再看一眼醋坊桥和那桥墩下画的那把菜刀。可惜,船进了水巷,只能落帆徐进,更何况吃水又深,慢得好比岸上那些小脚娘娘走路。天也渐渐黑了,但他倒并不寂寞。他的眼光只管在沿河的街道上溜达。在那里,人流如潮,不让白昼,一盏盏灯笼开始在街上游弋,偶然过去一辆马车,蹄声嘚嘚,从容不迫。在那没有片刻宁静的喧闹中,不时地传来敲竹筒的声音:"笃、笃、笃!"随即,又有那长声的吆喝在嘈杂中响起:"阿要吃小馄饨、糖粥?……"

唐伯虎曾有佳诗杂咏姑苏,单道吴民富庶,城市繁华。诗曰:

> 长洲茂苑古通津,风土清嘉百姓驯。
> 小巷十家三酒店,豪门五日一尝新。
> 市河到处堪摇橹,街巷通宵不绝人。
> 四百万粮充岁办,供输何处似吴民?

灯影中,一位少年道长,不紧不慢,缓缓而行。鲍二奎一眼就认出他是谁了,立即捅了捅身边的童蛟:"看,那是谁?"

"他？'铁头金刚'白豹!"

"是他! 偷我家东西的贼!"

童蛟想起玄妙观中,招贤台上,他"好男不和女斗"的那种骄横之气,不觉怒形于色:"是这个贼!"

"他一直盯着我们呢!"

"不好!"童蛟一凛,"他本性难改,见我们的船吃水很深,就不动好脑筋了!"

"不怕他!"鲍二奎说,"我们这么这么地办……"

童蛟没有异议,就说与童彪。童彪也听说过"铁头金刚"的厉害,自然不敢大意,就照童蛟说的,把船泊了。然后,抱着小弟弟,和童母一起登岸,上馆子吃晚饭去。只留童蛟和鲍二奎在船上,伏在舱里,静以待贼。

果不其然,才过片刻,就听得啪的一声,像是一块瓦片在船头上摔得粉碎。不消说,这是夜间蟊贼惯用的伎俩——"投石问路"。原是来试探船上还有没有人在。当他确信船上没人时,便轻轻地落在船头。童蛟心想,这小子的轻功倒也不弱,几乎落船无声。然而,要在这船上站稳脚跟,恐怕还要吃三年萝卜干饭! 果然,来人脚尖才落地,便是一滑,摔了一跤。刚站直,又是一跤! 这船体左摇右晃,吓得他哪里再敢站起来? 只得就势匍匐着,一动也不敢动。就在这时,只见眼前人影一闪,肋间立感麻酥酥的,已被点了穴道。

少顷,船已恢复平静,一盏围灯照着他的脸:"啊呀呀,我道是哪路臭贼,却原是白道长! 失敬,失敬!"童蛟故意尖叫着。

"什么? 是我师父吗?"鲍二奎也过来了,"这怎么可能? 难道他一点师道尊严都不要的吗?"

"……"白豹恨不得嚼舌死了!

不多时,童彪、童母回了船,他们哪有心思上馆子? 离船登岸,不过是为了诱贼上钩而已!

"让我来剥了他!"童彪说。

"别、别!"白豹叫道,"杀了我不要紧,把蛋都头的事也给误了!"

157

"什么蛋都头?"童蛟急问。

"就是蛋和尚呀!"

"怎么,你也见到蛋和尚了?"

"见了、见了!他还有件天大的事托我去办呢!"

"什么天大的事?快说!"

"你们解了我的穴道,我再说!"

"哼!"鲍二奎道,"你想用计赚我们吗?"

"我若用计赚你们,肚肠里生个疔!"想了想,又道,"对了,我口袋里这颗铜印,不知你们见过没有?"

童蛟从他口袋里搜出了铜印,果然是蛋和尚的。

"莫非是你偷来的?"

"蛋和尚何等身手!我能偷他的东西吗?"

童蛟这才相信了,随即为他解了穴道。

"你先说什么天大的事!总不成是他叫你来打劫我们?"二奎道。

"不要误会,打劫这条船,原是为师的一念之差!"

二奎脸一红:"什么'为师'?要么贼师!"忽感有些不妥,贼师等于贼的师,不是骂了自己?忙又纠正:"要么师贼!"

"你也不要咬文嚼字了!"童蛟道,"还是先听他说。"

于是,白豹就把穹窿山遇见蛋和尚的一节细述了一遍。

不过他不经著者同意,竟胡乱篡改一气,不说自己"剪径",而说成是蛋和尚在穹窿山迷失路途,大呼"苍天救吾",他这时正在山上修炼,闻声而往,终于为他指点了迷津云云。

"我想你们一定能够原谅,"他最后说,"蛋都头好心介绍我投奔陈大人,我总要送点见面礼,因见贵船沉重,才有此不义之举,还望诸位多多包涵才是呢!"

"这么说,他把印交了,连都头也不想干了?"

"他也是无可奈何,因为一场大病,武功全废啦!"

"你试过他的武功了?"童蛟不禁黯然。

"不不!"白豹怕露了剪径的老底,连忙道,"他说废了,就必定废了,我去试他怎的?"

"且喜都头已经回家,"童彪说,"武功废与不废,见面就知道了!要紧的,我们得先去面见大人!"

"说走就走!"童蛟说。

"那么,我厚着面皮搭你们的船了! 一起见大人,也免得零零碎碎的!"白豹说。

陈世杰蚕眉微颦,在他西园的书房内默默地徘徊着,时不时用手去捋他长长的黑髯。童蛟和鲍二奎刚刚叙述完他们兄妹三个在落魂岛一夜的惊险故事。他为他们非凡的机智和英勇感到振奋,甚至吃惊! 他同时也为自己把这样一副过重的担子压在三个尚未长成的少年身上,感到了些许愧疚和歉意。他们虽然没有搞到落魂岛的地形布防,然而意外地获悉了青石滩附近的湖面上没有布雷。蛋和尚绝处逢生,奇迹般地出现在泊船的地方,连童彪也解不透其中奥秘。这些可贵的细节使陈大人分外兴奋,他现在比任何时候更需要蛋和尚的帮助。这不仅因为要待他解开谜底,以便完善收复落魂岛的部署,更因为在即将来临的另一个非常事件中他仍将多多仰仗蛋和尚这个"角儿"!

但是,蛋和尚转弯抹角把印交了! 这使大人大为纳闷。关于他废了武功之说,他也信疑参半。陈世杰犹疑之间,又问了白豹一个童蛟已经问过的问题:"你试过他的武功了?"

"没有。他叫我这样说的!"

白豹突然感到自己的声音很陌生,而且微微发抖。为了掩饰自己的惊慌,他咧开了嘴巴,勉强一笑。这种笑法,叫在场的人都吓了一跳,更使人心里涌起了重重疑云。

鲍二奎知道,白豹心里藏不了机密,有时嘴上不说,屁眼里也会挤出消息来,便故意拱手对白豹道:"我要恭喜你呢!"

"我、我有何喜呢?"

"咦? 你怎么还不明白? 蛋都头把这印交给你,就不是要你接他

159

的位子,代他去落魂岛侦察吗?"

刚才鲍二奎和童蛟对落魂岛盗伙的描绘,早把白豹吓得心惊胆战了。他急忙摇着手:"不不,我怎么能行!"

"你不是已经接受了他的铜印了吗? 既接了,不干也得干!"

"哎呀! 我上当受骗了耶! 其实,这个蛋都头武功还怎了得! 说来惭愧,兄弟在穿窿山有眼无珠,断了他的路! 也就在他投足举手之间,我的右肩就脱了臼! 侦察落魂岛的事,他不干,还有谁能干?"

陈世杰不觉失声大笑起来,心上的一块坚冰也随之开冻消融了。

"那么,他干吗不想当都将了?"鲍二奎反而十分茫然。

"兴许,落魂岛归来,他害怕了!"童彪说,"这也难怪!"

"蛋哥哥不是这种人!"

"不,他是害怕了!"陈世杰平静地说,"不过,他怕的不是栾世雄,而是我!"

"怕你?"二奎十分奇怪,"你的脑袋瓜子最经不住他捅了,一捅就是一个窟窿!"

"他一定以为,此番落魂岛没有搞到地形布防情况,又丢了你们这两位好朋友、副都头,我或许会翻脸不认人呢!"

"我们怎么没有想到呢?"

"他和你们不同。他的姐夫徐少堂因误军令,曾被发配充军,这不能不使他心慌!"

童彪如梦初醒,这才知道,徐少堂原是蛋和尚的姐夫!

"不过,"童彪插言道,"徐少堂已经被特赦,现正在无锡……"

"不,"陈世杰截住了他的话头,"徐少堂夫妇日前已经回来,入籍于白马涧了。这两年中,下官也曾为他四处奔波申冤,从而才有今日之特赦呢!"

"既如此,要蛋哥哥回来,其实不难!"

"下官正想请他回来,不知二位小英雄有何妙计?"

童蛟于是附在陈世杰耳上,如此如此,这般这般,嘀咕了好一阵,说得虽然很轻,大家都听到了,不觉全拊掌大笑起来。

第十六回　哥们相见大交兵　宾众应邀小聚会

在古时,强盗抢劫也分档次。最了得的,干了勾当还要留名留姓;那下三路的强盗,则偷偷摸摸,与窃贼差之不远;中间一档的,虽敢于明火执仗,却不敢暴露真面目,或者蒙面,或者化装。你蛋和尚不是武功尽废了吗? 童蛟对陈大人"耳授机宜",挑出几十个捕快,一个个染发涂面,开赴白马涧,探明蛋和尚已经回家,便来了个"化装抢劫"! 正好蛋和尚得知白猿遭难,一口闷气,无处宣泄,便杀入了重围。拳掌到处,呼爹喊妈,势不可当! 鲍二奎见蛋和尚武功不减当初,便不再和他开战,溜到墙角处,腾地一脚,把一座白垩粉墙踢塌。一时灰飞尘涌,满间塞屋。鲍二奎心想,我们有陈大人这个大后台,把你这几间破屋子拆光了,到时还怕大人不赔你的吗? 也好让你住上舒舒服服的新房子了! 偏偏童蛟与他想到了一处。她也回避了蛋和尚,东剁西斫,把那些旧椅破桌、坛坛罐罐,砸了个四瓣八片。他们仗着人多势众,金天柱和徐少堂也不是三头六臂,一时真奈何不了他们,只得眼睁睁看着他们破坏捣蛋!

混战了半个时辰,连童彪、白豹都已带伤,他们退出大门,躲在椐树后面,不敢再露面了。其他捕快,早作鸟兽散尽。在金家的"官兵",就只剩下了童蛟、鲍二奎。

童蛟装的是"母夜叉",鲍二奎是"赤发鬼",一般的青面獠牙、丑陋狰狞。金天柱因见祖辈居住的老屋刹那被拆个精光,早已怒气冲天,徐少堂自然也是义愤填膺,都使出了浑身本事,要来收拾眼前这两个人体鬼脸的罪魁祸首!

蛋和尚早呆了。他已认出了这两个鬼就是鲍二奎和童蛟。开始之时,他一边交手,一边暗忖,莫非这两个鬼,因为自己把他们抛在了落魂岛,从而前来索命吗?及至天明,才看清这两副鬼脸都是胡乱画的!他只是不明白,他们既然还活着,何不快快活活来团圆相聚,却要大打出手?打架也罢了,这墙壁,这椅桌,这些坛坛罐罐,又碍着他们什么事了?竟要如此这般地作践糟蹋。一种解释是,他们已被落魂岛逼疯了!然而,纵然他们是一对疯子,还有许多参战的牛头马面呢!难道都在发疯不成?蛋和尚百思不解。此刻只愣愣地看着父亲、姐夫与他们交手。

徐少堂双拐齐飞,砸、扫、撩、拨,变化无穷,又全取攻势。这拐,原也是古代十八般兵器之一。少堂所使之拐,状似牛角,故又名"牛角双拐"。使用时,摇转拐把,使拐体沿手臂作圆周转动,拐随身走,身随拐行,攻前打后,勇猛灵活。徐少堂蓦地一个"缠头花",二奎不禁眼花缭乱,勉强躲过险招,便哇哇乱叫起来!

"妈妈的徐少堂,你好厉害!"

徐少堂微微一怔,也不知道这个"赤发鬼"何以叫得出他的大名!才一出神,鲍二奎宝刀递于左手,一式"倒开庙门",同时右掌作剑,卸步进身,直戳少堂前部。少堂急忙用拐封闭门户,心中却更是惊异:这个"赤发鬼"又怎么会使金家掌?

少堂想到了,这个"赤发鬼"或许正是岳丈的哪一个不肖子弟,既要打劫师父,却又羞与师父见面,这才化装而来。只是他们分明意不在抢劫,一味地只顾捣蛋,却为哪般?若不制服他,如何能得知底细?于是双拐一紧。好个"铜拐徐"!拐影如磐,风驰电掣般向二奎滚去!

那边童蛟边战金天柱边想,再玩一会儿,便可休战了。到时好叫金大伯大吃一惊。想时,手下风扫秋水,拖刀回撩。金天柱何等老辣!急忙退步,并故意露出破绽,诱使对方长驱直入。童蛟存心要占一点大伯的便宜,休战以后也好博得他几句赞美,便老实不客气,顺水推舟,转刀推抹。金天柱抢步起手,奔童蛟右肩肩井穴,童蛟急待避时,又哪里来得及？金天柱猛喝一声:"去吧!"童蛟早站立不住,向前踉跄,一时难以收煞,却撞进了"铜拐徐"的拐域。

徐少堂正把鲍二奎逼得步步后退。突然见"母夜叉"跌进了他的拐影之中,恰恰又切断了鲍二奎的退路。二奎大惊,一时手足无措,少堂一声冷笑,双拐奋起,左"插花",右"栽柳",鲍二奎、童蛟眼看难免脑浆迸流!

就在这时,徐少堂蓦地感到背后衣服被人抓住,直往后拽,不由得撤退几步,双拐随即落空。只见蛋和尚满面泪痕,插立在他和他们之间,一边挥动着胳膊,一边大叫着:"你们都不要打了!"

童蛟、鲍二奎也住了手,他们对视了一眼,就哈哈大笑起来。

"好玩! 好玩!"

"好玩个屁!"蛋和尚怒吼道,"你们赔我的家来!"

"要赔、要赔! 一定要赔!"

随着话音,大门外走进一个人来,金天柱回头看时,认得来者不是别人,正是苏州府台陈世杰,更是莫名其妙!

金天柱站在砖砾堆中,也不便下跪,只拱手道:"不知大人驾到,有失远迎!"

蛋和尚见了大人,又喜又愧,也不敢正视,悄悄地躲到了姐夫徐少堂的身后去了。童蛟、鲍二奎站在一旁,正用食指刮着他们的"鬼脸",暗暗地羞他。蛋和尚狠狠地瞪了他们一眼。

"大人!"金天柱凛然道,"不知金某犯了哪一条王法,要遭此倾家之罪?"

"金大侠息怒!"陈世杰也抱着拳,"下官正是怕小孩子们胡闹,放心不下,才特地赶来。谁知依然来迟一步,英雄多多包涵才是!"

陈世杰又把童蛟、鲍二奎拖到金天柱跟前道:"你们还不向金老伯谢罪吗?"

于是,一个"赤发鬼",一个"母夜叉",齐齐跪倒在金天柱的面前,叩头道:"老伯师父在上,阿俚弟子鲍二奎、童蛟向你老人家叩头谢罪来啦!"

金天柱细认时,果真是鲍二奎、童蛟,更是丈二和尚摸不着头脑,只得扶他们起来,道:"这个玩笑,开得大了些,不免过分了!"

鲍二奎道:"你莫不是还在心疼这几间破老屋吧?"

"房屋虽旧,祖辈住了好几代了!"

"嗨!旧的不去,新的不来嘛!"童蛟说。

"虽说如此,可我枉活了大半辈子,依旧家无余财,一贫如洗。一时怎么盖得起新房!"

"倘然要你掏腰包盖房,我鲍二奎也不舍得这么玩了!"

"咦?难道你鲍家准备破费,赔我新房吗?"

童蛟在一旁谑笑道:"他鲍家也不过一个空壳子!内囊瘪瘪的,没多大肥油了,充其量就像耗子尾巴上的疮——挤不出多少脓血来!我们的后台老爷,硬着哪!"

这话分明暗指着陈大人。金天柱便沉吟不语,不敢接着他的话头追问。陈世杰心中有数,童蛟把他抛出来,是要他当面"画供、按手印"。他也只得道:"金大侠无辜蒙遭损失,理应下官赔偿!"

"这和大人无干!"

"怎么无干?干系大得很!我们原是奉大人之命来的呢!"二奎道。

"只为令郎捎下信来,说是一场大病废了武功……"陈大人接着说。

"这孽障!"金天柱从徐少堂身后一把拖出蛋和尚来,"小小年纪,竟对大人撒起谎来,还有家教没有?"

"这也怪不得令郎!"陈大人说,"令郎自然也有苦衷!"

徐少堂悄悄侧过脸去,蛋和尚的眼则盯住了自己的脚尖。

"他们化装而来,原为试探令郎武功,想不到闹到这般田地!这里是断断不能住人了。以下官愚见,金大侠一家不如先搬到府衙暂住,待盖起新第,再搬回来不迟!"

"要盖就要盖大些的!"鲍二奎插言道,"像我家一样,前后三进!"

"那自然,还要造个花园,以供英雄朝暮练武!"

"金天柱何功何德,有劳大人这般抬举?"

"哪是抬举? 欠债还钱,毁物赔偿,如此而已!"

陈大人见金天柱尚在犹豫,便悄悄对蛋和尚道:"到了苏州,我还要向你透露一头白猿的消息呢!"

"真的?!"蛋和尚眼中立即熠熠闪光,"是阳山白猿吗?"

"是不是阳山白猿,我不敢说,但它确实是一只神奇的猴子!"

蛋和尚显得急切起来,他唤了一声"爹",似乎在敦促金天柱及早做出决断。

金天柱料定陈大人一定是为阳山白猿专程而来,方感到事关重大! 他不禁回眸看向儿子,儿子的眼中洋溢着急切的期待。真所谓知子莫如父! 他又何尝不知蛋和尚卸职交印的心思? 他知道他在无锡受了姐夫的那些影响,而眼下陈大人礼贤下士的风度,以及阳山白猿的讯息,早又唤回了他强自压抑的激情。他从蛋和尚的一声唤中,听到了无数潜在的东西,包括勇敢、豪侠,以及那种不折不挠的意志。于是,他深沉地点了点头。

连陈世杰也为金天柱凛然的神情所感动,他换用了一种钦佩与崇敬的目光,凝视着他,频频颔首:"实不相瞒,下官请英雄翁婿、令郎进城,还有重要军务相商……"

"大人!"金天柱打断了他的话,"在下什么样的人,哪里敢当?"

徐少堂也大为感动,觉得这位大人和他的前任自有不同之处,情不自禁道:"不才也不过是武夫罪人而已!"

正在这时,那班打散了的假强盗渐渐地围拢来了。金天柱、徐少堂遂与童彪、白豹见了礼。蛋和尚与鲍二奎、童蛟又相聚在一块,似胶似漆,难分难解,自有诉不尽的离情别意。

陈世杰又嘱咐了众捕快一阵,便先打点回衙。众捕快按照大人的意思,来替金天柱收拾细软行装。捆的捆,扎的扎,装在牛车上。装不了的,肩担背驮,结队而去。金天柱另外雇了车辆,安顿女眷,自己率领着徐少堂、蛋和尚、鲍二奎和童蛟,跟在车后,缓缓而行,到苏州阊门,已是晌午时分了。

陈世杰在苏州府衙的演武厅摆下了丰盛酒席,为白马涧诸英雄接风洗尘。府台频频举杯,谈笑风生,却一直没有谈到白猿,仿佛根本没有这回事一样。蛋和尚好不烦闷!几次启口要问,怎奈他们的话题一个接着一个,且都是些离奇的经历,捉不着缝儿。鲍二奎更是手舞足蹈,把他们三人如何在"恶狗村"引盗,如何骗过"红毛狮子",混开水寨,如何大闹一楼,如何水战娄钟玉、南宫戳,侥幸脱险,又如何偷吃了童彪船上的粽子、团子、肉骨头等这些重大关节,细细演述了一遍。说得口沫乱飞,不亦乐乎!童蛟又在一旁帮腔,敲边鼓,听得众人不住地点头唏嘘,一会儿笑,一会儿叹!童彪、白豹因见陈大人宽宏大量,趁着一时酒兴,也把各自干下的营生、勾当,拣十分惊险的说了几件。只有徐少堂谈及身世,甚为凄然,引得金丽娟潸潸地流下了不少珠泪。

"喂,我们的小都将怎么不说话呀?"陈大人的眼中,闪出了柔和的亮光,静静地注视着蛋和尚。

"会捉老鼠的猫不叫!"鲍二奎笑了笑,"落魂岛上你是怎么脱险的呢?到如今还不肯亮相吗?"

蛋和尚虽然得了个说话机会,却仍不得不把白猿的事暂且搁下,而顺着二奎的话头先将石仙人墓穴中的奇迹说了一遍。他并不想哗众取宠,不过是淡淡地叙述经过而已。尽管如此,他的这一节故事一样惊世骇俗。

"稀奇、稀奇!"谁先惊叹了一声。

"那石仙人死了这么多年,怎么还好端端地不朽?"鲍二奎问。

"那玉碟中不是有一颗宝珠吗?"童蛟答他。

"那宝珠一定价值连城啰!"白豹说。

"倘是落在你的手里,早进腰包了吧?"二奎刺了他一句。

白豹却脸不改色心不跳,大大咧咧地喝了口酒,道:"进了腰包,也算不上偷!"

"对,不算偷,是'拿'!"

"不叫拿,是'捡'!"童蛟也来凑趣。

166

"不是捡,是……天赐!"鲍二奎说得起劲时便站了起来。

童彪怕伤了和气,先喝住了女儿。鲍二奎站起身来,笑道:"老伯放心,人家可是大名鼎鼎的'铁头金刚',脸皮像他的头一般硬,他才不怕你刺呢!"

说毕又坐下。白豹冷不防把他的座椅拉开,把个鲍二奎结结实实地跌了个四脚朝天。众人不禁哈哈大笑起来。

"喔哟! 喔哟……"

"跌疼了吗?"金天柱关心地问。

"不妨、不妨!"白豹笑道,"他的屁股皮也厚着呢!"

"不好!"鲍二奎皱紧了眉,"跌伤了,伤得厉害了!"

"伤在哪里呀?"童蛟问。

"你来摸摸,屁股一跌两半了呢!"

于是又一阵笑浪,差点没把演武厅的屋顶掀了去!

在一片谑语笑声中,只有陈世杰脸上反而蒙起了一层冷色,两条蚕眉微微向里蹙起,那双难以形容的眼睛里,不时极亮地一闪。他习惯性地用手去捻他的黑髯。忽然,眉梢向上突地一跳,嘴角牵动了几下,便有一句话,一个字一个字地从那里吐出来,遒劲而凝重。字音跳到每人的耳膜上,让他们都感到了它们的分量。

"若有一支奇兵,突然出现在青石滩,将会出现怎样的景况呢?"

话声刚落,一座皆惊! 席间突然落下了一个长长的沉默。

"好计!"徐少堂拍着手道,"离青石滩不远的湖面上,暗礁林立,虽是落魂岛的天然屏障,却正是他们防守最薄弱的地方! 我们有童蛟在水中领路,再借夜色的掩护,完全有可能在那里突然登陆!"

"计虽奇,恐怕也是枉然!"金天柱道。

"怎么说?"

"栾世雄、娄钟玉、南宫戮,何等了得! 我们绝非对手! 突然袭击,可奏一时之效,但未必能决胜!"

"除非这样! ……"

徐少堂说时站了起来,眼光在席间扫视了一圈,然后停留在蛋和尚的脸上,仿佛在征求他的意见:"偷偷在青石滩登陆以后,是否有可能让所有人神不知鬼不觉地潜伏在墓道之内?"

"那树洞口离青石滩很远,"蛋和尚的口气也十分沉重,"除非动用玉钥匙把墓门打开!不过,我知道玉钥匙在哪里!"

"倘能顺利在墓道内伏兵,"徐少堂笑了笑,又把眼光移向陈大人,"与此同时,官军就可向落魂岛水寨发起正面攻击,逼徐品诚向岛上求援。只要栾世雄等一离岛,伏兵便从墓道的两个出口同时杀出,以迅雷不及掩耳之势,夹击落魂岛腹地,把他的老窝连锅端了!岛上一应粮草、辎重,烧的烧,毁的毁,栾世雄他们纵然还能活得性命,失去了经营多年的巢穴,也等于破了他割据称雄的好梦!他一旦成了孤家寡人,一时也很难再成气候,然后我们再设法追捕他不迟!"

蛋和尚不知道这种战法,是否出自《孙子兵法》,也来不及细想三十六计中有没有这样一条妙计,早见世杰大人离了席,对徐少堂长长地作了一个揖:"看来,这剿匪指挥使之职,仍非少堂莫属!"

徐少堂的眼帘立即垂了下来。这几年来,他的心已在绝望的痛苦中变得麻木了。官复原职并没能给他丝毫的振奋,"指挥使"这顶乌纱帽,此时反而就像一个沉甸甸的秤砣,无情地撞击着他的心。

"苏州武界藏龙卧虎,何必启用败军之将呢?"他阴郁地说。

陈世杰低低叹了一声:"一个人刚从噩梦中挣扎出来,一时还很难摆脱梦影的纠缠,这自不必说!然而——"他静静地围着桌子徘徊着,"我们难道都不能从'老百姓'这三个字上,把一切旧账,一切导致不能顺理成章的杂质排除干净吗?"

"是的!"少堂说,"若不是从这一点出发,我今日便不会为大人谋划献计了!"

"能再前进一步吗?"

徐少堂沉吟着。他把目光从陈大人脸上收回来,转向窗外那遥远而浩渺的空中。

"贤婿!"金天柱的独眼盯着徐少堂,他的语气散发着一股令人难以抗拒的魅力,"为民除害,不就是我们学武的宗旨吗?剿匪灭盗也是地方长治久安之计！能够为国效力而不为，武学可以不存！果能做出几件于国于民有益的大事，便大大长了武界的志气，正是我们这些武夫引以为荣的！指挥使之职，贤婿又何必推托呢！"

所有人都把目光投向了徐少堂。

"岳父既如此说，此职小婿恐不能不受了！"他终于这样说。

陈世杰立即转忧为喜，且喜形于色，他执着少堂的手，道："少堂能够复出，也是苏州百姓之福！"

徐少堂痛干了一杯酒，道："不才离苏几年，对于武界情形，十分生疏了。望大人能及时提供军内外武学高手的名单，也好让我早做准备。"

陈世杰微笑着，从袖中摸出个折子来，凡吴中成名高手，均有记载。于是，他和徐少堂、金天柱、童彪围在一起，边翻折子边探讨。金夫人、童夫人与金丽娟早不吃酒了，索性离了座位，聚在一旁聊天。蛋和尚、鲍二奎、童蛟三人叽叽喳喳的，自有他们的乐趣。只是白豹不知加入哪一堆，他小的嫌小，老的嫌老，女眷中更挤不进去，便乐得自斟自饮，夹着大块的肉、大片的鱼，直往口内塞。

鲍二奎一面啃着鸡腿，又急着要说话，发出音来，不免含含糊糊的，有时叫人摸不着头脑。

"要说话就别啃！"童蛟不耐烦地抢走了他的鸡腿儿，扔在桌底下。

"不吃就不吃！"鲍二奎咂着嘴巴，停了一会儿，忽又道，"喂，和尚！我说你姐夫的计策有个漏洞！"

"漏洞？"蛋和尚有点吃惊。

"青石滩的石墓，怎么才能打开呢？"

"不是有玉钥匙吗？"

"有了玉钥匙，又怎么个开法呢？"

"不难，插在那口枯井中，这么一转！"

"听说，那要几匹马力才转得动呢！"

"你不是小看我蛋和尚了吗？"

"那么，你往右转，还是往左转？"

"都试试,还不行吗?"

"得! 你若试错了方向,玉钥匙保不住就被你掰断了!"

"这……那,你有好法子吗?"

"……"

三人同时感到心往下坠,他们绞尽脑汁,冥思苦想着,幻想着头脑中突然会跳出一个能堵漏洞的好法子。可是,越是用力想,头脑中反而越发纷乱,要么一片空白!

"唉!"

"唉唉!"

好一会,童蛟蓦地灵机一动,笑容立即在她脸上漾开了。

"我有了个万全之策!"

"快说。"

"娄钟玉还欠我一个条件哩,这事得让她来干!"

蛋和尚刚才已听过她智擒娄钟玉的故事了,心中也燃起了一点希望。

"你以为,初五那天晚上,她能去虎丘马王庙吗?"

"我想……能。"

"我看不能!"鲍二奎说,"这个强盗婆,当初为了活命,才胡乱答应了你! 如今她哪里还想得到!"

"不过,"蛋和尚道,"江湖上也有不少人把名誉、信用看得比生命还重! 你想,娄钟玉若不去虎丘,说话不等于放屁了吗? 有朝一日我们见了面,她还有什么面皮? 羞都可以把她羞死呢!"

"那么,到时候我们就去候庙吗?"

于是,蛋和尚他们三个脑袋碰在一起,叽叽咕咕商量了一番,忽然都眉开眼笑起来。他们把手伸出来,三个小指头勾在了一起。

"娄钟玉真的不来,我们再另作计较。"蛋和尚又小声嘱咐道,"此事暂不必对大人们说知!"

大家会心地一笑,不约而同向大人堆里飞了一眼。那一边,只见世杰大人显得十分严肃,他那浓重的苏州口音,此时已盖过了所有的

170

杂声。他忽然提议,让女眷们回避了,然后把蛋和尚他们都喊到桌边。他开始谈论一个非同小可的话题,三言两语,就立即让这演武厅落入一种神秘而骇然的氛围之中。

第十七回　栾世雄挟猴谋霸业　蛋和尚释俘悬交心

陈世杰异乎寻常的峻肃,立即感染了所有人。大家屏息静气,凝视着他的眼睛。大人的目光,虽然依旧柔和亲切,但又显得十分深沉,深沉得就像暴风雨来临前平静而乌黑的太湖。无论他怎样掩饰,人们仍可以清楚地感觉到沉积在他内心的不祥的悸怖。

"你们说是怎么了。"大人的声音有点异样,"门窗都关着,好好点燃的几支蜡烛,都一齐灭了! 这一天正是暗夜,没有月亮。黑暗中,只听见窗外寒蛩长鸣! ……

"我哆哆嗦嗦的,勉强又点亮了蜡烛。室内静悄悄的,这种灭绝般的寂静,使人感到毛骨悚然。我秉烛察看了每一个角落,并没有发现丝毫异常。后来,就听得一声轻响,吓得我魂飞魄散! 只见一只手,从室外刺破厚厚的砖墙,插将进来。

"这是一条想起来就让人发怵的手臂,手指细长、乌黑,手背和小臂长满了白茸茸的毛。它捏着一个信封。这时我倒稍稍定了心:不论这是一个何等可怕的怪物,眼下不过是在充当信使,还不至于加害下官! 我接了信,那大毛手立即收了回去。我忽然十分冲动,极想见一见这个怪物,急忙开门。只见不远处,有一个白色的背影,像个佝偻的老者,从容不迫地向前走着。这时,我已经没有了恐惧,就向那个白色的背影高喊了一声:'喂,老爷子! ……'

"他回过头来,见到他的最初一刹那,我几乎坠入了冰窖,它原来不是一个人,而是一只白猿! 它望着我,面目虽然狰狞,然而它的眼神却是那样凄凉、颓丧!

"我仍大声叫着它'老爷子! ……',这一刻,它在我的心目中,仿佛已不是白猿,而是一个孤独的老人。我想,叫住了它,我或许能给它一点什么帮助。然而,它拒绝了我! 它用两个指头随便一点,一股阴森的寒气立即向我逼来! 烛台随即也灭了!

"我只得怅怅地回到室内,拆信来读。只见信纸上这样写道:

落魂岛主栾世雄,书奉苏州府台陈世杰阁下:

　　本岛主月圆之时,于灵岩山馆娃宫前,摆下落魂台。三日之内,无论吴中神仙、菩萨,能胜台主袁君一局,栾某即远走他乡,永不来扰! 否则,正式立天子之号,割据震泽。着苏州府每年进贡!

$$×月×日$$

"诸位,这栾世雄何等狡猾! 他以退出太湖为饵,意在推车上壁,要给上任日短的下官一顿杀威棒! 我所深虑的,那'袁君'者,恐怕就是那只白猿! 它破壁如纸,不费吹灰之力,又能指发寒气,莫不会隔空点穴吗? 这世上,除了阳山白猿,还有谁有这样的能耐? 一时叫我到哪里去找一位可以克猿制胜的勇士呢! 眼看应战之期日近,这几天下官果真食不知味,夜不能眠,唯恐有失民望! 幸亏得遇众位豪杰,且又喜得了少堂的奇计,心中方安!"

"那么,落魂台打不打呢?"蛋和尚听毕,就急着问。

"现在,我们尽可以不理会他!"陈世杰微笑道,"他摆他的擂,我们只管准备进湖登陆!"

"不!"徐少堂右手托着下巴,抬起了目光,"为什么不能左右开弓?"

"你的意思……"

"一面打擂,一面登陆,以打擂掩护登陆!"

"那么谁去打擂? 谁又能够对付白猿呢?"

173

"他不是邀请吴中的神仙、菩萨吗?"

"这原是他欺我吴中无人!……"

"既如此,我向大人推荐两位勇士:一是姑胥山的紫来真人,他养了一只金眼雕,勇猛异常!此雕最爱啄食猴脑。它居高临下,必然制胜!其次,闻得荆州商贾赠予本地一头独角犀牛,犀皮坚不可摧,且力大无穷!届时都借来一用,可稳操胜券!"

"妙则妙矣!"陈大人仍不无疑虑,"用禽畜打擂,又如何使得?"

"又如何使不得?他们不是在用禽兽摆擂吗?我们也不请神仙,也不请菩萨,只是以其人之道,还治其人之身而已!"

徐少堂笔挺地站着,浑身隐隐地散发着练武人特有的那种摄人心魄的风韵。但是,他那双眼睛,让蛋和尚感到有点陌生,因为他很少见到它们这样严厉、无情!

"姐夫,何必用金眼雕?又何必用犀牛?"蛋和尚一本正经地说。

"怎么,"徐少堂有点惊讶地看着蛋和尚,"你莫非还有妙计?"

蛋和尚坚信,那"袁君",即使就是世杰大人见到的白猿,也不会是阳山白猿。倘是阳山白猿,它怎么能助纣为虐?何况它是落魂武功的真正克星,又如何能无端地听凭栾世雄摆布呢?果真阳山白猿,那么雕也好,牛也好,也未必就能胜它!不是阳山白猿,那么打它下台就是了,何必用金雕、犀牛去残害它?

"这个擂台,由我包打!"蛋和尚说时,眼前浮现出一双可怜巴巴、满目凄凉的猴眼。他决心尽可能保护它。

"不行!"

"这可使不得小孩性!"金天柱道,"不是我小看你,凭你现在的手段,恐怕十个蛋和尚还不够阳山白猿打的!"

蛋和尚把那白猿不是阳山白猿的理由说了,又道:"栾世雄正在讥笑苏州武界无人!而我们打擂,又要以畜代人,不是自己先灭了自己的威风吗?"

要知当时的武界,自尊自大原是通病。蛋和尚此言一出,立即将了金天柱、徐少堂一军,顿时使他们哑口无言!

"也好!"陈世杰想了想,便说,"为了以防万一,我们不妨把金眼雕、犀牛都准备着。小都头打不过了,做个暗号,就放它们出来助战!"

金天柱见陈大人这么定了,也就不便多说。徐少堂一把抓住蛋和尚的手:"贤弟,此事非同小可,你得慎重考虑,三思而行!"

蛋和尚浩然一笑:"你放心吧!"

徐少堂无奈,只得道:"既如此,大人,我们是否就兵分三路:金天柱一路,由童蛟、二奎水中向导,暗渡落魂;徐少堂一路,由童彪向导,攻打水寨;大人和蛋都头张罗擂台。灵岩山上,开擂之日,也是我们夹击匪窟之时!"

"如此甚好!"陈世杰说。

"大人,"少堂口气一转,仿佛在发号施令,"落魂台打得了打不了,不是主要的,最要紧的,是尽量地有声有色,吸引视听! 这一点,要务必记住!"

一旁的童彪惊讶地乜了少堂一眼,他那号令般的口气,仿佛忘记了站在他面前的是苏州府台,大有一侥出征,"君命有所不受"的气势!

只有金天柱知道自己的女婿,重任在肩,少堂想的便是事业。他心直口快,毫无利己的念头。但他的脾性一直妨碍着他的前程,无论他如何赤心忠良、军功卓著,总是很难受到上司的青睐。这时,金天柱也不觉忧心忡忡地看了陈世杰一眼。

陈大人坦然地捻着美髯,虽然无声,但什么都从那宠爱、赞赏的眼神中说出来了。

蛋和尚虽然否定了陈大人见到的白猿即是阳山白猿,然而,阳山白猿在哪里呢? 它死了吗? 抑或正在受着栾世雄一伙残酷的折磨? 一个意外的念头蓦地闯进了蛋和尚的意识:栾世雄创造了另一种"迷果",把白猿的本性迷了,迫使他落草作恶! 这个想法让蛋和尚心痛得半天都说不出话来。

于是,要与娄钟玉私下会面,弄清底细的强烈欲望支配了他。第二天,他就约请鲍二奎、童蛟一起游虎丘,以便把虎丘马王庙的地形地貌察看明白,也好心中有数、临事不乱。他们三人中,鲍二奎和童蛟都到过虎丘,蛋和尚却是头一回,他便跟在他们的后面,一路向前。

出了阊门,便到了山塘街。山塘街总长七里,故又名七里山塘,街的尽头直抵虎丘山下。这条街在苏州颇有名气,说不尽的热闹繁华、古色古香。街面狭窄,也不过数箭之地。两旁房屋鳞次栉比,店铺林立,对峙相望,更显得街道魅力无穷!每走不远,必有一处青石或花岗岩砌成的石阶,下阶即临河面,临水张望,好叫人心旷神怡!只见碧波皱绿,拱桥卧虹,好一派小桥流水,美不可言!唐人杜荀鹤有诗赞道:

> 君到姑苏见,人家尽枕河。
> 古宫闲地少,水巷小桥多。
> 夜市卖菱藕,春船载绮罗。
> 遥知未眠月,乡思在渔歌。

虎丘山脚下,山门黄墙,写着斗大的"南无阿弥陀佛"六个字,云岩禅寺建造于此。庙后的山峦,被青松翠柏掩映着。那绿荫之中,一座高高的砖塔,突兀而起,直指白云蓝天。这云岩禅寺,独得地理,仿佛整个虎丘山乃是它的私有庙产一般,将它圈进了它的围墙。宋代王禹偁在游虎丘时,因景生情,因情生诗,即兴吟诵,却成了千古绝唱。诗题《游虎丘山寺》,曰:

> 寺墙围着碧屏颜,曾是当年海涌山。
> 尽把好峰藏院里,不教幽景落人间。
> 剑池草色经冬在,石座苔花自古斑。
> 珍重晋朝吾祖宅,一回来此便忘还。

蛋和尚三人边走边谈,兴高采烈。

"这是试剑石!"鲍二奎指着一块有中缝的大石块,"当初干将、莫邪曾在此试剑;这是孙子亭,也不知谁家的孙子,写了一部什么兵法……"

176

"什么谁家的孙子！孙子即孙武！"蛋和尚立即纠正他，"他写过十三篇兵法，就叫《孙子兵法》！"

"咦？你怎么也有这么大的学问？"童蛟大是敬佩。

"世杰大人书房中有好多好多书，就有《孙子兵法》！我看过。想不到这里还有孙子亭！"

"你未必知道！"鲍二奎念念不忘刚才的话头，"当年孙子就在这个亭中，按照他的兵法，教吴王宫里的宫女操练！"

"这一定好玩极了！"童蛟兴致勃勃地说。

"那班宫女也像你那样，认为十分好玩、有趣，一直发笑。孙子不由得大怒，当场斩了两个美人的头下来，才没有人敢笑、敢当儿戏了！"

童蛟吐了吐舌头："这个老孙头好不厉害！——这虎丘山上还有什么好听的故事呢？"

"故事可多着哩！"鲍二奎一发上了劲，"喏，这是剑池，吴王阖闾就葬在下面，还有三千鱼肠宝剑陪葬呢！这是千人石，据说，吴王怕自己的墓穴泄漏出去，就把造墓的几千个工匠都杀了！你看，这石头都成了红色，就是工匠的血染的！那边还有块石头，称为'点头石'，相传有位生公在此讲法，讲得石头也悟了性，不住地点头呢！……"

"这些故事，你都是听谁讲的？"童蛟问。

"上一回跟我老子游虎丘时，听一个白相人讲的。"二奎回答。

"胡编乱吹罢了！"蛋和尚说。

"怎见得胡编乱吹？"

"吴王是不是葬在山中，姑且不说，那'试剑石'便有破绽。若是以剑试石，一剖为二也就罢了。否则，无论你是站着还是蹲着，人剑总是居高临下，剑缝绝不会像这样齐崭崭地出现在石面上。这倒像是干将、莫邪躺在地上试剑似的，岂不滑稽？那'千人石'发红，说是血染的，那么无梁殿旁，也有些岩石是这种颜色，是否也是杀人所致？至于'点头石'的故事，就越发离奇了！——大概因为虎丘山有了点名气，一些好事的人，专在山水之外，胡诌一些怪异荒诞的事来，故弄玄虚地附会，去愚弄游客。好笑就有那些浑球，也会深信不疑！"

"浑球们信也罢了,"童蛟笑道,"偏偏还要讲给别人听,好让别人也大上其当!"

"幸亏你没信!"鲍二奎反击道,"否则你与我们一样,身上就要多一个'浑球'出来了!"

童蛟白了他一眼:"你这个人说说就要鸭屎臭,满嘴只管喷粪!"

三人边说边笑,边看边说,不觉到了马王庙。马王庙建造在后山山腰,游人稀少,倒是个闹中取静的所在。大殿上照例香火缭绕,庄严肃穆。神龛前幔帷高挂,里面坐着一位真神,与真的人一般大小,一样地穿着衣袍,戴着帽子。凡有香客上香叩头,那小道士便在一旁敲响钟磬,仿佛要提醒马王神,不要忘了赐福给他呀!

蛋和尚望着那位马王神,他的面庞塑得酷似石仙人。可石仙人怎么成了马王? 不觉怔怔地出了一会儿神。

"你知道吗? 这个马王庙,又叫赖债庙!"

蛋和尚听到鲍二奎正在和童蛟说话,便插言道:"难道当了神道,也要赖债不成?"

"你这个问题,我也问过我的老子,可他说,谁也闹不清那赖债庙名字的来历!"

"既然闹不清,我们也来编一个,怎么样? 将来或许哪个浑球也会相信呢!"

"怎么编法? 你开个头!"童蛟特别起劲。

蛋和尚想了一阵,独自笑出了声来,道:"故事的开头这样编,有个种田的男人,叫阿田……"

"为什么要从男人开头?"童蛟立即反对,"我看就说一个刺绣的女人,叫阿秀! ……"

"也好!"蛋和尚慷慨地说,"有个女人叫阿秀,欠了别人一屁股债……"

"不好不好!"童蛟嚷道,"早知道欠人一屁股债,就让阿田欠好了!"

"我看这样,"鲍二奎提了个折中的意见,"就让阿秀、阿田各欠一屁股,总共两屁股债,不好吗?"

"这倒公平!"蛋和尚道,"不过,让阿秀先到庙里来,为的是还不起债,要被财主逼去当小老婆。她没有办法,就趁夜逃到马王庙,想上吊自杀!"

"一定要自杀吗?"童蛟更是不满。

"先让她上吊好!"二奎补充道,"后来阿田来了,就把她救下来了!"

"随后,"蛋和尚接过二奎的话头,"财主追了来,家奴们如虎似狼,活捉了阿秀。阿田见机不妙,悄悄溜之大吉!……"

"溜了没意思,"童蛟说,"要让阿田再救阿秀一次。"

"怎么救呀?"二奎说,"人家又不会武功!而且财主的家奴来了十多个,寡不敌众嘛!"

"那怎么办?"

"这倒是个难题!"蛋和尚手指敲着光秃秃的脑袋瓜子,"解了这个难题,故事就有人听了;解不了这个难题,故事不编也罢!"

"可见,故事能编得骗过浑球,也并不容易!"

"这倒也是!"

"要么这样,"蛋和尚忽然来了灵感,"那阿秀被绑在柱上,财主要用皮鞭抽她。阿田呢?阿田溜了,却放心不下阿秀,便又回来了!……他躲到了马王神像的背后,突然大喝一声:咈!"

童蛟和鲍二奎拍手笑道:"好!好!那帮浑蛋家奴,还有财主,都以为神道显灵,吓得老母猪筛糠一般,抖个不停!"

"咈!你这个财主听令!"蛋和尚见殿上这时正好没有香客,连小道士也不在了,就大出洋相,装神弄鬼起来。

"是……是……"鲍二奎装着财主的样子。

"来哪!把这财主的门牙敲了!"

"得令!"鲍二奎向着童蛟做了个砸牙的手势,"砰!砰!"

"喔哟哟……"童蛟也入戏了,她装着财主的腔调,"马王叫你砸门牙,你怎么把我的犬牙都砸啦!"

蛋和尚差点没笑出来:"尔等要死要活?"

"要活、要活! 加点寿更求之不得哪!"

"要想活命,须得行善!"

"怎么个行善法?"

"第一,把阿秀放了!"

"放、放!"鲍二奎又指着童蛟,"好你个阿秀,本财主不要你做小老婆了,下山去吧!"

"还有,以后凡有人到这里躲债,你不得追进庙来逼他!"

"哟!"鲍二奎叫道,"要真是这样,你这个马王庙可以改个名了!"

"改为何名?"

"就改作赖债庙吧!"

"咦,故事不就编成了吗?"童蛟先笑了起来。

鲍二奎也仰起脖子扬声大笑着。

蛋和尚只是敷衍地笑了笑,他的思绪仍然沉浸在虚构故事时那种热烈的创造情绪中。他的创造还没有停止,他就从这些创造中,抽丝般地抽出了一堆足以把自己震撼的想法来。

"喂! 倘若娄钟玉敢来赖债庙,我就活捉了她!"

鲍二奎和童蛟的笑声戛然而止:"活捉娄钟玉? 你不是承认自己不是她的对手吗? 何况她不来则已,来时,恐怕要和南宫同行!"

"来一个捉一个,来两个捉一双!"

"怎么个捉法?"

"你们别管! 初五夜里,我守在庙门,你们候在门外,要准备好绊马索,不管谁逃出来,就冷不防把他绊倒生擒!"

二人被他说得心痒难熬:"你究竟要使什么法儿? 就不能先露个底吗?"

"说出来,就一点不稀奇了! 你们等着吧! 二奎,捉了娄钟玉,给你做老婆,怎么样?"

童蛟嘻嘻地讪笑着,鲍二奎脸上一红,心里却禁不住荡了一下。

初五之夜,月色迷蒙。虎丘剑池畔冲起两条人影,仿佛黑色的闪电,眨眼间便蹿上了吴王井。一女一男,不是娄钟玉、南宫戬还有谁?

他们绕到后山,便闪身掩入庙中。马王殿上余香在燃,残烛昏黄。二人各自拔起一支蜡烛,把殿前殿后仔细巡视了一遍,不见任何疑迹,才放心地烛归原处。娄钟玉先捣蒜般地向马王叩了九个头。

"阿弟,你也来拜拜马王铁真人!"

"祖师爷自然要拜的!"说时也恭恭敬敬地三拜九叩头。

"阿弟,我们今夜之行,绝不能向外声张。否则,让老头子知道了,我们必有性命之忧!"

"姐,你对我还不相信吗?"

"信! 我从小没有了父母,这世上,除了你,就没有亲人了!"

"我也是。我们一样命苦!"

"阿弟,我有一件心事,一直犹豫着,不知是不是应该告诉你!"

"你说吧!"

烛光照着娄钟玉的脸,她阴郁的眼里,此刻正满溢着重重的悲哀。

"老头子收养了许多儿女,凡武功练得最好的,到头来总是一场大病,然后废了。你道什么原因? 全被他采去补养自己了!"

"有这样的事,谁说的?"

"自有悟性高的兄弟姐妹,一旦失了武功,也便意会到了,是他们偷偷告诉我的!"

"……"

"我们最受他宠爱,封我们'郡主''太子',看来全为了迷惑我们。他是想充分利用我们练武的天资,到头来恐怕也逃不了这个下场。"

南宫戬怔住了,呆滞地凝视着烛光照不到的黑暗的空间,长久说不出话来。

"我的武功已经练到可以令敌内气泄漏的地步。我想,我的结局也因此快要来临了!"

南宫戬回过神来,脸上的紫泡更加清晰,那犷悍的眼里,透出了些许刻毒与恶意:"先斩了他!"

"我也想过,但毫无可能!就是有十个娄钟玉、南宫戬也不是他的对手!蟠龙碑上倒好像有一个套路,可以制服他,可是已被他毁了!碎片也被扔进了太湖!"

"看来,他原是防着我们!阿姐,我现在明白了,你何以明知太湖图是假的,也盗了来!还有,你这样心甘情愿把落魂岛布防图交给'浪里黑鲤',莫非是想要借刀杀人?"

娄钟玉轻轻叹了一声:"借刀杀人,又谈何容易!在江南地带,栾世雄已经没有敌手了!"

说时,她向南宫戬丢了个眼色。南宫戬会意,为防不测,便去守着殿门。娄钟玉趁机飞上神台,先把马王的帽子摘了,然后从怀中取出落魂岛布防地形图来,放在帽中,正要再将帽子戴回去时,不觉先咦了一声。

"阿弟,"娄钟玉笑道,"我们的祖师爷怎么塑了个光榔头?这就不像个真人,倒像是个和尚了!"

"真人一定要蓄发吗?"南宫戬回答她。

"倒也是!不过,祖师爷的耳朵塑得极好,又软又柔,好像皮制的。"娄钟玉的素手又移到马王的脖子上,岂料马王也怕痒痒,竟笑了出来。娄钟玉大吃一惊,自知不妙,正要逃时,哪里还来得及?胸口、腰间两处要穴早被点着,砰的一声从神坛上摔下地来,已是不能动弹。

原来,蛋和尚受了白天创作故事的启发,夜里就到马王庙,先把马王的衣服剥了,然后把神像搬开,自己穿戴好,端坐在神龛中,单等娄钟玉中计。

蛋和尚见得手顺利,大喜过望,扑地跳下神台。南宫戬见风云突变,要救阿姐,怎奈自知不是蛋和尚的对手,只得夺路逃跑。谁知刚出殿门,就被绊马索绊了一跤,未等爬起身来,已被鲍二奎、童蛟生擒活捉,随即押进殿来。

"二位久违啦!"蛋和尚仍穿着马王宽大的神衣,对着他的俘虏拱了拱手,仿佛仍在演戏。

娄钟玉咬着银牙,愤愤地说:"我好意践约,特来送落魂岛的布防图,你们却背信弃义,暗箭伤人!"

"你也未必有什么信义呀!虽不用暗箭,却不是想借刀杀人吗?"

娄钟玉立即垂下头来。

"要杀要剐请便吧,不必多说了!"南宫戬道。

"这倒不用多虑!"蛋和尚笑道,"我们绝不为难你们!"

娄钟玉抬起了眼:"你们要怎样?"

"如果你愿意,我们只要知道,那阳山白猿,被你们弄到哪里去了。"

"这个可以告诉你!月圆之后,它将在灵岩山落魂台充当台主!"

"那么,"蛋和尚一时不知所措,嗫嚅着说,"白猿……怎么就听……听你们的使唤呢?"

"这有何难?岛天子不过略施小术而已。那一天白猿吃了八味千层迷你果,就昏睡不醒,岛天子就在它头上套了一只玉箍。这是一只中空的箍,里面装满了极厉害的成药,有不少孔洞对着猴头的几大要穴。白猿不听使唤,只要发放外气,摧动药力,就可以叫它疼得死去活来!凭着这一手,要白猿杀人放火,它也不敢违拗!"

"是这样!……"蛋和尚一边沉思,一边把马王的神衣慢慢脱了。然后,他抬起眼来,望着面前的两个俘虏,说道:"你们刚才的对话,我都听到了!"他说话的声音带着明显的深深的同情,"栾世雄要残害你们,这事我也可以做证。"

"胡说,你怎么能知道?"

蛋和尚就把那天在青石滩雨中交战时,栾世雄亲口说的话重复了一遍。他看到娄钟玉、南宫戬一边听他讲述,一边用牙咬着自己的嘴唇。他们的脸色煞白,唇角不时地战栗与抽搐着。

"我们做个朋友吧!"蛋和尚坦率而恳切地说。

"……"

"难道你们愿意做任人宰割的羔羊吗?……"

"你要我们怎么样?"娄钟玉终于开口说话。

蛋和尚默默地上前,为他们解了穴道。童蛟趁机道:"喂,娄钟玉,我问你,倘若我们杀到落魂岛,与栾贼交上了手,你们是助纣为虐呢,还是帮助我们?"

娄钟玉毫不掩饰自己:"你倘若不相信我们,我们现在就可以不回落魂岛去,先拣个地方隐居起来!"

"怎么,你们想私奔吗?"鲍二奎忽然大叫起来,显得又气又急!

娄钟玉粉脸通红:"说是隐居,其实三天两头要换地方,一旦岛天子知道我们的下落,我们就没命了!"

"据我所知,栾世雄暂时还不会把你们怎样。你们先回岛去! 我还有一事正要拜托二位呢!"

"什么事呢?"

"把蟠龙洞的石门打开!"

娄钟玉和南宫戬的眼中都布满了疑雾,娄钟玉晶莹的眸子中更是露出了几分伤感,她深沉地说:"蛋兄! ——"

"你别叫我蛋兄,我比你小好几岁呢!"

"那么,我就叫你一声'贤弟'吧! 你们千万不要再上落魂岛了。如今岛上又多了一只白猿为虎作伥。上一回你们上岛来了,不是九死一生吗? 何必作此徒然的牺牲呢?"

"你的好意,我们领了。可是我拜托你们的这件小事,你们到底干,还是不干呢?"

"这又有何难? 一定照办就是了!"

蛋和尚这才心满意足,就与鲍二奎、童蛟一起,对他们深深地一躬到底,道:"大姐、大哥,今天多多得罪了!"

二人都露出了真挚的笑意:"一句老话,咱们后会有期!"

说毕,二人还礼转身,消失在黑夜中。他们刚走,蛋和尚忽然跌足道:"坏了,坏了,一件天大的事竟然忘了问清楚!"

鲍二奎、童蛟都十分焦急:"快说,究竟什么样天大的事?"

第十八回　西施井武猴现三影　天池山蛋子获全真

　　蛋和尚对童蛟眨了眨眼睛:"你知道我忘了件什么天大的事了?"

　　童蛟嚷道:"别卖关子了,你快说呀!"

　　蛋和尚说得特别认真:"我忘了在娄钟玉面前给你鲍二哥提亲了!"

　　童蛟扑哧一笑,而后故作惋惜道:"该打该打! 好端端的二嫂子从指缝中滑掉了!"

　　鲍二奎的脸立即涨成了猪肝色,鼻孔加倍地扩大起来。偏偏童蛟还要来打趣:"二哥自己也不好! 为什么不提醒蛋哥哥呢!"

　　"蛋哥哥呢!"鲍二奎学着童蛟的腔调,又扮了个鬼脸,一边借以自嘲,一边进行反击,道,"说不定哪一天轮到我来给你们两个牵线做媒呢!"

　　童蛟猛然一怔,没想到鲍二奎会这样说他们。这时候她第一次感受到了一种别样的滋味。在这以前,她还不能想象出,世界上有这么一句话,可以在她的心里诱发出如此异乎寻常的冲击波,使她的心房产生一阵阵悸动。她一眼瞥见蛋哥哥只在一旁嘻嘻地傻笑时,羞得连自己的双手也不知道放在哪里好了。她嘴里哟哟地叫着,可无法找到可以使她从羞海中解脱并足以救命的只言片语,而终于不得不诉诸武力,她的两个拳头雨点般落在了鲍二奎的背上。

　　鲍二奎以得胜者的姿态承受着她的敲打,脸上露着笑容,且笑得十分油腔滑调："喔哟,敲敲背,舒筋活血,够痛快的!喂,你怎么不去侍候蛋哥哥呀?"

蛋和尚笑嘻嘻地自己把背凑过来了："三妹,就来几下,让我也痛快痛快!"

童蛟果真狠狠地给了他一拳："原来你跟他穿了一条裤子,也不是个好人!"

月儿渐渐圆了起来,蛋和尚的心也渐渐沉重。若和阳山白猿较量,别说三影功还没有学全,已经学得的,充其量也是初得要旨,又怎能和它匹敌?百丈崖上两次遭遇,让他至今依然心有余悸!连日来,蛋和尚的心头被越来越浓重的阴霾笼罩着。鲍二奎和童蛟几天前就跟姐夫、父亲出发了,他们踌躇满志,一副出征英雄的面孔!想起苏州府为他们壮烈钱行的盛大场面,蛋和尚好生羡慕!因此,在蛋和尚日渐沉重的心间,已经没有"退出打擂"这念头的位置了。等待他的将是一种什么样的前景呢?也许,他们从落魂岛凯旋的时候,他已经在阳山白猿的掌下丧了命!他们只能扶着他短短的棺木失声痛哭了!他想象得出父母、姐姐、姐夫悲伤的样子,也想象得出童蛟、鲍二奎痛不欲生的姿态!可是,谁叫他不听父亲、姐夫的劝告,要拍胸脯包打落魂台呢?事已如此,他也只能做好必死的准备。到了这一步田地,他反而没有了恐惧与悲哀,倒像是一个要去英勇就义的英雄,泰然地等待着刑期。

这一天,终于不可避免地到来了。栾世雄为了逼苏州府就范,曾派人把二者必择其一的通牒——退出太湖或割据太湖——在苏州城里四处张扬,早已满城风雨、家喻户晓。今天,苏州百姓几乎倾城出动,灵岩山除了馆娃宫前的空地外,山上都挤满了人,真可谓熙熙攘攘,水泄不通!看不见实战的,也要等一个输赢的实讯!

馆娃宫,原是吴王夫差的行宫。吴王把西施藏在这里,有闲便来寻欢作乐。后人因而常把西施看成是亡国祸水。只有苏州的陆龟蒙先生大不以为然,写下名句,而且一针见血,题为《吴宫怀古》,书于宫

墙之上,道:

> 香径长洲尽棘丛,奢云艳雨只悲风。
> 吴王事事须亡国,未必西施胜六宫!

到蛋和尚之时,馆娃宫由于年久失修,早没有了当年王家的气派。倒是后人在山巅处修造的灵岩宝塔,恰似一把锋利的宝剑,要把青天刺破,显得分外肃穆、雄伟、巍峨!

所谓擂台,也不过是在空地上用石灰粉画了个偌大的圆圈,这圈内凹凸不平,低洼处还残积着泥水,也偶有一些山石从黄土中露出了峥嵘一角,却又长了一层青绿色的苔衣。一口古井,正在圆圈的正中央,那是当年西施梳妆当镜子用的,后人在那井栏上还刻了"西施井"三个大字。字迹消磨,但仍然依稀可辨。

馆娃宫前,放着几把太师椅。苏州府台已经端坐在中间,左首是蛋和尚,右首是特邀的苏州武馆领衔首领。背后一字形排列着十余位好汉,一个个雄赳赳、气昂昂,乃是苏州武馆中的有名高手,请上山来一壮武威。日近中天时分,忽听一阵咚咚的脚步声响,只见响屟廊上一个彪形大汉——不是别人,正是"红毛狮子"徐品诚——果然牵了一只高大的白猿,昂首阔步而至。这响屟廊原是吴王为西施所造,地板下面铺的是陶罐瓷瓮。当年夫差爱听西施步履之声,特命人设计建造此廊。人在响屟廊上行走,脚步声会被放大美化,极其悦耳动听。吴王以后,声响渐渐变质,几经修缮,总不能恢复到当年水平。到"红毛狮子"牵猿而过的时候,那声音只是一味地闷响,轰轰咚咚,早已没有了乐感。

"红毛狮子"徐品诚作为落魂岛的特使,先向苏州府台陈世杰递交了战书,无非是老调重弹。然后,他把白猿牵到西施井旁。

在蛋和尚眼里,那白猿已今非昔比。它变得消瘦、萎靡,行走的时候迂滞龙钟,果真像个佝偻的老者。那浑身雪白的毫毛,沾满了污泥尘土,肮脏不堪,简直成了一只"泥猴"了。它的两手,不时地去摸摸头

187

上那个使它丧失了自由的绿色玉箍,它的眼里充满了悲哀与惶恐。它这副模样,叫蛋和尚心酸得眼中溢满了泪水。

徐品诚把白猿牵到西施井旁,替它解了脖子上的铁链,白猿闷闷地坐在井栏圈上。

"起来!"徐品诚大喝一声。

白猿哆哆嗦嗦站了起来,但它无法掩饰住脸上的敌意。

徐品诚一声冷笑,他竭力要去触怒白猿,好让它在即将到来的擂战中宣泄愤怒。他丝毫不介意白猿对他的憎恨和敌视,相反,开擂前最重要的准备就是要强化白猿的敌意,诱使它去仇视对手,乃至整个人类。因而,他瞪大的眼中,放射出了强烈的蔑视和挑战的光芒。然后,他徐徐推出双掌,又同时化为"剑指"。

白猿痛苦地尖叫着。全场的人,只有蛋和尚心中明白:白猿正在经受徐品诚外气发放的折磨。白猿双手抱着脑袋,徒劳地想摘除玉箍,那充满敌意的目光随即变成了哀求,最后,它号叫着,倒下了,在地上连连地打着滚。

一股寒意直透蛋和尚的心底,他的心被冰封似的紧紧地收缩起来,却又蓦然爆裂,并化成了一声惨烈的呼啸。随着呼啸声,他猛然离席而起,嗖地向前蹿出,跳落到了"红毛狮子"的面前:"住手!"

他的声音伴着内力的冲击,使徐品诚的耳膜在一刹那嗡嗡然失去了听觉。

"是你!"徐品诚仍然错把蛋和尚当成了童彪手下的喽啰,"你背叛岛主,已是死罪!眼下又想捣什么鬼来?"

"不许你折磨白猿!"

"关你什么事儿!老子先收管了它,然后还要让它充当台主,挨人家的打!"

说时,徐品诚又起"剑指",要再度伤害白猿。蛋和尚早已怒不可遏,徐品诚"剑指"甫起,唯见眼前臂影倏忽,也没有看清蛋和尚使了何招何式,但觉右手一阵剧痛,定睛看时,早见鲜血淋漓,两个指头已被蛋和尚的"肉剪"生生地铰了去。蛋和尚的一只手,食指和中指在他面前一张一合,仿佛还在对他示威:你还有八个指头,要不要再尝尝"肉剪"的滋味呢?

徐品诚自知遇到了他不及万分之一的武林奇士,屁也不敢放一个!他一手捂着伤指,还赔着笑脸:"好功夫!好身手!你胜了白猿,我再叫你一千遍'爷'!"

说毕,徐品诚夹着尾巴跳出圈外。于是擂场上只剩下了蛋和尚和白猿。观擂的人,包括陈世杰在内,对刚才发生的一幕,都极其迷茫。没有人能知就里:何以白猿要在地上痛苦翻滚呻吟?何以蛋和尚要去"剪"徐品诚的指头?又何以徐品诚断指后如此卑躬哈腰?到蛋和尚单独直面白猿之时,全场立即静得鸦雀无声。既然蛋和尚已露了一手,又是那般了得,那么,一场波澜壮阔的好戏就要开场了!然而,在观众的心目中,那窝窝囊囊的白猿怎能是蛋和尚的对手?栾世雄又如何会用这样一只可怜的猴子来擂台赌博?

蛋和尚回过身来与白猿打了个照面。白猿也正凝视着他,它的眼睛恢复了炯炯的光亮,然而,闪烁着的却是彻底的惊愕!蛋和尚不可能想得到,他刚才铰剪徐品诚的"剑指"时,无意中使的是三影功招数。白猿虽不像人类那样有奇妙的思想,但是那本家的熟悉的招数,却在它的身上产生了怎样的心理效应!他们四目相碰的时候,白猿有一个轻微的但显然是冲动的震颤,它几乎是想扑过来搂抱蛋和尚。然而,这仅仅是刹那的流露,那种有意识的友好的冲动很快就消逝了。它在顷刻之间,又恢复了疑虑和冷漠。作为那种冲动的余波,它只是咧了咧宽阔的大嘴巴。

猿猴的心曲瞬间即逝,蛋和尚却立即捕捉到了。它咧开嘴唇的样子十分难看,难道不就是一种亲切的微笑吗?虽然瞬间即逝,但这已使蛋和尚非常满足。他情不自禁地逼近它一步,脸上带着笑容。他想用眼神去和它交谈,和它联络,然而白猿连连后退,强烈的怀疑和本能的警惕,使它的眼中又放出了凶光来。蛋和尚再走近它时,它便吱吱尖叫起来,不断地挥舞着手臂。谁也没有留心到,它所挥舞的动作,正是蛋和尚刚才"剪指"的招式!

蛋和尚立即意识到了,便呼呼地使起三影功的第一套路来。白猿见后,又经历了一番不平常的冲动,迅即摆起了一个怪异的架子,正是三影功起势之式。人们都以为激战的序幕揭开了。

　　蛋和尚抱着一种幻想,希望白猿不过想和他进行友好的交流,而不是殊死的拼搏。然而,猿猴毕竟不是人类,蛋和尚一掌抵临白猿时,它立即误会了。这种误会从它吱吱的狂叫中可以辨出,它的两条长长的猿臂随即车轮般地抡动起来,招招奇特,式式怪异,挟风裹雷,越打越认真,越打越无情!

　　蛋和尚失望的心在隐隐作痛,他只得硬着头皮应战。不及半顿饭的工夫,全场人都疯狂地呐喊起来,几乎震耳欲聋。

　　却是为何? 随着越演越烈的较量,擂区之内发生了一个不可思议的奇迹。开始之时,每一个观众都以为自己出现了某种幻觉,然而,他们很快在左邻右舍那里获得了否定,他们所共同看到的乃是一个活生生的、不容置疑的现实。当此之时,万里无云,骄阳喷薄。俗话说,形影不离,那阳光下的万物无不一影随着一形。唯有这阳山白猿忽地多出两条影来,一猴而三影! 若非亲眼所见,世上有谁能够相信这样的奇事? 到这时,蛋和尚方始明白了"三影"命名的由来。可是同样的三影功法,白猿现出了三影,蛋和尚仍只一影,也可见功力之悬殊! 那观擂的人群中,自然没有人听说过三影功法,内中许多人就以为遇见了妖魔,又唯恐大触其霉头,胆小一点的,便溜之大吉了。

　　一猴三影,似乎过于荒诞,然而它并不是著者的杜撰或者虚构,它来自于阳山白猿的古老传说,著者不敢隐匿,才实录于此。据有人分析,任何有形的存在,在人的视域中突然消失时,它的形象必定还能在视网膜上作短暂的停留。以此推理,身影移动在敏捷到无以复加的地步时,也许会造成满地的影子在同一个瞬间存在。白猿只显现三影,或者正是功法中节律的需要。我们在未为一猴三影找到科学依据之前,先不必急于否定这种怪象。至少,这种推论也可以算作一家之言,而有它存在的权利。

　　或者是著者过于谨慎,把不属于本分的某些论证多此一举地"引

190

进"了小说。反正阳山白猿就是非同一般,一猴三影,正是它最为奇特、最为不凡的地方!蛋和尚与它较量,人猴战在一处,恰似风涛雷电,不见两个实体,唯见数条黑影。蛋和尚无论怎样矫捷,并使出了浑身解数,始终不能摆脱被动,老觉得四面受敌,很快就穷于应付了。

而就在这时,有一种破空的啸声,从灵岩塔顶处传来,随即一个硕大无朋的阴影掠过了擂区。蛋和尚知道,世杰大人怕他吃亏,已令人把预先藏在灵岩塔内的金眼雕放了出来。

金眼雕在顶上盘旋了一会儿,蓦地一个空翻,风驰电掣般地俯冲而下。它铁壳般坚硬的尖嘴,瞄准了白猿的脑囟,利爪半张着,随时准备抓获猎物。

"当心!"蛋和尚提醒着自己的对手。

话音未落,雕喙已将触及猴头。所有的人都以为白猿必死无疑了。然而,谁也弄不清在金眼雕得手的瞬息之间,究竟发生了什么,那金眼雕突然改变了攻击的方向,又突然扶摇直上,向西北上空冲去。飞不多远,扑通摔落尘埃,扑腾了几下巨扇般的翅膀,就再也不能动弹了。

"红毛狮子"徐品诚呼哨一声,白猿马上停止了打斗,这时的它,又恢复了先前怯生生的样子,站到一边。蛋和尚已是极度疲惫,也正要喘息一会儿。他把自己浑身上下打量一番,不觉苦笑了一声,只见衣裤已多处撕碎,脸上也有好几处划伤。蛋和尚明白,每一处伤痕、每一块衣裤上的碎片,都意味着他死过一回了!白猿原是对他手下留情!也正是这一点,使蛋和尚不觉怦然心动。这可怜的白猿,也懂得义气!它既想知恩报恩,却又慑于"红毛狮子"的裹胁,而不得不听命于他,替他厮杀!蛋和尚大胆地凝眸注视白猿,他从它那受尽折磨摧残的身躯中,透视到了它的一颗并不想妨碍任何人的水晶般闪光的善心。也许白猿从他的目光中受到了鼓舞,它也迎视着他,眼中流露了谁也无法破译的语言,而蛋和尚却感受到了。

这时徐品诚正在向陈大人抗议。"陈世杰!"他直呼其名,"打擂讲的是光明正大,你怎么放出大雕来偷袭?"

"怎知是我放出了雕来?"陈世杰见金眼雕已经阵亡,心中好不慌乱,一时也找不到适当的辞令来解释,只得道,"你们下战书,不是点名苏州的神仙、菩萨吗?焉知不是哪路神仙差来了大鹏金眼雕?"

徐品诚原不会说话,不觉语塞,勉强蹦出一句话来:"是神仙、菩萨,也得一对一,照着打擂的规矩行事!"

"那好!"

陈世杰就把蛋和尚召回,他已把希望转移到独角犀牛上去了。

蛋和尚没有回到世杰大人身边,却默默地走到了金眼雕的尸体旁边。他把罩衣脱了,要把它裹起来就地埋葬。那猛禽也是死不瞑目,圆瞪着金黄色的眼。它的腹部已经剖开,蛋和尚不禁悚然,知道是白猿借着它迅猛飞行的速度,用自己的指甲给它解剖了。他惋惜地给它包裹时,发现它的脚上系着一对金环,环上挂着枚蜡丸。蛋和尚取下金环,剥开蜡丸,见里面藏着个纸团。打开看时,上面写着四句话,像是诗句:

神雕西去急,遇猿而后歇;
叩玉飞金环,逢凶可化吉。

蛋和尚猜想是紫来真人的手迹,紫来仿佛预知豢养多年的金眼雕必死似的!既然知道它要死,却还把它借出来,好一个无情无义的真人!蛋和尚不禁暗暗地骂了紫来真人一句。但他解不出这四句箴言的全部含义,便连金环一起藏在身上,然后去把金眼雕安葬了,一边还洒了不少泪珠。

蛋和尚回到擂场时,围观的人大都已经散去,连白猿和"红毛狮子"也不在了。世杰大人正在馆娃宫小歇。原来大人有过周密的计划,猴牛角斗放在第二天,而角斗场改在天池山。天池山四周高耸,中间低平,恰似天池一般。池底正好做擂台,这也是为了防患于未然,生怕横冲直撞的犀牛把观众误伤了。

蛋和尚把紫来真人的留言和一副金环交给了世杰大人。大人把四句话念了几遍,冥思苦想了一会儿,仍是似懂非懂。蛋和尚哼了一声,道:"这牛鼻子也是个怪客,有话明说就是,什么时候了,还打哑谜?"

"不!"陈世杰微微摇了摇头,"修道的人讲究顺应自然。即使能预知未来,也不肯强挽狂澜于既倒。对于某些可能逆转的事情,出于慈悲,也愿意指点迷津,但仍不愿对'可能'进行明显的超越。这,就要看你的悟性和缘分如何了! 否则,他的暗示,得到验证的时候,仍不免为时过晚。以我看来——"世杰大人把金环塞到蛋和尚手里,"这'叩玉飞金环'一句,像是在教你,把金环当暗器使用,从而可以克敌制胜,逢凶化吉!"

蛋和尚见世杰大人说得也有道理,便把金环笼在袖里。不过,他和陈大人在使用金环的方法和时机上大有分歧。大人以为,既是暗器,就应名副其实,待白猿和犀牛相搏最激烈的时刻,趁其不备,伤它的要害! 蛋和尚却坚持犀牛败后,由他接战,然后见机而为。大人拗不过他,也只得同意了。

蛋和尚并不相信,这一副不足半两重的金环能伤白猿一根毫毛。他同意一试,是为了争取一个重上擂台的机会。在他的心坎里,一种欲望正在萌起,蠢蠢而动。同时,他越来越强烈地感到,自己与白猿之间似乎存在着某些相通的地方。他们不通语言,但这种心灵的相通,他是实实在在感觉到的。说真的,即使死在它的掌下,他也愿意再感受一次! ……

蛋和尚在异常激动和不安的心境中度过了一夜。第二天拂晓,他随着陈大人开赴天池山,待到正式开擂之时,又是日近中天了。

充满原始气息的寂静的山谷,像一锅开水似的沸腾起来。成千上万居高临下的观众喧哗的声浪,几乎把山谷填满。池底的一头独角犀牛已在那里待战,它雄伟而凶悍得令人生畏。它对于突然而来的喧哗显得暴跳如雷,用它犀利的独角猛地插进了一棵粗大的树干中,然后向上一挑,立即把树连根拔了起来。于是人们惊呼着,仿佛海洋中掀起了可怕的狂浪! 这时的犀牛,在人们的心目中,无疑已经成为一种

193

力的象征。

"红毛狮子"徐品诚照例想把白猿先折磨一番,然而,他看到蛋和尚一直怒视着他,不得不免了这个程序。他左手指着谷底的犀牛,断了两个指头的右手在白猿背上拍了拍,命令它下山去。

山谷忽地又恢复了寂静,千百双眼睛一齐注视着那两个准备厮杀的"角斗士",他们紧张而贪婪地不忽视双方的每一个动作和身段。

不论怎样描述,也不论怎样丰富的想象,要把猴牛拼搏的激烈场面充分形容和表达出来,都是非常困难的。下面一个长焦镜头,便足以令所有的人惊叹了。犀牛在莽撞中得到了这样一个机会,它的独角正好对准了白猿的胸口,便不失时机地猛地一撞,恰似雷霆万钧,排山倒海!对方却轻舒猿臂,把牛角接个正着。于是,双方拼着内力,久久僵持着,让山脊上成千上万双拳头都紧捏起来,一齐为它们用力!留着指甲的,指甲掐进了肉里,也不知痛痒了。

猴子自有耍牛的本领,它忽然翻到牛背上。前面一拳,后面一掌,或是双腿一夹,任你皮厚肉硬,怎经受得了三影武猴的神力?犀牛忽地前蹄竖起,又忽地后臀高拱,使出浑身牛劲,要把白猿从背上颠覆下来。闹得白猿性起,对着牛头奋起一掌。也不见它如何贯气运力,而那犀牛已然四蹄一软,匍匐在地,便只有出气,没有进气了。

"红毛狮子"仰天大笑着!

在他的笑声中,一个娇小的身影,飞奔到了池底。

人们认出是昨天打过擂的蛋和尚。

有的频频点头:果真是条好汉,不怕打,不怕死!

有的连连摇头:趁白猿斗后力乏,想当现成英雄,扬名四海!

也有的暗暗叹息:小小年纪,死期至矣!

不消说,这自然又是一场别开生面的醋战。可惜人们离得太远,很难看得出奥妙。也许正是远离了人们,特别是远离了"红毛狮子"的视线,白猿似乎有点胆大妄为。几招过后,蓦地跳起,冷不防一招"戳目惊心"!蛋和尚吓了一跳,以为必不能免,立马逼出了一身冷汗。岂料白猿点到即收。蛋和尚抑不住心头的喜悦,一式"蟠桃献寿",分明表达了他对白猿的谢意。白猿微咧厚唇,眼中闪出了一丝笑意,也使一式"投桃报李",以示回谢。蛋和尚变一招"童子拜观音",又表达了自己的崇敬,白猿则以"朝天一炷香"作为酬答。

人们只道谷底一人一猴,往来倏忽,杀得难分难解,谁料他们打的却是"交谊武"?只是时间太久了,"红毛狮子"有点儿不耐烦,以为白猿不肯卖力,决定休战以后再给它加倍惩罚。

这时的白猿似乎渐渐忘了"红毛狮子",也忘了自己的逆境,显得有点忘乎所以,同时它对蛋和尚的好感也与时俱增,不过它时不时要用手去摸摸头上的玉箍,似乎这只箍一直在妨碍它什么。蛋和尚心中蓦地一动,想起了"叩玉飞金环"这句箴言。紫来真人莫不是在暗示他,用金环去砸它的玉箍,从而解救它?他越想越有道理。除此以外,他想不出比这更贴切的解释了。于是,他趁白猿对他最感信任的当口,暗暗把金环从袖中取出,夹在指缝间,佯使一招"飞燕掠水",嗖!嗖!就把金环飞了出去。

看上去白猿并未防备暗器,但是金环飞行的劲风没有能瞒过它,何况三影功的神奇正在一个无与伦比的"敏"字上面。白猿伸手之间,已把金环接了过去。

"坏了、坏了!"

蛋和尚心里直骂紫来真人!这个牛鼻子老道让他上了一个老当。本来他出于好心,要去解救白猿,还它自由。这么一来,岂不弄巧成拙,反造成了天大的误会?还不知道白猿要如何大发雷霆之怒呢!

然而,难以预料的事却发生了!白猿接环在手,立即再也不能动弹,全身僵硬得俨然一尊石猴!

说穿了也称不得奇!原来紫来真人闲时喜爱采药,无意之中,他在姑胥山发现了一种奇草。他把这种草捣烂,然后熬成浓汁,专门浸泡暗器。凡经浸泡过的暗器,看上去普普通通的,丝毫不见特别。一俟发射出手,飞行之际,因受空气摩擦变热,顿起药效。无论击中何处,即能把敌人的气血封闭,仿佛点了穴道一般。那白猿把金环接在手中,掌心却是劳宫大穴,怎能幸免?蛋和尚又何等机灵聪颖,立即想到了这一对金环的妙处,连忙上前使出碎碑绝技,用指对着猴头上的玉箍用力一弹,玉箍当场断裂落地,随即他握着白猿两手,劳宫穴对个正着,为它推宫过气,解了穴道。

或许有人因此而疑,蛋和尚既能轻易地把玉箍弹裂,以白猿之武功,何以反而不能自我解救?岂知白猿毕竟是白猿,无论它武功怎样卓绝,却不能拥有人类一样的思维。它感觉到头上有了异物,只是本能地要摘除它。然而,在它无法摘除的时候,它不可能因此想到动用工具。何况玉箍紧紧扣住了皮肉,稍用力摘除已是痛不可言,白猿畏惧之心已生,早不敢妄动了。栾世雄难道不正是利用了这种兽类的原始心理,才得以让白猿就范的吗?

白猿的穴道被封闭的时候,它的意识依然存在。蛋和尚为它破箍、推宫过气,它也一清二楚。待至全身获得自由之时,它是何等欣喜若狂!高兴起来,又打起了三影套路。须知在阳山百丈崖时,白猿每天练功数遍。被捕以后,极少系统演习。此时,它已把蛋和尚视作知己,又是同门,不觉武癖大兴。于是一对武伴,又继续起他们的"交谊武"来了。

蛋和尚一面与它对阵,一面注意着它的程式,虽然大同,却也有小异。相异之处,立即依样画葫芦更改了。一遍刚过又是一遍。这时,太阳已经西沉,四个长长的黑影满地飞舞,纵横交叠,早使人们眼花缭乱了。刚才蛋和尚飞环、破箍乃至解穴,动作极其利索,山上的人离得又远,自然也看不仔细,还以为他们各自在显着什么特技绝招呢!徐品诚见蛋和尚居然能和白猿"持平",事觉蹊跷,也感到有点儿不妙。一声呼哨,命令白猿返回。此时白猿既已脱了羁绊,早把他的呼哨当成耳边风了!

陈世杰见时间已晚,也觉得角斗够有声有色了,也要鸣金收兵,岂料蛋和尚同样置若罔闻!这白猿一时高兴,把刻在蟠龙碑上的最后一个"三影"套路也使了出来。这千载难逢的机会,蛋和尚如何肯放弃?他一边模仿,一边领会。只几遍,已得了大概。不多时,玉兔东升,月光皎洁,白猿又有对月练功的嗜好,更不肯歇手,这就更便宜了蛋和尚了。这最后一个"三影"套路,稍一熟悉,使用起来,便觉丹田灼热,后劲无穷,真气达于毛尖毫颠,自感刀枪不入!

一直到第二天黎明,"鏖战"犹酣。徐品诚因三次呼哨召猿回归,都被置之不理,不觉大怒,就又发放外气,要白猿就范。到这时方知他制猿的手段已经失了奇效!心想,莫非离它太远了?可是往日屡屡演试,三里之远,外气效应也甚灵验。此番怎么数十丈之外即告失灵了呢?唯一的解释是自己断了两个指头,功力大大减弱,不能遥控了。于是,他便冲下山谷,准备挨近了白猿发功。谁知,刚近得白猿,那猿即起"剑指",直扑他的门面!徐品诚大叫一声,白猿早把他的两个眼珠子抠将下来,放在嘴里嚼碎生吞了!

此时,白猿已经兴尽,只见它轻攀柔缘,转眼就不见了踪影。

第十九回　真少年同仇敌忾　假天子孤岛落魂

"红毛狮子"徐品诚被白猿戳去双目,便倒在地上。蛋和尚又气又恨,三影功法正练得好好的,被他搅和了!

"英雄救我一救!"徐品诚哀求着,他的双手捂住眼睛,鲜红的血,正从他的指缝中流出。

"早知有今日的下场,当初何必折磨白猿呢?"蛋和尚冷冷地道。

"这与我无干,都是岛天子吩咐的呀!"

说时,山上下来了两个捕快,不由分说,把徐品诚捆了,押到陈世杰的面前。

"这是你自取其祸!"大人严厉地说,"如今白猿已经败走,你还有何话可说?"

"大人!……"

蛋和尚觉得"白猿已经败走"这句话与实不符,且也太冤枉了白猿,便急着要求更正。然而陈大人没有给他说话的机会。

"把他砍了!"他一声断喝。

"陈世杰!"徐品诚怒叫着,"你可知道,两国相争,不斩来使!"

陈世杰哼了一声:"徐品诚,你究竟是何国的使者?"

"……"

"落魂岛吗?"大人冷笑一声,"落魂岛属于本府辖区,如今不过成了栾世雄的盗窟而已,何'国'之有?又焉有什么'使者'?"

陈世杰说得理直气壮,每一个字仿佛都能掷地有声!它们反弹到蛋和尚的心坎里,便激起了一种报国献身的热忱!蛋和尚把崇敬的眼光投到世杰大人的脸上,自己更觉振奋,更觉慷慨激昂起来。

少顷,刽子手把徐品诚的首级献了上来。于是,在这旭日姗姗来迟的野旷的山谷中,响起了万民欢呼的巨涛,响彻云霄!……

陈世杰接着就从天池山打道回府。自此以后,人迹罕至的天池山开始有了游人,渐渐形成了"夜游天池"的乡俗。明代吴中才子王稚登曾有名诗《天池看月》传世。诗云:

> 禅心何处是,窗里石莲峰。
> 池黑松千片,崖深月一重。
> 山光寒客剑,霜气入僧钟。
> 怜取嫦娥意,清辉照病容。

陈世杰回衙后,马不停蹄,立即带着蛋和尚直达徐少堂的水营。他得到了战报,金天柱在开播之日已安全登陆,并如期进入了墓道。少堂初战告捷,一场火攻,把接替徐品诚的南宫戳烧了个六神无主。栾世雄果真中计,带了娄钟玉增援。金天柱趁机夹击落魂岛腹地,战果辉煌!想不到的是,栾世雄把娄钟玉与南宫戳留于水寨,自己单独返回。自此,落魂岛就没有了消息。徐少堂好不惶急!

陈世杰亲临前敌指挥,士气大振。只几天,把落魂岛外围尚未得手的岛屿一鼓作气全数拿下了,落魂岛实际上已成为孤岛。

这一天,娄钟玉把南宫戳偷偷叫到了跟前,道:"阿弟,老头子回去,万一发现石墓被人打开了,必定怀疑,我恐怕性命难保!"

"阿姐,以我之见,不如把水寨献给苏州府,然后你我改邪归正,找个僻静的所在,成个家吧!"

娄钟玉轻颤柔唇:"你不嫌我大吗?我比你长三岁呢!"

南宫戳笑了笑:"你没有听说过这样的谚语吗?女大三,黄金堆成山!"

娄钟玉眼圈一红:"可是……"

"可是什么呢?"

"阿弟,我们这些岛主的'女儿'……"

"女儿又怎么样?"

"都被这畜生蹂躏过!"

南宫戳脸色发紫,他愤怒的血正在往上蹿动。

"我们斩了他再走!"

南宫戳说"我们"二字的时候,自然、深情而又真挚,从而扫尽了布满在娄钟玉心上的荫翳。然而,她又长长地叹息了一声:"要想斩他,也是心有余而力不足了! 眼下,先把献寨的事商议妥了才好!"

两人商议了一会儿,觉得蛋和尚有从中斡旋的可能,便由娄钟玉写了降表,用箭射入徐少堂军中,陈大人和少堂见了,都十分诧异,不知道蛋都头什么时候"通"了匪。娄钟玉居然称他为"贤弟"呢! 蛋和尚这才把他和鲍二奎、童蛟三人大闹赖债庙的故事说了一遍。陈大人听了,不禁大为赞赏。娄钟玉的归顺,又避免了多少生灵涂炭!

当下,陈大人立即吩咐准备受降,徐少堂率领官军就开进了水寨。娄钟玉和南宫戳自缚负荆,跪倒在陈大人面前请罪。陈大人慌忙把他们扶起,亲自为他们解了捆绳,又唤人搬来了交椅,让他们坐了。

娄钟玉、南宫戳身为一楼之主,平日里对喽啰们也要吃五喝六,但在栾世雄跟前,却像老鼠见猫、羔羊遇狼一般,战战兢兢、谨小慎微。两相比较,便觉陈大人仁慈宽宏,果真长者风度!

"从今以后,你们就是我的臂膀! 虽然曾经落草为盗,也不必自卑、自弃!"

二人极为感动,异口同声道:"大人若用得着我们,虽赴汤蹈火,在所不辞!"

"好、好!"大人眯缝着眼,"下官正有一件难事,要劳驾二位呢!"

"只管吩咐!"

"你们知道,蛋都头的父亲和他的两个生死相交的朋友还陷在落魂岛上! ……"

"是的!"娄钟玉说,"那墓穴的石门也是我打开的!栾世雄离岛后,岛上火光冲天,烧了几天几夜,估计粮草辎重,十成去了三成!"

　　"我若打了你和南宫的旗号,在落魂岛上登陆,然后里应外合,你以为可行吗?"

　　"当然!"娄钟玉沉吟片时,"此刻栾贼尚不知道我们弃暗投明,打了我们的旗号,可望顺利登陆。"她顿了一下,又道,"只是金大侠他们杳无消息,只怕……"

　　"只管直说无妨!"

　　"他们虽然武艺高强,但绝不是栾贼对手!"

　　"你以为,金大侠他们非死必俘?"

　　娄钟玉和南宫戡同时点了点头。南宫戡道:"倘若落在了岛天子手里,官军一旦登陆,他若见大势不能挽回,必然先杀了金大侠他们!"

　　"那么,以二位高见呢?"

　　"以我之见,"南宫戡继续道,"不若让我和阿姐,再加上蛋贤弟,先潜入岛内刺探明白。倘若金大侠已经被俘,必定关在林屋洞内,则我们先设法把他们救出。你们见岛上燃起三堆烟火,方可开拔登陆!"

　　"如果确证金大侠等已经受难,"娄钟玉补充道,"也以烟火为号,我们仍可以里应外合!但是,你们上得岛来,若与栾世雄交手,一定要四人联袂,占定了四个方位,且招招得采用两败俱伤的打法,好让他无暇换马步,否则,内力漏失,后患无穷!切记,切记!"

　　陈世杰用信任的目光凝视着他们,随后就和指挥使徐少堂商议了一阵,决定依计而行。

　　娄钟玉、南宫戡和蛋和尚即刻扎束停当,因话甚投机,蛋和尚建议结拜姐弟,生死与共,二人一口应允。当即焚香设誓,娄钟玉、南宫戡乃是大姐、二哥,蛋和尚排行老三了。他又为鲍二奎、童蛟缺席留位,只要还活着,自然就是四弟、五妹。

　　他们随即登船出发,半夜时分便上了落魂岛。走不多远,就听到一个粗暴的声音喝道:"什么人?"

　　娄钟玉骂道:"瞎了眼了!连本楼主也不认得了吗?"

"原来是郡主！只因在下眼功不好,黑夜之间多有冒犯,还望恕罪!"

他们躬身闪出一条路来,三人不失时机,挥飞六臂,将他们结果了。娄钟玉在黑暗中轻声说道:"看来岛上已经严密设防,恐怕很难隐蔽到达林屋洞。"

"三弟!"南宫戡对蛋和尚道,"有个谜,你该亮底了!"

"我什么时候给你猜过谜来?"

"你曾被岛天子锁在石仙人的墓中,却是如何得脱险境的?"

"对了!我怎么把这个去处忘了?"蛋和尚在黑暗中一摆手,"你们跟我来!"

蛋和尚把他们领到那棵千年古榆旁边,他先折了根树枝,伸向洞内捅了捅,然后,招呼大家掘开洞口,一个个接踵跳进树洞,手搀手摸索前进。

"我们在岛上称霸这么多年,"娄钟玉感慨地说,"还不知道有这样一个秘密所在!反正好事都给你占上了!"

"这是老天爷专为惩罚强盗而造,可见强盗是当不得的!"

"你骂吧!"南宫戡道,"横竖我们也不当强盗了!"

"嘘!……"蛋和尚忽然制止他们说话,他看到远处一个火星闪亮了一下,接着,又闪了一次。这会儿,娄钟玉、南宫戡也看到了。他们不约而同地把兵器抽在手中,悄悄地向那火星接近。

光亮不断地闪烁着……

蓦地,一个声音像滚雷一样,向蛋和尚滚来,让他吃了一惊:"妈妈的!饭没有吃,你先吃烟,烟能填饱你的臭皮囊?"

蛋和尚之所以受惊,不只是因为突然听到有人在这秘道之中说话,更是那说话的声音,却是熟悉得不能再熟悉了!

"他抽他的烟,这份闲事也挨不到你去管呀!"又是一个少女的声音,这声音也是亲切得不能再亲切了!

"喂,没事你们就少费一些神儿!留着点力气,说不定还能派上用场!"

听到这个声音,蛋和尚猛地呼喊起来,他的声音听起来有点走调,且带着强烈的颤音:"爹! ……"

那里一阵骚乱,骚乱中又传来一个声音:"是妈妈的卵蛋来了!"

立即有人点亮了火种。火光中,蛋和尚被他们包围起来,搂抱着、亲吻着,就差点没被撕成几片。

"慢! 这里还有两个人影儿!"鲍二奎一把把娄钟玉抱到亮处,一见是娄钟玉,吓得立即甩了手,咦、咦、咦地一连倒退好几步。想起蛋和尚要把她说给自己当老婆的戏言,不觉又红了半边脸。

蛋和尚急忙把娄钟玉献寨投诚的事细说了一遍。金天柱满心喜欢,对他们拱了拱手道:"这也是苏州百姓的福气!"

童蛟要蛋和尚把打落魂台的经过说一遍,蛋和尚却先要父亲把他们在岛上的情形说一遍。金天柱道:"这些事情,还怕没时间畅叙吗?现在最要紧的是,我们被栾世雄逼得走投无路了,不得不隐藏在这墓道之中。我带来的几十位徒弟、朋友,已有一半阵亡。剩下的,除鲍二奎、童蛟和我因侥幸未和栾世雄遭遇外,其余的,包括白豹在内,武功都被栾世雄废了! 眼下,干粮已尽,肚皮都快饿瘪啦!"

"这倒不难!"娄钟玉道,"我们的船正歇在洞口,你们即刻回水寨将养便了!"

"那你们呢?"金天柱问。

"我们要去高处放三堆火,配合大军里应外合!"

"我们也留在这儿!"鲍二奎、童蛟异口同声地说。

"你们的肚皮还没瘪吗?"

"我们自有辟谷之法,还能够再饿几天哩!"

"这自然好! 有五个人联袂,即使遭遇了栾贼,也可以应付一阵了!"

金天柱也极愿意留下,可是许多失了武功的弟兄,一路上没有了他,如何应付万一? 于是,也就不开口了。

当下,蛋和尚把父亲等人送出墓道。上船之际,他见白豹闷闷不乐,便悄悄地对他道:"不必烦恼! 待破了落魂岛,你的'铁头',我来还你!"

白豹突然捏着蛋和尚的手,蛋和尚从他瑟瑟轻颤的手上,感到了他的激动:"这么说,我这个徒弟,你收下了?"

"什么'徒弟''师父'的!"蛋和尚嘿嘿地笑了一阵,"彼此彼此!"

待船起锚以后,蛋和尚、鲍二奎、童蛟、娄钟玉、南宫戳又重新返回墓道,迤逦而行,狭窄之处,还不得不侧着身子,甚至匍匐着前进。到了石仙人墓室,见石仙人依然仙风道骨,安卧在珠光之中。显然,他那栩栩如生的样子,使来者没敢惊动他。金天柱他们离开这里的时候连脚印都擦干净了。娄钟玉、南宫戳是第一次到这儿,他们显得十分肃穆,专心地奉献着自己对古代武术大师的崇敬与虔诚。蛋和尚是二度光临了,除了崇敬与虔诚,又多了一层亲切。他们都想多瞻仰一会儿,可又不能够。为了使这块圣地不再受到蹂躏和亵渎,他们还必须尽快出去点燃三堆熊熊大火!

蛋和尚轻车熟路,领他们走出墓室后,大家便坐在石龟上,悄悄商议起来:"我们在哪里点火好?"

"自然在对面山顶上,那是全岛最高的地方!"

"可是,栾贼的居处正在那山上!"

"倘在别处点火,水寨看不见信号怎么办?"

"就上三楼去!"娄钟玉发号施令惯了,便道,"鲍二奎,你去点火,由我们四人缠住栾世雄!"

"为什么偏要我去点火?"鲍二奎嘟哝道,"让南宫去吧,他是放惯火的!"

"咦?"童蛟拉拉鲍二奎的衣角,在暗中笑道,"娄大姐瞧得起你才点了你的名哩!怎么不识抬举呀!"

鲍二奎怔了一会儿。

"要不,我去!"童蛟说。

"还是我去吧!"鲍二奎于是说。

议罢,大家鱼贯而出,进入石缝中。蛋和尚忽然笑道:"我若是栾世雄,此门绝不开着!"

"你若是栾世雄,"娄钟玉道,"又怎么去关石门?"

"你以为我不知道吗?那'玉钥匙'就在附近!"

"也许再也找不到'玉钥匙'了!"南宫戬截住了他的话头,"打开墓穴以后,它已被阿姐扔进太湖了!"

蛋和尚默不作声。

说时,他们已经出了石缝,又很快穿过青石滩,来到了那山坡面前。劈面是座雄伟的牌楼,两翼石墙蜿蜒,向山后包抄延伸。他们翻身上了石墙,只见一架铜浇的扶梯,突兀在前,盘旋着冲向云霄,仿佛龙卷风,拔地而起,它的顶端接连着山腰间的建筑群落。那重楼广厦的剪影,磅礴而神秘。真所谓艺高人胆大!五少年沿着扶梯飞登,待到了顶端,便见两扇厚实的铜门洞开着,两旁宫灯罗列,照着一块金字招牌,写着"落魂三楼"。楼内巨烛高燃,却空无一人,内中供奉着一座神像,却与虎丘"赖债庙"中的马王相像。所不同的只是,赖债庙中的马王穿着绸衣,这位马王浑身镀金,又是一番气势。

"这是我们的祖师爷铁真人!"娄钟玉介绍道。

"我看他倒像是石仙人!"鲍二奎说。

"他们原是同胞兄弟,当然长得像。"

马王神像后面的墙上,挂着一幅立轴,写着铁真人以下各代掌门的名字。娄钟玉、南宫戬也是第一次见到这幅立轴,方知栾世雄已是铁真人第十九世传人。每一名字下面都署有生卒年月,唯铁真人另有简历。蛋和尚的一个意外收获是,知道了铁真人也是白马涧人,乃是他的同乡。里石桥古称"利涉桥",白马涧本来也叫"利涉镇"。因"意马"升天以前,经常于此饮泉,才易了镇名。

五少年暂不敢分散,把整个楼群搜寻了一遍。所到之处,金碧辉煌,如临仙宫。栾世雄可称得上是一位极有造诣的书法家,几乎每一个所在,都有他亲笔题的匾额,什么"正大光明",什么"义薄云天",又什么"尚武行侠"。这个穷凶极恶、杀人不眨眼的魔鬼,偏偏爱写这些世界上最动人的言辞,让蛋和尚他们一个个都张口结舌,目瞪口呆!

栾世雄不在山上,真正求之不得。时近拂晓,也不要鲍二奎一人点火了。五少年一齐登临山巅,燃起了三堆熊熊大火。可怪,大火烧到天亮,不见有人惊呼,仿佛落魂岛的强盗都死光死绝了一般。

直到破晓以后,他们才看清乱七八糟一堆影子,正在山下混战。

蛋和尚觉得三堆火已经点燃,使命便完成了,心里一轻松,手心就痒了起来,一挥手道:"走,咱们插一杠去!"

他们在接近山脚时,都猛然收住了脚步,哪有什么两军对阵的混战!那里原是一个牧马场,只见数十匹剽悍的高头大马中间,一人披头散发,脸色乌紫,圆睁的眼,仿佛一对铜铃,他像狼一样嚎叫着,双手不停地乱舞,他推倒一匹骏马,仿佛推倒一个儿童,他在一阵阵异样的长笑中,抓住两条马尾,让它们围着他飞一般地倒行旋转。然后,他的两手同时插入了马腹,把马肠子拉出好几丈来,围在腰际,套在脖上!

血,已经把他遍身染红,除他的影子像个人外,简直就是地狱污血池中放出来的恶鬼!初升的太阳照着这血腥的一幕,叫人毛骨悚然!

"一个疯子!有什么好看的?"

"他是栾世雄!"娄钟玉还是把他认出来了。

"是他!"蛋和尚也认出来了,"但是,他怎么就疯癫了?"

"莫不是他知道自己的末日到了?"童蛟问。

"在他的心眼里,不会有'末日'这两个字。"南宫戬把目光转向娄钟玉,"阿姐,岛天子莫不是走火入魔了?"

娄钟玉猛醒道:"他好采别人的武功内力,这固然可以极大地壮大自己,但也包藏着某种危险,例如,一旦采入了五毒之气,最容易走火入魔!"

"是的!"蛋和尚忙道,"'铁头金刚'白豹练的正是五毒手,想不到白豹成全了他!"

"然而,"娄钟玉却不无疑虑,"他人是走火入魔了,此时的功力却进入了至境,我们要尽量回避他才好!"

"对,把他晾着,让他孤零零地疯死!"

他们刚转身,猛地发现身后十来个男女,大多执着奇门兵器,呈月牙形向他们包抄而来。

娄钟玉刚来得及看清其中一个汉子脸上残忍的冷笑,一柄沉重的八卦亮银锤已经向她脑门落下。娄钟玉闪电般抽出青冥剑来,把它架在空中。

"诸位兄弟姐妹,"娄钟玉道,"我们何必伤了和气!"

"谁是你的姐妹兄弟?你把官兵引进了落魂岛,把我们统统出卖了!"

"官兵既已登陆,你们何不束手就擒?"蛋和尚说。

"哼!现在就来估计鹿死谁手,不是为时过早吗?"

"好,不怕死的就上来吧!"鲍二奎早忍不住了。

于是,一场真正的混战揭了锅。这十几个男女,原来都是三楼的楼前侍卫,平日得到栾世雄的传授颇多,一个个怎地了得!何况人数近乎三倍,以蛋和尚、娄钟玉等一流高手联手而战,直到日高一竿之时,也不过伤了他们两位。

不期栾世雄又闻声赶至,加入了战团。蛋和尚等因见到了刚才的一幕,故见怪不怪。那些楼前侍卫乍见了这个"血鬼",一时没认出谁来,能不惊恐?早吓得魂不附体!而且这个"血鬼"不仅面目全非,同时又丧失了理智,他也不问是敌是友,逢人便打。娄钟玉知道他的厉害,便向蛋和尚他们使了个眼色,五人即摆成阵势,全用两败俱伤的招法,栾世雄一时奈何不了他们。他一会儿大哭,一会儿大笑,手中四尺马刀指东挥西,肆无忌惮。就苦了那班楼前侍卫,一旦被他刀影笼罩缠定,内力立即漏失,被他采走。乖巧的,业已认出那"血鬼"就是岛天子,纷纷溜之大吉;愚顽一点的,还要硬拼死打,不消片刻,武动便被废却,落了个身首异处。

打到最后,便是"五吃一"。蛋和尚他们五个人配合得天衣无缝!饶是这样,娄钟玉他们偶尔都感到一些大穴的痉挛,知道也有内力漏失。只有蛋和尚,越战越有心得,浑身上下就像裹了一件铁布衫,内气坚守于中,固若金汤。

要知道栾世雄长年累月,不仅采人的内气,也采日月之精华,落魂功法也到了炉火纯青的境地,他已有五年之久没有遇到过足以与他抗衡三五招的对手。他是一个郁郁寡欢的人,武功越是精湛,越为自己学无所用而郁愤。而那种征服世界、粉碎世界的狂妄心理,像沉渣一样在他的神经深处渐渐积淀。这和一切高深的武学功法,对于虚空无为境界的追求正好相悖,因而栾世雄的走火入魔是必然的。他的功底越深,这一天的到来便越快。他无意中采了白豹的五毒功气,不过加速了他归宿的到来而已!此刻,他人虽然入魔,大疯大狂,意识仍在。他因生平所学能够得到尽情的挥发倾泻而感到了一种从未感到过的淋漓痛快!他刀路的精湛、功法的神奇,叫蛋和尚他们钦佩得五体投地!

面对着强敌,蛋和尚他们的武术也都发挥到了至境,他们从山坡杀到山前,直杀得天昏地暗,不可开交。

“妈妈的!蛋和尚你成妖怪了!”鲍二奎边打边叫。

“三影!”童蛟也惊呼!

“三影?”

蛋和尚吃了一惊,乘隙看地面时,自己果然也现出了三条黑影!显然是酣斗之中,他真正悟到了三影功的真谛,蛋和尚的心差点从喉咙口蹦将出来。

蛋和尚临场创造了这个奇迹,标志着他内功的升华。不过,他的“三影”,起初还时隐时现,渐渐地才趋向稳定,其中两个新影子,从散乱变得完整,从清淡变得浓重。在实力上,蛋和尚自觉对栾世雄构成的威胁正在增加。然而,由于娄钟玉他们随着内力漏失的剧增,不免破绽屡起,反让蛋和尚要分心去照顾他们。因而,蛋和尚不得不叫道:“你们统统离开,由我一个人来对付!”

娄钟玉也略知些“三影”的来历,料定蛋和尚并不惧怕岛主采气,便招呼着南宫戬以及鲍二奎、童蛟先跳出战圈,站在一旁观战,但他们刀剑紧握,一旦蛋和尚需要,准备随时参战!

蛋和尚与栾世雄“单打”,一开始便试图从防御转为进攻。他这时才真正掂到了栾世雄的功力实在非同小可,他简直无机可乘,进攻的路数反而加深了自己防御的危机,蛋和尚只能勉强维持着一种均势。

他们的战场又渐渐移到了牧马场,无数骏马的尸体,横七竖八躺在那里,满地是鲜红的、暗红的,或者发了黑的马血,空气中弥漫着浓烈的血腥味。斜阳照射着这残忍的战场,那阳光抖抖瑟瑟的,仿佛也在战栗。

在牧马场,栾世雄占了明显的上风,他的马刀裹着腥风,好几次差点剖开了蛋和尚的肌肤。既然不能向蛋和尚采气,他便放弃了采气的步桩,采用了他所独有的"套数"。他靠着内气的压倒优势,不断地占着便宜。他的武艺和武功发挥到了这个田地,甚至使娄钟玉望而生畏,她已放弃了任何助战的念头,以她的功力,一旦介入他的内力圈中,只能挨打,不能招架,现在参战,恐怕一招都难以应付。娄钟玉如此,何况他人?

蛋和尚虽现"三影",但毕竟初得精髓,渐渐地便不支起来。他只得且战且退,心中开始慌乱无主。心下一慌乱,三影便又成了孤影。栾世雄却越战越勇,蓦地脚踏马步,手腕一抖,抖出了数不清的刀花,把蛋和尚罩定,恰便似下了一阵刀雨,眼看蛋和尚瞬息之间将被剁成肉泥。

鲍二奎、南宫戳惨叫一声,同时闭起了眼睛,娄钟玉、童蛟则双手捂面,把脸侧向一旁。他们都不忍看这痛心的一幕。

然而,他们的视线又急速地返回到了战场,因为他们必须立即知道结局,哪怕是最不想接受的结局!眼下,展现在他们面前的,是这样一个镜头:蛋和尚跌倒在马尸堆中,他从那里爬起来的时候,身上也沾满了马血,七星宝刀还在他的手里。这时候,栾世雄还在格斗。不过,与他较量的,却是一只雪白的猿猴,也不知这只白猿什么时候从天而降,在生死存亡的刹那,救下了蛋和尚。

蛋和尚揉了揉眼睛。当一猴三影的形象跳进他眼帘的时候,无法抑制的感情便在胸中鼓荡起来,并化作了滚热的泪水,纷纷而下。

蛋和尚随即挺刀而上,然而白猿瞪了他一眼,又吱吱地尖叫了两声。一种灵感告诉他,白猿不愿意他成为它的累赘。为了尊重白猿,蛋和尚不得不擎刀站立一旁,痴痴地望着他们。

所谓"旁观者清"。蛋和尚把这场恶战看成是名师对三影功法真诚而又彻底的示范。敏捷、神速本是三影功法火候的标志,它靠动作的神速,在瞬息万变的实战中,才取得了形体动静的合度控制。静则鼓腹收臀,虚灵顶劲;动则龙腰蛇身,如鱼戏水。白猿所有的步法都要求双腿弯曲,在含胸弓腿的配合下,蓄力如开弓,发力如放箭。力的刚猛、暴烈和深远都借助于猴形特殊的身法和步法。蛋和尚特别心领神会的是,白猿常常凭借运动的惯性,成功地获得一种使对方穷于应付的"势"。这恐怕正是三影功法十分特别、独到的地方,是任何其他成名功法所没有的。"势"和"力"的巧妙结合,不断爆发,从而可以穿透一切! 这恐怕也是其他诸法望尘莫及的!

栾世雄这时方感到自己并不是天下无敌的! 他的冷酷的眼睛中第一次流露出惶惶不安,甚至于痛苦的神色。他铁石一般的心中,第一次记起了他向师父学艺时,跪在马王像前设下的重誓:"艺成之后,以武为虐,便七窍流血而亡!"

这时,他不无些许忏悔之意。然而他无暇忏悔了,此刻他俨然是一条凶猛的鲨鱼,赤手空拳的三影武猴已使他陷落在一张已经起水的铁网中了。当他自我感觉到行将窒息的时候,他一翻马刀,便要去抹自己的脖子。

然而,他连自尽都没可能得逞! 就在他马刀翻转之际,白猿又何等神速,一掌拍击在他腰脊的命门穴上。他感一阵强烈的眩晕,便觉血涌颅际,蓦地筋脉爆断,五官冲开,如注的鲜血便从他的七窍中喷出!

白猿趁机转身,蹿入山林。正在此时,远方金鼓齐鸣,徐少堂业已登陆了。蛋和尚知道大局已定,就不顾一切,追踪白猿而去。

白猿时隐时现,蛋和尚仗着卓绝的轻功,紧追不舍。这不仅因为他还没有报答它救命的恩情,更因为对它的深深的爱,让他无论如何舍不得就此与这头三影武猴匆匆分离。他心里存在着一个希望,希望能"说服"白猿跟他回白马涧去,能和鲍二奎、童蛟一起练武,一起玩耍,长相厮守! 他追呀追呀,一直追到湖边,远远地只见白猿在一棵树边一闪,便不见了踪影。蛋和尚到那树边一看,吃了一惊,认出了那棵千年古榆。

他不想再进树洞,便火速绕到青石滩,想从石缝处正面进入石仙人墓室,以便和白猿相会。

一路上,他想得很远。他几乎明白了,那长长的、直通墓室的地道,一定是石仙人生前设计监造的,完全是为了在他死后,白猿仍能来探望他。或许,历代武猴的"扫墓活动"已经相沿成习。它们仗着"踏水无痕"的轻功,每年总要暗渡太湖几次,偷偷来落魂岛上坟。否则,白猿何以对落魂岛地形这般熟悉,又何以知道这样一个秘密树洞呢?

他从青石滩的石缝进入墓穴以后,就在那石龟头上一拍,龟体随即转动,露出了洞口。

石仙人的遗体被明澈的珠光照耀着。

在他的灵床的一侧,白猿果然盘膝端坐在那里。

它垂着眼帘。

蛋和尚知道,白猿肯定感觉到自己这位不速之客光临了,然而它没有惊怖,甚至连眼皮都懒得稍稍抬起。

墓内无限的肃穆和静谧,立刻感染了蛋和尚,他忽然觉得自己没有权力一次又一次地去打扰他们,他曾不止一次地打扰过三影武猴的安宁,也不止一次地打扰了石仙人;他更没有权力去把无忧无虑的三影武猴,从超凡、洁净的清凉乾坤,邀回到这个充满了倾轧、角逐的混浊世界中来,并和他这个凡夫俗子长相厮守!

于是,他终于屏息静气地后退了,又小心翼翼地把墓室关闭。

他在走出石缝时,远远地看见鲍二奎、童蛟,还有娄钟玉、南宫戬,他们正披着满身朝阳,向他走来。

尾声

前十九章,记述完了三影武猴的故事。

有些武界的青年朋友读了我的手稿以后,便来问我:宝岛"解放"了吗?甚至问:"蛋和尚和童蛟'好'了吗?"大有打破砂锅问到底的劲头。反正,著者自以为故事已经叙述完了,而读者似乎并不买账,甚至以为是著者故意狡猾,把"大结局"漏掉了!

以此类推,读者读完本书以后,必定又有更多刨根究底的问题。与其朋友后问,不如自己先答。所以要放在"附记"中写,因为这里的"结局"仅仅是个"结局",已不再是本书有机结构的延伸了,否则难免画蛇添足。

不消说,栾世雄死后,徐少堂就把苏州府大纛顺利插到了落魂岛上。陈世杰随即上得岛来犒赏众位英雄,然后大吹大擂,班师回朝。

只是娄钟玉和南宫戳不愿去苏州,他们希望仍能在落魂岛隐居。任陈大人再三恳请,并许愿委以重任,给他们封个官当当,他们也是宁死不从。这也是无可奈何的事,只得应允了。娄钟玉、南宫戳谢过恩,便与众人告别。后来他们结为夫妇,在岛上潜心修炼落魂功法。中年以后,生得一子,取名南宫娄,并广为收徒,竟也成了一派掌门。落魂功法在最兴盛的时期被发展为采人"魂摄",可以遥控别人的意念行识。此路功法俗称"破魂指",明代江南金山寺樊丰长老专擅此术,后来传给了女弟子方飞凤,曾经威震武林(事见拙著《三剑情仇》)。至于现代武术、气功中诸多采气之法,例如采日月之气,采花木之气,乃至采人之气,源皆出此。

陈世杰回到苏州以后,即实现了他的两个承诺,一是在白马洞为金天柱修建了别墅,二是送给了蛋和尚一大箩书,内中自然有《孙子兵法》。徐少堂原是做官的料,便带着夫人照旧做他的指挥使。金天柱不愿为官,便返回故里。蛋和尚也正式辞去了都将之职,临了,还向世杰大人提了两个要求:一是恢复百丈崖上的白猿洞;二是在白马台建造一座"三影猴馆",因为不仅鲍二奎、童蛟、白豹,还有许多武界的未婚子弟都要向他学三影功法呢!蛋和尚见世杰大人答应得不够爽利,便道:"我不是让童伯父送你一船金银珠宝吗?要不,你还我便了!"

陈世杰笑道:"不是不给你造,只是阳山这么险峻,造房用的砖头怎么运得上去!"

"哎呀呀!"蛋和尚叫了起来,"山上有的是石头。只要放它几十个炮,再派些石匠上去,把乱石规整、做细,造出来的石房子比砖房还结实呢!"

第二年,三影猴馆和白猿洞果然都造起来了,蛋和尚便在猴馆内授徒传艺,得闲之时,便向百丈崖走一趟,要去看看阳山白猿是否"叶落归根、返回故里"。然而,每次都叫他十分失望。

年龄稍长,童蛟便向他进攻了。蛋和尚自然也深爱着童蛟,只是怕结婚伤了元气,便立意独身。童蛟不得已嫁给了鲍二奎,小夫妻倒也恩爱,生了个女儿,取名鲍凤。后来鲍凤也练成了三影功,成了这一派的又一代掌门人。也是为了纪念她,白马台就被叫作"凤凰台"了,直到今天。

附记

白马涧记忆

　　从苏州阊门西行一十八里,便到了高景山。苏州城西山系从高景山起始,向西延绵:谢宴岭、贺九岭(相传吴王在此贺重九,因此得名)、龙池、花山、穿窿山,折向西北方向则是鹿山和阳山。高景山南麓是萧家湾,旁靠支硎山,这是东晋高僧支道林隐居之处,有马迹石、放鹤亭等古迹。过童子门便是范坟山(又名天平山,北宋范仲淹葬于此),翻过范坟山就是吴王夫差和西施行宫之所在,即灵岩山。我的家乡白马涧在高景山北麓,据传因春秋时期伍子胥在此饮马而得名;又传支道林在此得了飞升之马。高景山不是很高,山腰有座城隍庙(现在改建为白鹤寺),闻名遐迩,城里人也常常来烧香。山顶有阿娘湖,西坞有泉亭,景色秀丽。南宋范成大有诗一篇,单赞高景山泉亭景色,云:

> 收拾风烟锁翠微,乱山穷处结岩扉。
> 青山不尽鸟飞尽,吴楚川原似衲衣。

　　白马涧二百五十多户人家,一字长蛇般横亘在山脚不远处。西横头集市成街,饭店、酒肆、茶馆、南北货、烟杂,应有尽有。街头一条小河,承接山涧泉水,缓缓地向东流去。我家坐落在白马涧东横头的里

214

石桥西堍,这条孕育了千百年白马涧人的母亲河,在流经我家门口后突然九十度急转弯,穿过里石桥折而向北,然后又辗转向东,经杨木桥、西津桥、贝家祠堂,在枫桥与大运河交汇后直达苏州阊门城下。

里石桥离我家只几步之遥,造型玲珑雅致,是一座古色古香的石拱桥,夏季经常有人在桥上跳水游泳。如游到桥洞里,还可见半月形的拱石上刻着一副对联,云:

> 万姓往来过利涉,东西一涧庆升平。

可见,正规的桥名应是"利涉桥"。"利涉"取易经"需卦"之"利涉大川",乡人不知"利涉"之出典,只是顺口呼作"里石"。其实里石桥还有一个"学名"叫"景定桥",也刻在桥身之上,得此学名,当与高景山有关。相传里石桥以东古时也有市面,甚至超过了西横头。

里石桥与高景山上的泉亭、阿娘湖、谢宴岭、贺九岭、阳山之白马台(一称凤凰台),以及龙池、花山、范坟山乃至南麓支硎山之马迹石、放鹤寺、观音转塔等名胜古迹,组成了以白马涧为中心的一道有着深厚而丰富的文化内涵的山水风景。明代大书画家唐伯虎曾有七律留世,甚至把虎丘山与白马涧称为城西文化之两极,诗云:

> 繁华自古论金阊,略说繁华话更长。
> 百雉高城分亚字,千年名剑殉吴王。
> 龙蟠左右山无尽,蛇委西东水更长。
> 北去虎丘南马涧,笙歌日日载舟航。

村前沿河都用花岗石砌成驳岸,几乎家家门首有"踏屠",村民借此下河洗菜、淘米、捣衣。村前村后均是农田,一年稻、麦两熟,开春时,一派麦苗肥、菜花黄的景象,小麦收割后便是秧苗青葱,蛙声四起,现在想起来,这是家乡最有韵味的交响音乐了。后来读书时我就爱读北宋辛弃疾的《西江月》:

明月别枝惊鹊,清风半夜鸣蝉。

稻花香里说丰年,听取蛙声一片。

七八个星天外,两三点雨山前。

旧时茅店社林边,路转溪桥忽见。

我曾怀疑辛弃疾来过白马涧,不然,他笔下的景物,如何让我如此亲切熟悉!

白马涧人家几乎都开有后门,我们把前门称"大前头",后门叫"后门头"。我家"大前头"的场面比人家要整齐些,沿河种两棵树,一大一小,大树二人才能合抱,树荫笼罩的场面,是纳凉的好所在。小树说小,其实也有腿粗,树干直而光滑,我喜欢爬树,爬到分权处常坐在那里玩耍。偶尔高景山上飞来一只老鹰,就在上空盘旋,吓得场面上的母鸡咯咯乱叫,惊呼着鸡崽们藏到它的翼下去。大人们见了,就合力呵——呵——地大叫大喊,直到把老鹰赶走。

到了大热天的傍晚,太阳依偎着阳山的山顶难分难舍之际,大人就把"掉"(取声,念阳去声。是一种长而矮的桌子)掇到两树之间,一家十余口每人掇一张竹交椅或矮凳,围着它用餐。我家虽属富户,一日三餐除中午吃饭,早晚一般都喝粥。最常见的吃粥小菜无非就是自制的咸菜、甜酱(加入肉丁),或刀豆、大头菜、盐炒蚕豆等。也常有咸鸭蛋,这是大家所喜欢吃的,但咸蛋不是每人一个,必定先用刀背把蛋壳拍碎,然后切成数片,一顿粥只能吃到一两片而已。

几乎家家都在场面上吃夜饭,有"掉"的搬出"掉"来,无"掉"的就掇只杌子出来围着用餐,毕竟外面风凉。也有捧着饭碗趁机串门,找人边吃边聊家常的。但我家有规矩,一定要围在一起吃,不许"抬饭碗"。后来读到鲁迅的小说《风波》,鲁镇人吃夜饭的排场,与白马涧十分相似,可见江浙农村的许多风俗习惯大致相通。

晚饭之时,这里还有另一道"风景",里石桥畔总会忽然传来一声"扳梢——",刹那,只见一艘航船箭一般射出桥洞,然后一个九十度大转弯。船头有人手执篙子,控制着航船的方向,并让它放慢速度,缓缓地靠着我家附近的"踏屠琴",然后搁上跳板,或下客,或卸货。我家开着绣庄,有时成箱的绸缎就卸在这里。如果没有客可下,也没有货要卸,船过我家门口,船家也必定要高喊一声:"全生报纸!""全生"是爹爹的大名,乡下人都这样叫他,但到了城里时,亲朋好友都称他"顾先生",或叫他的字"文卿"。在白马涧能看报纸的人屈指可数,爹爹托城里朋友代订了一份《申报》,由航船邮递。

白马涧有两艘航船,早出晚归,当航船准时回到白马涧时,太阳差不多落山了。夜饭用毕,爹爹就坐在藤椅上借着落日余晖看报纸。姆妈在烧夜饭时同时烧好了一大锅热水,趁蚊子还未出来,招呼着我的兄弟姐妹洗澡。洗完澡,拍上痱子粉,或"双妹"牌花露水,换上干净的衣裤。白天我们都赤脚,这时才穿上蒲鞋或"沓拉板"(木屐),拿着蒲扇,坐到"掉"上去乘风凉,或和邻居的小伙伴聚在一起游戏,许多游戏都传好几代了,古怪的动作配上有趣的顺口溜。例如:"点点戳戳,芝麻蜡烛,新官上任,地官夹落。落只小猫臭狗脚?""啊一哇,啥个叮,蚊子叮,爬上来!"有时大人也掺和进来,让小孩骑在他肩上"捐当凳"。有的"骑脚马马",有的把一根竹竿放在两脚之间,或走或跑,叫"竹马"。也有的喜欢"猜东猜",人多时就来个"乒令兵郎且",谁输了,就一片哄笑。

天一断黑,就用蒲扇去拍萤火虫。我们经常备好一个玻璃瓶,把捉来的萤火虫放在瓶里,睡觉时挂在帐子里,它们的亮光抵得上一个小电珠,借着它们,免得半夜撒尿摸不着帐门。

我的另一个享受是听隔壁许聚生讲故事,他比我大十来岁,白天要去阳山白泥矿打工,他爱看书,晚上睡觉前,喜欢点一支蜡烛,在烛下看小说。我爹爹的"书库"里有的是小说,我看不大懂,就"偷"出来给聚生看,然后,趁着乘风凉请他给我讲故事,这是我们之间的默契。我最喜欢听的是《封神榜》,另外还有许多武侠小说例如《荒江女侠》《江南酒侠传》《七剑十三侠》;爹爹爱听评弹,也能哼几句弹词,少不得他的藏书中还有不少评弹脚本如《马如飞弹唱珍珠塔》《文武香球》

之类，不一而足。我几乎不加选择，逮着什么就给他看什么，晚上他就给我讲什么。聚生有时也讲些民间故事，我特别爱听白马涧蛋和尚的传说。他讲，我听，似乎成了我们俩之间每天必备的"第四餐"。

听完故事，就回到"掉"上。大人们喜欢带着小凳子去里石桥上乘凉，那里风大些，更凉快些。于是我就有机会独霸这"掉"，一个人呈"大"字形仰卧上面，望着星空。银河就像一条天街，从西南向东北斜跨过白马涧。二姐秋霞告诉我，银河边上那并排的三颗星，像根扁担，中间最亮的是牛郎星，对面四颗星拼成一个平行四边形，旁边最亮的那颗是织女星。牛郎和织女只能靠着喜鹊搭的桥，每年相会一次。那牛郎和织女的故事，曾给了我许多遐想。因而一躺在"掉"上，头一件事就是去寻找牛郎、织女两颗星星。偶然还能见到"星移场"（流星），它们带着迷人的光影在银河中掠过。

儿时的夏夜，总是这样美丽、和平、神秘而富于趣味。唐代诗人杜牧有一首七律，这样写道：

银烛秋光冷画屏，轻罗小扇扑流萤。
天阶秋色凉如水，卧看牵牛织女星。

我也非常爱读这首诗，它仿佛是我的白马涧夏夜的写照。后来又看到另一个版本的唐诗集，收录此诗时却把最后一句改成"坐看牵牛织女星"，改字者一定以为"卧"者，当在床上，是在房内，是看不到星星的。他哪有我夏夜"卧看"的经历？自作聪明的一字之改却改出了他的浅薄来。

白马涧人的性格在憨厚与朴实之间，也隐隐透出了一种刁钻与幽默。他们中的大多数都有绰号，如有残疾，则以疾代其名，如小瞎子、小歪嘴、小痢痢、吊蚌皮、瘫眼、甩脚和尚；以形体称者如矮娘、矮千金、大头、小胖子；以性格称者如猛门、硬屎、呆大、横阿戆……他们的外号留在人们嘴边，大名反而没有人知道，奇怪的是即使是带有侮辱性的外号，他们都能接受，还应声应答。在谈及别人时，一般又不呼其绰号,而称其"绝子孙"。"格个绝子孙"也就代表第三人称"他"了。奇又奇者,父母说到自己的儿子,最常用的语汇是"伲个翘辫子",大儿为"大翘辫子",小儿为"小翘辫子",最普通的称谓是"小阴丧""小接眚"。骂起自己的儿女来只顾往死里骂,如"短寿""短棺材""浮尸""氽白溏"!明明是自己亲生的,却偏要骂"杂种""小养"!

但是我家的长辈绝不骂孩子,光火时,好婆叫你一声"小阿爸"。姆妈虽厉害一些,但也顶多一声"小赤佬"。爹爹在儿女惹他冒火时,会曲起食指和中指,冷不防在你额骨头上击一下,称之为"毛血栗子"。我也吃过几次"毛血栗子",有点痛,但似乎可以忍受。在我的印象中,爹爹从不骂人,甚至也不说一句粗话,温文尔雅,诚是儒家风范,这在白马涧简直就是凤毛麟角了。

如今,好婆、爹爹、姆妈都已经作古,而有着深厚历史文化的古镇白马涧也成为过眼烟云。生生不息的那条母亲河被填,里石桥也已经拆毁,一望无际的衲衣般的农田亦不复存在,而代之以林立的高楼大厦。天空总是灰蒙蒙的,夏夜再也看不到银河、流萤,也听不见蛙鸣。就是高景山也被炸成两截,中间开出了一条柏油马路来。白马涧的历史文化底蕴已经随着古镇文明的消逝而消失殆尽,只有蛋和尚的故事还留存于我们这一代人的记忆中。

顾聆森
2017 年写于苏州白马涧

三剑情仇

第一章　索塔刺环

从河南祥符到湖北襄阳,方俊跋涉数千里,终于进了裴府的大门。

方俊的突然到来,使裴天相沉浸在一种难言的愁绪中。他闭着眼睛,看上去像在静坐养身,但碧环知道,他又在绞着脑汁。

"老爷!"碧环小声地叫了他一声,为他端来了参汤。

"喔!"裴天相慢慢抬起眼来,"方公子的房间收拾好了吗?"

"收拾过了。"

"洗过澡了?"

"还没有。"

"那么,"他稍稍沉吟了一下,"你先侍候他洗澡。"

"是!"

"还有,"他看着她鲜红好看的嘴唇,眼睛忽然闪亮了起来,伸手在她娇嫩的脸上轻轻拧了两把,"晚膳摆在他房里,由你陪酒。"

"是!"

"自然,今夜你得好好侍候他,陪他睡觉! 他是我的贵客,绝不许怠慢!"

碧环慌乱地退出来。先到厨房,向厨师们传了老爷的话。自己又顺便提了一桶热水到澡间,把洗澡用的木盆灌满,看着那腾腾上冒的热气,不觉愣愣地出了一会儿神。

她十岁被卖到裴府,侍候老太爷——御史裴盛。裴御史死后,又

223

侍候老爷裴天相。她一天天地长大,老爷对她一天天荒唐起来。这也罢了,怎么今天又要她给客人陪酒、侍夜? 一串清亮的泪水在她秀丽白皙的脸颊上缓缓淌了下来。

她蓦然清醒,想起了自己的职责,赶忙抹了抹泪痕,又试着赶走脸上残留的哀容,款步到了方公子的房外,扣动了门环。

门开了,当碧环的目光与他的目光相遇时,他略略地闪避了一下,双唇上浮现出一个淡淡的、礼貌的微笑。这个笑态,使她有一种似曾相识的感觉,而同时,她也看到一种强烈的惊疑在方公子面部转瞬即逝。

"姐姐是……"

"我是碧环,洗澡水已经打好,请方公子入浴。"她竭力使自己的声音显得平静而悦耳。

"有劳姐姐!"

她跟着他进了澡间。

"姐姐请自便!"

"公子不要我给你搓背吗?"

方俊立即红了脸:"这个,我自己来吧!"

碧环不由得一阵感动:"可是,老爷之命,我不敢违背。"

为了不致碧环受责,方俊不得不穿了裤子泡在热水里。碧环脱了外罩,只穿着一套紧身内衣,显得分外饱满耀眼。碧环替方俊全身擦遍檀香皂后,开始亲手为他搓洗起来。蓦地,方俊右耳垂上一块清晰的红斑跳进了她的眼帘,她浑身一震,双手失控地哆嗦起来。

"公子是从河南来到襄阳的?"她嗫嚅地问。

"正是。"方俊闭着眼睛答道,一边搜寻着陈旧的记忆。他们虽然初次见面,但她的面庞和身影确实酷似一个什么人!

"公子住河南什么地方呢?"

"祥符县,太平庄。"

肥皂忽然从碧环手中滑落。

"你母亲是陈翠娥!"

224

方俊惊异地睁开了眼,而她连珠炮似的发问起来:"你二母姓毕？三母是采频？你弟弟是方侗,他可还活着？还有妹妹飞凤呢？"

"你是谁?"

"不,你先告诉我。"她眼里溢满了泪水。

立即就有那酸楚的悸痛从方俊阴郁的眼里涌将出来。

"十年前,家父方卿遭人陷害,被抄家问斩。二母、三母经受不了这样大的变故,相继去世了。"

碧环痛苦地啊了一声。

"那弟弟、妹妹还好吧?"

"当初,母亲不得不苦守太平庄坟堂,弟妹暂被白莲寺静芳师太收养。后来白莲寺遭了火灾,相传弟妹都被烧死了。十年后才知道,当时弟妹有幸被镇江金山寺樊丰长老收为徒弟,带到江南练习武艺。如今学业已成,出师回家了!"

碧环听罢,淡淡一笑。方俊感到她把一种深深的兴奋掩藏着。

碧环挣扎着站起来,替方俊擦干身上的水迹。然后背过脸,让他穿上衣裤。方俊怀揣着重重的迷茫,默默地跟着她回到房间。在那里,一桌丰盛的晚餐已经摆整齐了。

碧环替他斟上一盅血一样红的葡萄酿。

"姐姐,你让我坠入五里雾中了。你怎么会这样详细地知道我家里的事？你,姓什么？叫什么?"

她的悲哀忽地在脸上凝固。

"我姓毕。"她终于说。

方俊几乎跳了起来:"你莫不是我二母家的人吧?"

"公子的二母是我的姑妈!"

"你原是我的表姐毕玉虹？你……你又怎么沦落在此的?"

方俊立即觉得自己问得多余了。当初,方、毕、陈三大家族,一枯俱枯。毕家似乎更惨,兵部尚书毕云显被斩后,子女均被官卖,无一幸免。

"表姐也是尚书的千金,却为我方俊搓起背来了,叫人好不惶恐！……"

"表弟，"碧环惨然道，"如今说这些话也没有用了。"

"那么表弟毕波呢？如今又在哪里？"方俊感到自己的声音很陌生，而且微微发颤。玉虹的弟弟毕波和他是同年。幼时，他们常在一起，好以吟诗作对为游戏，每每警句迭出，妙语横生，曾使多少饱学儒生为之折服，一时被誉为神童。因为方俊的右耳垂上生着一块红斑，恰恰毕波左耳同样的部位也有一块，被世人认作是"神童斑"。于是"左神童""右神童"一时名噪中州。想到这黄金的年华，方俊总感到热血翻腾，时不时勾起他对日后功成名就的憧憬。此时，他提起碧环的爱弟，她眼圈红了。

"也不知道他被卖到了什么地方。十年来音讯全无，看来是凶多吉少了！"

方俊悲哀地望着她，心被一种从未有过的情感笼罩住了。他不得不换了个话题："裴家待表姐好吗？"

碧环扭过了脸，不愿方俊看她伤心地淌泪。

这便是一种无声的语言，明白地透露了她目前在裴府的全部处境。于是方俊宽慰她道："表姐不必过度伤心，愚弟一定为你赎身，然后咱们一起回到河南去！"

碧环望了一眼他褴褛的衣衫，以为无非是一番空言和安慰罢了。她哭得更厉害了。

方俊直视着她，声音里透出隐约的激切："你以为我骗你吗？我怎么能骗你呢！你一定不知道，当初家父获罪被囚于天牢时，裴御史曾致信我母亲，说他的侄女裴贵妃十分渴慕我家的珍珠塔，倒不如把珍珠塔赠给贵妃，让她在皇上枕边吹吹风，或许可赦免了家父的死罪。"

她含着盈盈的泪光，凝视着他。

"我母亲以为是个好办法，就托人把珍珠塔送到裴家，由裴御史转呈贵妃。谁知，塔到裴家时，家父已经被屈斩了！于是，此塔一直留在裴府。如今，弟妹艺成回家，一家四口，常无隔宿之粮，因而母亲想到了这个传家宝，愚弟才不远千里到襄阳来的呀！"

"可是，"碧环不无忧虑地说，"裘老爷经常把珍珠塔玩在掌中，看他爱不释手的！"她突然又放低了声音，"他的为人……唉！恐怕未必肯物归原主吧！"

"哪能呢！"

方俊端起酒盅，一饮而尽。碧环给他又斟满了。

"表姐，你也喝啊！"

她感到他的声音亲切动人，于是她方始大胆地与他对视。她发现他虽然衣衫褴褛，却掩盖不了那种温文尔雅和潇洒活泼兼而有之的神韵。这种神韵，不仅仅是匀称的五官的和美丽的肤色相辉映的结果，更是整个心灵、才气的闪耀。不管他如何潦倒卑贱，其光芒就像一颗彩珠一样喷薄四射，不可埋没。

碧环怔怔地痴视了片刻。与方俊结伴同行回归河南老家的憧憬，散发着巨大的诱惑！她心中的希望之火一经点燃，便越烧越旺了。她凄婉的脸上微微露出了一丝难得的笑容。

"表弟请！"

"表姐请！"

方俊又干了一杯。碧环只呷了两小口。她望了一眼窗外，见暮色渐浓，便起身放下窗帘，又把一支如臂粗的巨烛点亮了。

"表姐，"方俊见碧环回到桌旁，便道，"我们回河南之时，一路上还可以寻访表弟……"

"唉！"碧环深沉地叹了一声，"裘老爷也未必答应我离开裘府。我自己对回河南也不存奢望。但是，公子有朝一日倘还能见到我的波弟，你一定要他捎个信来……"

碧环说时，摘下了项链，那项链上挂着一方小巧玲珑的鸡血石章。

"他小时候最喜欢书法、印章。"她又说，"这方石章，是我七岁生日时，他为我刻的。见到了它，也像见到我的人了。有这一天……我便是死了，也瞑目了！"

说着，她走到书桌边，磨墨蘸笔，在纸上写下了几行秀丽的行书：

> 俊公子代达波弟：
>> 感时花溅泪，
>> 恨别鸟惊心！

苦姐玉虹书

然后，她在自己的名字下面盖上印章。印章上面刻着"彩虹常艳"四字。小小的方章，刻的是小篆，刀法虽不纯熟，却已显出了相当的功力。

方俊接过石章、诗句，贴身藏在怀中。他想找些话来安慰碧环，但突然感到一阵恍惚，似乎头脑中出现了许多空白区，并不断扩大，让他很难捕捉住一句想说的话。

碧环这时用眼光来触摸方俊的脸庞。他眯缝着眼，明显带着酒醉的蒙眬。是书生本不善饮，抑或家境贫寒不能常饮，他竟醉得如此迅速！她感到分外遗憾，因为她有许多话还没有跟他说完。于是，她快快地，到他宽大的睡床边，为他放开了锦被，然后把他扶到床沿上坐着。方俊已然倒在她怀里，发出了轻微的鼾声。

碧环为他宽衣解带，芳心禁不住怦怦地狂跳起来。裘天相命她来侍寝，她此时却觉得不能对酣睡中的表弟有丝毫亵渎。她替他盖好锦被、放下罗帐后，便在太师椅上坐了下来。她头靠着椅背，凝视着突突跳动的蜡烛火焰。蓦然，她也感到了一种飘浮感与晕眩感，似乎是醉意的袭击。裘天相喝酒时，经常命她作陪，因而她也有几分酒量，绝不至于呷了几口就"飘"起来的。她从自己感觉的异样想到方俊的速醉，便有一种不祥的恐惧兜上心来。她决定再细细品辨一下酒味。然而，她发觉自己连站立起来的力量也没有了，不得不在越来越浓重的恐惧中听凭那银漏的推移。

她听到有人拨动门闩的声音，一会儿，门被打开了，裘天相走了进来，手里执着一把铮亮的宝剑。他用剑撩起罗帐，看了一眼呼呼大睡的方俊，忽然爆发出一阵风暴般的狂笑。然后他走到碧环面前，阴冷的目光罩住了她。

"老爷！……"她惊恐地竭尽全力呼叫了一声。

"你喝得太少了吧?"

"求你了,你别……别……"她觉得一股寒气在背脊间移动,四肢禁不住抖动起来。她俏丽的脸上泛起一层青紫,朦胧的直觉在告诉她最凶险的信息。

"老爷……你不能……"

裘天相意外地发现碧环那种惊恐的神态也能撩拨人心,便把剑丢在地板上,一步步向她逼来。他脸上露出了一点微笑,这丝笑容,更令碧环心惊胆战!

他忽然冲动地一挦胳膊把碧环抓起来,用力撕碎了她的衣衫,剥去了她的裙裤,然后把她放倒在椅上,像野兽一样地猛扑过去,就在那里尽情地发泄着兽欲。

事毕,他又肆意轻薄了一会儿,然后才把她抱起来,扔在方俊的床上。

碧环像一匹只会喘息的羔羊。裘天相这时拾起剑来,用剑尖点着她的细嫩的胸部,喃喃地道:"你也怪不得我如此绝情!"

碧环瞪着极度惊恐的眼睛,她还没来得及大叫一声,锋利的剑刃已经插进了她的心房。

第二章　嫁祸遗剑

　　方俊从那药酒的麻醉中渐渐苏醒。他使劲翻了一个身,一只手搭在碧环裸露的胸脯上:柔软而冰凉。他下意识地缩回了手,心中不觉隐隐地腾起了一阵疑云。他试着把眼睛睁开一条线,借着微曦的晨光,首先看见的是长而散乱的头发,像黑色的瀑布,遮去了他眼前的半张脸。那脸上,一双秀目半睁,眉心中带着痛苦的痉挛。他认出她是碧环。只是奇怪她怎么会和自己同床共枕? 于是他开始把目光沿着她的颈项向下移动,不由得蓦地一惊:他看到一片可怕的红。那红流就起源于她胸脯上一个深深的洞口,那个洞口就像一个张大的蛤蟆的嘴,狰狞地与他对视着。他这时才发现自己原是睡在黏稠的血的海洋之中。于是他大叫一声,一骨碌从床上爬起来。但突然又感到一种难以自持的失重感,眼前一黑,猝然倒在地板上。

　　他以为这仅仅是一个凶恶的梦。这个梦使他心力交瘁,仿佛汗水也已经流尽了。他不得不用舌尖去舐着干裂的嘴唇,呻吟着。为了证实这毕竟是一场梦,他挣扎着用手去摸索身旁,却不意摸到了一柄剑。他用力睁大眼睛端视着手中这柄染血的剑,又猛然跳起身来。于是,那床上碧环扭曲着的尸体,再次映入他的眼帘。他又大吃一惊,便声嘶力竭地叫将起来:"杀人啦! 杀了人啦!"

　　第一个闻声赶来的是家院裴旺。

　　"谁杀人了?"他猛地推开了门。

方俊把手中血淋淋的剑高高地举起:"杀人啦! 杀了人啦!"

他浑身是血,脸色苍黄,两眼直瞪着裘旺。裘旺倒抽了一口凉气,猛退两步,好一会儿没有回过神来。然而当他明白了这里发生的一切的时候,便急忙转身,一溜烟向外跑,却与迎面而来的裘天相撞了个满怀。

"奴才,慌什么?"

"不……不……不好了,老爷杀……杀人了!"

裘天相蓦地打了个寒战,眼光倏然变得凶狠而疯狂起来:"混账,你见本老爷杀人了吗!"

"啊?是方……方公子杀了人啦!"

裘天相的嘴唇边情不自禁地抖出了一丝不太容易察觉的笑意。然而他仍然夸张地表示了自己的惊疑:"怎么会呢?"

他刚走了两步,忽又回过头来,喝着裘旺道:"你还不快去把地方请来!"

说罢,裘天相脚步匆匆地继续朝方俊房间走去,将那些已考虑成熟了的计划,再次在脑际过滤了一遍。

方俊房中已挤满了丫鬟、老妈子,嘈杂的声浪互相碰撞着,融成了嗡嗡然的一片。裘天相轻轻咳了一声,就像严寒降临水面一样,纷乱立即被凝固冻结,霎时间变得沉寂起来。方俊依然伫立在那里,沾满鲜血的手仍死死地捏着剑柄。眼泪仿佛在眼眶中冷却了,眼光失神而麻木。他口中念念有词,偶尔也能使人听清几个字音:"玉虹……玉虹!"

裘天相走到他的面前:"方公子,有我在,什么话不能说,一定要杀她?"

裘天相虽然力图使语调依旧充满着关怀,但听上去,仿佛不再是自己的声音,俨然是他全部阴险谋略本身发出的回声。方俊默默地瞪着眼,良久地注视着他,就像面对着一个刚从遥远的梦境里走过来的人,既熟悉又陌生。裘天相的声音,一个字一个字地通过他耳膜的震动向他的心坎撞去,使他从麻木中突然震醒。

"是我杀了玉虹?!"

"你看你浑身血污,凶器还在你手里!"

裘天相察看了一遍尸体,又摇了摇头:"这怎么能叫我相信,一个知书达礼的秀才,竟也干出这样伤风败俗的事来!"

方俊忽然意识到自己业已坠入了一个难以洗刷的泥潭。一种屈辱和愤怒开始在心头急剧地膨胀和漫延开来。"——恐怕他未必肯物归原主!"方俊感到碧环生前对于裘天相的微词的分量正在加重,而自己对于裘天相的信任也行将崩溃。他怀疑这或许正是裘天相设下的圈套!他想抗辩,却一时激愤得说不出话来,甚至连手中的血剑也忘记扔去。而正在此时,一个幽灵般的矮老头——地方何能闯了进来。在这样的氛围中自然可以免去一切虚应的寒暄与客套。何能在语塞的方俊面前静立端详了片刻,又走到床前,双眸突然放出光来。尽管眼前是一具女尸,因为是裸露的,他仍为自己得以饱餐美色而兴奋不已!

"裘爷!"何能捋着山羊胡须,"这是奸杀!"

"此事还得劳驾地方。"裘天相说。

"有什么话,只管吩咐。"

"须先生持了我的名帖,去县衙奔走一趟!"

"理应效劳!理应效劳!"

于是,裘天相把闲人都赶了出去,只派裘旺在房门口守着,自己一直把何能送出了大门。

方俊想到晚上还好端端的表姐,还与自己一起勾勒了返回家园的蓝图,一夜之间竟会死于非命,不觉肝肠寸断!他一边拿起被单把碧环的尸身遮掩了,一边放声痛哭起来。

好久,他听到了一阵锣声,随后是正门大开的声音,以及杂沓的脚步声。

"家门不幸而有此血光之灾,劳动了公祖屈驾寒门!"是裘天相的话音。

"除暴安良,理冤审枉,正是下官的本分!"是一个陌生的、嘶哑中带着破碎的声音在回答。显然是知县父母官了!

方俊抱着期待,跪着向进房后正襟危坐的知县——孙步邦叩了三个头。

"抬起头来!"

方俊抬头时,见到了一张几乎没有任何特色的脸。但是这位孙知县的眼神告诉了方俊,他似乎并不相信他会是一个杀人的凶手。仅这一点点流露,已使方俊感动不已了。

"姓甚名谁?"

"学生方俊。"

"家住何处?"

"河南祥符人氏。"

知县似乎一怔:"莫非是前吏部之后吗?"

"正是!"

"既如此,不安居祥符,到此何干?"

"大人,只因十年前,家父蒙受冤狱……"

"嗯?"

方卿之受冤,众口皆论,朝廷也仿佛若有所悔了。然而,因为没有事实上的平反,方俊贸然地说了"冤狱"两字,也自知失言了。但知县似乎并不很追究、计较,只是截断他的话头,接着说了一声:"讲来!"

"啊,大人!"方俊接着说,"十年之前,家父获罪,被抄没了家财,唯有一传家之宝,因恰恰存放在裘家而得以幸免。如今我母子难熬饥贫,特来裘府索取,以便变卖,聊补无米之炊!"

"那么,是什么样的传家之宝呢?"

"一座珍珠塔。"

"珍珠塔?"

裘天相走上一步,对知县拱了拱手,道:"公祖!……"

孙知县一摆手,阻止了裘天相说话,却继续追问方俊:"既是索塔,又为何要杀人?"

"啊呀大人! 这可是天大的冤枉哪!……"

孙知县凝视着方俊,半晌不语,又微微颔首,然后,突然回过头去,向外喝了一声:"传仵作!"

守候在门外的仵作卞金龙应声而至。他的一个助手提着一桶热水,另一个手里拿着一些验尸的器具。

卞金龙用热水为尸体擦洗掉血渍,先量过了剑创的口径和深度,再取过烧酒喷洒在尸体上,然后,用钢尺慢慢地刮着肌肤,观察是否还有瘀斑、伤痕。又扩开下身,仔细探查了一番。再把尸体翻了个身,在背部、臀部重复完刚才的那些动作后,便跪在知县面前道:"回禀大人,尸身唯见剑伤一处。剑刃自左乳入,深三寸二分,剖开心室致死。另外,死者是先被奸,后被杀的。"

"你把尸格填了。"

"是,大人!"

卞金龙随即填好尸格,具了姓名,却步退了出去。

孙知县瞥了裘天相一眼,裘天相立即捕捉到了。

"请公祖后堂喝茶稍坐!"他笑着恭请。

"请!"孙知县也觉得应该稍事歇息了。

孙知县一面步入后堂,同时控制着表情,尽量不使心中卷起的旋风在面部表现出来。他知道,裘天相虽不做官,但他靠着御史裘盛的留传,掌管着一份可供他无度挥霍的家产;又靠着在京中执掌通政司的儿子裘晋的牌头,在襄阳城中拥有着显赫的声势。照例,家中的一名普通丫鬟被刺杀,本可自行了断的,然而他断然采取了"家丑外扬"的异乎寻常的举动,这分明是要借助他这个父母官的一臂之力了。于是他的双眸流光溢彩,终于禁不住闪出了一丝笑意。

丫鬟端来了碧螺春香茗,孙知县津津有味地品了片刻。

"方俊奸杀一案,公祖当可定论了吧?"裘天相忍不住地问。

孙知县哈哈一笑,避过了正题,却另起了炉灶:"那方俊说起的传家之宝,下官可一饱眼福否?"

"哪有这等事?"尽管应词早已准备着,裘天相临场还是免不了有些慌乱紧张,以至于话音稍稍地变调、失真,"方俊此次登门,原是为借贷攻读。裘某念着裘、方两家的旧交,好意款待于他。他竟淫我爱婢,奸而杀之,还信口雌黄,要索取什么珍珠塔,实是可恶! 大人,那珍珠塔,方卿在世之日已捐赠给许习仙造了瑞光塔了!"

"这个话头,下官倒也听说过。只恐怕是方家为了掩人耳目,免得宝大招风,而故意弄的玄虚,亦未可知!"

"那么,公祖确认裘某侵吞了他的珍珠塔了?"

"哈哈……"孙知县一阵干笑,"裘公言重了! 下官因香茗有味,随意拾几句笑话来一助茶兴而已!"

裘天相也哈哈一笑,急着要把话题拉回来:"公祖亲自踏勘命案,自是成竹在胸了,未知爱婢碧环之冤能申得否?"

"当然当然,下官一定尽力而为! 只是这个碧环恐怕原是个荡妇!"

"倒也未必。"

"那么怎么到了方俊房中去了呢?"

"这原是我命她去陪酒侍寝的。这也是我招待那个小畜生的一番好意!"

"既然奉命侍寝,何不乐从其事呢?"

"这个……或者人各有志! ……"

"下官还有一事不明,凶器是否原为房中之物?"

"当然,此剑本来挂在墙上,为避邪用的。"

"何以没有剑鞘?"

裘天相意识到自己落入了孙步邦的陷阱,怒气在他的血管中鼓荡,面颊上的一块肌肉突突地跳了两下。

"……或许本没有鞘!"

"不不不!"孙步邦竖起两根指头在眼前晃荡着,"定是裘公健忘了,此剑原先必不在房内!"

"那么,是外人带入的不成?"

"以下官看来,碧环定有仇家,先盗了此剑,后杀人嫁祸!"他冷笑着盯着裘天相,口气带着几分狡狯,"下官一定尽速查访出真凶来,为

235

你的爱婢申冤!"说着,他向裘天相打了个拱,"只因公务在身,就此告辞了!"

"公祖留步!"

裘天相立即转身在天然几上拿起一只预先放在那里的描金乌木盒,他微笑着打开盖子,露出五个光芒耀眼的纯金元宝来。

"怎么,你怀疑本县办案不力吗?"

"哪里哪里! 区区薄礼,不成敬意!"

"哪来的这么多规矩?"

孙步邦目不斜视,只是低低地哼了一声,转身走了出去。裘天相勉强送走了客。羞和愤的交侵并袭,使他几乎站立不住,一骨碌跌进了太师椅中。他就像一头愤怒得发抖的狮子,眼中腾起了凶光。他恶狠狠地扫视着四周,似乎想捕取什么猎物,以便把它撕得粉碎! 一班丫头、老妈子个个吓得脸无人色,筛糠似的瑟瑟发抖起来。

第三章　逼贿枉法

裘天相像一头被猎人追逼的野兽。他发红的眼睛在五光十色的古董细玩、奇珍异宝中间扫视。他的父亲裘盛有珍宝收藏癖，并以十倍的浓度遗传给了儿子，从而使这所珍宝房中的品种和数量也以十倍的速度丰富、扩充着。这些珍宝，浸染着裘天相父子两代的心血和脑汁，结集了一个又一个阴险而悲惨的故事。此时，裘天相阴沉的目光停留在一只嵌宝的首饰箱上，像怕被强人劫抢而去一样，他把它紧紧搂抱在怀里。无论他此时的心境如何恶劣，终究抵挡不住珠光宝气的诱惑而情不自禁把箱盖打开了。于是，那些烦恼与暴怒，随着精妙绝伦的珍珠塔的跳进眼帘，也暂时消失无踪了。

这是怎样的一件稀世之宝？三百六十颗圆光晶莹的湖珠，照得人眼花缭乱。它们由几十根金丝绾成一座七层佛塔，高不满六寸。二十八只精致的金铃悬布在飞檐翘角下面，稍一摆动，叮叮当当的悦耳铃声便使人心旷神怡！每层佛舍，精镂微雕，精妙绝伦。"卐"字形的珊瑚栏杆，羊脂的玉版，琥珀的窗格。塔顶一只小巧的玛瑙葫芦，葫芦塞却是一颗绚丽的彩珠。一到夜间，毫光四射。即使白昼，珠光在宝塔四周也映出了一个五色光环，灿烂而夺目！每见到这座珍珠塔，裘天相便沉浸在一种舒泰的神仙般的境遇里。然而此刻，那种赏心悦目之感仅仅在裘天相的心中短暂滞留，一片阴影便从心底升腾起来，很快扩展弥散开去。因为他从那珍珠塔的光环中，忽然又看到了一张狡猾冷笑着的脸!

他正是从那狡猾的冷笑中,识破了孙步邦的贪婪!五个偌大的纯金元宝,孙步邦没有正视一眼,是因为他的诡谲的目光也窥视着这座珍珠塔!这是裘天相没有预料到的。也许他要为预谋的失算而付出沉重的代价!

一个七品的知县官,本来并不在裘天相的眼里,但眼前这个孙步邦,他却不能不有所顾忌。他明白:襄阳、祥符、南阳,乃是毕、方、陈三大家族的故土,内阁大学士罗林为了防备他们再度崛起,把这些地方视为要地而安插了心腹。孙步邦是罗林的门生,是他在襄阳前哨的得力卫士。于是,那狡猾的冷笑也能使裘天相发怵!他不得不承认,孙步邦靠着罗林的宠信,虽官居七品,却完全有力量左右御史的后裔、通政司的父亲!所谓"灭门的知县",当他一旦使出手段,也许能让裘门家破人亡!于是,裘天相觉得手里拿着的仿佛不是珍珠塔,而是一块烫手的火砖了!

"罢了!"裘天相长叹一声,"想不到弄巧成拙,替他做了嫁衣裳!"

他这样说着的时候,心中已经决定割爱。他是太知道这位父母官了。他只要在这"奸杀"的命案上稍稍做些花样文章,自己不但可能吃不了兜着走,甚至还会危及在京儿子的前程!当初计谋不周,以为一个丫鬟加五个金锭,便能卖掉方俊的小命,岂不太低估这位知县大人了吗?

裘天相只得把珍珠塔揣在怀中,吩咐打轿进衙。在轿中,又忍不住将珍珠塔把玩了一番,一边伤心得掉下了一大串泪珠来。

轿停在衙门前,裘天相拿出了名片,同时又摸出几两碎银来,塞进了门衙的手里。

"老兄,相烦通报大人,就说裘天相有急事求见。"

"你老先候着吧!"

孙步邦在书房里默默地踱着步。他脸上挂着的不一般的微笑泄露着他的心机。聪明的人简直可以通过他的脸,读出他心里正在思索的一切。十年之前,内阁大学士罗林为削毕云显的兵权,谎奏毕、方、

238

陈三位尚书鲸吞七省国库。天颜为之震怒,不由分说将三人均处以极刑。事后,皇上不免后悔。罗林最为焦虑的是三大家族的后裔会重被起用。而名噪一时的"左神童""右神童"一旦成年,获取功名将易如反掌!老天有眼,今天把个"右神童"送到了他的手中,这不乐坏了大学士?光这一条消息就可抵上二级官品!孙步邦不免飘飘然,自信改换五品黄堂,是指日可待的了。

官运如斯,或许财运也将亨通。方俊透露的索塔一事,他相信绝非诳语。老裘谋财害命,以为有钱能使官推磨,岂不料反把自己的辫子梢送到了县宰手里!又是老天有眼,让他孙步邦一箭双雕!

"报老爷,裘天相求见!"门衙悄悄进来,递上了一张名片。

"老爷说他必来,果真来了。嘻!……"

手段不凡的骄傲写在了这位知县大人的眉宇之间:"有请!"

"老爷,在哪里见他?"

孙步邦稍一思索:"花兰厅吧!"

"是!"

孙步邦从容地梳洗更衣,拖延着时间,故意让裘天相在花兰厅坐候了好一会儿,他才跷着方步而来。

"啊!不揣冒昧,登门打扰!"裘天相拱手道。

"好说,好说!"

孙步邦微笑着,望着裘天相。

"公祖真以为方俊可以免疑吗?"裘天相单刀直入地问。

孙步邦把声音压低:"你不觉得有剑无鞘是个大漏洞吗?"

裘天相眉梢一挑:"那么公祖坚信是外人盗剑行凶的!"

"不是外人!"孙步邦立即纠正他,"是贵府中的人!"

裘天相一凛,便故作自语道:"若不是方俊,还能有谁呢?莫不是家院裘旺?他是第一个报案的!"

孙步邦连连摇头:"我看那剑柄上,一面刻着'御史府',一面刻着'钦赐'的字样,裘旺要杀人,何必冒险去盗用这样的宝剑?"

孙步邦似乎句句都在暗示裘天相横祸临头,老裘禁不住冷汗淋漓了,嗫嚅道:"此案既然犯在公祖手里,只求公祖秉公处理了!"

"那当然!"

"今日登门实是另有一事告禀!"

"喔!"孙步邦眼睛一亮,盯着他的双唇。

"那珍珠塔……"

"珍珠塔又怎么啦?"

"……是、是有那么回事的!"

孙步邦截住了他的话:"这与我又有什么相干呢?"

"我想……方俊既然已经入狱,这宝塔理应交公!"

裘天相说着,脸上闪过了痛苦的光。他咬着牙,从怀里摸出那只宝箱,战战兢兢打开了盖子。

孙步邦一时惊喜交集,像渴慕之至的绝色美女,忽然多情地袒露在他的面前一样,浑身的肌肉在疯狂的冲动中瑟瑟发起抖来。

他好不容易才控制住了自己的失态,竭力装出一副从容镇静的笑脸:"把如此稀罕的珍宝上交国库,可敬可佩,然而——"他眼中露出了疑惑,"你日后不怕方夫人出首吗?"

"这倒不必担心!"裘天相老谋深算地说,"珍珠塔捐造了瑞光塔,这话是方家自己放出来的,天下人有耳共闻!方夫人难道就不怕我告她一个敲诈官眷吗?"

"你以为,她的儿女能放过你?"

"恐也不足为虑!方夫人的次子方侗和小女方飞凤,在白莲寺失火那回,与静芳师太一起烧死了!"

"那么,你也不怕方俊找你算账?"

裘天相笑道:"方俊已经犯了命案。公祖以为'有剑无鞘'可以免疑,其实呢,那剑鞘被方俊扔到了床底下,公祖踏勘之时,略略有点儿疏漏……"

"谁说我疏漏?那床底下,我也分明搜查过的!"孙步邦虎着脸道。

裘天相猛然立起身来,脸色惨白。孙步邦仍把他按在椅上,点了点头:"下官在床底下搜查时,确实看到了剑鞘,只是回衙之前忘了

240

取证！”

裘天相转怒为喜，立即从腰间解下那支剑鞘来。

“至于取证之事，在下代劳了！啊?!”

“啊?!”

二人同时爆发了大笑。

“公祖准备什么时候开审呀?”裘天相的局促与紧张尚未完全消失，他对孙步邦狡猾的笑声依然怀疑重重。

“怎么，烧虾等不及红了吗？如果你愿意旁听，下官可以立即升堂！”

“若能一睹堂威，则不胜荣幸。”

“那也好，下官立即升堂！”

于是，孙步邦叫来了心腹小厮，先把珍珠塔收了，并又细细嘱咐了一番，然后转过身来：“裘翁，请稍候！”

不多时，堂上的虎威断断续续地传了进来，刚才那个小厮领着裘天相穿过一个花木扶疏的天井，到了公堂的背后。靠着右边的粉墙摆着一只红木椅，旁边的高脚茶几上已然沏好了香茗，一扇屏门开了一半。坐在那红木椅上，虽见不到公堂的全貌，主要的场景却一目了然。

稍停，方俊被带上堂来，虽未上镣戴枷，却显得异常憔悴。尽管如此，他那种高贵潇洒的气质依然焕发着魅力，大而明亮的眼睛中深深地蕴含着对父母官的信赖与厚望。

“学生参见老大人！”

“方俊，尔可知道，身在何处?”知县问。

“襄阳县公堂之上。”

“既知身在公堂，当不能有半句虚言。否则刑法无情！”

“是！”

“我且问你，你在裘家，裘天相待你如何?”

“裘老爷是盛情款待的。”

“碧环是怎么到你房中的?”

“她是奉命来陪酒的。”

"房门是开着的,闩着的?"

"闩着的。"

"既然闩了门,男女又同居一室,碧环可有轻佻淫荡之举?"

"大人,碧环不是那样的女子! 我看她十分端庄贤淑。"

"既端庄贤淑,必洁身自好,不会轻易与你苟合从事。那么,她在你床上被奸,当是强奸无疑,你是奸的人,还是奸的尸?"

"啊呀! 大人何出此言?"

"咄! 是本县问你,还是你问本县? 来,掌嘴!"

立即有一个衙役应声上前,抓住方俊头发,把脸向上扳起,然后熟练地从腰里抽出一枚皮掌子来,左右开弓! 方俊鼻中、嘴中立即涌出了鲜血。

裘天相忽然不寒而栗! 这不是因为他又一次见到了鲜红的血,而是被一个酷吏荒唐的堂问方式震慑了!

裘天相清楚地看到方俊充满信任与厚望的眼光如何一下变得惊慌失措。而且这惊慌的眼神,也不过是一个短暂的过渡,又很快被绝望所替代。此时裘天相内心深处也因天良的撞击而感到隐隐作痛。早知道保不住珍珠塔,又何必把他送上断头台? 然而,现在悔之已晚,方俊不上断头台,自己又如何下台呢?

"讲!"孙步邦喝道,"据裘旺、裘天相所证,他们今晨见到你时,你血剑在手。若不杀人,拿着剑干什么?"

"我是在地上捡的! 这必是凶手杀人后扔下来陷害于我的! 大人,若找到了剑鞘,便找到了线索!"

"那剑鞘不就在你床底下吗?"

孙步邦把剑鞘扔到了方俊面前:"细细认认吧!"

裘天相吁了一口气,觉得堂问已轻而易举地越过了最主要的几重障碍,进入了尾声。他这个心念刚动,只听到砰的一声,孙步邦拍着惊堂木,喝道:"堂刑伺候!"

孙步邦说着,拔起一根刑签扔下,即有几个公差上前,先把方俊放倒在地上,脱去鞋袜,把他的两腿夹进三棍棒木的剪刀口里。又有一个差人把两个木蛋放在他太阳穴上,用扁带绕头颅扎住。验刑官细细查看了各处关节,确信没有人做手脚弄假,便报道:"刑具上毕!"

"方俊,招也不招?"

方俊叫道:"不分青红皂白,滥用大刑,天理何在? 王法何在?"

"收!"

难以忍受的剧痛,发自踝骨,沿着两腿直钻进心间。方俊开始时屏住了气息,想咬牙硬挺,但立即觉得全身血液都在往脑中涌,血管仿佛要爆断,两个木蛋压着太阳穴,那里发出了咚咚的捶鼓一般的声音。一口气屏完,他就大叫了一声。这时他忽然希望死,而果然他感到有东西在拼命地撞击天灵盖。一瞬之间,宫门大开,那一团撞击物化成一丝轻烟,悠悠然飞了出去,他自己也仿佛随之解体消散,不复存在了!

堂面上立即纷乱起来,衙役们把硝黄纸点燃了。带着强烈刺激的熏烟开始钻进方俊的七窍。预先准备在那里的,用井水和河水混合起来的"阴阳水",被喷浇在方俊的头上。一个衙役则负责在方俊耳边呼叫:"方俊! ……方公子! ……醒醒吧,快醒醒!"

意识开始回归。方俊感到飞逸的轻烟又渐渐返回,且很快凝结。而就在此时,腿上的剧痛又钻进心去,使他大哭起来。

"方俊,招还是不招?"

"招吧,招吧!"一个衙役在劝他,"伸头一刀,缩头也是一刀,还是少受些皮肉痛苦罢!"

"可是……冤枉……"

"再收!"

对疼痛的恐怖忽然征服了方俊。

"别收,别收!"

"招供了?"

"愿招!"

"那么画供,画了供松刑!"

当供状推在他面前的时候,他的泪水滴湿了它。他提起了沉重的

243

笔,心一横,就在上面画了个圈。

　　松刑的时候,他又昏了过去,不过这次他很快醒来了。他只知道自己被人抬着,却不知道往哪里去。蒙蒙眬眬地似乎是到了祥符县太平庄家里,只是不知道母亲为什么不来看望他？还有弟弟方侗、妹妹飞凤呢？他们似乎也不在家里。

第四章　斗豹奇遇

方母从噩梦中猛然惊醒。

"侗儿！飞凤！……"

她颤巍巍地喊了几声，没有回应，唯有秋风掠过茅屋时，发出了一阵凄凉的呜咽。一只野猫正从屋脊窜过，呜呜地叫了两声。

东方的曙色正从低低的云霾中向外挣扎，四周的崇山峻岭已被勾勒出一个淡淡的轮廓来。这照例是儿女在深山中习武练功的时辰。方母确信刚才只是一个梦，才轻轻吁了口气。她重新闭上眼睛，情不自禁地去追忆那个消逝的梦——心却又不禁怦怦直跳，吓出了一身冷汗。

"妈！——"

方侗手执扁担、担绳，裹着晨风闯进了家。方母猛地睁开了眼——已是朝霞满室了。她撩起衣角擦了擦眼旁的泪痕。

"妈，怎么啦？"

"没啥。刚才做了个噩梦。"

"又梦见大哥了？"

"这一会，我见他满身污血，在荒山野里……"

"你想得太厉害了！早知道这么不放心，当初应该让我去襄阳！"

"你？"

"妈就是不相信我的能耐！"方侗快快的，"大哥是个书呆子，肩不

245

能挑担,手不能提篮,还能闯江湖? 要是我出门,一路上,凭他牛鬼蛇神,乌龟王八贼强盗,谁撞在我的手里,管叫他稀里哗啦,魂不附体! 一个个跪到我面前大叫:'方爷爷饶命! 方爷爷饶命!'"

方母扑哧一笑:"你呀,一天到晚闯江湖,闯江湖,真的让你这个'愣头青'去闯江湖,妈就更不放心了!"

方侗撇了撇嘴,忽然心念一动:"妹妹呢?"

"飞凤不是和你在一起练功吗?"

"练完功,我去砍柴,让她先回家了!"

"可人呢?"

"不好! 一定去长杉坡了!"

方侗见母亲脸上布满了疑云,便笑道:"我前两天在后冈打死一只幼豹。妹妹说,有幼豹必有母豹。母豹为了寻子,必然要去长杉坡。她一定瞒着我去做孤胆英雄了!"

方母吓得面无人色:"一个姑娘家,她、她……"

"妈,你放心,有我在,再凶猛的野兽也不怕,保证伤不了妹妹一根汗毛!"

说罢,方侗便蹿出了家门。方母顺手操起扁担,追了出去!

"侗儿,把扁担带上!"

方侗远远地扬着拳头:"不用了,我的拳头比扁担硬哪!"

其实,方侗心里并不相信妹妹的所谓"母豹寻子"之说。附近的山林中虽有虎豹出没,但长杉坡从来没见过野兽。那只幼豹显然是在别处迷了路。母豹除非能掐算,不然如何能找到幼豹失踪的地方? 方侗觉得妹妹此番举动不免可笑,简直和"守株待兔"一样荒唐! 待会见到她,首先要讥她一句"守株待豹"! 再给她起个外号,对! 叫她一声"守株婆"是最妙不过的了! 想到这里,方侗不禁嘿嘿一声傻笑;这也算是对她瞒着为兄,独来独往的一种报复与惩罚。

到了长杉坡,果见方飞凤隐身在一块大山岩的背后痴等。方侗便提起轻功,悄悄蹿到她身旁,一句俏皮话刚到嘴边,忽然被双唇截住了。一阵怪风旋转着从旁边卷过,风中隐隐夹着沉郁而凄厉的吼声。

"豹!"方侗大吃一惊。

方飞凤给了他一个白眼,显然是一种无声的讥诮:"大惊小怪!"

方侗不禁红了脸。幼豹丧身后冈,飞凤却将长杉坡作为狩猎点。方侗昨天还嘲讽她:"除非你也是一只母豹,或者就是母豹肚中的一条虫,否则怎么知道长杉坡是它寻子的必由之道?""你不懂!"当时妹妹向他演说了一大堆天时兽性、地形地物的道理,滔滔不绝!可惜为兄的不耐烦细听,还报之以一大串不恭的长笑!而如今,一声豹吼,真把方侗闷了个张口结舌。尽管面子上甚是不愿,而潜意识中,对妹妹的神机妙算却暗暗佩服!

"妹妹,"方侗狡猾地笑了一声,"那大虫来了,让我一个人去收拾!"

"少来!"飞凤瞧都不瞧他一眼。

"咦?难道你也不相信我的能耐?"

"谁不知道你有能耐!但眼下得另外派你用场!"

方侗眼前一亮:"什么用场?"但他立即感到不悦,似乎无形中,妹妹成了调兵遣将的主帅,而他正在听命调遣!

飞凤笑了笑:"我收拾了豹,你回去剥皮、割肉!"

方侗气得睁圆了眼:"胡扯!"

"谁跟你胡扯?这是我的豹,不许你插手!再说,你不是打过一个豹了?"

"那只是一只小豹,还不及狗大,一点也不经打!"

"我不管!"

方侗无奈,只得央求道:"这只母豹归我,将来若再有公豹,就归你!"

"呀啐!"

"好妹妹!你不知道我的拳脚痒得快熬不住啦?"

"你痒,我就不痒?"

"好妹妹!我叫你一百遍好妹妹!你让不让?"

又一阵风过。使山林震撼的豹的嘶吼已经迫近。蓦地,群鸦飞腾

247

起来,几只灰色的野兔箭一般地从前面蹿过。转眼之间,从不远的杉林中蹦出来一匹样子十分凶悍而浑身色彩斑斓的金钱豹来。它停住了脚步,把黄绿色的目光向前面的巨岩抛来。然后,似乎发现了什么秘密,它小跑着向他们兄妹奔来。

"好妹妹,好妹妹! ……"方侗诵经般地念叨着。

"好吧!"飞凤不得不让步,"但是有个条件,你三招之内必须结果它。如果三招伤不了它,就乖乖靠边,准备剥皮、割肉去!"

"慢!"方侗不服地,"倘若你三招也伤不了它呢?"

飞凤横了他一眼:"第四招开始由你打到底! 剥皮、割肉归我!"

"真的?"方侗兴奋得跳了起来,立即伸出一个小指,"来,咱们一言为定!"

"一言为定!"飞凤也伸出小指来,与他勾了勾。

方侗立即纵身飞出巨岩,赤手空拳迎豹而上,拦住了豹的去途。他不患斗不过豹! 然而,限于三招,未免过严了些。因而他不敢稍稍疏忽,决意先发制豹。出手一招"双峰贯耳",两拳向金钱豹两鬓夹去。豹子凶狠地盯住了方侗,倏然就地匍匐,避过"双峰"。同时,它的四肢借着匍匐的势力,猛地前蹿,巨大的头颅直欺方侗胸怀。方侗不慌不忙侧身让过,又一招"力劈华山",起掌向豹的脊背劈去。忽见金钱豹后腰急剧蜷缩,方侗一掌仅从它臀部滑过,劈了一片毫毛下来! 方侗因两招无效,不免有点着慌,便胡乱变招,来擒豹尾,岂料豹尾忽然竖起,变得又粗又硬,宛如一条铁棍,呼的一声向他腰间横扫而来! 方侗不得不撤招闪躲。那豹子趁着甩尾的势头,又掉转头来,与方侗正面对峙起来。方侗满面羞惭,喃地跳出圈子。而就在这一瞬间,方飞凤已飞起身来,入圈占位。同时起右手两指直奔豹眼。那豹子大吼一声,后腿直立,目眦尽裂,泰山压顶般向着新的敌人猛扑! 方侗不由得大吃一惊,暗暗替妹妹捏了一把冷汗。然而飞凤并不避让,方侗眼前闪电般地掠过她两条腿交叉的剪影。耳边只听得扑扑两声,像陶罐迸裂,又像银瓶乍破! 那豹子忽地倒退数丈,却又站立不住,一失足,从陡坡上直滚下去!

"裙里腿!"方侗大叫了一声。

方侗禁不住又一阵脸红。"裙里腿"是方飞凤根据师父樊丰长老的武术精义在太平庄别创的一路进攻性招式。发招奇特,使人防不胜防。然而又不限于着裙女子使用,男性也可借鉴。飞凤曾教过方侗。但是,一则妹妹教哥哥,有伤男子汉大丈夫气概;二则方侗以为无非是"女子腿",一直深不以为然,谁知今天初试锋芒,立获奇效! 不觉愣愣地一语不发。

"二哥!"飞凤叫他。

"啊?"方侗从斗败的羞愧中挣脱出来,只得说,"那死豹,我去把它拖回去!"

"不用!"飞凤一摆手,"你得赶快回去,妈可能等急了。这里有我!"

"可那豹子挺沉,少说好几百斤!"

飞凤抿嘴一笑:"它纵然千斤,我只需四两!"

"不行! 这又不是打斗,哪能四两拨千斤!"

"你不能,我能!"

方侗无可奈何。一种莫名其妙的感觉又油然而生:自己明明也不弱,在妹妹面前却常常要听命。

"还有,"飞凤忽又一本正经地补充说,"你回去还得把刀斧磨磨!"

"嗯?"

"怎么忘了? 剥皮、割肉呀!"

飞凤说罢便咯咯地笑了起来,很快引动了方侗少年天真的共鸣,他也放怀大笑了!

于是,飞凤一个人,沿着豹体在陡坡的灌木荆棘中开辟的新道下山去。她感到心里满满的,仿佛山风也柔和多了。这时,一轮金乌,正从云海中浮起,把它金色的光芒照射进山谷。长杉坡已不再是寂静主宰一切,小鸟醒了,欢唱着新歌。鸟语和花香,伴着薄雾晨霭,在这生机蓬勃的山谷中飘荡。

飞凤哼着一支临时拼凑的、不成句也不成调的山歌,一蹦一跳,欢快地下了坡,直到山路旁,却不见了金钱豹的踪影。飞凤咦了一声,举目前望,见不远处一行五人,牵着一匹高头大马,缓缓而行。那马背上驮了一匹死豹。

飞凤恼怒地轻骂一声,提起轻功,绕道到他们前面,拦住去路。她的两手交叉在胸前,目光斜睨着来人。

"莫非姑娘要买路钱吗?"中间一位留着长胡、官员模样的人说。

"好不要脸,抢了姑娘的豹子!"

"怎么说是抢了你的豹子?"那人似乎并不着恼,"那豹从山坡上冲下来的时候,我的四位兄弟各发一弹,才把它打死的!"

"啐!"飞凤咬着银牙,"这本是一只重伤垂死的金钱豹,还用你们打吗?"

"何以见得它重伤垂死?"

"它早中了姑娘一腿!"

"是你的三寸金莲踢了它一腿吗?"旁边四个大汉说着,相顾大笑起来。

"笑个屁! 它的胸骨已经粉碎!"

那胡子便去用手摸了摸豹子的前胸,果然胸无完骨,不由得惊疑地抬起了头。他脸上露着微笑,虽然无声,但那惊喜的神态,已然说出了他的赞叹!

"焉知不是旁人所踢?"胡子带着激将的口气,"如果你能和我四位家将中的任何一位战上三十回合,证明你的身手,我就把豹子还你!"

方飞凤开心地大笑起来:"你们四个一起上来,能和我战上三十个回合,不! 三个回合,姑娘便把豹子奉送!"

四个彪形大汉被方飞凤过分的傲慢深深地激怒了,但对于方飞凤的飞腿神功,他们宁信其有,而不信其无,丝毫不敢怠慢。他们哗啦一声,立即抢占了四角,摆好架势,凝视着方飞凤,准备伺机出击。飞凤微笑着,依然傲慢地瞧着鼻尖,全不把他们放在眼里。四条汉子忍无可忍,怒喝一声,各出奇招,从四个方向来拿飞凤。飞凤待他们靠近,忽地跃身腾空,风驰电掣般一个转体横扫,一瞬之间,双手两足已经各中一人。四条汉子个个跌出几丈远。待他们爬起来时,一个个早已鼻青眼肿了,把个飞凤笑得连腰都直不起来!

"好功夫!"胡子又拊掌大笑,"这招'燃灯拂帚'可是炉火纯青了!"

"咦?你怎么知道'燃灯拂帚'?"飞凤止了笑。

"我先问你,樊丰长老是你什么人?"

飞凤更是诧异:"你认识他老人家?他是我师父!"

"果然名师出高徒,要不是樊丰的高足,怎能有如此的身手!"

那四条汉子也纷纷上前施礼赔罪:"我们有眼无珠,班门弄斧!实在是自取其咎,还望姑娘恕罪!"

飞凤第一次受人大礼,不觉心花怒放,便道:"你们几位大叔,一个个腰圆膀粗,表面上着实好看,内囊却净不中用,好比绣花的枕头一包草。今天走运遇到了本姑娘,若是本姑娘的师父他老人家一个小指头一弹,你们一个个都屁滚尿流!"

胡子又哈哈大笑起来。然而,蓦地心念一动,笑声戛然而止。他走上前来凝眸注视着方飞凤的脸庞。

他注意到了眼前这位豆蔻少女无与伦比的健美,女神般的高贵素雅,以及孩提似的自然奔放,由此铸成了她独特的神韵和魅力。她的面色因刚才的打斗而微微泛红,丰腴且轮廓分明的双唇妩媚地半开着,露出了两排洁白的牙齿,一对大眼睛深邃、清澈,分明还闪烁着某种不可多得的桀骜不驯的野性。

飞凤并不回避他的目光,只是对他长时间的目不转瞬的注视有点误解,并显然已经怒形于色了。

"慢!"胡子突然说,"莫非你就是方飞凤吧?"

飞凤见"江湖"上已经有人知道她的名字,不禁大乐,道:"我就是!"

"啊哈哈……"胡子笑得眼泪都出来了,"原来是表侄女哪!"

"你是谁?"飞凤睃了他一眼,显然还带着些许不信任。

"我是你的表伯父杨景春呀!"

　　方飞凤的祖母是杨景春的姑母,这一层关系,飞凤已听母亲说起过。然而,杨景春不就是当朝的兵部左侍郎吗? 她这样想着的时候,已不觉脱口而出:"你不在兵部做官,到这里来干什么?"

　　"这就一言难尽了!"他一手捋着他长长的黑须说。

　　"一言难尽,多言几句,不就'尽'了吗?"

　　"好好! 但得见了你的母亲以后再说。"

　　于是,杨景春携着方飞凤的手,由她向导着,向太平庄而去。

第五章　儒门将才

喷薄的朝阳把它的金光射进了方家小屋,也驱散了残留在方母陈翠娥心中的噩梦的阴影。她坐在梳妆台前开始晨妆,镜中出现了一张百合般洁白的面容。十年的风雨在她的额前、眼角刻下了些许细淡的皱纹,秀目中含着一种忧郁的美,它们阅尽了尚书府的尊贵与奢华,也饱览了苦守坟堂的落寞、萧条与凄凉! 全凭着镜中这位丽人的艰辛辗转,终于把她的命根子——方俊拉扯长大,同时又把二夫人毕氏、三夫人采蘋为方家留下的金种、银花也抚养成人! 难以想象的毅力和勇气使她自己也暗暗吃惊。她明白,她的心中一直怀着一种希望,确切地说,是一种预感:方家世代忠良,绝不会沉沦到底! 信念的力量才是她无与伦比的毅力和勇气的后盾。噩梦迟早要醒来,她期待的正是噩梦醒来后的早晨的阳光!

方母陈翠娥似乎已经沐浴在这种温煦的阳光中了,感到周身暖融融的,脸上掠过了微笑。她凑近镜面想细细欣赏自己的笑。然而,从香唇间散出的热气,已使镜面一片模糊。她不由得一阵怔忡,突然感到了某种失落。她曾把方家的全部希望寄托在方俊的功名上,然而方俊赴襄阳索塔,预料的归期早已超过。一种不祥的预感,时时刺激着她的心! 这就是她近日来之所以会时有噩梦的缘故。梳子从手中跌落,她的手停留在空中,痉挛得微微发抖。

"妈! 妈! ——"

不知过了多久，她被女儿从一个黑暗、恐怖的世界中唤醒了。她匆匆梳完头发，脸上恢复了母亲的端庄与凝重。

　　"妈！"飞凤闯进门来。

　　"什么时候才能不这样风风火火！"方母半嗔半爱地说。

　　"你道是谁来了？"飞凤话刚出口，马上又自己回答，"表伯父来了！"

　　"弟妹！久违，久违！"杨景春接踵而至。

　　"我道哪位表伯，原来是景春！"

　　他们默默地相视了片刻，几乎在同时，发出了一阵唏嘘。

　　"飞凤，快去沏茶！"

　　"哎！"

　　杨景春感慨万端："这十年，也真难为弟妹了。你们隐居在此，要不是樊丰长老相告，叫人怎么找得到！"

　　方母凄然一笑："景春，你一个人至此吗？"

　　"不，还有四位家将。"

　　"既然还有四位将军，为何不请进门来坐呢？"

　　"他们——咳！"杨景春见飞凤端茶进来了，便笑而不语。

　　"妈，二哥没回来吗？"飞凤放下了茶具，问。

　　"早回来了，这会在河边磨刀，准备剥豹皮呢！"

　　飞凤扑哧一笑："早知道，不用他动手了，干活的人有得是！"

　　方母心中涌起一阵疑惑，但霎时就明白发生了什么。

　　"你看你……"

　　"不妨，不妨！"杨景春连忙截住了方母的话头，此刻他心头正荡漾着少有的快乐，眼波里又闪出一个光彩的微笑来，"败军之将，理应效劳！"

　　方母瞪了女儿一眼："还不快去把二哥叫来拜见杨伯父？"

　　话音未落，大门已经轰然中开。一位家将笨重的躯体砰的一声摔进门来！然后，他又像弹簧般反跳起来，略一凝神，便用双手护住胸门。随即冲进一条人影，人未站定，已飞起一腿。家将向后纵身，跳过

254

一条长凳,这时来人已撤腿换掌,向着家将肩头劈去。家将顺手操起长凳相迎,长凳立即被劈作两半。家将两手各拿着半条凳子,趁势夹击对方。谁知来人出手奇快,举臂之间,胸部早着了一掌!家将站立不稳,跟跄后退,砰的一声,撞在墙上,顿时屋架晃动,洒落一大片灰尘来!

杨景春见自己的家将被欺,勃然变色,拍案喝道:"放肆!"

来人冷笑一声:"你这胡子,原是强盗后台!"

说着他放过家将,起手直奔杨景春,要来掀他的长髯。

方飞凤眼快,早伸出一条粉臂,在离杨景春胸前三寸处,把掌接住。

"你知道他是谁?"

"谁?"

"兵部左侍郎!你我的表伯父杨景春!"

方母已经看清,站在前面的竟是儿子方侗,不觉倒吸了一口气!

杨家四位将军也是方家客人,新来乍到,就被女儿罚去做苦工(她还不知道,他们已经鼻青眼肿了),这且不说,还遭到儿子一顿打。她十分歉意地望了一眼杨景春,脸上红一阵白一阵地变幻不定。

"你这孽子!"方母骂道,"动不动就拔拳头,还成什么体统!"

"这怨不得孩儿!"方侗说,"我从河边回来,还以为他们在偷剥我家的豹皮呢!再说,他们四个打我一个!"

"怎么,"杨景春脸一红,"他们四个打你一个吗?"

说着他大步出了门,见另外三位家将都躺在地上直哼哼,不觉一凛:这四人都是军营中百里挑一的好手,竟惨败如此。可见,方侗又是何等身手!

于是,方飞凤刚才一招之内击败四将的飒爽英姿又在眼前闪回。据樊丰长老相告,方家兄妹不仅已经深得上乘的武功精义,方飞凤还以她罕见的天赋,得了长老毕生所研的兵法亲传!排兵布阵,扎营鏖战,在山上常当儿戏玩耍。看来,军中正统的训练,在方家兄妹面前已经相形见绌!十年前,征讨大将军樊丰辞官隐居,是兵部一个难以弥补的损失。然而,樊丰谢政,难道不就是因为先帝一时听信谗言,屈斩了毕兵部、方吏部、陈户部而致吗? 而今,樊丰长老把平生所学,传给方家后代,使杨景春隐隐感到了长老的一点尚未泯灭的报国之心,以及他对方家重新振兴所寄予的某种厚望! 想到这里,杨景春不禁拈髯微笑起来。

这个笑立即感染了方母和飞凤。她们因杨景春的宽容而放下心来。飞凤挽着她的二哥说:"我们洗锅去,待会儿用红烧豹肉来赔罪!"

"不忙,不忙!"杨景春拦阻道,"这桩差事,索性由他们四位包到底了吧! 咱们伯侄之间,还有许多拉不完的话呢!"

于是,宾主又回到屋内坐了。

"弟妹,时下盗贼四起,并不太平。高闯王刚被诛灭,杨彪又在杏花岭聚义。还有吕展,正在伏牛山起事! ……"

"吕展?"方侗插话道,"就是江湖上被称为'义盗'的吕展吗?"

"什么'义盗'! 无非是一股草寇流贼而已!"杨景春脸上泛起了霜雪冷光。

方飞凤笑道:"强盗也要欺世盗名? 既然叫了强盗,就和那毒蛇猛兽没有什么两样! 哪来什么'义盗'?"

"官军不剿吗?"方母问。

"唉! 国家正缺栋梁! 圣上因此心急如焚,命下官南下镇江,游说前征讨大将军——樊丰出山拜将!"

"师父答应拜将,一定请我当先锋!"飞凤抢着说。

"怎么是你? 天下哪有女先锋?"

飞凤被二哥抢白,不觉语塞,一时涨红了脸。杨景春却幽幽地叹了口气:"你师父玉镜无尘,不肯下山了!"

"那也不要紧!"飞凤道,"古时花木兰替父从军,今天我代师拜将便了!"

"什么话!"方侗又说,"花木兰是因为她没有一个会武的哥哥。你可不一样!"

"什么不一样! 想比一比吗?"

"比就比!"

兄妹说时就向两旁跳开,拉开了架势。杨景春大笑着插立在他们中间:"慢来,慢来! 我还没有把话说完呢!"

于是他一手搂了一个,让他们并坐在一条长凳上。

"这次南下,虽说没请到樊丰,却无意中知道你们在山上学艺十年。为此,我特意绕道来探望二位贤侄。年底京中便要开设武场,广招人才。届时二位贤侄都来应试,谁中武状元,就拜谁为将! 儒门将才,真正难得! 重振方门,不靠你们还靠谁?"

杨景春说话的时候,举起右手捋着他的黑髯,这只手因为内心的恳切与热忱,微微颤抖着。

兄妹二人几乎同时站了起来,激动地相视着。飞凤紧紧抿着嘴,仿佛泪水就要迸出。要不,笑声眼看即将爆发了!

方母也舒展了微蹙的双眉,眉心间那道淡淡的竖纹消失了。那些零零碎碎的预感的片断,正在某种朦胧的联系中发光。她秀丽的面庞此刻已涨起了红潮,而心扉之间,涌起一阵快慰。

此时,热腾腾的红烧豹肉已经上桌。可惜家中没有酒! 然而,"重振方门"毕竟是一个充满诱惑力的话题,餐桌上飞起了一阵阵和谐的欢声笑语。他们各自的脑海中,同时被一个美丽的憧憬所充塞,似乎比酒更有力量,很快使人陷入了欢乐的沉醉!

"可惜,俊儿不在!"

方母蓦然想起了方俊,她的心船开始驶出欢腾的港湾,滑向大海的骇浪之中。

杨景春立即觉察到了方母心绪瞬间的变化。他已听飞凤说,方俊去襄阳索塔,久久未归。于是他的心也微微一沉,眉宇间透出一丝忧虑来。

一阵秋风呼啸着掠过茅屋,摇撼着无边落木。几片黄叶越过屋脊,萧萧地在天井中飘荡。墙角的几只蟋蟀应着那瑟瑟的风声,长吟起来。

"裴家多留大哥几天就是了!"方侗解释说,"妈就是怕大哥遇到强盗!"

"这能怪妈?"飞凤晶莹的眸子里也流露着焦虑,"大哥身上揣着一个无价之宝,谁不眼红?想当初妈把珍珠塔赠给爹了,爹把它卷在破席筒里,不还是给强盗劫了去?差点送了性命呢!"

餐桌上立即落下了一个几乎能使空气凝固的沉默!随着这沉默的延续,一个念头蓦地跳到了方侗的意识上,使他兴奋得急急地搓着双手。

"妈!"他终于忍不住了,"我有个办法!"

"什么法儿?"

"让我到襄阳去接大哥,保护他回来!"

"我看行!"杨景春立即说,"侄儿武艺高强,五六个歹徒也近不得他!而且事不宜迟,俊儿怀揣无价之宝,一路上太危险了!"

说着,杨景春吩咐一位家将从行囊中取出三百两银子,交给方母:"这是给贤侄赴襄阳的盘缠。弟妹就不必推托了!"

不可能再有其他选择。方母的眼神告诉大家:她已经接受了方侗出门的建议。

"我不要!"飞凤差点哭出声来。

"不要什么?银子又不是给你的!"方侗不怀好意地向她笑了笑。

飞凤直着喉咙大声嚷道:"我——也——要——去!"

"胡闹!"方母喝道,"一个女儿家……"

"又是女儿家,女儿家!……你实在怕我是女儿家,我女扮男装出门还不行吗?"

方母只是不理她。飞凤无奈,便走到方侗跟前,可怜的大眼睛中旋转着泪光:"二哥,你去跟妈说,要是没有我,你就到不了襄阳!"

方侗见妹妹破天荒求起自己来了,不禁十分得意,就笑道:"我怎么就到不了襄阳?"

飞凤只得央求了。

"好哥哥,我求你了!我叫你一百遍'好哥哥',还不行?"

方侗乐不可支。

"那我去试试!"说罢,他走到方母跟前。

"妈,妹妹胆大心细,让她随我一道去也好!"

"那怎么能行! 这又不是去玩的!"方母毫不让步。

飞凤一急,眼泪真的流了出来。于是她一把抓住杨景春的衣袖,撒起娇来:"杨伯父,你还要不要我拜将了? ……你去跟我妈说说嘛!"

杨景春抓住她的两条胳膊:"你妈说你'女儿家'不是? 你说你能女扮男装,且先装来,看看够不够格!"

方飞凤这才带泪一笑,转身到方侗房里,翻箱倒柜地取出二哥已嫌小了的衣衫,等她出来时,头上已经戴上了武生巾,身穿墨绿缎子洒花短袄;窄窄的袖口;胸前二十四档密门纽扣;脚蹬薄底快靴,英俊而潇洒。杨景春不觉呆了半晌,好久才笑出声来,就连方母也忍不住笑了。

"妈,你还不放心吗?"

"可是,你们忍心把妈一个人孤零零地撇在家里吗?"

"妈,我们又不是不回来了,就这么几十天罢了!"

方侗也来了劲:"这几天我们多打些野兽来,把肉腌了,再多砍些柴!"

"菜园子也整整好!"飞凤补充说。

"除非你们答应妈两件事——"

飞凤吐了吐舌头,嫣然一笑:"咦? 人家都'约法三章',妈怎么只有两章?"

"刚才还哭,一会儿就嬉皮笑脸地不正经起来! 好好地给我听着:第一件,一路上不许多管闲事! 接着大哥,马上回来! 接不着大哥——"方母哽咽了两声,"也要速回,不许耽搁!"

"我们答应就是。还有第二件呢?"

"方家世代忠良,无论何时何地,绝不可做出有损方家名誉的事来!"

"我道是什么事,这还不容易吗?"

"那,二位贤侄,准备何时动身呢?"杨景春问。

方侗想了想:"三天以后!"

259

第六章　凤失白河

"杨伯父百里挑一的保家将军,这么不经打! 好像四头羊!"

"不,四只鸡!"

"四只鼠!"

"四条虫!"

越比越渺小,最后无法比喻时,他们都哈哈大笑起来。

"我们最好也有佩剑!"飞凤说着,眼前立即浮现了一个女侠的倩影。

"要剑干什么?"方侗并不理解妹妹的心思,"我们的掌便是刀,指便是剑!"

飞凤回眸看了方侗一眼,隐隐流露了出门以来因始终未能遇到用武机会而产生的遗憾。

"谁说路上不太平? 这么多天了,连个小蟊贼的影子都没有见过呢!"她说。

"这倒也是!"方侗也有同感。

"恨不得遇到一个武林高手,与他战上五百回合! ……"

"不,一千回合方过瘾!"

"可惜这世上都是熊包男人!"

"是吗?"方侗的眼里闪出了幽默的笑意,"男人都是熊包,你嫁给谁呢?"

"宁可不嫁！除非谁证明自己不是熊包！"

"怎么个证明法？"

"与我战上五百回合！"

"真的？"

"不假！"

"如果真巧遇上这样一个聋、驼、麻、瘸、哑、瞎、癫、歪、癞,加外锅底一样的黑脸汉呢？"

飞凤笑道:"世上哪有这样的十样锦？有这样的十样锦,又怎么打得过我？"

"偏有！而且打过了你！"

飞凤故作正色道:"嫁他！"

"只怕遇到了这样的十样锦,你就三下五除二把他结果了。遇到个小白脸儿,你便步步饶他,挨过了五百回合!"

"啐！啐！啐！"

她嘴上啐着的时候,芳心正经受着暖和的春风的抚慰,涓涓的细风,从心的井口轻轻拂入,流进了神秘深邃的井底,化解着冻土,仿佛有一颗种子正在那里苏醒,它的嫩芽儿正尝试着破土萌发,要尽快去感知那春的芬芳。尽管仅仅是一些最初的觉醒与冲动,已足使她红云满面了。于是,她的心的奔马开始加速驰骋,而浑身上下已沉浸在舒适的春的慵倦之中。

方侗见妹妹脸上泛红,便向着她开心地笑了。

渐渐地,那奇遇的幻想和对冒险的渴求开始混杂在一起,在方飞凤少女脆嫩的心间急速膨胀起来。一个异乎寻常的心念蓦然一动,她敏捷地抓住了它,变成了一句话,从她的唇间跳出来:"我们分开走!"

方侗不禁一怔:单身行路,意味着某种风险。

飞凤似乎猜到了二哥的心思,不觉抿嘴一笑。有一句话正截留在她的喉间:她要的正是这样的风险,借以消遣那一日浓似一日的乏味与无聊。

"你不敢吗？"她问。

"怎么不敢?"方侗无法抵御那强烈的诱惑。

"我想大哥或许要从水路回家。我们一个从陆路迎,一个从水路接!"

方侗一拍掌:"这样才万无一失! ——你脚小,当乘船!"

飞凤没有异议,唇边挂着的浅笑一直没有消逝,使她显得容光焕发。

"那么,我们往回走,鸭嘴渡有雇船!"

他们往回走着。一股汩汩的清泉把他们引导到一个古镇。他们绕过喧哗的镇区,到了渡口。一块长满青苔的山岩上刻着斗大的五个字,依稀可辨:白河鸭嘴渡。河边歇满了各式的木船。

"客官,渡河吗?"

一个中年船家笑容可掬地迎了上来。他黝黑的方脸线条冷硬,虽然在微笑,却仍掩饰不住目光的阴沉。

"不,雇船。"

"去哪里?"

"襄阳。"

"两个人?"

"不,就我这位兄弟去。"

方脸汉打量了一下男装的方飞凤,带着试探的口吻:"船钱可贵着哪!"

"要多少?"

船家略一沉吟:"包伙,一十五两。"

方侗从银包中摸出了银子,大大咧咧地说:"给你二十两。但有一个条件,我兄弟去襄阳是为寻访大哥。每到一个繁华码头,必须停靠一两个时辰,好让他上岸去顺便打听一番。"

"那好说!"

方脸汉接过银子,就把他们领到一只航船上。船上还有一个年近三旬的妇女。看样子便知是方脸汉的婆娘,她周身透着一股山野的悍犷。

一上船,方侗便把银包扔给妹妹。

"都给我? 你呢?"飞凤问。

"我不用!"

"怎么不用? 你吃什么?"

"你知道,我是属羊的。"

"属羊又怎么啦?"

"男属羊,出门不带粮嘛!"

飞凤跺着脚道:"你总不成打家劫舍去!"

说着,她把银包打开。方侗笑着拿了几块碎银:"这点足够了!"

说完,不等飞凤回话,已纵身上岸。他的动作看来激烈而迅猛。然而,小小的船身稳如泰山,纹丝不动。方脸汉与他婆娘吃惊地从白花花的银堆中收回目光,面面相觑了好半晌。

"襄阳见!"方侗在岸上笑着挥手。

"去去!"飞凤噘着小嘴道。

"船家,你们若侍候我兄弟不舒服,回头小心脑袋壳!"

"哪敢,哪敢!"

方脸汉的卑躬和惊慌,使方侗异常振奋,他猛地转过身。这时,他甚至对自己转身的姿态也感到了满意:果然有点儿英雄的气概! 于是,他头也不回,扬长而去了!

方脸汉抬头看了看红日,立即吩咐他的婆娘开灶起炊。不一会,端来了喷香的米酒和白馍,另外二菜一汤:螺蛳、鳖和鲫鱼汤。方飞凤久住坟堂,很少尝到河鲜,这下正中下怀,偷眼看方脸汉他们时,也在船艄上大嚼。直到他们酒足饭饱,才解缆起航。

方飞凤站在船头,河面上散发着水草的清芬。垂柳和许多不知名的古木列队似的站在河岸,热情地向她迎来,又礼貌地向后退去。水浪拍击船舷的响声,就像雄壮的军乐,整齐而富有节律。那辽阔的旷野袅袅地蒸发着水汽,使远处的田园和村庄仿佛都披上了一层透明的薄纱,焕发着梦的朦胧与恍惚。这是方飞凤生来第一次航行。她正处在大自然赐予的和谐的美中,加上那米酒的躁动,她的头部渐渐升起

263

了一种从未经历过的舒服的晕乎感。

　　然而,当新奇的兴奋渐渐消退的时候,那单调,犹如一个恶魔,一下擒住了她的心。她开始后悔没有把师父传给她的兵书带来复习,聊以打发闲愁。继而,甚至后悔与二哥分手:如今连个说话的人都没有了。早知如此,八辈子也不走水路。

　　方飞凤轻轻叹了口气,烦躁地横了一眼方脸汉,见他正把着舵。他的眼睛旋转着某种疯狂的火,正在丛密的长眉下面深深地盯着自己。当他们的眼光相遇时,他倏然诡谲地一笑,避开了。于是,一个异想蓦地兜上心来:"这莫不是一条贼船?"

　　这个念头虽然只像电光之一瞥,却使她极度兴奋。她巴不得这是一条贼船,甚至她已开始想象即将发生在船上的一场厮斗。

　　她情不自禁又钻进了船舱,意在熟悉一下里外环境。

　　正在这时,船家婆从后艄掀帘而入。

　　"闷了吧?"她笑着说,"咱就唠唠嗑来!"

　　说着她握起方飞凤的手,又趁机捏了一把,然后一起坐在榻上。

　　"相公这手,啧啧啧! 又光又滑,我这半老徐娘能摸着这样粉嫩的手,也是一种福气!"

　　方飞凤挣脱了她的握捏,问道:"船家,前面的一个码头是哪里?"

　　"南阳。还远着呢!"

　　"这是白河?"

　　"可不是,大名鼎鼎的白河! 这条河叫白河,还有个好听的故事呢! 别的乘客,听我这个故事得付二钱银子,看公子这双手的分上,就免了!"

　　方飞凤心想:这个野婆子还能讲什么动听的故事,分明是一种分心的战术! 然而,又何惧之有? 于是道:"那就让我饱饱耳福吧!"

　　船家婆便兀自咯咯地傻笑了一阵,又叫了一声:"小官! ——"

　　方飞凤见她不一会工夫就三变称呼:先是"相公",继又"公子",现在又称"小官",不觉暗自好笑。那船家婆一声叫后,果真喃喃地开始叙述故事。渐渐地,如优伶入戏一般,竟抑扬顿挫,眉飞色舞,以至于口沫乱飞,手舞足蹈起来。

"小官,你道这白河为何姓白? 只因很久很久以前,鸭嘴渡畔一家草屋中,住着一位姓白的寡妇,名字都叫不上了,只叫她白娘娘。白娘娘的男人死时给她留下了一个遗腹子。待到十月满足,临盆之前,白娘娘死去活来,直痛了三天三夜,那产门兀自不开! ……"

"产门? 什么产门?"方飞凤觉得这婆娘还颇有引人入胜的讲话本领,听到不明白处,忍不住问道。

船家婆不觉又咯咯地笑了起来。

"这产门只有我们女人有,难怪小官不知道了! 你想,胎儿在娘肚子里,平日要没有产门关着,不早就流出来了? 可是十月满足之后,胎儿就要落地之时,那门只管不开,孩子岂不憋得慌,不要手脚乱蹬吗?这叫做娘的怎么忍受得了?"

飞凤红了脸,道:"莫不就是难产?"

"是了!"船家婆接口道,"正在这难产的当儿,有个远方的和尚来借宿。这鸭嘴镇上有的是寺庙,他不借,偏偏借到这草棚中来! 这真正叫缘分! 和尚见白娘娘生产痛苦,便发了慈悲之心,从葫芦中倒出一颗药丸,用水化开,给白娘娘吃了。不想这药丸就像仙丹一般,一下肚就不疼了,同时产门大开。只见一个又白又胖的小子哗的一声挤了出来! 这又罢了! 谁知那小子见风就长,一落地就像一个三五岁的孩童,会说话,能走路。白娘娘满心欢喜,可是她笑不出来。为啥? 只因肚皮又大大地疼起来。"

"莫不怀的双胎?"飞凤急问。

"咦?"船家婆诧异道,"你怎么知道的? 果然腹中还有胎儿! 幸亏和尚在旁边,又用了药丸。不多工夫,老二便出世了! 白娘娘更是欢喜,可还是笑不出来,原来那肚子里还有第三胎呢!

"这也称不得奇。和尚忙不迭地为她用药,白娘娘忙不迭地生儿子,直生了一百个儿子才大功告成。这时,天色已亮,和尚便告辞而去。

"白娘娘的床上床下,桌上桌底,都挤满了儿子! 她两间草屋怎能容得下？有的不得不挤到门外,更使白娘娘犯愁的是,她只有两个奶子……"

船家婆说时,隔衣托起自己的一对大奶,掂了掂,又接着说:"老大、老二拱在她怀里,吮了两口,白娘娘便道:'儿啊,不要吸干了,留点给弟弟吧!'老大、老二听了,便下了床,溜到门外。老大对老二说:'我们只吸了两口,妈就要我们下来了!可见她偏心,只想着弟弟,我们不如走吧!'老二道:'说得有理!'于是,老大、老二悄悄地走。这时老三、老四在吸奶,也吸了两口,白娘娘道:'儿啊,不要吸干了,留点给弟弟吧!'老三、老四也只得下床,溜到门外,也说了这样几句话,悄悄地走了。白娘娘闭着眼睛,千篇一律地告诫儿子们。那老九十九对老一百说:'家中只有咱兄弟俩了,妈也不让我们吃饱,可见妈心里其实向着哥们!'老一百道:'如此说来,不如我们也走了吧!'后来,那白娘娘久久不见有儿子吸奶,好生奇怪,睁眼看时,儿子都没了。于是四处寻找,哪有踪影?便大哭了几天几夜,投到这河里来了。为着白娘娘的缘故,这河就称为'白河'!加上鸭嘴镇自古便穷,于是'穷镇白河'就被别人喊惯了!"

方飞凤没想到这个悍野的船婆能讲出这样稀奇的故事,心中的闲愁在她滔滔的演述中悄悄散去,然而,内心深处的戒备却始终没有松懈。

"呀!"船家婆望了一眼舱外,"你看,不知不觉间,天色已经不早,月亮也放光了!待我做饭去,吃了晚饭,你便放心睡觉,等你一觉醒来时,离南阳便不远了!"

"怎么,你们不睡觉?"

"我们轮番把舵,轮番地睡,你尽管放心!"

不多片刻,用罢了晚膳。方飞凤带着某种期待,从容上了铺。月光从舷舱中涌进,在舱内涂抹了一层灰白。她把眼睛盯着舱口,耳朵捕捉着艄上传来的每一个细微的声音。这种用心与贯注,延续了两个更次,直到膨胀在每根血管里的兴奋开始萎缩,方感到疲惫与困顿。与此同时,她开始怀疑自己白天的直感,并越来越相信对两位船家的判断是一种滑稽的误会。此时,船底那均匀而富有节律的拍水声,又神奇地变得悦耳起来了。她满意地聆听着,那噼啪的水声,不断地引诱着她向着深眠而去。

然而,作为一个初出门的少女的本能的警觉,仍在朦胧中活动。她清晰地意识到自己进入了梦乡,但是她的灵感不时地把梦的纱幕悄悄地挑起一角,保持与梦外真实的一切的联系。于是,那方脸汉与船家婆黎明前的私语声,便从这纱幕敞开的一角中流入,并在她的脑部迅速作出了反应。

"那小子有武功吗?"

"我特地捏了他的手,软绵绵的,哪里会有什么武功?"

"和你说话时,你觉得他的内劲如何?"

"我逗着他说了几句,什么内劲,只觉得阴柔有余,阳刚不足!嘻嘻!"

"好! 天赐我们一大包白银!"

方飞凤反射般地竖起身来,坐在床沿上。

几乎与此同时,一柄白刃挑开了舱帘。方脸汉鬼贼似的闪将进来。他见方飞凤端坐着,不觉一怔,然而,这微微的怔惊之后,脸上又恢复了肆无忌惮的神色。

"哼!"方飞凤从心里冷笑一声,"我早知道这是一条贼船。"

方飞凤说着,心里又开始为自己的先见之明而得意。然而,尽管她曾经捕过虎,杀过豹,现在却是生平第一次面对手持利刃的强人。她并不是担心厮杀失利,只是因为可能免不了要直面那鲜红的人血,而感到些许紧张。

"既然知道,就不必多言! 你自己选吧,要全尸还是断尸?"方脸汉怕她听不懂,又补充道,"全尸就是扔进白河,断尸就是一刀两段。"

"哎呀!"飞凤已经完全镇定了,便故意颤巍巍地带着哭调说,"一刀两段,果然痛快,但毕竟要血流满舱,脏了宝船,还不如全尸吧!"

"看你小小年纪,倒也快人快语!"

说着,方脸汉逼飞凤走上船头。正要推她下河,忽听方飞凤大叫一声："慢！不知二位尊姓大名。待会阎王爷问起来，也不好交代呀！"

方脸汉哈哈大笑着："老子坐不改姓，行不改名，乃杏花岭大王杨彪麾下，水军部一名小头目，姓方，爷娘还给起了个大号叫'的角四'，大名方连汉的便是！这一位乃是我的婆娘，人称'野木兰'花嫂。记住了，明年今天，就是你一周年的祭日了。"

说罢又来推她。谁知，这一番方飞凤落地生根一般，哪里推得动！方连汉正在疑惑间，只听方飞凤大喝一声："呔！"

喝声未断，方连汉右腕已着了一掌，手中的朴刀随即脱手，落入水中。而这一声喝，是从方飞凤丹田中迸出，恰似裂帛破空！声浪撞进方连汉和野木兰的耳管，几乎把鼓膜震穿。二盗只感到一阵剧痛。凭着他们的经验，立即知道遇上了劲敌！

方飞凤不愿占人便宜，所以虽然出了先手，却不落要害。她还希望二盗能与她战满三个回合。

方连汉夫妇立即各抢一支铜桨在手，同时向方飞凤拦腰削去。飞凤见船头狭窄，没有退路，只得仰面弯腰。呼的一声，桨影在腹上几寸许掠过。飞凤急忙双手反撑，一式"后桥惊鸿"，随着转体，踢出双足。方连汉急忙撤桨，避过了飞凤足尖。野木兰稍一迟缓，桨叶已被踢个正着，连人带桨跌入了河内。

方连汉原以为双桨合击，距离又近，加上对方的退路有限，必能制胜！岂料一招之间，对方不仅解了危，且又抢了主动，自己反被逼到船舷上。于是他对着方飞凤高叫一声："爷爷服啦！"也扑通蹿入了白河。

现在便轮到方飞凤仰天长笑了！笑声在那静谧的夜空久久回荡。一阵夜风拂过，方飞凤的笑声戛然而止！因为她感到脚下的船剧烈地晃荡起来。她竭力稳住脚跟，然而，越晃越烈，哪里还站得住？不一会就船底朝天翻了身！方飞凤身不由己地栽进了河心。

她进入了一个完全陌生的世界，立即失去了一切自由。水，直往她的鼻孔、嘴里灌进去。那死的恐惧，第一次攫住了她。她挣扎着，两手拼命地挥动，希望能抓到些什么——哪怕一根稻草也好。然而，周围除了那无情的水，还是水！而且她越挣扎便越往下沉。她绝望得想哭,却又无暇去哭。蓦地,母亲、大哥、二哥,还有童颜鹤发的师父都来救她了,但是他们光走马灯似的也围着她旋转,并不肯伸手。她想叫喊,却已无力出声了。渐渐地,意识开始淡化,终于茫然而无知。

此时,野木兰花嫂已把船儿翻正,并跳上了船头。她见方连汉抱着方飞凤游过来,便朝他道:"你不上来,还抱着个死鬼干吗!"

"婆娘,我们上当了! 这是个雌的!"

说时,方连汉把方飞凤抛上了船。

方飞凤毫无知觉地躺着,束紧的长发已然披散,遮没了她的脸。

"嗨!"野木兰道,"你以为留长发的便是雌儿? 要知道,如今一些男人也讲究蓄发!"

"是吗?"方连汉翻上船来,不容分说,解开了飞凤的外套,果然露出了花格子的内衣,撕碎内衣,露出了前胸,就像那月光一样冰清玉洁! 方连汉乐得心都快跳出喉咙了!

"怎么,你想……"

方连汉用手撩开了她的头发:"你看她长得多俊! 若与你来比,一个是嫦娥,一个是母——"

"母什么?"野木兰怒道。

"母……母娥! 嫦娥的母! 总满意了吧? 这回,还望高抬贵手,格外开恩呢!"

野木兰从鼻孔中哼了一声:"她正昏死着,一时又醒不过来,可有什么味儿!"

"啊呀! 她要是醒了,我怎么摆布得了? 她昏着,我才能随心所欲,要怎么干就怎么干呢!"

野木兰见方连汉月色中的双眼,不时发出极亮的闪光,肌肤被疯狂的兽欲冲击得不停地抖动着,她悄悄叹了口气,说:"罢了! 这一阵看得你紧,也难为你了。但是,君子有言在先:事完,马上勒死她,抛到河里去,否则后患无穷!"

说罢,她悻悻地转过身,穿过了船舱,到艄上去了。

方连汉大喜过望,急急地把自己身上的湿衣脱了,又去把方飞凤的衣衫脱去,然后找来毛巾,把浑身水迹揩干。当他的手再次触到方飞凤的肌肤的时候,猛然感到一阵心悸。在她圣女般洁白晶莹的肉体的映照下,自己的躯体简直就像粪土一般污秽。他无疑正在干这样一件事:用最粗浊的器具去毁坏一件稀世珍宝。因形秽而造成的自惭感,使他在片刻之内竟不敢再去触碰她,而只是怔怔地站在那里。

然后,他忽然冷笑起来。世界上多少达官贵人、王孙公子,还有那些肥得流油的富翁,不是同样的一副臭皮囊吗?凭什么他们能三妻四妾、左拥右抱?这世上艳福何以这等不平?于是,怒火与欲火同时蹿起,使他加倍地疯狂起来。忽然,船艄上传来一声喊:"杀胚!你先来一趟!"

方连汉皱了皱眉:"什么天大的急事,非要在这种时刻来打扰?"

"叫你来,你就来!"语调中蕴含着某种威慑。

方连汉无奈,只得上了船艄。

"你先坐着,听我说。"野木兰笑了笑。

方连汉便在她面前盘腿坐了下来。

"山上九位头领,老九战死了。这第九把交椅你想不想坐?"

"什么时候,却来提这个话头?"

"你想坐这把交椅,我可请老八在大王面前保荐你!"

"八爷肯保我?"

"这你别管,我自有办法!"

方连汉脸上的肌肉抽搐了一阵:"难道让我变作大乌龟,爬到那宝座上去?"

"呸!"野木兰拉下脸来,"我也像你那样长着一身的淫骨头吗?"

"八爷若真能保荐我,那是很好!"

"但也得有个条件,你先得为大王立下一桩功劳!"

"哎,一时哪能做出什么惊天动地的大事来呢?"

"眼前有一条路。"

"什么路?"

"这个妞长得标致,不如把她送给大王,他一定在心里记着你!"

方连汉一拍大腿："妙妙,我怎么就没想到! 好! 就这么说定了!"他站起身来。

　　"哪里去?"

　　"纵然要送人,自己也得先尽情地乐上几番。"

　　"啊呀! 你就馋成这样! 要知道杨大王是个色中里手,倘若追问起来,你不就有了欺上之罪了吗?"

　　"……"

　　"你自己瞧着办吧!"野木兰斜睨了他一眼,"要当老九别沾这个妞;沾了这个妞,就别想坐交椅!"

　　这种抉择几乎使方连汉感到窒息。两股无形的力把他的心同时向两个方向牵引。他长满胸毛的胸脯急剧地起伏着,而那欲火炽烈的眼睛已经发红,他瞟了一眼方飞风,便不由自主地向着那个方向挪步。

　　"怎么,决定了?"野木兰冷笑着说。

　　他对野木兰有所顾忌,却并不畏惧。此刻,一种美妙的前景突然大放光明,同样有着诱人的五彩毫光。他意识到,眼前这个美妙的女子,是他手里的一件奇货。他确实能够凭借她去建立一桩不可多得的大功。何况他和四爷卜天鹏、五爷米魁、六爷崔定合创的"六合梅花阵"的战法,已得到杨大王的青睐! 再加上八爷的铺垫——即使他背着龟壳爬上宝座去,又何尝不够荣耀? 坐了这把交椅,天上的一角风云就归他叱咤了。喽啰们前呼后拥,他可以到财富聚集最多的地方去抢夺,去掠取! 那黄的、白的,软的、硬的,便能源源而来,到时候还愁没有美女享用吗?

　　于是,他体内卷起了一股更为强烈的罡风,把充塞在每个细胞间的欲火都卷走了。他干咳几声,对野木兰说:"你设法生堆火,把湿衣服烤干了,给她穿上。"

　　"另外,得用麻绳把她的手脚捆结实!"野木兰补充说。

　　"好! 我们马上起航!"

　　"去襄阳?"野木兰满意地一笑。

　　"杏花岭!"他回答说。

月亮躲进了云层,启明星开始闪耀,天地间充满了黎明前的黑暗。方连汉重新掌起了舵。这条船,载着那满舱的希望和遗憾,剪开水波,拐进了另一条阴森莫测的水道。

第七章　刁龙摆宴

　　方侗离开鸭嘴渡,重重的失落感便悄悄地向他袭来。他停住了脚步,回首凝望着妹妹乘坐的那条船,心中渐渐后悔起来。他想妹妹肯定马上会感到孤独与寂寞,就像自己已经感受到的一样。分道的决定不是过于草率了吗? 简直就像从小一起玩惯的儿戏! 他们兄妹生来没有分离过。此时,难言的离愁别绪深深触动了他,使他这个堂堂须眉的两眼中胀满了泪水,那河、那船、那人影都越来越模糊不清了。

　　方侗十分奇怪自己竟会流泪,最初的瞬间,他宁可相信是被风沙所眯,直至感觉到自己的心在轻微痉挛时,才认定了是潜在的"妇人心肠"在作祟。这与刚才那种英雄气概形成一个强烈的对照。于是他让自己扑哧一声笑了出来。虽然,那笑里分明还带着苦涩,脸上还带着泪痕!

　　他不再看那条船,竭力甩开那绵绵的愁绪,独自往前走去,并在不知不觉之间拐进了鸭嘴镇。最先向他眼睛扑来的,是一面偌大的招客茶帘:绿底、荷叶边,上面写着"近水茶楼"四个漆黑大字。茶楼虽不是飞檐翘角,但也颇具气势,在这砖房、木屋和草庐杂建的鸭嘴镇,算得上鹤立鸡群了。方侗心中一动,便走了进去。刚跨进门槛,却又猛然收住脚步,茫然自问:"我不喝茶,来此干吗?"

　　他环视室内,几张崭新的八仙桌旁,零零落落坐了些茶客,一个堂倌手里提着一把特大的铜吊,在茶座中穿梭往返。客人要水时,他娴熟地起一只手,三指插入茶壶的柄环,拇指和食指捏着圆圆的壶顶掀开盖子,然后把铜吊向一侧拉开,便有那热腾腾的沸水从一尺有余的长嘴中喷出,水到壶满,遂收煞,壶外竟滴水不溅。

"加水!"一位茶客用手指轻轻叩着桌面。

"来了!"

堂倌乜斜了那茶客一眼,见他手里拿着壶盖,正在等待,便立即扬起铜吊,隔桌儿把沸水喷去,不偏不倚注入壶中,且三放三收,恰如凤凰点头。众人不由得异口同声喝了一个满堂彩。

方侗怦然心动了,他自认为武功卓绝,可跑堂这一手绝招,他却不能不甘拜下风。堂倌见方侗在门口愣着,便走上前来,客气地伸手弓腰:"客官请!"也许方侗是初来的生客,他又补充了一句,"楼上还有雅座。"

他伸手之际,隐隐夹带着一股劲风。方侗暗自一怔,就立即记起师父的一句话来:好在人前卖弄武功者,乃是武林中的末流。于是,方侗唇边漾起了一个讥讽的笑,原先对他的一丝钦佩也随之消失了。

方侗大步登了楼。楼上果然清雅、敞亮得多。立即有小贩迎来,他胸前一只藤编的浅筐,用绳子拴在脖子上,筐中满装着糖果、瓜子和点心。方侗一摆手,表示不用,兀自找了一个临窗的桌子坐了。果然名不虚传的"近水楼"!窗外便是白河。隔着窗望去,鸭嘴渡尽收眼底。远远地,他看见了妹妹乘坐的那条船,还没有起航,船上升起了袅袅的炊烟。于是他释然了:到近水楼来,原是为了再看一眼这船!

正凝眸间,忽然瞥见白乎乎的一物向他奔来。暗器!他急忙起手接住,却是一块热毛巾。墙角边,值楼的堂倌正在对他点头。方侗便报以一笑。打开毛巾擦了擦脸,心里兀自想着,那毛巾平射而来,他的手触及毛巾的一瞬间,感到的力在百斤以上。难道这里的堂倌个个都会武功吗?或许,他们都是为了试探一下他这个陌路人的功底?他不禁又看了堂倌一眼,见他业已背对着自己,两眼注视着别处。一个投桃报李的念头蓦地跳到他的脑中。他抑住了自己心里的笑,把毛巾叠成四方,向空中抛去。那毛巾在空中打了个转,倏然抖开,恰似白鹤亮翅一般,直向那堂倌的脑门奔去。方侗想自己的恶作剧必然成功:那毛巾一接触他的头颅,仗着内力的运动,两翼将从他的鬓边包抄,把他的眼睛、鼻子以及嘴巴一揽子结结实实地裹起来,见了这怪模样,楼上的茶客必将笑得人仰马翻!

谁知,那堂倌后脑上似乎长了眼睛,在毛巾离他寸许的千钧一发之际,他忽然伸起手来,像摘桃子一般将之轻轻摘去,竟没有惊动任何一位茶客。

方侗大吃一惊。他抛的是一手"纯阳巾",内力运用得恰到好处,巾在后脑正值强弩之末,若顺其自然,绝不会有丝毫损伤。若中途拦截,强取硬夺,必受内力所震。而堂倌之摘巾,竟若无其事!方侗受惊之余,甚至开始怀疑起自己的功夫来了!

堂倌回眸一笑,随即泡来一壶香茗,放在方侗面前:"泡茶有迟,怠慢!怠慢!"

方侗没有注意到:堂倌用左手托着盘子,接巾的右手直僵僵地垂在一侧。他转身之后又紧蹙了双眉,最后,匆匆瞥了方侗一眼后就悄悄地下楼去了。

方侗悠悠地品着茶,又望着鸭嘴渡。妹妹坐的船已经开走!他突然惆怅起来。什么时候再见面呢?见面之时,无疑要把这一路的奇遇告诉她——自然也要听她的。到时,他们的故事也许三天三夜都讲不完!想着,眼前立即浮现出妹妹的音容笑貌来。为了这想象中的画面更加清晰,他索性闭起了眼。

这种沉湎是如此专注,以至于茶座上顾客们的高谈阔论,他一无所闻。直到其中二位忽然拍桌子,震得壶盖乒乓直响时,他才被猛然震醒。这时,那说话人的声音,才一字字地钻进了他的耳中。

"金员外特地为儿子的新房造了钢窗铁门,可有什么用?半夜里,新媳妇还不是照样不翼而飞了?"

方侗不禁一震,又听到一个声音在耳边响起:"妖孽未除,镇难未已!镇上新娘失踪,这回已是第五个了!"

"听说这是一匹马妖!"另一位说。

"不是马妖,是只蜘蛛精!"又一位立即纠正他。

"什么妖孽!"那位拍桌的中年汉子站起身来说,"以小弟愚见,妖孽是决计没有的,只怕镇上出了采花大盗!"

"嘘!……"一位老者把食指放在唇上,眼睛觑着墙角,尽管堂倌不在,他仍然把声音放低了,道,"三个月前,有位姓方的过路客人,在向春楼前,也说了这么一句,恰恰被刁掌柜听见了,不分青红皂白,好一顿毒打!我数过,光耳光就扇了十二个,打得血流满口,一塌糊涂!"

"凭什么打他?"中年汉子十分惊诧。

"刁掌柜认为是妖,他出钱请了两位法师在镇上除妖。大约为这,就不许别人说不是妖!"

方侗霍地站起身来,眸子中布满了惊疑。他的全部意识被一种突然降临的强烈感情所左右。挨打的是一位姓方的过路客人!异常敏锐的预感使他躁动不安,他捧起茶壶来,加入这闲聊得热火朝天的一桌。

"老伯,"他问那老者,"那挨打的过路客,可是一位年轻的书生吗?"

老者捋着他的白髯,打量着他。

"正是。"他说。

"穿戴很寒酸,是吗?"

方侗很希望那老者对他摇摇头。然而,老者的回答却使他十分惊骇:"是呀,看来你这位小哥一定在场了!"

"他自己说姓方?"

"可不,后来才知道,他还是吏部前尚书方卿的长子。要不是方吏部遭了难,刁掌柜敢动手吗?"

方侗怔怔地望着老者,一方面他已确认大哥正是从陆路去了襄阳,自己访兄的路是选对了;一方面大哥在此受人欺凌,一种强烈的耻辱感从心底扩散到全身,使他一时血涌双颊,脸色通红,以至于说话带了颤音,仿佛不是从他嘴里吐出来的一样:"那么,这刁掌柜是怎样的一个人物?望列位见告。"

坐在他旁边的一位茶客把手搭在唇角,凑到方侗耳畔,同样低声说道:"那刁掌柜,就是这近水楼的老板。他还在镇上开着肉铺、布庄、饭馆……"

楼梯上响起了脚步声,那人戛然止言。原是值楼的堂倌回来了。众人略略变了脸色。那老者便另起一个话题,继续着他们的闲聊。

方侗一时和他们没有了共同语言,而怒火却在胸膺越燃越烈,以致心间隐隐作痛。那通红的脸色,在一点点地泛出白来。

堂倌扫视了一圈楼面。当他的眼睛与方侗接触时,仇恨之光一闪即逝。然而,他还是赔下笑来,走到方侗面前,抱拳道:"恭喜客官!"

"什么喜?"方侗粗鲁地面对着他。

"鄙号掌柜最是礼贤爱才,闻听客官出手不凡,特在向春楼摆上一桌,以尽地主之谊!"

方侗在心里冷笑了一阵:本要找他算账,他竟自己来了!

堂倌见他沉吟,又道:"客官难道不肯赏光吗?"

"哪里!"方侗勉强一笑,"敢问宝号掌柜尊姓大名!"

"姓刁,名龙。江湖上赐了个诨号叫'浑白河'!"

方侗心想,果然姓刁!既然有这样一个诨号,也必然有些手段。毫无疑问,那采花大盗也就是他了!否则,人家说"采花贼",又没有指他的名、道他的姓,碍他个屁!居然要动武扇人家耳光?他倒要见识见识这个刁掌柜是怎样的一个"浑白河"!倘不为大哥雪了这奇耻大辱,也真枉为好汉了!于是他决意会会淫贼,便也抱了抱拳,道:"烦请带路!"

"请!"

向春楼原是刁家经营的饭庄。此刻已把闲杂人和所有顾客驱走。八位店伙计,一色青衣、竹裙,分两行八字形站立于门首。刁龙自己正在门前阶石上笑脸恭迎。他身穿长袍,手握折扇,年纪二十五六。圆脸,脸色黝黑,浓眉、虬髯。他斯文的装束和举止与他粗俗的相貌如此不和谐,仿佛一样粗劣的器具,放到了精致高雅的座架上,要哄骗那些外行连连发出廉价的赞叹!

"大驾光临,幸甚幸甚!"刁龙彬彬有礼地说。

方侗生平第一次受到如此隆重的礼遇。要在平时,他必定欣喜若狂了!然而此刻,他丝毫没有领情。他看着刁龙拿着折扇的粗硬的手指,便感到揪心的痛楚:大哥粉一般的脸蛋如何经受得了它的十二下巴掌?于是方俊满嘴流血、两颊红肿的脸从远处向他奔来、放大!刁龙的脚下,那花岗岩的阶石上,同时幻现出他大哥的斑斑血渍。方侗不禁恶气横生,瞪大了眼:"你就是刁掌柜,'浑白河'刁龙?"

"正是在下!"

不容分说,方侗出手便是一掌!这猝不及防的攻击,使场上八名伙计大惊失色,他们纷纷跳开,并呈半弧形站立,准备合击。

方侗心中正在得意。兵法云:出其不意。他的掌只要一触及刁龙脸颊,瞬息之间,他将左右开弓完成十二个来回,为大哥复仇雪耻!殊不料,手掌离刁龙面颊寸许之际,突然感到某种力的牵引而稍受阻滞。刁龙在急切之间抖开了手中的钢骨折扇,掌风因受扇风所制,立感不畅。刁龙抓住这个机会,侧身相避,化解了一掌。

刁龙皱着眉蹿到街心,正在八个伙计围成的弧形的中心。那值楼领路的堂倌忽然大喝一声,目光闪着杀机,拦在刁龙和方侗中间。方侗愤怒地竖起双眉:"我和刁龙有仇,与你何干?"

堂倌摆了个迎战的架势:"你不闻打主人要看狗的脸色吗?"

方侗只听过打狗要看主人面,如何在这堂倌嘴里却颠倒使用了?于是方侗讥诮道:"那么你是刁龙的狗?"

"不敢!"堂倌轻松地说。

奴颜一至于此,方侗不禁失色。

"那么,当着主人的面,先教训了你这条狗再说!"

方侗出右手,向堂倌胸口发了一拳。此拳软绵绵、轻飘飘,似乎不甚用力。堂倌急切要报还巾之辱,起一条左臂,五指铁钳般扼住了方侗的右腕,扼腕在掌,不由得心中暗喜。

方侗并不挣脱,却用左手掌来按他的手背,几乎与此同时,右手化拳为掌,掌缘一绕,切着了对方的前臂。堂倌觉得疼痛,待要抽手,谁知手背已落在方侗的左掌下,并牢牢压在他的右腕上,如何抽得动?只听得咯嘚一声响,前臂立断!

这正是樊丰长老所创金山擒拿第一绝招"金蛇缠腕"!方侗出手软绵绵、轻飘飘,原是虚招,使敌误认为有机可乘,诱使他起手扼腕,从而反受了断臂之灾!方侗原以为那堂倌必定有些本事,谁知却败在一招之内。心念刚起,忽然眼前一亮,原来一名厨房伙计白刃相见,来与堂倌报仇了!方侗见一柄解腕尖刀劈面而来,非但不避,反而迎刃而上,并迅速闪身接手。伙计所料不及,右手蜷曲的掌指和刀柄一起被方侗接个正着,方侗趁势向他身后搓转下压,伙计蓦地失去重心,身躯后仰。方侗轻喝一声,提起右脚去反蹬他右腿的后膝弯处,又听得咯嘚一声,腿骨断裂,而尖刀早轻而易举地落在方侗手里了!

举手投足之间,方侗连折刁龙二将,而这二将乃是刁龙徒弟中的佼佼者,吓得诸伙计魂胆俱裂,不敢稍动!刁龙见方侗搓腕蹬膝的夺刀手法十分娴熟别致,心中十分纳罕,料定必有异人传授。

"慢!"他打了个拱,力求洒脱,"这位兄弟说,与刁某有仇。然而,我们素昧平生,何仇之有?请道其详,也好让我心里明白!"

"自然!"方侗把尖刀扔在地上,趾高气扬地说,"前吏部方卿长子方俊路过此镇,就在这向春楼前,无端被你扇了十二个耳光,可有其事?"

刁龙先是一怔,随后就哈哈大笑起来:"我道什么根由,原是打抱不平的!失敬!失敬!"

"废话少说!"

"公子尊姓?"

"林。"他脱口而出。

"啊,林公子有所不知,那方俊授耳之说,尚有误会之处!"

"误会?"方侗冷冷地遥视着他,"难道方俊并未挨打?"

"不,确实被打了!"刁龙坦率地说,"不过,在下并没有动手!"

"说,谁动的手?"

"是我兄弟'平阳斑斓'刁虎!镇上的人也称他刁掌柜,且与在下长得相像,极易认错。那天打了方公子耳光,我曾大骂了他一顿,只是我这个兄弟性情凶横,又十分愚顽,不才奈何不了他!"

方侗眼里闪着雷电和冰霜:"那好,债有主,冤有头,把刁虎唤来!也让我在这里掴他十二个嘴巴子!"

"林公子若能为不才教训劣弟,自是求之不得! 只是此刻他正在后山王家庄。"他见方侗冷冰冰的眼里飘起疑云,又解释道,"王家庄有位义士王荣,最爱结交天下豪杰,特聘无敌将军彭通为正拳,舍弟为副拳,开设了'百日聚雄台'。谁斗过拳师,赏赐极为丰厚,开台至今已逾三月了。"

方侗听了,脸上明白地显示出要去王家庄寻仇的那种坚定而不可阻挠的神色。刁龙急忙抢着他的道,双手一拦说:"小英雄留步!"

也许是"小英雄"的称呼初次撞入方侗的耳朵,他感到一种舒适的快意,便凝眸注视着他。

"不才今天诚心设宴,酒席早已摆就,小英雄难道不肯赏脸吗?"

方侗这才意识到已经过了午饭时间。由于刁龙的提醒,以及向春楼内飘来的美酒和佳肴的香味的刺激,方侗肚中咕噜噜好一阵子响,一时竟不能平息。而垂涎已在舌的两旁溢满,以至于他不得不吞了一口下肚! 他不知刁龙何以要宴请自己,他相信他最初的动机绝无恶意,而自己却对他报以拳脚,无端折了他两个伙计! 于是,那悔意和歉疚开始在他心中升腾。然而他又绝不愿意让已高高扯起来的顺风旗儿稍稍降落一些,就忍着腹饥,道:"刁兄的情领了,我不喝酒!"

刁龙仰天大笑道:"哪有英雄不喝酒的!"

一个念头蓦地从方侗脑际闪过:"他吃了亏,还热情请酒,莫非想对我下蒙汗药?"但马上又有一个声音在耳边响起,仿佛是妹妹飞凤的声音:"怕什么! 你不是男子汉大丈夫吗?!"方侗不觉微露笑齿,便对刁龙说:"我和你素不相识,你今天请酒,是何道理? 不说明白,我如何能吃这桌酒?"

刁龙略一沉吟,立即又堆下笑来:"适才在近水楼上,小英雄的'纯阳巾'出手非凡。那堂倌自恃有些功夫,中道摘巾,太阴肺经被英雄内

280

力所闭。幸亏不才懂些推宫解穴之法,勉强救了他的急。不才心中十分敬仰小英雄,因而想借请酒之机,与小英雄结交!"

方侗的心并没有被刁龙的表白所触动,因为他注意到了他的笑容似乎过于生硬。同时,他还没有忽略对方眸子转动时隐隐流露出的那份狡黠。就在此时,他猛地又想起了鸭嘴镇上的那桩采花案。眼前这个刁龙,武功究属如何,不得而知,但刚才自己先发制人的一招"苍龙探爪",他竟能在挥扇之间险避,可想也未必是等闲之辈。刁虎既然出门三月,那么,最近失踪的新娘和来无踪、去无影的采花强盗,是要在这个刁龙身上着落!

方侗忽然觉得自己长大、成熟了许多,便就笑道:"那就生受刁兄的了!"

第八章　绝处觅生

　　方侗怕酒中有毒，不敢先饮，待刁龙仰脖干了一盅，他才放心，也浅浅地呷了一口，立即有一股芳香从鼻腔直透脑门，那酒液恰如一条细线，沿喉壁食道流下肚去。方侗还没有品尝好酒的经验，心想，世上竟有这么甘美的酒！倘若一个人一辈子不会喝酒，不就少享了一份人世间的福了吗？

　　"这是长州拳酒。"刁龙说。

　　"果然名不虚传！"方侗接着他的话头，又连喝了两大口。

　　"若与几年前相比，这酒，其实也今不如昔了！"

　　刁龙一面感叹着，一面去夹糖醋熘鲤鱼。方侗跟着也把筷子伸进了鱼盆。刁龙瞥见方侗那细白光滑的手，暗暗一愣。要不是亲眼看见，他怎么会相信，就这一双手，在瞬息之间折断了堂倌的前臂！自己侥幸躲过了他的"苍龙探爪"，然而，那遒劲的掌风使他明白，对方的武功绝不在自己之下。眼前这个方侗，也许正是左二爷心目中的人才。

　　左二爷左渊，在杏花岭坐着第二把交椅。刁龙排第七，比刁虎领前一位。其实，满寨头领大多不在刁龙眼里，包括寨主杨彪在内，他也觉稀松平常。唯独二爷左渊，却让他从心眼里畏惧九分！他手中那柄"太阿"剑神出鬼没，没有人能及得上！自杏花岭九爷等人在劫镖恶战中丧身后，左二爷就一心想招纳一批高手上山，这才暗令彭通和刁龙、刁虎下山。彭通与刁虎投王家庄去，协助王荣开设"百日聚雄台"，以招揽英雄。刁龙则以富商身份,回到家乡鸭嘴镇,开办茶馆酒楼。鸭嘴镇地处水陆要冲,过往客人甚多,凡疑心会武功的客人,伙计们经多方试探,然后报知刁龙。三个多月来,一招小技就闭人太阴肺经,略展身手就令敌折肱断股的,就他一人!

殊不料,这个姓林的却是方侗知交!偏偏方俊曾被他一顿毒打,这不是冤家路窄吗?倘若他赖个干净,料方侗未必相信,因而不得已推在刁虎身上,让兄弟蒙了不白之冤。他一边喝酒,一边动着脑筋:怎样才能和他解了仇隙。

"刁兄,我此去王家庄会会刁虎,偏说鸭嘴镇出了采花贼,刁虎也能赏小弟一顿耳光吗?"

刁龙一怔。方侗捎讯带刺的话使他如坐针毡,也许他们根本就坐不到一起。

"来日由我出面,让劣弟当面给小英雄谢罪就是!"他试探着说。

"除非打还他十二个耳光!"方侗神情凛然。

刁龙的眉梢突地一跳,脸色变得十分懊丧。他把手中的酒一饮而尽,又慢慢地睁大了眯缝的眼。一个念头在他心头掠过,但他十分犹豫。

"我看冤家宜解不宜结!"刁龙笑了笑,"何况,我们当初正要降妖灭怪,那方俊却来混淆视听,说什么采花贼!原也有不是之处。"

"你们降妖除怪?"方侗不无嘲讽之意,"那么,是妖还是怪?想必刁兄亲眼见过的!"

"当然!"刁龙斩钉截铁地说,"那天黎明时分,我在黑风山练武归来,半途与它不期而遇。我正要上前营救一个被它挟持的青年女子,谁知这妖口吐黄烟,把我熏得昏了过去。等我清醒时,它已躲进黑风洞去了。"

"要是我进洞去,见不到妖孽,你怎么说?"

"啊呀!"刁龙近乎惊叫,"重金聘了大法师来驱妖除怪,也只徒劳无功。我们凡人,怎么是它的对手!"

他不自然的惊呼和过于做作的表情,坚定了方侗的判断:采花贼不是刁虎,而就是他刁龙！方侗决定进山一趟。倘若山上无洞,或者有洞无妖,则采花贼就大致有了着落！

"既然如此,刁兄能借件兵器使使吗？"

"怎么……小英雄果真要下洞去？"先前的那个念头又在刁龙心中再现。这时他不再犹豫,连饮三杯,把挺直的腰背靠在椅上,脸上已经露出了一种"计上心来"的得意。

"那么,小英雄喜欢使棍呢,还是使刀？"

"棍吧,探探路而已！"

"好！我这里有百来斤重的好棍！"

"太重了！"

"八十斤的,怎么样？"

"棍不在粗重,只在称手而已。善使棍的,稻草在手,同样能置敌于死地！"

说罢,他自己在棍堆里拣了一根八斤重的立地齐眉铁棍。他一摆手:"酒回来再喝！"

"慢！"临走刁龙又制止道,"今天天色已晚,不如明天去吧！"

方侗见他一副假惺惺的样子,便冷笑一声:"是不是天黑了,上山就找不到妖洞？"

"既如此,"刁龙似乎万般无奈,"咱就舍命陪君子吧！"

于是刁龙挑了四位伙计,各执棍棒绳索,又燃起松脂火炬,领着方侗就向黑风山进发。

月亮像一条金色的长眉,描绘在天幕上。徘徊在幽谷中的暮岚急急蹿出,树冠不断地摇曳着,俨然喝醉了酒一样。他们在山中走了个把时辰,刁龙忽然喊了一声:"停！"然后,用手指着一个山洞道,"这里就是！"

洞口在两块巨岩之间,像一头硕大无比的野兽的嘴,黑暗、深邃,仿佛能够囫囵吞没敢于进入其间的一切！方侗瞥一眼刁龙,就从一位伙计手里接过一支火炬,率先入洞。火光映照着洞内一块开阔平整的石坪,而那石坪的尽头处,下临深谷。方侗用火炬向下探照,见离石坪面数丈的地方,有一块凸出的巉岩,上面仿佛悬挂着什么。他飞身跳到巉岩上,用齐眉棍挑起一看,原是一件女子的内衣,心不觉往下一沉。再用火炬往下处照,深不见底!他正想飞上石坪再作计较,忽见坪上垂下一根麻绳来。方侗抬头看时,一支火炬正照着刁龙俯视的脸。

"你把绳子系在腰间,我们把你放下去探个究竟!"

某种直觉告诫方侗,似乎不应该冒险从事。他正犹豫,上面又传来了刁龙的冷笑声:"小英雄如若胆怯,不妨回家喝酒去!"

方侗经受不住那尖刻的冷笑。几分愤懑,几分赌气,他很快把绳子绕在腰间,打了个结,喊道:"放!"

方侗被放下了十余丈。

"再放!"他又喊道。

"绳子不够了!"刁龙笑着回答。

"那就拉上去!"

"弟兄们都没有力气啦!"

方侗以为他在开玩笑。刁龙却在一阵长长的狞笑以后,狂叫道:"我的儿!你叫我一百声爹,我拉你上来!"

方侗被悬空吊着,气得浑身发抖,一句话也说不出来!

"听着!"刁龙又喊道,"我们的账就算一笔清了!你要寻仇,下辈子再到鸭嘴镇来!姓林的,我直对你说了吧,刁爷就是你要寻的采花大盗,但又怎么样?我的儿!眼下小英雄成了小狗熊,滋味不错吧?"

方侗忍无可忍,他用嘴巴叼着火炬,腾出右手来抓住了绳索,准备借着右手往下拉的势头,先飞身到那块凸出的巉岩上,然后再翻上石坪去收拾刁龙。然而,就在他借力之际,刁龙一刀斩断绳索,哈哈大笑着,扬长而去!

方侗只感手中一松,就飞一般向下坠落。火炬倏地一亮,仗着风势,发出了呼呼的响声。急切之间,方侗在空中打了个滚,头朝下,脚向上。握着铁棍的手,本能地向前伸直。他随时准备着,一旦照见洞底,便先以棍端撑地,以免头颅粉碎!

方侗头上冒着冷汗。当洞底向他扑来的时候,他把内力贯注于棍端,随即便是砰的一声,火星四溅。方侗感到左臂一阵酸麻,虎口几乎震裂。他赶紧把齐眉棍撒手,借着向上反弹的势头,又一空翻。这一回,他要让自己的双足朝下,以便落地稳妥。谁知空翻途中,两腿擦着洞壁,臀部就领先一步了。

　　方侗暗暗叫苦,臀部触地,必定震伤尾椎,说不定会落下瘫痪。他心念刚动,已然坐实。他诧异不止的是,臀部不是坐在岩石上,倒像是一堆松土上。他忙用火炬照时,不禁大惊失色!坐着的原是一具一丝不挂的尸体!他慌忙站起身来,才见周围横七竖八还躺着五六具,全是青年裸女。不是碎了颅,就是断了脊。方侗心中一凛:淫贼采花便罢了,偏又奸一个杀一个!他几乎把钢牙咬碎:倘若苍天保佑,能让我出这个绝境,不除淫棍,誓不为人!

　　面对着这些纯真无邪的少女肌体,方侗的心中填满了悲怆。他重新捡起了齐眉棍,求生的欲望驱使他全神贯注地寻找出路。他开始往前走,大自然在这个秘密溶洞中的奇妙创造不断地使他惊奇万分!千姿百态的钟乳石,把溶洞的空间进行了巧妙的分割,峰回路转,曲尽其妙。他仿佛有一种置身于纤巧的江南园林的感觉。待到豁然开朗之处,则是另一番世界了!在奇石的幻化中,他看到了浩瀚的大海、磅礴的森林,与那流动的小溪、奔驰的马群!偶然回首时,又蓦然一惊:雪白的石壁仿佛一片瀑布从云端倾泻下来,使人立即联想起大诗人李白的诗句:飞流直下三千尺,疑是银河落九天!

　　方侗简直要感谢刁龙把他送到这样一个神奇的世界来。他怀着对造化无限崇拜的心情,细细浏览了半个时辰。火炬将要燃尽时,他才意识到神秘的死亡之神迟早要来临。他想,要是妹妹飞凤和他在一起,也许就不会喝刁龙的酒,喝了也不会上山搜洞。这恐怕也是造化的无可挽回的安排,他是注定要葬身在这个洞天世界了!于是,他长叹一声,把火炬插在石缝中,然后躺到一张白玉样的"石床"上:他选择了长眠的理想所在。

　　忽然,他听到了一种声音,像是潺潺的流水。他一骨碌爬起来,耳朵贴着床面倾听,声音却在似有似无之间。于是他盘腿坐在石床上,意念守住丹田,随后领气贯入耳窍,辨出了最近的发声点在离"石床"五步远的地方。

有水流就有进口,有进口就必有出口,方侗急忙循声细辨。水声一直延伸到石壁附近。他用齐眉棍斫开底石,果然露出了地下水溪。再用棍一量,约莫半丈深浅。

生的希望使他兴奋异常。他弃了火炬,抛了铁棍,让自己仰躺在水面上,他两只手反撑在水底,沿着溪水流动的方向,轮番搬动手脚,慢慢深入石壁的腹地去。他明白,倘若有一处窄到不能容身,则进退两难,必死无疑! 方侗暗暗祈祷上天。使他感到欣慰的是,水穴越来越宽,越来越深,渐变成了一条宽绰的地下河道。

方侗和方飞凤一样,不识水性。当水深过颈时,便不敢前进了。他伸起手臂,摸着了顶壁,一个"鲤鱼打挺"跃出水面,手掌与脚底倒吸在顶壁上爬行。这"吸顶游走"的功夫,不用则罢,用则极耗元气。方侗万不得已,顾不得许多了。他这样吸顶游走了二里多,毕竟耗力太多,不禁冷汗涔涔、气喘吁吁起来。

方侗暗叹一声:这真是生死由命! 手脚一松,掉进了水里。

第九章　擂台寻仇

　　方侗只感到水速如飞,奔腾的水流像千军万马的喧嚣,充塞了整个洞穴。方侗在水里徒劳地挣扎了一会儿,他再没力气支撑了,就渐渐地向下沉陷。正在这时,眼前忽然出现了一片星空,原来这里正好是洞口,河床在这里变成了凌空飞泻的瀑布,从而造就了黑风山后山的一大壮观景象。

　　亏得瀑布悬空不过十余丈,方侗仗着精湛的轻功,飘落在地。

　　稀薄的晨雾在身旁缓缓地漂流。方侗仰卧在长满青苔的山岩上,疲惫和困倦使他很快沉沉地熟睡了。

　　蓦地,一阵激烈的丹田翕动把他惊醒。闪入他脑际的第一个意念就是:寅时告终而卯时来临了。这种按时到来的真气感应,准确无误地召唤着他每天的晨功。于是,他毫不犹豫地支起困乏的身体,在林间拣了一块平整的空地,面东马步而立。他把双臂环抱在胸前,垂下眼帘,又把真气沉入丹田。开始之时,呼吸深、长、匀、细,继而就出入绵绵,若有若无了,他内视脐下时,一颗明珠,光芒喷薄。那丹田也渐温热起来。明珠突地一跳,便缩成了黄豆一般大小,却更加明亮!它在丹田内旋转数圈后,就渐渐下行,暖融融的,像温泉的流动,循环在周天隧道中。只片刻,会阴处分出两股来,从大腿流入脚心;又从天突处分出数股,各自滋润着五脏六腑。这时,方侗在气功状态中感受着又一种奇异的效应:有如那润滑的奶酪从天而降,把他的头部、躯干渐次包裹,并且一起融化。神圣的"自我"已经不复存在,而血肉的形骸简直与那烟云流光一般无二了。

待到方侗觉得躯体的每个细胞之间都涨满了力,蓬勃的生气立被召回,他才纳气收功。此时已是霞光满天、漫山披红了。他沐浴着灿烂的红霞,又把樊丰长老所传的秘功,拣一些主要的散打和套路贯通起来练习了几遍。

方侗准备下山时,又把瀑布观赏了一会儿。瀑布的出口,原是一个扁阔的洞穴。他就在那长长的水道中周旋了一夜,想到最艰险之处,不觉一阵战栗!

他立即决定了下山以后第一件要干的事:返回鸭嘴镇,剪除采花盗!他同时想起了出门时对母亲的郑重许诺:一路上绝不多管闲事。然而,刁龙阴险的算计,使自己差一点死于非命!此仇不报,必定要受妹妹飞凤的耻笑!再说,在他看来,双刁血债累累,为地方上锄奸除恶也算不得多管闲事!

山风吹起方侗一头乱蓬蓬的黑发,他脸上的神情在执拗、倔强中带着些许落拓不羁,浑身的肌肉因精力过剩而处处焕发着青春的矫健与阳刚的俊美。他毫不费力地下了山,踏上了山脚下的一条蜿蜒平坦的路。路的远处,树木葱茏。在绿叶的掩映下,鳞次栉比的屋脊忽隐忽现,那袅袅的炊烟,很快引发了方侗的饥饿感。他下意识地一摸胸前,发现揣着的碎银已经失落,他随即想起了在妹妹面前的一句戏言:"男属羊,出门不带粮!"不觉苦笑了一下。

这是一条黄土和沙子铺就的路,三五成群的人匆匆向着前面的村庄拥去。他好奇地拉住了一个陌生的行人,问:"今天赶集吗?"

"哪是赶集?"那人对于他的消息闭塞似乎有些不以为然,"'百日聚雄台'今天是最后一天了,你也不要错过了热闹呀!"

方侗猛然想起,这里是黑风山的后山了。

"那么,前面是王家庄?"

"是呀!"

"拳师就是彭通、刁虎?"

289

"可不是！打满了一百天，真正不容易！"

方侗心想，岂不是天赐其便吗！待先剪除了刁虎，再打刁龙也不迟！于是他随着人流进了王家庄，一时之间连腹饥也忘了。

这是一个不小的村庄。村民大多姓王，几乎都是王家庄园的佃农。王家老爷王涓，原是吏部官员，与方侗的父亲方卿是旧交。告老之后隐居此，不久病逝。他的儿子王荣，酷爱拳棒，最喜结交英雄豪杰，并在庄园指挥着数百名护庄勇士。仗着家大业大，平日里挥金如土。然而，这一次虽为"聚雄台"台主，诚如刁龙所言，杏花岭二大王左渊为招揽天下英雄，做了后台，故一切开销不需王荣掏腰包，均由左大王资助。

擂台设在村口的广场上。台高数丈，蟠龙柱，描金梁。檐下一块实木大匾，用狂草书写着"聚雄台"三个大字，龙飞凤舞，极有气势！台的两旁，齐崭崭摆列着枪、戟、棍、钺、叉、镋、钩、槊、环、刀、剑、拐、斧、鞭、铜、锤、棒、杵十八般兵器。八个武伶手执彩旗两侧侍立，台后正中有一个月洞门，太师椅上坐着待战的拳师。月洞门两旁，贴着一副对联，好不威风：

> 脚踢少林弟子，
> 拳打武当门徒。

横批：

> 独往独来。

那没遮拦的狂妄和目空一切，显然是为了激怒各路英雄登台比武。方侗见了，冷冷一笑。上面幸亏没有写上"脚踢金山、拳打镇江"，否则，不等开台，方侗早飞上去将它砸个粉碎了！

一阵锣响后，黄旗高举，已有人从边梯登上了擂台。通了姓名，然后指名会战彭通。经片刻张罗，两旁蟠龙柱上，分别挂上了两块木牌。

左边写着彭通的名字,右边写着:湖广李伯英。随后红旗一扬,彭通从那月洞门中,以不可一世的傲气阔步登场了。

李伯英说了声"得罪"便出手进攻,彭通连忙招架。一连十多个回合,尚不能分出胜负来。方侗远远地站在人群后面,见台上两个人影进退往来,似乎一招一式都颇为地道,可惜听不到掌风! 招式之与掌风,譬如刀之与刃,外形锃亮美观,未必十分锋利。那方侗虽有"听风辨器"的本领,怎奈距离太远,兼之场内嘈杂,喝彩之声此起彼伏,不得不望洋兴叹了!

然而,终究熬不过那武兴的冲动,方侗便放出手段,扭动腰肢,蛇一般地在人堆缝隙中钻行。观战的人们受到了排挤,待他们恼怒地来注视他时,只见他的背影一晃,早没入了前面的人群中,仿佛在无人之境行动。方侗很快钻到了台前。刚站稳,只听台上扑通一声响,知道已经有人倒地。不一会果见李伯英满面羞愧下了台。但马上又有接替的。方侗看那名牌时,左边换了平阳斑斓刁虎,右边是襄阳窦天章。谁知这一回方侗挤得太前了,擂台又高,虽然掌风可辨,却见不到人影,偏偏战的时间又长,不觉大失所望。

刁虎卖个破绽,腾地一脚,踢中了窦天章。窦天章正在台沿处,一头栽下台来,眼看要筋断骨折! 方侗一个箭步蹿上去,猿臂轻舒,在他腰间轻轻一托,窦天章得以稳稳落地。方侗细看窦天章时,却是个军官。窦天章正要上前相谢,方侗怕又有人抢先登台,便一个鹞子翻身飞了上去。顿时场内躁动,喝彩的声浪就在台下滚动!

刁虎见是一位十七八岁的娃娃,虽然满不在乎,却也客气:"小英雄要会会刁某人吗?"

方侗见这虎,面庞与刁龙十分相似,只是更为凶悍。鹰鼻蛇眼,鼠须蝎耳,站在面前恰似一座黑巍巍的铁塔。他想那可怜的金家媳妇,她那样娇弱的玉体,如何经受得了这头熊一般畜生的反复蹂躏?于是,他没好气地答道:"找的正是你!"

"你知道,这是擂台!"

"还用你教吗?"

291

"在擂台上打死了,是不偿命的!"

方侗心里一乐:打死了这贼,还能少费许多麻烦。刁虎见他不答,稍稍有点误会,就接着道:"不过,我看你轻功还马马虎虎。如果中途觉得要败了,便赶快从这台上跳下去! 按规定,胜方是不可以追下台去打的。这样你就大大地得便宜了!"

刁虎戏要孩童般的口吻,引起台下一片讪笑。方侗怒不可遏地瞪了他一眼。刁虎从方侗炯炯目光中感到对手内力的威慑。他微微一怔,收起了脸上戏谑的笑容,抱了抱拳,似乎在对刚才的不逊表示歉意。

"小英雄尊姓大名?"

"东吴林珏!"方侗胡诌了一个姓名。

"久仰,久仰!'平阳虎'今日正好讨教!"

方侗冷然道:"'平阳虎'今天只怕要断脊了!"一语方了,忽感不妥。俗话说:"虎落平阳被犬欺。"平阳虎断脊受欺,他方侗就算什么?于是,他哇哇大叫道:"你这个'平阳虎'的外号也可以改改了!"

"请教!"

"不妨改作'平阳狗'为妙,岂不闻落水狗人人好打吗?"

"小子无礼!"刁虎怒道。

方侗把剑眉一挑:"平阳狗! ——"他这么叫着的时候,说下面的话才感到放心,"你掴我大哥耳光时,恐怕不会想到今天要在林珏的手里断脊吧!"

刁虎莫明其妙! 心中不由得暗忖:这小子原是寻仇来的!

方侗不容分说,已然亮出拳头直欺刁虎前胸。刁虎并不闪躲,起左掌横扫方侗腰俞穴。这分明是以攻为守的战法。方侗说一声"来得好!",抽回右手,便来扼他左腕。同时左掌闪电般飞出,使的是一招"沙弥撞钟"! 刁虎见是死招,吓出了一身冷汗,连彭通也惊得站起了身,走到前台来观望,同时心中不住地称奇。

刁虎只是勉强拆了两招,连连倒退。方侗掌劈指戳,全是刀剑的路数,均为刁虎见所未见的招式。待到第五招时,方侗绕到了刁虎身

292

后,大喝一声"着",掌风已临后背。刁虎怕真的断了脊梁骨,一式"青蛇转身",转体迎战,却与方侗左掌打了个照面。自知闪身不及,万不得已,抬起右臂来,要硬接他一掌!岂料方侗出手奇快,左掌与他右臂交拼的瞬间,右掌已抵他左胸。砰的一声,刁虎一个踉跄,摔倒在地。

方侗为自己的得手而喜形于色。从落掌的声音分辨,刁虎不仅右前臂骨折,胸肋骨起码也断了两根。这时,刁虎一口鲜血喷了一尺有余,方侗趁机又连起左腿,踢中小腹,直把他踢下了擂台。方侗竟忘了不可下台追打的规矩,蹿了一个箭步,就要飞身下落。

这时,后脑忽感掌风凌厉,却是彭通对他偷袭了一掌。原来彭通见方侗穷追不舍,便起义愤,出掌偷袭,以图"围魏救赵"!

方侗闻风转身,快若闪电。彭通一掌未落,第二掌又到。方侗知道他就是号称"无敌将军"的彭通,正想掂掂这块金牌子的分量!于是,亦伸出两掌相迎!

"砰!砰!"四掌相接,忽见白光数道,从掌间迸出!

方侗、彭通各自一怔,同时感到掌心奇热。那白光闪耀之际,全场都感到眼前一亮,霎时,鸦雀无声,一个个都被眼前的奇观惊成了木鸡!

其实,著者写到此时,自己也十分困惑。幸亏著者在武林界也颇有结交,便向几位高手请教。然而,大多只说其有,而又难言其所以然。最后,遇见了气功师兼人体科学家子始先生,他认为气功练习一旦进入高层次,便会给丹于炉(丹田)。内视,则可见明珠闪耀,并运行于任、督以及奇经八脉之中。此时,人体便为超级磁场所围。在贯力于掌心之际,气丹便在劳宫穴凝结。由于方侗、彭通双方功底极为深厚,四掌相拼,产生了特殊的磁场效应,方有电光迸发,致使一场虚惊。

彭通受惊之余,暗中寻思,海内武林名手,虽不是个个了如指掌,大抵上也都知晓一二,这位林珏不知出自哪派哪流,怎么自己全然无知?

彭通一口气与方侗拆了十余招。方侗不胜喜悦,与武林高手交战的夙愿,今日或许可以实现了!他反倒希望彭通屡出奇招,真能与他

293

战上几百回合,也好解一解满身的武瘾!

这时,王荣已经闻讯,赶紧驱车到了擂场,坐在月洞门后观战。彭通见台主到了,觉得正是大显身手的好时机,不觉精神亢奋,招招都想抢占上风。怎奈方侗怪招迭出,势锐风厉。方侗丝毫不敢怠慢,反而打得拘谨了,饶是这样,方侗已然十分满足。他想,妹妹飞凤若在台下观战,必定眼红,羡慕死了! 现在看来,分道扬镳还是对的。两人在一起,便是一本正经地赶路,绝不会进鸭嘴镇、遇刁龙,也不会到那神仙洞府中一游,更不会遇上这位彭大将军了! 方侗这样想着,不觉稍稍分了神,彭通一招"月下扫花",差一点扫他下盘,他急忙闪躲,不意彭通另一腿同招反复,方侗一面躲着,嘴里还叫着:"好! 好!"

彭通见略占上风,攻势更加凌厉。方侗忽然想起妹妹所创的"裙里腿"来。飞凤一直夸口此腿没有解法。方侗只学了一个大概,又总以为是"女子腿"而耻于练习。此刻因遇高手,忽作奇想,不妨在此一试。对方若有解法,就可学来与妹妹抬杠。想罢十分得意,暗暗地气运两腿,自腿根至足尖,片刻之间,已似铁柱般坚硬。

方侗虚晃一拳,让出左肋空当。彭通右手剑指,直戳过来,眼前却掠过了方侗两腿交叉的剪影,捷如闪电。彭通不识是何招数,只得胡乱自卫,致使方侗的脚尖轻而易举地点中了他臀部的环跳穴。彭通只感到一阵麻酸,并迅即向脚心和五趾做伞骨状放射,哪里还站立得住?

方侗自己也吃惊不小。与彭通斗了五十回合不分胜负,一招"裙里腿"却轻胜对方。他见彭通站不起来,便伸手来搀他,两掌刚与他接触,就用力一抖,随即解了他的穴道。

彭通站起来,作了一个揖,脸一直红到耳根。

台下已像烧开了的一口锅,欢声雷动,掌声四起。他们把帽子、手巾满天空乱抛,发狂一样地发泄着对百日擂台的最后满足!

"林珏! 林珏!"

方侗后悔刚才没有通报真实姓名。他们若大叫"方侗,方侗",多么有趣! 尽管这样,他仍然得意非凡,禁不住向着看客招起手来。

"林珏! 林珏!"

294

"东吴！东吴！"

的确,如果刚才不报东吴,而报了太平庄,他们大概也会"太平！太平！"地乱嚷,那方侗真正地光宗耀祖了！正胡思乱想间,八个武伶过来,把红色绸带披在他的身上,胸前还挂了一个特大的彩球。众人簇拥着他,到后台来与台主王荣相见。

方侗见王荣只比自己略大几岁,十分欢喜。王荣也笑容满面,大发了一阵"相见恨晚"的慨叹后,拉着他的手说:"林东吴,今天或许有缘,可以结识另外一位无双的英雄。"

"谁呀？"

"碧波长虹左渊。"

"左渊是谁？"

彭通立即插言道:"我曾在三十招内败在他手下！"

方侗用五十招败了彭通,而这左渊只消三十招！一种不服气的、想一决雌雄的强烈欲望立刻支配了他:"他在这儿吗？"

"他去襄阳了。"王荣说,"今天闭台,说定要赶来参加的。不知何故,竟姗姗来迟！"

方侗不无遗憾地轻叹了一声。王荣却眉飞色舞,热情地邀他赴宴去。

本来方侗的肚皮还空着,经王荣这么一提起,忽然饥饿难熬了。他便顺水推舟道:"恭敬不如从命,这顿饭,我就不客气了！"

这么说着,心里却在想,毕竟还是——"男属羊,出门不带粮"！

第十章　王庄会左

丰盛的宴会后,方侗酒足饭饱。参宴的各路教头,他们三人一堆,五个一群,还在津津有味地谈论今天擂台上最精彩的几幕。常有人站起来比画着,不时发出大笑。说到最激奋处,钦佩的眼光就像乱箭般向方侗射去。

方侗觉得自己始终处在这间屋子的中心。他发现,今天的阳光特别柔和。那些站着的、坐着的人,乌木的椅桌,厅外的一草一木,无不染上了自己最喜爱的色彩,甚至整个王家庄也就像天堂一样可爱。

他因而老想发笑。耳边充满了疯狂的呼声和掌声,以至于他常常有这样的错觉:似乎这里不是宴会厅,而仍是擂台。他刚才最得意的那几招,顽固地、不断地在他脑海中再现,欲罢不能,一遍又一遍。坐在身旁的王荣颇为健谈,正滔滔不绝地和他谈论着什么。方侗的眼睛盯着他,而且不时地点头,看上去听得似乎十分专心,其实不知所云。

"林东吴今年贵庚十七呢,还是十八?"王荣问他。

"是的!"

王荣一愣,但立即释然:他虚岁十八,实足十七,所以"是的"!

"娶妻了吧?"

"是的!"

"少夫人想必也是色艺双全的!"

"是的!"但他猝然回神,"你说什么?"

296

"林东吴的少夫人呀!"

方侗这才飞红了脸:"我还没有娶妻呢! ——大丈夫要娶妻干什么?!"

王荣今年二十一岁,还未近过女色。他笑着一拍手:"真是英雄所见略同!"

参宴的教头,十有八九是青年光棍。于是,仿佛平地刮起了一阵旋风,拂着了痒处,所有人都大笑起来。那一串串豪爽的笑声,就在这楠木厅的四面粉壁中间碰撞。

笑声中,一个白净的小厮急匆匆进来,对王荣说:

"禀公子,左爷到了!"

厅堂中立即掀起了一阵欢呼,替代了原来的笑声。大家不约而同地站起来,拥到门口。王荣整衣弹冠,快步出门迎候。

方侗忽然手足无措。他隐隐意识到,这间屋子的中心和重心正在悄悄地转移,一种被突然冷落的失意带着些许酸楚,开始在他的心房漫延。

王荣挽着左渊,有说有笑地走进了大厅。

使方侗纳罕的是,众人恭仰万分的来者,却是一位修短合度、丰韵潇洒的少年。他穿着月白色的缎子海青,脚着薄底快靴。方侗将目光移到他脸上时,猛觉眼前一亮:他头戴嵌宝英雄帽,左耳一朵银红色的绒花,与周身的月白颜色相映生辉。他一手按在腰间的剑柄上,更显得气宇轩昂。漂亮的脸庞上,长着一个标准的悬胆样的鼻子。鼻子下面,人中沟和双唇棱角分明,浓而长的眉毛英武地微微向上挑起。使人略为诧异的是,他一双点漆般的眼睛中,此时正流露着深深的抑郁与悲哀。也许正是这悲哀与抑郁,恰到好处地中和了他过于冷硬、犀利的眼锋,从而使他在方侗挑剔的眼光下面,竟也无可挑剔了。方侗甚至莫明其妙地萌生了这样一个怪念:倘若飞凤与他交手,或许要满五百回合哩!

"二爷,"王荣指着方侗向左渊介绍道,"这就是伤刁虎败彭通的少年英雄——东吴林珏!"

左渊冷峻的眼光在方侗脸上扫了一圈,然后举起了双手,右掌搭在左拳上,朗声道:"久仰!"

左渊洒脱的抱拳样子,使方侗暗暗称羡。他忍不住就模仿着他的姿态,抱拳回敬。

"林英雄家住东吴吗?"

"正是!"方侗只好把谎撒到底。

"既在东吴,不才想向林英雄打听一个人。"

"不知左英雄要打听的是谁?"

"前吏部方卿的次子,方侗。"

方侗吃了一惊,而同时,壅塞在心扉的,因左渊的到来而生的那股酸劲,立即升腾到了喉间,并化成了一堆语言:"你说的这个方侗,不就是镇江樊丰他老人家最最得意的高足吗? 我与他乃有八拜之交! 方侗不仅武功卓绝,那十八般武器,有哪样不精通的? 我辈之流与他交手,若不屁滚,也得尿流!"

他说到"我辈之流"时,故意加重了语气,明白地透露给左渊:这也包括你在内! 在场的人都已在擂台上见过这位林珏的手段了,而世界上竟还有这么一个方侗,能使林珏屁滚尿流,可见何等了得! 因而一个个都惊得张口吐舌,半天也收不回去!

王荣的喜悦溢于言表:"若能见到这位方侗,便死也瞑目了。不知王荣是否有这样的福缘?"

"这又有何难?"方侗说,"他眼下隐居在太平庄上。待我襄阳办完事,去太平庄邀他同来这里住一阵便了!"

王荣高兴地过来挽着方侗的手,道:"好极,好极! 此事就拜托林英雄了!"

方侗见自己又占据了中心,不禁十分得意。他偷偷瞟了左二爷一眼,恰好左渊也正注视着他。他以为自己暗中讥他在方侗面前屁滚尿流的话,必定会使他暴跳如雷,岂料,他的那一潭秋水,仍旧出奇地平静! 当他们的目光相接时,方侗便微微一笑,想借此来掩饰自己脸上的诧异。

方侗并不知道,左渊与方侗同样有着杀父之仇!把方侗(还有他的妹妹方飞凤)招纳上杏花岭,原是他全盘棋路中的重要一招。现在杏花岭的山大王杨彪,充其量是一头胸无大志又极其愚顽的熊!九大王闻达是个人才,可惜早死。刁龙、刁虎这两匹凶残的色狼,乃是杨彪的心腹。三、四、五、六诸位头领,虽然武功尚佳,但也不过是一介武夫而已。若得方侗兄妹相助,他便可火并杨彪,重整山规,然后联合伏牛山吕展,轰轰烈烈干一番大事业!因而,林珏越把方侗描绘得无比厉害,就越称了他的心!

　　"遇到了方侗,先替我左渊多多拜上问候!"他说。

　　这时小厮端来了香茗。王荣接过来,亲自端放在左渊身旁的茶几上。

　　"今日闭台,二爷反倒迟来了!襄阳赎姐之事办成了吗?"

　　王荣无意中的发问,倏地触到了左渊的创痛,他的脸庞立即变得苍白无色。刚才在王家庄的盛情氛围中被稀释的抑郁与悲哀,加倍地显现在他的眼中、脸上,连他的下唇也微微哆嗦起来。

　　"她——"止不住又掉下两颗珠泪。

　　"她怎么啦?"

　　左渊咬牙切齿,一跺脚:"被人奸杀了!"

　　"啊?!……"

　　左渊的姐姐毕玉虹因官卖而为人做奴十年。当他携带重宝去裘家赎回她的尊严的时候,回报他的却是这样一个晴天霹雳!他知道,对于姐姐的一笔心债从此无法偿还了!从来没抛过泪的左渊,这时忽又变成了过去的毕波,时不时就掉下泪来!

　　"想不到会出这样的事!"王荣愤愤地说。

　　"简直吃了豹子胆啦!"彭通说。

　　"我们到襄阳去,把凶手剐了!"

　　"对!到襄阳去!为左二爷报仇!……"

　　方侗猛拍了一下桌子,在众人七嘴八舌的义愤中霍地站起来,目眦几乎爆裂:"世上的淫棍太多了!我正要去襄阳,这报仇雪恨的事包在我林珏身上便了！你快说,凶手是哪一个?"

左渊的脸上抖出了重重的鄙夷:"凶手就是那个'右神童'方俊!"

彭通骂道:"这不要脸的畜生!"

"这猪!"

"这淫贼!"

"剥了他的皮!"

"……"

方侗在经历了霹雳般的震撼后,脸色忽然变得惨白。他绝不能相信左渊所说的是真事,更不能容忍大哥的名字与那些极端污秽的言辞连在一起。他在连珠炮一般的污辱声中,大吼了一声:"胡扯!"

众人被他突兀的震怒惊呆了。

"方俊乃是方侗的大哥,方侗的大哥也是我林珏的大哥!"方侗激昂地说,"方俊的为人我还不知道吗?他是知书达礼的谦谦君子,如何会做这种事?在家时,他连杀鸡都不敢,又怎么会杀人?请问——"他走到左渊跟前,"究竟有什么证据,肯定是方俊淫杀了你的姐姐?"

左渊冷笑了一声:"那白纸黑字的告示上明白写着,襄阳县业已问过了三堂,他堂堂都招认了!"

"那也是屈打成招!"

方侗的强横,让众人议论纷纷。彭通诘问方侗道:"你又有什么证据,断定方俊是屈打成招的呢?"

方侗无言以对,惨白的脸窘得涨红起来。

左渊在沉吟中依稀见到了姐姐双眉紧蹙的痛苦的脸。为了姐姐的惨案,他暗中走访了地方何能和襄阳县的仵作卞金龙。方俊双手沾满了姐姐的鲜血,为地方何能所亲见。仵作卞金龙则详细介绍了她左乳的剑洞。而街坊邻居又几乎都在谩骂方俊!难道这一切还不足以构成对"屈打成招"的反驳吗?眼前这位林珏并没去襄阳,显然对案情一无所知,而他说话的口吻倒像在教训自己。愤怒,使他猛地站起身来,眼睛霍霍地泛着冷光。

"诸位!"方侗并没有理会左渊,强硬地说,"青红皂白未分清之前,诟骂方俊就是诟骂林珏！还想骂的,赶快闭起你的臭嘴！否则,兄弟的拳头可不是等着吃素的!"

左渊的忍耐越过了理智的极限,他重重地狞笑了一声:"现在就有人在骂这个毫无廉耻的畜生了！我倒要领教一下你那个拳头是如何吃荤的!"

"畜生"两字,和着左渊的丹田之气一同喷出,功力稍差的人,耳膜就震得发起痛来。这不仅是挑战,简直是在蔑视。方侗环视人群,众人的神色明白地告诉他,他们无条件站在左渊一边！他的自尊立刻被彻底地挫伤了。这时已不容他作任何思索,便抢步到王荣眼前,倏然抽出他身上的佩剑,呼的一声,直刺左渊。

剑锋直抵左渊胸前,众人都吓出一身冷汗。而就在这千钧一发之际,只见白光在眼前一闪,左渊闪电般抽出剑来,只听当啷一声,两剑相拼！

方侗只感到右手一轻,原来手中只剩下了个剑柄,那剑身已被左渊削断了,不觉暗吃一惊！他哪里知道,左渊握的太阿剑,是一柄传世已近两千年的名剑,削铁如泥,吹毛能断！王荣佩的只是普通的青锋,如何能够匹敌？

方侗毫不犹豫,丢了剑柄,就徒手来擒左渊。左渊也把剑丢了,上前迎战。两人一来一往,战到第十个回合,众人业已眼花缭乱了。只见拳影晃动,脚步错落,却分不清他们用的是何招何术。进退攻守之间,每每奇招迭现,险象环生！有时,一招明明占了上风,却在倏忽之间,反而被动了;看来无法躲避的拳脚,魔术般地被化解开去。攻即守,守即攻,优亦劣,劣亦优。几乎在场的人都想到了一句现成的成语:棋逢敌手,将遇良才！

王荣初时还大喊着,劝他们住手,渐渐地也被他们吸引住了。仿佛他们进行的不是决斗,而是一场精彩的表演！一百回合以后,人们心中已经没有了亲疏,不论谁出了奇招妙招,他们一视同仁地欢呼、喝彩！

方侗一边打着,一边暗忖:这左渊果然不同于彭通,与彭通交手,思想可以开个小差,即兴乱想些什么。与左渊对阵,简直不能丝毫分神。于是他明白了,王家庄这么多豪杰,何以对左渊分外敬畏!今天若胜不了他,则自己不仅在王家庄没有脸面稍待,大哥也必将继续受他们随心所欲的唾骂和玷污。于是,他决不敢稍有怠慢,招招小心,步步谨慎。

左渊一面应战,一面也在寻思:这林珏好生了得!这是他生平遇到的第一个强手了!林珏对方俊的情义,似乎超过了一般的友情。更使他困惑的是,林珏一笑一怒的那种神情,与姐姐毕玉虹有几分相像。这几年中,毕氏家族中他唯一没有见过的族亲就是方侗。他甚至有点怀疑,这林珏或许就是方侗!如果他果是方侗,那么,绝对不能败在他的手下,否则必然被他藐视,到时,还谈什么笼络他落草呢?想到这时,左渊也大有誓死必胜的态势。

两人越战越烈,观众也越来越兴奋,一场酣战,时而是力的较量,时而是智的抗衡,更多的是功底的比拼!方侗和左渊,同时体验到了一种解渴样的酣畅!他们一面对战着,一面对自己的对手暗暗称羡不已。

又战了一百个回合,双方都没有发现对手的破绽。不知为什么,双方又都觉得胜券稳稳地操在自己手中。左渊见金乌西沉,便想尽快解决战斗,他把希望寄托在师父了了禅师独传与他的"袖中拳"上,心念既动,就伺机吸了一口气,并暗暗运至双臂。而就在此时,眼前蓦地闪过了方侗双腿交叉的剪影,却不识此腿是从何术中演化而来,一时不知解法,急切之间,只得向前越位冲刺。

原来,方侗见左渊暗自吸气,知他又有怪招。他向来惯于先发制人,不等左渊出手,又把"裙里腿"使了出来!此腿一出,若对方撤步避让,则正好趁势跟进。轻则点中穴道,重则碎骨断筋,彭通已经吃过这个亏了。左渊虽不识招法,却不肯冒然后退,反而向前越位冲刺,这正是他的临阵乖巧之处!

然而,"裙里腿"奥妙无穷。遇敌冲刺,它又可以回勾反踢,同样势不可当。不过,左渊冲刺时,正寻思无计,一眼瞥见方侗的长袍沾地,

302

便顺势去踩地的袍角,以求侥幸奏效。

方侗的"裙里腿"其实并没有学到家。若方飞凤使招,绝不会让裙角拖在地上。方侗本来短打装束,没有着袍,因为擂台上胜了刁虎、彭通,王荣以金银、衣袍相酬。方侗嫌金银太重,仍只拣了几块碎银,聊充路中盘缠,而衣袍不客气地收下了,且当即更换穿上。殊不料,恰被左渊踩了一角。左渊在踩上袍角的瞬间,大叫了一声"不好"!他不免低估了方侗!方侗的内功极其深厚,交战之际,从肌肉到毛发,从气血到衣冠,无处不在极强的力场之中。方侗双腿奋起,袍角自然也有千钧力道。左渊一足刚沾上衣角,立即被掀起。他不由自主地连连后退,哪里还站得住?尽管未被踢中,也仰面跌了一跤!

方侗无意中在"沾衣跌"的功夫上得了便宜,却也来不及高兴。来自袍角的阻力把他腾起的躯体急剧地往回拖拽,使他再也无法控制住自己的重心,几乎与左渊摔倒同时,也落地踉跄,跌了个四脚朝天!

一种羞耻之感同时战胜了他们,脸色都因羞愧而红得非常厉害。他们生来还没有经历过这一刹那的惶恐。尽管他们都用"平局"这个词自我安慰,并用它来对抗羞和愤的侵袭,然而,这种抵抗越来越狼狈,最后简直都想找个地洞钻下去。

方侗脸上的一块肌肉抽动了一下,恶狠狠地盯着周围那些惊呼狂叫的嘴脸。彭通来扶他时,他用力挣脱了他的手,同时,腾身跳起,夺门而出。

王荣、彭通都去追他,然而,方侗的轻功远在他们之上,怎么追得上呢!

第十一章　洞房奇谋

方飞凤渐渐苏醒了。

晓月亲昵地追随着他们,在云罅中缓缓航行。她不知道自己在强盗船上昏睡了几天。她试着活动手脚,才知道被结结实实地捆着。

船行驶在纵横交错的河网中。山风呜咽着,漫卷着水巷中的草腥味,吹散了停留在林梢上的纱巾似的白云。偶尔,听得见一两声凄凉的雁鸣从远处传来。飞凤想起了二哥方侗,希望他能从天而降!她目不转睛地凝望着云层,仿佛能从那高高的云层中寻觅到二哥的身影,寻觅到那个希望!船最后停在芦苇丛生的山坡边。方连汉一声呼哨,立即有几个喽啰从茂密的丛林中闪出。他们抬来一块跳板,敏捷地架在岩石和船头之间。方连汉和花嫂走进船舱,惊喜地发现方飞凤已经醒来,便解了她脚上的绳索,又用黑布蒙上了她的眼睛。两人一前一后,挟持着她跨过了跳板。

方飞凤随着他们向前走,觉得行进的方位在不断地变化。左二十步拐弯,右十五步抹角。走了一阵,她猛然醒悟。她脚下踩着的正是一个"天方阵"的路线。她心想,这世上能摆"天方阵"的只有两个人,一个是金山寺的师父樊丰长老,另一个便是峨眉山金顶的了了禅师。方飞凤因而十分疑惑:难道了了禅师在这山上?她又摇了摇头。了了禅师何等高僧,绝不会有此尘缘。想必是他的哪一位不肖弟子,学了阵法,在此落草为盗了!于是,有一个轻微的寒噤掠过她的心:盗匪如

304

此为非作歹,却又深得地利!不说那山下密如蛛网的河道,官军若不熟悉地形,哪怕八万十万也是攻不进来的,即使攻了进来,又如何逃得出"天方阵"的罗网?

她又朝前走了几步,双眼在黑暗中仿佛看到亮光一瞥,突然,一个念头在她心里成形了。只有现在的她,才具备这种可能:深入盗窟内部,来个"窠里开花",一举剪除盗匪!她一个人抵上了数万官军!那么,方飞凤不就成了巾帼英雄?不就要饮誉五湖四海了吗?她估计,方连汉不杀她,一定另有文章要做,而她被捆的双手,一旦获得自由,就一定有她施展胆略的机会!想到这时,方飞凤脚步轻快,快乐得简直想唱一支歌了!

又走了一两个时辰,她被带进了一间屋子。方飞凤被指令站着等候。过了好久,她凭感觉知道方连汉领了一个人来。人未走近,飞凤已经嗅到了一股刺鼻的膻臭。

"大王,就是这个妞!"方连汉谄媚地说。

方飞凤知道,杏花岭杨彪到了。

"既然她也会几下拳脚,就先绑在将军柱上!"杨彪瓮声瓮气地说。

方飞凤被绑在柱子上,解去了蒙眼布。

这里原是一座颇具规模的佛殿。"大雄宝殿"的匾额上,换上了"聚义厅"三个大字。方连汉和花嫂手执朴刀,站在飞凤两旁。前面一个大汉,豹头、环眼,长着一脸浓密的、黄黑相间的络腮胡。这是方飞凤心目中最典型的强盗脸。

方飞凤也许并不清楚自己身上究竟含藏了多少美,因此,她当然不会明白,何以在解开脸上的蒙布以后,山大王杨彪会啊的一声,连连后退几步:"妙啊,妙啊!"

杨彪虽是色场老手,但是,与飞凤见面时,那瞬间的骨酥筋麻的奇趣还是第一次感受到。他狠狠地盯着飞凤的脸,圆眼中喷射着浓烈的贪婪与淫邪。他后退几步后,又猛然冲上前,捧起飞凤的脸就要亲嘴。

方飞凤一急,立即用内力向他啐了一口。杨彪敏捷地偏头躲开了,只挨了些唾沫星子。

杨彪并不发怒,点着头道:"嗯!有这么一点母狼的泼辣劲!"

然后,他把佩剑抽在手里,唰唰就是两剑,又快又狠,剑身贴着飞凤的衣服擦过,她的肌肤已经感到了剑刃的冰凉与坚硬。杨彪见方飞凤面不改色,心中也着实惊异。

"本大王没有耐性与你磨嘴皮。"他又扬了扬手中的剑,"我数一、二、三,你若从我,就美美地对我一笑,我决不亏待你!你若笑不出来,那么,数到'三'时,莫怪你这漂亮的脑袋瓜掉在地上!——一!"

"慢!"飞凤忙不迭大叫一声,"我先要听听,你说不亏待我,如何个不亏待法?"

"这不难!"杨彪侧着脸想了想,"刚才溅着你许些香唾,也觉火辣辣地生疼。可见你不仅会拳脚,而且还有内功。你若真心从我,我就封你当压寨夫人,还让你当老九,掌管一路兵勇!怎么样?"

方连汉吃了一惊,忍不住瞟了花嫂一眼。花嫂却对着他淡淡一笑。方连汉不禁皱紧了双眉,那每一条皱纹中,似乎都被懊悔和恼恨填满了。

"开始了!"杨彪得意地威胁着。

方飞凤只得对他露齿一笑。这笑法,让方连汉夫妇从骨髓里透出一阵冷气来。杨彪看来却十分满足,吩咐方连汉夫妇道:"先把这个妞送到沐雨堂歇着,晚上就领回聚义厅做亲!"

沐雨堂在山下河道拐角处,两面临水,两面朝山。方连汉知她不识水性,而山上繁星似的暗坑、毒弩,防不胜防,谅方飞凤不敢贸然离开,就不成日地监视她。方飞凤也不出门,只是静静地躺着,一心勾勒着她"窠里开花"的计划。

两个强盗婆送来了一身新衣服,又把洗澡盆灌满了热水,请她入浴。方飞凤觉着来得正好,她浑身上下散发的水腥味,使她自己不时地皱眉头。因而强盗婆一走,她就赶紧把门闩了,着手宽衣。刚解了上衣,不禁暗暗叫起苦来!这时她才发现,自己的内衣业已撕碎,那束胸的白绸也不翼而飞了。她最害怕的就是方连汉趁她昏睡的时候对她施了暴,但这似乎已是事实。她吓得冷汗淋漓,颤声道:"罢了,罢了!还不如死了的干净!"

但是,很快地,方飞凤又开始用常规的道德去猜度那个江洋大盗了:当着自己婆娘的面,他敢对另一个女子非礼吗?想着,她又静下心来,专心地去察验周身,特别是下半身有无什么不适,直感到似乎一切都正常时,才略略放了心。

方飞凤一边洗澡,思绪一边仍在"窠里开花"的细节中回旋。从山穷水尽到柳暗花明,她的心在紧张与兴奋中不断地收缩。

洗完澡,穿上衣服,待走到穿衣镜的面前时,不由得尖叫了一声,几乎哭笑不得。她在穿衣镜里,看到了一位穿戴得大红大绿、万分妖娆的强盗婆!她不知道自己是否有勇气走出这沐雨堂!但是,她也有这样一种感觉:自己俨然一个称职的戏子,天黑以后,她就穿着这行头,要在这杏花岭的戏台上,演一出无比威武雄壮的活剧来!于是,她又扑哧一笑,悠悠然走到窗前,眺望着水鸟翔集的河面。

忽然,丁零零一阵急促的铃声,自远而近。方飞凤循声望去,见河面上有一个黑点向着这面飞来,她凝眸看,才看清是一支系着铃铛的竹箭。箭射入芦苇丛中,很快,芦苇深处驶出一艘小船来。船上一男一女,看那背影,正是方连汉和花嫂。飞凤知道,刚才见到的原是一支响箭。

船载回来一个少年,就在窗下登岸。少年无意中抬起头来,恰好与飞凤双目相接。飞凤蓦地一怔,心中不觉荡了一下。那少年有书生般的儒雅,又有剑仙般的飘逸。左右是粗野的方连汉夫妇,更衬出了他的潇洒、俊秀,恰如一棵临风的玉树,站在面前。飞凤想到自己一身大红大绿的穿戴,在他眼里将不知怎样俗不可耐呢!她急忙地离开那窗口,禁不住再到穿衣镜前照了照,唇边立即抖出了一个深深的笑来。

这时,方飞凤感到芳心的跳动有点异样,脸上也热烘烘的,更使她奇怪的是,自己的眼瞳上老印着他那副神情。她下意识地把外间的桌椅整理了一下,那个少年的眼神虽然阴沉,却仍然引起了她的某种预感:他或许要来敲她的门。

也不过是短短的片刻,飞凤觉得像过了几个时辰。终于,她听到一个清脆悦耳的声音从窗外传来,正是那少年在跟方连汉夫妇说话。

"哪来的鱼?"(黑话:怎么山上有生人?)

"献给主人的礼物!"(大王选的妃子。)

"钓来的哪?"(抢来的吗?)

"是它自投罗网。"(自己愿意的。)

"……"

听方连汉、花嫂的口气,对那少年似乎十分敬重,并几次称他为"左二爷"。方飞凤因左二爷没有谈到自己,最终也没有来叩门,不免十分懊丧。

"敲门也不开!"一个声音在她心里响着,"什么了不起的臭小子!"

她这么想着,胸中有一般莫名的烦躁在骚动。她在不安中挨过了很久,才勉强勒住心马,去继续她"棘里开花"的思索,并等待着"成大礼"的时辰到来。

直到月亮放出光明的时候,野木兰花嫂来领她上山了。月光照着灰白的小路和秋日的败草,照着那幽静的山谷,萧瑟的秋风隐隐夹带着聚义厅上喧闹的鼓乐。方飞凤被一种苍凉的情绪所浸染,她已经成为那悲壮传奇的主角了!

于是,她和着自己的脚步声,轻轻地唱道:

> 风萧萧兮易水寒,
> 壮士一去兮不复还!……

"夫人唱得真好听!"花嫂道。

"放屁,谁是夫人?"飞凤因花嫂亵渎了她的高尚情绪而发怒。

"是是!眼下还不是,要拜了堂才算哪!啊,小姐!结识这几天了,连你的芳名还不知道呢!刚才左二爷问起时,我竟答不上来!"

方飞凤的秀目忽闪了一下:"我姓方,叫飞龙——"她把自己的名字改了一个字,"怎么,他问了我的姓名吗?"

"问了好几遍呢!"

"还问起我什么?"

"啊,夫人! 不,小姐! 左二爷……"

"左二爷什么? 快说呀!"

花嫂见飞凤追问得紧,只得直说道:"他说,山前山后……一切布防,都不得向这个野姑娘透露!"

方飞凤气得嘴唇发紫,瑟瑟地颤抖了一阵,心里又骂了一句:什么了不起的臭小子,到时让你知道我的厉害!

聚义厅上张灯结彩,灯火辉煌,正等着她的到来。正中虎皮椅上坐着披红挂绿的杨彪。左边坐着:"碧波长虹"左渊、"无敌将军"彭通、"扬子鳄"崔定。右边坐着:"摇头狮子"卜天鹏、"赛银蛟"米魁。还有二把交椅空着,原是刁龙、刁虎的位子(此刻,刁龙正陪着刁虎在鸭嘴镇养伤)。东西墙边,几排长桌后面坐满了头领以下各部大小头目。方飞凤一踏进门槛,满屋子轰雷般惊呼起来。强盗原有强盗的眼光,方飞凤自以为俗不可耐的装束,在他们眼里竟是美不胜收。加上飞凤浓妆淡抹总相宜,那天然的丽质早把厅上这些五大三粗的汉子惊得魂飞魄散。此时,鼓乐大作,震耳欲聋,群盗都把方飞凤当女神、天仙般地恭维着。他们争着斗珍比宝,进献贺礼。方连汉献的是一对翡翠凤凰杯。只见他在杯中斟满喷香的绿蚁,跪在方飞凤的面前,道:"路上多有冒犯,方连汉以酒谢罪!"

方飞凤银牙咬得咯咯直响,但又不得不装个笑脸:"方兄弟有功无过,何罪之有? 这酒,就赏你喝啦!"

方连汉受宠若惊,把两杯酒一口气喝了!

"若没有方兄弟,哪有我今天的荣华富贵!"方飞凤拍着桌上的酒坛子,"本夫人再赐你一坛酒喝!"

这原是方飞凤恨极之后的恶作剧,谁知方连汉听了,感激涕零,上前抱起那坛酒来,咕嘟嘟,茶一般地喝了。喝完酒,还没走上两步,咕咚一声倒在地上,立即引得满堂大笑起来。

方飞凤的心像被重锤捶了一下,她想,这些江洋大盗,谁说没有热忱、豪爽和真挚之情？若有个英明的寨主约束着他们做人,他们也未必一定要做畜生吧？

正思想间,"扬子鳄"崔定对左渊说:"左二爷不仅剑法绝伦,而且善歌,唱一曲好听的,也好让新夫人开开眼界呀!"

崔定的提议立即得到头领们的附和。左渊阴冷地笑着,瞥了飞凤一眼。方飞凤遭电击般浑身一震! 随后,左渊用筷子敲着碗碟,不慌不忙地唱道:

> 我看你,
> 点红唇,
> 施脂粉……

众盗齐声喝起彩来。有的拿着枣木棒,为左渊打起了节拍。飞凤心道,他唱的原是梆子腔,像是在唱一个女子,于是又留心听他继续唱道:

> 故意儿巧梳云鬓,
> 花簇簇穿着这衣裙!

方飞凤皱了皱蛾眉,觉得不好受用。这时左渊忽然起身离座,找出宝剑来,边舞边唱:

> 我看你花言巧语,
> 佯娇假媚装痴蠢。
> 要与那荆轲、豫让争声誉,
> 专诸、要离比智能!
> 学着毁容的聂政,
> 拼性命骨化飞尘!
> 图一个,

巾帼豪杰英雄名！

方飞凤越听越坐立不安。他歌词中嵌着荆轲、豫让、专诸、要离、聂政，全是《史记》上有传的成名刺客。她十分疑惑，是左二爷识破自己的行藏了吗？她的眼睛在大厅上扫视了一圈，见众盗们，包括杨彪在内，莫不在狂欢豪饮，一无戒备！左渊既然识破行藏，又怎么可能把机密埋在一个人的心底？另一种解释是，他或许与杨彪暗中有仇，想借自己的手去刺杀杨彪，然后他自立为王！这种推测竟令方飞凤十分信服。她端起碗来喝了一大口酒，同时深深冷笑着。

左渊歌毕，乘隙飞了飞凤一眼。飞凤蓦地发现他的眼里，迸射出一种异常炽烈的火焰。她的心再次轻轻摇曳了一下，脸上冷冷的笑容已被熔去。然而那炽烈的火焰只燃烧了一瞬，很快消失无踪，而代之以他原有的深沉与冷峻。

"什么时候让我揭了他神秘的面具！"飞凤闷闷地想。

这时，聚义厅上忽然爆起了一阵经久的哄笑。原来，醉倒的方连汉忽然爬起来，他乱喊着、狂舞着。所谓"舞"，也不过是浑身的乱扭和狂跳罢了。与此同时，他把衣服一件件脱掉，最后只剩下一条裤衩。那滑稽的样子，让方飞凤忘了所有，笑得前仰后合！杨彪见方飞凤快活，早已按捺不住，他疯狂地大笑着、叫嚷着："本主不能奉陪，要入洞房去啦！"

他的淫荡的叫嚷，引起了更猛烈的笑的风暴，几乎要把屋顶掀破！

杨彪死命地将方飞凤往洞房拖。从未经受过的奇耻大辱使方飞凤的脸涨得血一样红。她不知道自己走过了怎样一段弯弯曲曲的路，最后被拖到一所幽静的房间中，被杨彪用力推倒在一架描金大床上。

杨彪上前便来拥抱。飞凤用力把他推开。此时，她完全镇定了，故作微笑并从容地倒在床上，并拢了双腿，然后轻启朱唇。那呖呖莺声，分外悦耳："大王，你若分得开我的两足，我马上就和你同床共枕！"

"这有何难哉？"

杨彪说着,就把方飞凤两个金莲握在手中,用力向两旁掰去!他自以为膂力过人,谁知却分不开她半分,不觉十分纳罕!于是他说了声"你等着",就在一旁解了佩剑,脱去外衣,摆了一个奇特的功架,略一屏气,五指霎时粗起一倍,并发起黑来。然后他再来分足,果然大有效果,飞凤两足渐渐地被他分开半尺有余。正要继续运力,只见飞凤上身仰起,右手二指在他百会穴上轻轻一点,杨彪只觉全身一阵震麻,两腿一屈,倒在地上。

方飞凤这一手,用的是金山的独家功夫:破魂指。中此指后,立即丧失意志,或站,或坐,或卧,悉听摆布。同时,还可以左右他的意念和语言。但是此指必须点在百会穴方能奏效。百会处在头顶之上,交战时,无论手法如何敏捷,都很难击中。因此,方飞凤想了个"分足"的游戏来诱使杨彪上钩。方飞凤出手顺利,她的下一步计划是:指使杨彪把心腹传令兵唤来,通过他把山上头领一个个叫进房来,来一个毙一个,各个击破,格杀勿论!

当方飞凤去扶杨彪起来的时候,吃惊不小。只见他脸色白得像一张纸,四肢僵冷。用手去探他的鼻息,早已一命呜呼了!方飞凤并不知道,杨彪因贪欢心切,为了分开她两足,竟用了泛魔邪功。此功原属左道,运动此功,气血飞也似的在体内周流,猝然之间百会大穴被闭,浑身气脉顷刻爆裂!这一点,是方飞凤所料不及的!

飞凤见杨彪已死,重重地哼了一声。难道不能以"压寨夫人"的名义去传呼诸头领吗?于是她就去开房门,准备叫来传令兵发号施令。刚走到门口,忽然魂飞魄散!

原来杨彪的卧室,本是一个偌大的山洞,被隔成两间,一间卧房,另一间却是个温泉池,洞内一年四季温暖如春。在这里,既可洗澡,又可纵欲,被杨彪称为"神仙居"。杨彪也防着山上有人篡位行刺,洞门特用数尺厚的花岗岩凿成,关开全凭一个秘密的机栝,方飞凤哪里知道?

她怔怔地站在那里。她心中很快明白,杨彪一死,自己实际上也被囚在一个石墓中了。这是她有生以来最残酷的一刻。她的整个身心已经被幻灭的悲哀彻底擒住了。

花烛的火焰突突地跳了几下，一滴烛泪像一颗晶莹的泪珠，无声地缓缓淌下，似乎在向身处绝境的方飞凤表达着自己的哀伤。

方飞凤现在所能做的，便是静静地等待了，等待那最大的凶险的来临！但是，她并不感到过分绝望，因为在她的等待中，还饱含着这样一种希望：盗匪在长时间不见大王后，定然会猜到他的不测，从而前来破门。方飞凤情不自禁地握紧双拳，虎视着石门，仿佛一场破门后的血战即在眼前！

如臂粗的红烛燃烧过半，估计即将破晓。方飞凤猛然想起，左二爷或许要自立为王了！他明知自己是刺客而不揭破，原是要借着她的手来杀杨彪。他是如愿以偿了！怎么能指望他来打开石屋呢？这时她才长叹一声，万念俱灰！

她恨恨地踢了杨彪一脚，这具笨重的尸体被她踢到了墙角。就在这时，有一种奇特的声音传到了她的耳官，既细微，又洪大！这种声音使她产生了奇妙的联想，她联想到了马的嘶鸣、虎的长啸，甚至于龙的呻吟。她认定，声响发自杨彪的剑匣。她马上抽出剑来，忽见寒光四喷，使那黄色的烛光黯然失色而显得更加凄凉惨淡。她想，古时高阳氏铸的画影剑、腾空剑，凡遇战事，便能发声预警，这莫非也是一支宝剑？她对着烛光，细看剑柄，上面用大篆刻着"干将""欧冶"四字，不由得一怔。忙翻过剑柄，反面一个"龙"字，"龙"以下字迹磨损，不可辨认。但是方飞凤已经断定：这是数千年前，干将、欧冶子合铸的"龙泉"宝剑。只可惜这样的稀世名剑，误入了盗窟，而今又成了杨彪与她的陪葬！想着自己要与这个两腋腥臭的淫盗共葬一处时，只觉胸中一阵锐痛。她怒不可遏地把手中的宝剑向着禁锢她的那扇厚厚的石门，恶狠狠地扔去！

奇迹就这样发生了：她看到那龙泉，就像刺入棉花絮一般，直插在石门上，一直没到了剑柄。

方飞凤一时竟不知发生了什么！待她明白了这究竟意味着什么的时候，双手不由得战栗起来。

第十二章　潜龙在渊

方飞凤仗着削铁如泥、吹毛能断的龙泉宝剑,切菜瓜一般把厚厚的石门分割切碎,然后离了洞房。她不敢耽搁,二十步一转弯,十五步一抹角,脚步匆匆地向山下走去。

尚未走远,她偶尔回头,见一座八角砖塔巍然屹立在山巅,就像一支巨大的笔,冲破稀薄的夜色,直指苍穹,它仿佛在犹豫、思索:究竟要在这蓝得近乎透明的天幕上写上什么字句? 塔有七层,最后一层挂着八只红灯,面向八个方位。衬着那蓝天、那皓月、那黑魆魆的崇山峻岭的粗犷轮廓,更显出了它的雄壮和威武。那红灯或许就是强盗首脑与山下各部(包括水面)进行联络的信号。如果是这样,强盗们一旦发现杨彪被刺,可以在顷刻之间,通过红灯的调节来指挥搜山,对她进行拦截! 她倒并不害怕厮杀,但一遇战事,作为一个陌生人,无论怎样本领高强,恐也很难在这条山路上记清方位和脚步。那歧途上、密林间,到处是陷阱、毒弩和石雷,稍有不慎,就不免头破血流,甚至粉身碎骨! 她也想到,即使杀到山下,也许所有船只都已经离岸,她还不仍旧是笼中鸟、网中鱼吗?

她仰头凝视着宏伟的塔影,沉吟片刻,并很快在心里做出了决断:先冲上塔顶去毁了红灯! 她知道,造化留给她的时间十分短暂。

方飞凤不再犹豫,回身向山顶攀登。看上去,宝塔似乎不远,绕来绕去,却十分费时。那夜色正在她的脚步下一点点溜走,而朦胧的晨曦,不知不觉地向着月色笼罩的天穹渗透。就在这时,一块数丈高的巨大山岩横亘在面前,挡住了她的去路。她绕着山岩转到它的背部,发现另一块同样巨大的岩石与它对峙着。它们中间,夹着一片陡坡,人工开凿了许多石级石阶。方飞凤借着月光数了数,整整三十级!这无疑是登临塔台的捷径了。方飞凤并不拾级而上,为了尽快登顶,她调整了一下呼吸,凝神提气,飞身就落在了第十五级台阶上。脚尖着地即全力一蹬,就又飞身而起,终于跃上了最后一级台阶,她猛然见到了塔影,这才清晰地意识到,她已到达了这座山的顶峰。

方飞凤环视四周,见寂然无声,正要进塔,忽然树背石后,蹿出了四条黑影,呼啦一声,把她围在中间。四人六种长短兵械,摆了一个"六合梅花阵"。飞凤定睛看时,这四条汉子乃是:"摇头狮子"卜天鹏、"赛银蛟"米魁、"扬子鳄"崔定和"的角四"方连汉。

"还我杨大王!"卜天鹏举着蛇矛,怒吼一声,同时,大大的脑袋摆了两摆。

"看不出,你竟是一个女奸细!""赛银蛟"米魁也手执铁拐冷笑着道。

"不必多啰唆,杀了她再说!""扬子鳄"崔定最心急,话未了,两柄银锤已到方飞凤眼前。

方飞凤用剑来迎他,大锤立即收了回去.与此同时,卜天鹏、米魁、方连汉四般兵器同时到达。方飞凤前抵后挡。他们都怕飞凤手中的宝剑,不敢正面相碰。然而那"六合梅花阵"也着实厉害!他们瓣瓣相扣,左右逢源,打得极是得心应手。飞凤捏着剑诀,一柄龙泉施展开来,一会像大河奔泻,转眼则似飞絮游云,变化无穷,任他们四条汉子联手,一气呵成,也占不到她半点儿便宜。飞凤心想,二哥经常轻视刀剑,以为掌即是刀,指即是剑,其实不然,一把好剑,真抵得上一条臂膀呢!

正酣战间,飞凤卖个破绽,让"赛银蛟"米魁的朴刀迎向自己胸膛,然后蓦地一侧身,乘米魁扑空之际,起手以破魂指点了他的百会穴,米魁顿时倒地。

"梅花"缺了一瓣,"扬子鳄"崔定就着忙起来,他咬着牙,把银锤舞得雪花一般!忽然崔定感到手头大不一样,定睛看时,双锤只剩下了光秃秃的两个锤柄,那锤头早被方飞凤削去了。崔定大怒,弃了锤柄,要徒手夺剑。刚起步,方飞凤的龙泉剑已指着他胸前的膻中穴。卜天鹏眼看着兄弟要吃亏,急忙把丈八蛇矛来撩她手中的龙泉。刚撩着剑刃,那锃亮的矛头就被切了下来。卜天鹏哇哇大叫着,大脑袋摇得像拨浪鼓似的,索性用矛柄来捅飞凤,飞凤以剑接他,他又不得不缩回。这时,方飞凤又偷闲去应付方连汉的蛮缠。只一个照面,叫一声"着",却是个虚招,剑尖只在他眼前晃了一晃,用意全在于回剑,正奔着摇头狮子的门面。卜天鹏一时无计,双手举着断头矛去迎剑,只听当的一声,一根长柄变作了两条短棍。而就此门户洞开,眼看着龙泉的剑尖一闪,已指着他唇下的承浆穴。"摇头狮子"卜天鹏只感到承浆处一阵冰凉。那凉感又迅速向全身扩散,仿佛有一桶冰水从头淋下来,冰水过处,肌肤立即封冻起来。于是他保持着身体扭曲的姿态,双手举着短柄,下肢微屈,整个躯体僵硬得就像一尊石雕似的!今天方飞凤在杏花岭上,把金山所学,献宝似的一样样往外端。最不可思议的一手是方飞凤可以让内气从掌心泄出,通过剑身的传导,发放出去,虽未触及敌人皮肉,同样可以点穴,这和"隔物传功"的手法有着同工异曲之妙。"扬子鳄"崔定比卜天鹏早一步着了此道,他被点中的是膻中穴。满面的狰狞怒容,突然被凝固下来,那滑稽的样子,亦足令人喷饭!

"梅花阵"中只剩下了"的角四"方连汉可以动弹,而他的实际应战力,在这个一度是他手中猎物的方飞凤面前,业已崩溃。他瞪着惊恐的眼睛,刀削般的方脸铁青着,一步步地向后退去。他左右顾盼,随时准备着夺路逃跑。方飞凤牢牢地盯着他,想到自己之所以会遭此艰辛,全因这个人。更使她羞愤的是,自己冰清玉洁的少女之体,却曾在他的面前暴露无遗!她虽不愿意向着失身方面去想,但潜在的阴影就像一口带刺的网,让她的心不断往里面陷落,受它的伤害!她的明眸中,闪动着杀机,一步步向他进逼。方连汉见身后已经没有退路,不由红了双眼。他大吼一声,一连就是三刀,快如疾风!飞凤知他要逼自己后退,以便从斜方向窜逃。她将计就计,连撤三步,方连汉从面前闪过时,忽又疾进两步,趁势放出了"裙里腿"!

方连汉就像断线的鹞子,被踢上半空。蓦地,一条黑影从草丛中蹿出来,双手把方连汉接住。飞凤看时,正是野木兰花嫂。花嫂接住了方连汉,见丈夫浑身软绵绵的,仿佛散了骨架。

她惊呼着,用手去探他的鼻息,已经气绝。于是一声撕心裂肺的惨叫从这个强盗女人的喉间迸发出来,颤巍巍地划破了朦胧的晨空。那山谷中参差的回声,又把它传递得更深更远!

方飞凤不禁黯然失色。

"贱人!"野木兰对着方飞凤破口大骂。

方飞凤生来还未受过别人这样的辱骂,但此时,她为花嫂对亡夫的真情所感动,并不过于着恼。

花嫂泪流满面,一手抱着方连汉,一手指着方飞凤的鼻子,那声音已经嘶哑:"我的连汉,为着你这个小贱人的荣华富贵,好意把你推荐到山上做压寨夫人!你却恩将仇报,杀大王、盗宝剑,还要置连汉于死地!禽兽还知恩报义,你这不要脸的贱人,真正的还不如那禽兽!"

花嫂骂了一阵,又扑到方连汉的尸体上,放声大哭起来:"夫啊,夫啊!早知今日,那天船上,我就不该拦阻你!你应该把这个小贱人痛痛快快地奸了!奸她个十遍八遍的,再把她碎尸万段才好呢!"

方飞凤惊讶得几乎要流泪,她原是清白的!于是,一个放心的微笑浮现在她的唇角。这个微笑足以抹去心头所有的阴影和疑云了。早知如此,她也不必对方连汉下杀手呀!方飞凤把龙泉剑用力插进剑鞘,发出了清脆的一声响,似乎不这样,就不足以表示她对花嫂的悔意和歉疚!而就在这瞬间,花嫂的眼里腾起了野兽样的凶光,面颊上的肌肉因咬牙切齿而抽搐不止。她的全部悲愤和仇恨,最终化成了一个异样的、恐怖的笑。方飞凤悚然后退一步,心也痉挛起来。

"花嫂!"方飞凤叫喊着跑过去。

然而,已经来不及了。花嫂捡起了方连汉的朴刀,深深地抹进了自己的咽喉！那个异样的笑凝固在她的脸上,凝固在曾给方飞凤讲过白河故事的厚厚的唇边。她渐渐地倒下了,倒在方连汉的身旁。

方飞凤因昨夜发现了强盗也有热忱与真挚的情感而不胜诧异。她原以为,强盗与毒蛇猛兽没有什么不同。她对吕展的"义盗"美称也常嗤之以鼻。基于这一点,她对方连汉夫妇的粗野、"扬子鳄"崔定的狰狞,以及山大王杨彪的腥臭,都丝毫不觉得不和谐。而对左二爷的飘逸与俊美反觉得匪夷所思(事实上,在她的内心深处,至今都没有承认他也是个强盗)。此刻,花嫂的殉情便引起了她强烈的心灵的震撼:他们之间原有着人性和人情!如果有一个能人把他们的天良全部唤醒了,那么,他们也许能成为有用的人!也许,吕展就是这样的能人。如果是,那么造化也应该在杏花岭降下一位"义盗"来,这样,才显出了它的真正的无私与正直。

这时,曙色开始从东方低低的阴霾中向外挣扎。方飞凤收回了那些突然而至的遐想,决定登塔。蓦地,眼前又闪过了一条黑影。就像一片秋叶,从塔上无声地飘落在地。方飞凤大吃一惊,这样的轻功也许不在自己之下。只见那人用剑分别在卜天鹏、崔定、米魁头顶上拍了一下,立即解了他们的穴道。三位头领就单腿跪在地上,拱手道:"谢左二爷!"又道,"快杀了这个妖女!好为杨大王、方兄弟、花嫂他们报仇雪恨!"

方飞凤心中突地一跳!借着曙光看左渊,只见他红唇、白齿、明眸、雪肤,与他的外号"碧波长虹"一样艳丽,心想:这样一个风流人物,难道也包藏着一颗天良独缺的兽心吗?

"夫人!"左二爷冷笑着,话音中带着讥笑。

"谁是什么夫人!"方飞凤大嚷道,"本姑娘一进洞房,就把杨彪结果了!要是早知道有这么一柄宝剑,也绝不会挨到现在出来!"

方飞凤说着,自己也非常愕然。她急急地向他剖白这些干什么?双颊不觉飞满了红云。为了掩饰自己的窘态,她接着道:"好一个二爷,你现在可以登基当大王了!因为本姑娘已为你坐这把交椅扫清了道路。看在这个分上,你也应该送我下山去呀!"

回答她的是一阵长笑。

"左某要当大王，还得用你来铺路？"左渊扬了扬手中的太阿剑，"那么夫人，你若能与我战上五百回合，我就把这把金交椅让你坐，怎么样？"

"大丈夫一言既出，驷马难追！"方飞凤兴奋得脸上升了火，"本姑娘做了大王，杏花岭只能容下仁义和廉耻，盗心和兽心将被打下十八层地狱去，你不心疼吗？"

"要是你输了呢？"

"输了吗？"飞凤火辣辣地瞥了他一眼，"你要怎样就怎样！你要怎样呢？"

"我要你……"

"要我怎么样？快说呀！"

"我要你在这杏花岭上，永远当一名小喽啰，不得下山！"

方飞凤狠狠地一咬牙，抽出剑来："行！左二爷，你进招吧！"

"你把'裙里腿'先放出来吧，让我好好领教领教！"

这"裙里腿"三字，从左渊嘴里说出来，使方飞凤非常惊讶。此腿乃是方飞凤独创。普天之下只有她和方侗知道。她因而疑心方侗也遇上了强盗，不由得着急起来。她见左渊正要动手，就大喊一声：

"慢！你见过方侗了吗？"

"方侗？"左渊迎着她的目光似乎十分吃惊，随即脸上掠过一丝狡猾，"方侗是你什么人？"

"我在问你，你见过方侗没有？"飞凤急道。

"你先说，然后我再告诉你！"

飞凤没奈何，只得说："他是我二哥！"

"哈！"左渊的眼中漾出一种奇异的亮光，并化成了由衷的微笑迅速向脸部漫开。

"看来，你不是长翅膀的龙，而是会飞的凤！"

"我是飞龙还是飞凤，与你不相干。我既告诉你了，你怎么不说？你究竟见没见过方侗？"

"没有。但我见过了会使'裙里腿'的林珏！"

飞凤想，一定是二哥化了名。

"这林珏现在在哪里？"

"那么，我告诉你吧：林珏为着一个朋友的命案，去襄阳了。"

飞凤十分疑惑："怎么为着朋友的命案？"

"咦？我们是打仗，还是谈心哪？"

飞凤想，待我胜了他，逼他把知道的都掏出来就是了，于是不再答话，呼地一剑，走了先着。

这一剑乃是"白蛇吐芯"，直刺左渊咽喉。左渊一招"拨云瞻日"，要来接她长剑。飞凤一缩手，换一招"丹凤舒翼"，取他腹部。左渊"斜撩左扑"，侧身避过剑锋，探身剪切飞凤的臂腕。飞凤变一招"潜入杏林"，又一招"神女挥电"。前招甫起，后招已经隐伏，连绵不断，快似旋风。左渊沉着拆招，攻守自如。初时还见他们的青锋闪动，其后便只见剑光，不见白刃，最后连人影也分不清了。两人心剑合一，自然成势，虚虚实实，变幻莫测。在场目睹的人，早眼花缭乱，叹为观止了。飞凤、左渊自己都暗暗称奇。他们忙里偷闲，各飞了对方一眼，不意四目相接，瞬间电光迸发，几乎眯了双眼。恰恰此时，两剑相交，当的一声，迸出了一道红光。双方同时一怔，都跳出圈子，检查自己的宝剑，却各无损伤。于是又接着再战！

直战至日高三竿，两人丝毫没有倦意。此时山上众头领都来观战，他们直战到四百七十五，方飞凤忽然嗖地跳出圈子，道："住了！我也不当大王，你送我下山去就是了！"

左渊见方飞凤面有红云，不知何意，便笑道："哪有这么便宜！战不过五百回合，就得在山上当小强盗，终生听我使唤！"

飞凤怒道："我又不是怕你！"

说着又起招进攻，与他继续战在一处。原来，方飞凤见已近五百回合，猛地里想起了跟方侗说过的一句戏言：谁能和她战上五百回合就嫁给谁，看来大有弄巧成拙的势头，不觉十分尴尬！故临时要求休战。左渊眼看大王的宝座行将丢失，然而，当他知道眼前武功卓绝的女子就是方飞凤时,早已不在乎了。何况,方飞凤在五十级台阶上露的几手,他在塔顶上看得一清二楚,业已心悦诚服。倘若飞凤在此称王,方侗的落草也就指日可待了。这正是他梦寐以求的事。这个大愿若能成功,他甚至愿意抛弃姐仇,放过方俊,以便与他兄妹精诚合作,干出一番轰轰烈烈的大事业来。

又战了些时候,五百回合已满。左渊叫了一声"好剑法",就跳到一边:"大丈夫一言既出,驷马难追! 这是你说的吧!"分明是激将的口吻。

方飞凤不胜惊奇。一把金交椅马上要从他的屁股底下端走,他居然满不在乎! 是了,他本不愿意在此落草,无非想借机禅让,溜之大吉而已! 于是她故作正色道:"我当了大王,你得听我驱使!"

左渊笑道:"我可没答应在你的石榴裙下充当喽啰!"

"这倒不必!"飞凤道,"你还是当你的二爷好了!"

他们直面对视着,就有那腾腾的炽热,从各自的眼睛中涌出,并交融在一起了。彭通、卜天鹏、崔定、米魁等众头领在旁见了这一幕,怎不惊心动魄? 他们不约而同跪倒在左渊面前,声泪俱下地谏道:"左二爷,难道众弟兄用鲜血换来的这座河山,就这样拱手让给别人了吗?"

"谁说让给别人了?"左渊道,"你们照样当你们的头领! 这位大王,可不是别人,就是我经常跟大家说起的,樊丰长老的女弟子方飞凤!"

"她就是方飞凤?"四位头领都吃了一惊,不禁面面相觑,"怪不得如此厉害!"

"你们不欢迎,我下山去就是了!"方飞凤说。

慌得四位头领抢在道前,拦道:"倘是方飞凤,请也请不到呢! 我们唐突冒犯了半天,望多恕罪!"

"既然这样,我什么时候'登基'呢?"

"事不宜迟,今个晚上!"

"既称登基,"左渊的语气分外凝重,"我看你的芳名不必改回去,就叫方飞龙吧!"

"一点不错,龙比凤好得多哩!"大家附和着。

方飞凤不觉得"龙"比"凤"有什么好。她倒想到,自己落草当强盗,传扬出去,大大玷污了方家的名声,不如将错就错,改一个字也有好处。她便一点头,说了一声:"行!"

"那么二爷,"彭通道,"我们就准备大典去!"

"且慢!"飞凤忽然笑道,"你们都称二爷、三爷、四爷、五爷的,我当了大王,难道称我'大娘'不成?"

"我们怎敢称'大娘'? 自然要称'大王'!"

"那很好!"飞凤等他们一走,却对左渊道,"只不准你叫我大王!"

左渊一怔:"那叫你什么?"

"得称一声姐!"

左渊哈哈大笑起来:"好哇,那么凤姐,不……龙姐姐请了!"

方飞凤对着他抿嘴一笑。

322

第十三章　兄弟狱会

　　细雨就像牛毛一样。瓦檐上悬着的水珠,犹如晶亮的泪,悄悄涨大,悄悄垂落。刚滴下一颗,便又有新的占据了它原来的位置,摇摇欲坠。风,摇撼着那些梧桐和槐树。它们茂密的树叶互相厮磨着,发出了沙沙的响声,就像低沉的哀吟。一片湿润的黄叶,柄蒂突然从灰色的枝条上剥离,它在空中翻了几个身,无声无息地飘进了半掩的铁窗,落在了方俊的肩上。

　　方俊把落叶捏在手中,茫然地凝视着。一个凶念蓦地掠过了他的脑际,让他寂然不动地麻木了良久。

　　"不是秋后处斩吗?"他喃喃地自语着。

　　于是,秋的悲凉与那凄风苦雨般的悲哀搅和在一起,使他的心房再次经受了撕裂样的痛苦,以致越跳越沉、越跳越慢,窒息得几乎喘不过气来。

　　伴随死亡而来的,还有盘踞全身心的宏愿的幻灭。以方俊之才,自信日后必能蟾宫折桂!一旦得近天颜,他将力陈父亲之冤。在他手中,业已有了大量实据,所谓"鲸吞国库"之罪,完全是罗林为了陷害忠良而不择手段进行的凭空罗织!十载沉冤,一旦昭雪,不仅九泉下的父亲得以瞑目,扳倒了奸臣罗林,不也是国家社稷之福吗?这"功名复仇"的宏愿,在方俊心中已经埋藏了多年,对他来说,宏愿的幻灭比生命终止本身要显得更加惨烈!

牢房的走廊里传来了重重的脚步声,一步步就像踩在他心上。一片落叶已明白地告诉了他:随时会有人来把他提走,押赴刑场斩首。果然,那声音就在他的牢房门口停住,牢门随即被打开了,方俊的心奔马似的狂跳起来,本来没有血色的脸变得更加惨白。

禁头钱横挨进门来,可是奇怪,他笑容满面,和往常判若两人。

"恭喜公子!"他说。

"喜、喜从何来呀?"方俊战兢兢的,以为末日降临了。

"你的阿弟从河南来探望你啦!"

"方侗? 是他来了?"方俊听到了自己的心脏撞击胸肋的声音,"除了舍弟,还有谁来了?"

"就他一个呀!"

钱横向外一摆手,立即有两个禁子端来了一盆清水,让方俊洗脸、洗手,又替他松了脚镣手铐。方俊不知道他们对自己何以会宽容起来。在往日,他们从来都是凶神恶煞一般。

"他在萧王堂等着你哪!"钱横说。

方俊跟随在钱横的后面,拖着两条受过刑的伤腿,走出了低矮的囚房。他贪婪地呼吸着室外潮湿的空气,缓缓地穿过了一个四合院子。萧王堂上塑着一尊狱神,另外还有一些陈旧的椅桌。这里,算是囚犯会客的最为优待的场所了。方俊先被狰狞的狱神吓了一跳,尘封了的供桌前面站着一位衣着华丽的贵公子,十分气宇轩昂。他一时竟没有认出他就是方侗! 他见这位贵公子愕然地瞪大了眼,惊疑地望了望钱横。那眼神似乎在说:"你莫不是领错了人? 这可不是我的大哥方俊!"这难堪的静场持续着,直到方俊力竭声嘶地惨叫了一声:"二弟!"

方侗也扑过身去,抚摸着大哥瘦骨嶙峋的肩头,审视着他苍白的脸,他蓬乱的乌发、失神的双眼,以及乞丐般褴褛的衣衫。于是,那难言的酸楚和伤痛,替换了他脸上所有的惊疑。

秋风呜咽着突然把门窗掀开,把雨珠洒在临窗的满是裂纹的方砖上。五六片落叶,在门口打着转,又滑到了供桌和天然几的底下,它们的后面拖出了一些时断时续的水痕。

钱横从一个牢子手中接过算盘，笑嘻嘻地对方侗说："俗话说，靠山吃山，靠水吃水。咱们靠着这监牢，也只有吃监了！一看公子就是大家气派，好手面！"

"有话直说吧！"方侗说。

"啊，方公子，明人不必细说。监有监规，牢有牢章。有了银子，天下通行！进这牢门，就得付银二钱；开监：二钱；移床：二钱；松刑：五钱；洗脸：一钱；见面费：一两；茶水费……"

"我们不要吃茶！"

"啊。不用茶，是你们自己不用，我们可也准备了哪！是不是？需付五钱茶水费。另外，租这萧王堂，就便宜些吧，收你十两。"他把算盘拨得直响，"总共是十二两七钱！"

"好说！"方侗说。

"我说嘛，贵公子好手面，好气派！也不在乎这些些银子！"

"有点心吗？"

"有，有！我们到街上代买，公子付些脚步钱也就是了。"

"有些什么点心？"方侗说时，伸手去衣兜里掏银子，这才发现，银子已经用完了。早知道牢内要用银子，王荣所赠就应该全数拿下。他无可奈何地皱了皱眉头。

钱横并没有发现方侗的尴尬，一个劲地说："有烧饼、肉包、粽子，还有鸡汤面条。"

"行，每样都送两份来。"他说着把手从兜里抽出来，"回头一总给你算账！"

"好咧！"钱横笑着招呼两位禁子，一齐退了出去。

"大哥，"方侗见旁边没有人了，便低声说道，话中带着些许抱怨，"为一个下人受这份苦，又何苦来呢？"

方俊猛退了几步，两眼痛苦地直视着方侗，说话时，声音激烈地颤抖着："怎么，你……你也相信我是凶犯？……二弟，我是冤枉的呀！"

"我也这么想！"方侗立即纠正了自己的话，"可是，你为什么要招

325

供呢?"

"你不知道,昏官对我用了大刑!"

"什么?"方侗跳了起来,"你受刑了?"

方俊撩起裤管,因受刑而又得不到治疗,两腿已经发黑发紫,显然局部坏死了。

"差一点骨头就碎了!"方俊忍不住哭了起来。

一声闷雷,从远方隐隐传来。方侗猛地拍了一下桌子:"我把这昏官给劈了!"

方俊立即用手去捂他的嘴巴:"这是什么地方? 你可以这样说话!"

"那么,"方侗忍住了气,"昏官判了你什么罪?"

"斩首!"方俊哽咽着,眼睛恐怖地望着脚下,仿佛看到自己的头颅已经血淋淋地落在尘埃了。

方侗像一匹愤怒的雄狮,来回踱躞了一阵,忽然停住脚步,又问:"没有真凭实据,他是怎么断的案?"

"唉! 他原说'有剑无鞘,不足为凭'。坐堂时,却忽地变出一支鞘来,说是在我床底下查到的!"

"那不是存心诬良为奸吗?"

"毫无疑问,裘天相给他提供了伪证!"

"莫不是裘天相为了谋夺珍珠塔,自己杀了丫鬟,却来陷害于你?"

"我也这样想。"

"是了!"方侗道,"这命案原是由这珍珠塔引起的!"他说着又冷笑了两声,"珍珠塔乃是我们方家的传家宝,裘贼也未必有福消受它!"

"二弟!"方俊凄惨地说,"大哥蓄志十年,要为父亲申冤雪枉,想不到今天化成了泡影! 纵然死了,九泉之下也耻对严慈呀!"

方俊的眼中胀满了泪水,苍凉而阴郁。望着它们,方侗自己也感到一阵钻心的痛。

"说什么我也要救你出去!"方侗说。

萧王堂的落地长窗又被打开了。外面云收雨止,突然明亮了许多。钱横带着两个禁子,把几样点心放到了方俊、方侗的面前,然后垂手立在旁边。

"嘻嘻!……"

"不就是要银子吗?"方侗说,"过半个时辰,你把满牢的禁子都叫到这里来,本公子还清费用,每人另外赏银十两!"

钱横深深地唱了一个喏,好久,才迸出一句话:"你、你不像是方公子……"

"嗯?"

"你是我们的财神菩萨呀!"

方侗故作豪爽地一笑,一挥手:"去叫人吧,一个也不要少了!"

支走了钱横他们,方侗便狼吞虎咽地吃起点心来。

方俊勉强吃了半个包子。

"我知道,你武艺高强。"方俊接着说,"我不怀疑你能够把我劫出狱去。可是,我活着有什么意思呢?背了个'逼奸淫杀'的恶名,倒不如死了的干净!"

"我不能去寻衮贼吗?"方侗胸有成竹地说,"我要把老贼淫婢杀人、诬良为奸的经过,统统从他嘴里抠出来,然后逼他写成口供,送到县衙去,为你平反!"

"你以为他能依你的?"

"除非他不怕错筋断骨!"

方俊总觉得,若这样能救他一命,还他清白,世上的事情不免太简单了。他知道,方侗向来任性,想怎么就怎么,常常不顾后果,这也正是他对二弟最焦虑担忧的:"你如果也闹个人命出来,怎么得了!"

"这倒不必担心,治他的办法多着呢!"

方俊轻轻摇了摇头,他对自己的生还其实并不抱有希望。

"二弟,你也不必徒然奔波了!"他泣道,"老天留给我的时间已经不多。你不若赶回河南去,把凶信报与母亲、妹妹知道。一家子也好对南天向我遥祭一番呢!"

"这是什么话!"方侗有些愤愤然,"你怎么一点也不相信我的能耐

327

呢？何况,妹妹已经出门,她走的水路,估计这两天也要到了。"

"怎么,飞凤也出门了?"

于是,方侗便从豹肉宴说起,把杨景春济银离家,兄妹分手,以及自己在鸭嘴镇遇刁、陷穴,在王家庄打擂、会左的经历讲了一遍。方侗有声有色地演述,不时使方俊惊叹唏嘘,暂时忘却了自己是一个即将授首的死囚。当方侗讲到"碧波长虹"左渊的一节时,方俊一把抓住了方侗的手臂,激动得浑身颤抖起来。

"什么? 左二爷说我杀了他的姐姐?"

"他是这么说的。待真相大白了,我倒要去羞他一羞!"

方俊神色黯然,极度的伤心再次控制了他:"二弟,我还没来得及告诉你,那受害的碧环是谁。"

"谁呀?"

"她是二母的亲侄女!"

方侗啊了一声,手中的竹筷落到了地上:"怎么是她? 我母亲的亲侄女? 毕玉虹?"

"倘若这位左二爷真是她的亲哥哥,不是毕波又是谁!"

"咳! 我们打了半天,原是自家人! 只怪他,为什么改姓左!"

"他不是'左神童'吗? 那'碧波长虹'的诨名也一定是他自己起的。'碧波'是毕波的谐音,'长虹'也正是他对爱姐的纪念!"

"只可恨,他明知是自己人,也不分青红皂白,一口咬定你是凶手!"

"这能怪得了他吗? 我都招供了!"

方俊说着,哆哆嗦嗦从怀里摸出一个纸包来,打开纸包,里面是一条项链、一枚鸡血石章和一页诗笺。他凝视着它们,心中充满了人去物在的哀痛。

"无论我是死是活,"他说,"你一定要把这些当面交给毕波,这是玉虹最后的遗物和遗言。"

"行!"方侗也十分伤感,"你会不会杀玉虹,毕波见了这些,自然也就清楚了。"

方俊听了,惨然一笑。

方侗刚把碧环的遗物收藏好,钱横带着五个禁子,又喜滋滋地闯了进来,他们站立在他的面前,又唱喏,又行礼。

"咱兄弟的话也说得差不多了,"方侗轻轻拍了拍钱横和前面的两位禁子的肩胛,"你们来得正是时候!"然后到另外三位的面前,忽然惊慌地叫了起来,"呀! 你们几位兄弟好像气色不佳! 你,你,你!"他逐一拍着他们的肩背,又猛地回过身去,指着钱横,"还有你! 脸上都有一团黑气,莫不是得了'白河痧'?"

"什么? 白河痧?"钱横他们闻所未闻。

"这回我沿着白河到襄阳来,一路上见得多了,全是这种瘟病!"

"瘟病?"

"可不是!"方侗煞有介事地说,"开始时,只感到背上痒痒,解开衣服,可见'人'字形长着七颗疹子。七天内发红,又过七天就发青。以后,三七紫,四七黑,五七穿,六七烂,七七四十九天必死!"

"哎呀! 你不说便罢,这会儿我背上果真发起痒来了。"一个禁子喊道。

众人忙替他解开衣服,果见七颗痱子样的红痘,"人"字形排在那里。于是大家互相解衣观看,包括钱横在内,无一幸免。

"这还是刚起的!"方侗说。

"能有救吗?"他们一个个哭丧着脸。

"你们也幸亏遇上了我!"

说着,方侗从衣兜里摸出一个白瓷葫芦,从中倒出一些黄豆大小的药丸来,一边给他们分发,一边道:"一粒药,就值七两银子! 看你们伺候我大哥的分上,这药丸,每七天吃一丸,吃满七丸,自然就痊愈了。"

"那么,你老人家怎么只给我们六颗呢?"

"还有一丸放在我大哥那里,只要你们有良心,满了六七,就一定奉送。"

"可是,您的大哥,说不定哪天要杀头的呀!"

"杀头也不会忘记给你们吃药!"

"那好!"钱横苦笑着,"从今以后,我们就像爷一般伺候他。"

一个禁子分明要讨好方俊,对钱横道:"头,方爷爷的牢内像个狗窝,咱们先去收拾收拾吧!"

"说的是!"

于是,他们争先恐后,蜂拥而出。仿佛谁在头里,谁的功劳就最大一样。方俊疑惑地望着方侗:"二弟,你捣的什么鬼?"

方侗得意地一笑:"这原是极厉害的'七星钉'的功夫!若运动了先天之气,四十九天必死无疑。不过,我对他们用的是后天气,虽也有七颗'红钉',其实四十九天是可以不药而愈的。"

"那么,你给他们吃这么贵重的解药干吗?"

"那是什么解药? 这是我们练武人常备的跌打丸而已!"

第十四章　豹林私语

　　方侗第一次到襄阳,终于领略到了这座魏晋以来兵家必争的军事重镇的繁华。他转遍了每条街,只见熙熙攘攘,游人不断。街道两旁,豪华的商店一家紧挨一家,满目尽是些不同颜色的招商彩帘:川广药材、河南汴绣、苏杭绫罗、江西瓷器,应有尽有。那些油米糟坊、花布染庄、酒肆茶馆,到处可见。空地上,广场中,谈星问卜的、弄枪使棒的、说书卖唱的、吞刀吐火的以及耍猴变戏法的,三教九流,如潮如云。方侗走过白莲寺时,猛然想起襄阳有八个名寺:雨花寺、寄修寺、大悲寺、慈渡寺、定慧寺、法云寺、宝香寺、白莲寺。而白莲寺中,供奉着外公陈家的香火,不由得进了寺,膜拜祝祷了一番。

　　因急事在身,方侗不敢在寺中逗留,匆匆找到了紫石街。这是个闹中取静的所在,裘府占了整条巷的大半。路面铺的全是冰纹石板,门前竖起了高大的旗杆,水磨照墙,朱漆的大门洞开着。向里望去,画栋雕梁,一尘不染,彩灯闪烁,五色缤纷,丫鬟们忙忙碌碌的,也都是金珠灿烂,霓裳锦绣。

　　裘家像在筹备什么喜庆典礼。方侗立即想到了四面败壁的囚房,不平之气倏地鼓荡起来。他停住脚步轻轻地吐了一口气,强自把怒火压着。他心想,不能打草惊蛇,若老贼溜走了,反为不美!故而他沿着雪白的围墙朝前走,趋入了一条幽深的横巷。他侧耳静听了一回,见墙内无声,便纵身跳过乌瓦墙顶,落入院内。

这是裴府的后花园。一色玲珑剔透的太湖石,搭成了假山丘壑,峰回路转,似乎没有穷尽。那石的形状,峥嵘怪特。无论正视还是侧看,每一块仿佛就是一匹豹:或仰天长啸,或回首后盼,或匍匐,或剪扑。高低动静,无不搭配得恰到好处。方侗宛若进了豹的乐园。刚转身,果见偌大的"豹"背上,刻着两个刚劲的魏碑:豹林。这正是已故御史裴盛的手迹。

过了"豹林",前面是一个月洞门,过了月洞门,则又是一番景象:苍松翠柏,小桥流水。一阵微风吹过,暗香浮动,漪澜突起。如果豹林得力于雄浑遒劲,那么,这里完全着意于秀丽清柔。方侗不禁叹道:裴府穷奢极侈,不必走出城廓,也能尽情享受那山林、田家的乐趣了!

忽然,笛声悠扬,和着那笛声,婉转的昆曲从湖心楼中袅袅传来。一个少女的清脆悦耳的嗓音在唱道:

> 遍青山啼红了杜鹃,
> 茶蘼外烟丝醉软,
> 牡丹虽好它春归怎占的先,
> 闲凝眄,
> 生生燕语明如翦,
> 听呖呖莺声溜得圆!

方侗十分钟情于昆曲,忍不住循声登上了九曲桥,往湖心楼走去,心想,昆曲在吴中问世,不知何时,已经风靡海内了!

方侗在花园内斗折蛇行了一会儿,绕到了前厅。前厅隔着一个宽绰的天井,劈面对着大门,远远地望得见门外的水磨照墙了。

厅上的画烛尚未点燃。胆瓶中插着金橘翠柏。花样多姿的纱窗,一律嵌的是唐寅的仕女画。粉墙上,有四幅徐文长的墨宝。中间奶白的屏门上挂着一个特大的"寿"字,两边飞金大红对联上写着:

熠熠宝珍永继

皎皎风采常青

方侗并不知道,裘府正在准备小姐裘彩珍的十六岁生日宴会。

已有一些贺客送来了寿礼。

老家人裘旺走到方侗眼前,以为他是送礼的贺客了:"怠慢,怠慢!"他满面春风地打着招呼。

"怎么不见你家老爷?"方侗问着心中最关心的人。

"为着小姐寿辰,老爷与小姐去大悲寺进香了!"说时,裘旺脸上忽露喜色,"来了,来了! 你看,他们不是回来了吗?"

随着话声,一顶八人抬的大轿出现在大门口,缓缓抬进天井来。方侗看那大轿,煞是气派! 绸缎的轿衣,外面套着春带结成的网罩,四面镶嵌八宝,闪闪耀光! 轿顶上,是一个广锡葫芦。八个轿夫,一律玄色衣裳,遮阴小帽,活像八个幽灵似的。

"这是小姐的轿吗?"方侗问裘旺。

"不,这是老爷。"

方侗听说裘天相到了,已是按捺不住。趁轿子尚未停妥,一个箭步蹿上去,伸手抓住了轿杠。先向前一拉,继而往后一送。裘天相哪里还坐得住? 一个跟斗从轿里栽了出来! 随着是哗啦啦一阵响,滚出了无数食杯。有玛瑙的、水晶的、金子的、银子的。食杯中的陈皮、槟榔、茶膏、桃酥、云片、蜜饯、雪藕、话梅,撒了一地,恰似开了一个食品点心铺! 一把精巧的宜兴紫砂壶,跌断了嘴,歪斜地躺在一只白玉杯的旁边,满壶的参汤正从这断嘴中汩汩向外流着。

方侗迅即抓住了裘天相头发,右手先在他脸上发泄般地掴了十二个耳光。这十二个耳光,原是要掴刁龙的,不想没有掴到,却由裘天相给他顶替了。老裘的脸顿时浮肿起来,满目鲜血,还吐出两个龋齿来。

"老贼,认得我吗?"方侗倒竖了两道剑眉。

"英雄饶命!"裘天相告饶道,"要金要银,尽可商量!"

"我只要你这条狗命来换回我大哥!"

"英雄你是……"

"你不是以为方家无人了吗？睁大狗眼瞧瞧吧，是方俊的二弟方侗爷们到了！"

裴天相两眼一白，吓得昏了过去。

裴天相的昏厥，反使方侗无计可施。正在这时，忽见眼前棍影闪动。原来，小姐裴彩珍的轿子接踵到了！四个轿夫乃是会武的丫鬟。她们见前轿有变，立即放下小姐，从空心轿杠中抽出铁棍，来围攻方侗。方侗见是四个女子，全不放在心上，让她们围得近来，稍一屏气，一招"燃灯拂帚"，就把她们扫了个仰面朝天。他趁机抢一条棍子在手，吓得四丫鬟一个个躲到裴彩珍的背后去了。

裴彩珍抽出两柄绣鸾刀来，刀尖指着方侗，杏眼圆睁，蛾眉倒立，娇滴滴地怒喝道："你这厮也忒可恶了！"

方侗想，有其父必有其女！待我把裴小姐擒来作为人质，不怕裴天相不就范！心念刚动，裴彩珍的双刀已经滚了一个刀花，向他门面劈来。方侗欺她是个姑娘家，漫不经心地用铁棍向上一掀。棍子触及双刀，方感吃力，待要变招，那棍被双刀死死地压在下面，一时不能动弹。方侗抬起头来，见裴彩珍白皙美丽的脸上露出了一个矜持的浅笑。他一跺脚，催动丹田内气贯注于棍端。裴彩珍只觉得压在他棍上的刀刀突突地跳动了几下，粉臂微觉酥麻，忙抽回双刀。方侗趁机一招"乌龙摆尾"，来扫她的细腰。裴彩珍急忙用左刀挡他的棍，右刀偷进方侗左肋。方侗瞬息变一招"金童摇圈"，棍的前端格开她左刀后，洒脱地转了半个弧，后端就撩开了肋前右刀，随后又一招"白云盖顶"，向她头顶打来，逼得裴彩珍用双刀上迎。于是，方侗的棍子压在了她的双刀上面。

裴彩珍抬起头来，又和方侗打了个照面。方侗一脸傲然自得的神态，让裴彩珍又气又急。僵持了片刻，方侗一手持棍，腾出了另一手，要来点穴生擒。然而，他不免低估了对手，裴彩珍的双刀已趁机从他的棍下滑走，然后虚晃一招，一个箭步蹿进了大厅。

裴府一般家人、丫鬟和先到的贺客，都逃得无影无踪，就生怕那条呼呼有风的铁棍，顺手牵羊也撩了他一下。方侗见裴旺等已把裴天相救走,心想更不能放过裴小姐了! 随即他跟进大厅。他们围着圆桌团团地追打了一会儿,裴彩珍一闪身,隐没在一架红木屏风后面。方侗不觉怒起,一棍把屏风劈作两半,却不见了裴彩珍的影子。

方侗料她从后门溜走了。过去一看,果见她的背影一晃,没入了二厅墙侧,方侗轻功虽好,怎奈路径不熟,裴家房屋又多,何况裴彩珍轻功也自不弱! 她忽隐忽现,幸亏身上的佩环、步摇,不时叮当作响,有时虽不见人影,却也知道她在哪里,不致丢失了目标。

方侗追到了湖心亭畔,裴彩珍站在九曲桥上,回身笑道:"方侗,你敢在九曲桥上与本小姐斗几招吗?"

"怎的不敢?"

方侗跨上九曲桥,裴彩珍却又闪身逃进湖心楼,方侗大步跟进去,此时裴家戏班正在排练《牡丹亭》中的"冥判",五六个青面獠牙的夜叉鬼卒拥着红衣虬髯的判官,甚是阴森恐怖。那判官正唱道:

> 猛见了荡地惊天的女俊才,
>
> 咳也么咳,
>
> 来俺里来。
>
> ……

方侗喝道:

"既然见了,来了,你们把'女俊才'藏到哪里去了?"

一个丑鬼回头瞥了他一眼,不理他,只去给判官耳语道:"判爷权收个后房夫人!"

判官扮了个鬼相,道:"嘟! 有天条! ……去叫那女鬼上来!"

于是杜丽娘的鬼魂娉娉袅袅被带了上来。

方侗用棍斫着方砖道:"不对不对! 谁要她来? 我要的是裴府小姐!"

判官勃然大怒:"我们正要冥判,你吊什么脚筋?"

判官说时,一张口,喷出一团火来。方侗急忙把头一偏,差点没把头发、眉毛烧了。他不由得性起,持棍来打判官,判官这才吓得跪下求饶。

"快说,小姐逃到哪里去了?"

"小姐她……她从这个门进来……又从那个门走啦!"

方侗转到那个门时,远远地果见裘小姐向着豹林遁逃。他便舍了判官,提起轻功追到了月洞门前。猛抬头,见裘小姐逃进了一个假山洞,也就跟了进去。山洞并不宽绰,转左拐右,忽上忽下,却不见了她的人影。蓦地里,一阵银铃般的笑声传来。方侗侧首,见小姐近在咫尺。然而要追到她身边,却还得绕很大的一个圈子。约莫转了半个时辰,方侗追到了假山的顶峰,见裘小姐站在凉亭里,微微喘息,用柔和的眼光迎着他的到来,脸上铺满了女性的矜持、得意和骄傲。

"这回,我看你往哪里逃!"方侗从牙缝里挤出了一句话。

"我服输还不行吗?"她说。

"你服输,就得把你老子交出来!"

"可你也没有赢呀!"

"要赢你还不容易吗? 快亮刀吧!"

"别逞能了!"她嫣然一笑,"看看你的身上吧!"

方侗低头看时,蓦地大吃一惊。只见胸腹的衣袍上,全是斑斑的血渍。莫非中了她的暗器? 可中了暗器,如何不觉得疼痛? 而且,凭自己"听风察器"的功夫,对飞来的暗器怎么会浑然不知呢?

"不相信自己受了伤,是不是?"她扫视了一下周围,见红漆的凉亭柱上停着三只牛虻,便用刀尖向它们一指,然后对方侗说,"你近去看看它们!"

方侗走近看时,却不知所以,只见三只牛虻背上各插着三支玫瑰色的钢针。它们扑腾着翅膀,已被牢牢地钉在柱上了。更为奇怪的是,那九支钢针都是中空的,它们像导管一样,把牛虻的体液一滴滴往外导出。

"害怕了吗?"她又得意地说,"这是我的'玫瑰神针',都浸了麻药,因此进入人体时,一点也不觉疼痛。全部告诉你吧:玫瑰针没入皮肉,拔是拔不出的,只能听凭它们把血导干了!"

方侗不觉心惊胆战! 想这些怪针一定藏在她的刀背之中,只要按动刀柄上的机栝,便能发针射人。由于近战,刀尖常常离敌尺寸之间,如何躲避得了? 想不到堂堂七尺须眉之躯,竟要倒在这个娇滴滴的娘们面前,心中大是惨伤! 他长叹了一声:"罢了,罢了! 但我死之前,你也决计活不成!"

话声未断,方侗一式"白蟒翻身",铁棍已在裘彩珍面前落下。

裘彩珍用刀架住了他的铁棍,笑吟吟地说:"裘彩珍死了,自是不打紧,你死了,谁去救方俊呀?"

方侗不觉一愣,又听裘彩珍继续道:"若要救方俊,先得自己不死! 若要自己不死,就得听我摆布。因为只有我,才救得了你!"

"你救我?"

"放心吧,我对你没有恶意!"

"既没恶意,又怎么下此绝手?"

"谈不上什么绝手,因为有我在,你横竖死不了!"

裘彩珍见他迟疑不决,便跺着脚道:"要我救你,你就得把上衣脱了。我可没闲工夫等你!"

方侗万般无奈,只得在地面前脱了上衣,露出了光滑发达的肌肤。玫瑰针一组三枚,呈三角形排列,恰恰射在他胸前两个乳头的周围。裘彩珍取出一方锦盒,打开盒盖,只见一枚铁色磁章嵌在精致的银座之中,她取出磁章,又伸出柔若无骨的素手,当她尖尖的手指触及方侗乳头的时候,方侗电击般地一震,感到肋间麻酥酥的。裘彩珍替他抹去针孔部位的血渍,就露出了三个小小的出血点。然后,她用手把皮肤绷紧,稍稍看到一点针尾,就把磁章盖在上面,慢慢地向外吸出针来。针一离体,其血自止。不一会,就把两个乳头收拾干净了。

"别急!"裘彩珍又说,"丹田处还有三针。"

方侗只得解了裤带,把裤子褪到脐下,果然又一片鲜血。裘彩珍照例给他取针。方侗想,这娘们好不要脸,怎么把针发到我丹田上! 若再往下两三寸,则宁死也不要她救了!

裘彩珍处理完毕,丢下一块香帕来。

"先把身上的血渍都擦干净了,我还有话跟你说。"

方侗擦着血渍,忍不住问道:"既要杀我,又来救我,究竟是何道理?"

"谁要杀你了?"裘彩珍蛾眉轻颦,"若要杀你,就不发九支玫瑰针了! 也许是九十支,叫你追不到九曲桥,就血尽而死!"说着,她幽幽地叹了口气,秀目忽然阴暗起来。

"我知道,"她继续说,"你也一定在想,龙生龙,凤生凤,老鼠生儿打地洞。裘天相的女儿必定是个坏透了的魔女!"

方侗心里骂了一句"差不离",嘴上却道:"我什么时候这样骂你了?"

"你没骂,难道没这样想吗?"

"谁这样想了呢?"方侗赖着,"再说,龙生龙,龙也可以不生龙,而生一条虫;虫生虫,虫也可以不生虫,反生一条龙。至于老鼠,果然大打其洞,但毕竟也有不打洞的呀!"

"是吗? 什么样的老鼠不打洞呢?"

方侗想了想:"譬如,那些懒到了家的老鼠!"

裘彩珍啐了他一口,不满道:"我好意救你,你却全没有一点真心,只管说浑话!"

"这也不是浑话!"方侗辩解道,"我是说,世上凡事总是有一个特别的。龙生龙,最后不成其龙;虫生虫,最后反变了龙,全在他自己学好学坏!《三字经》云'人之初,性本善',下面还有'性相近,习相远'。所谓近朱者赤,近墨者黑就是。好比,裘天相是个大墨缸,就在你的身旁……"

"墨缸在我身旁,我不从头黑到底了吗?"

方侗心里仍说了声"差不离",嘴上却又道:"这又是谁说的? 你不去近他,那墨黑墨黑的毒墨,难道会自己飞起来,染你一身黑不成?"

"你看我眼下染黑了没有呢?"

方侗很想对她说一句"你黑得也可以了",但就在这时,却有一个声音在耳边狠狠地反驳自己:她看上去有一种透明的纯洁,与她刁滑的老子可大大不同呢! 于是,他的话到了舌尖上,又被双唇截住了。他看她可怜兮兮地望着自己,显然正期待着听到一句相反的话。他自己不甚明白,为什么与她说话时,舌尖显得特别圆滑,话也特别多呢?他甚至想挑逗她,以便能和她多说上几句! 他的话又那么言不由衷,这样想着的,偏又那样说出来。

"怎么,你真以为我也黑透了吗?"她追问着。

"相反,"方侗忽然从心底里跳出一句话来,"你像那无瑕的白璧。有裘天相这段黑墨,更衬出你白璧的光辉来了!"

裘彩珍像遇到了千杯嫌少的知己,两眼忽然湿润起来:"父亲很坏。那碧姐姐死得蹊跷,方俊也肯定是冤枉的! 可有什么办法呢? 我也不能去查他! 谁叫他是我的父亲呢? 何况他又把我当成掌上明珠! 我知道,这样下去,白璧也会变黑、发霉,直到不齿于众人的!"

她湿润的双眸忽闪着一种凄凉的俊美,她坦诚的表白又一次触动了方侗的心,他顿时十分同情、可怜她。

"为什么不离开裘家这大墨缸?"他说。

"离家? 上哪儿去?"

"譬如,去从军!"

"从军?"裘彩珍恍然一笑,"自古以来,哪有女子从军的?"

"我不是说过,世上的事,总有个特别的吗? 自古没有的事,今天就要有了! 兵部左侍郎杨景春就亲口对我说过,他要在京中开设武场,拿了第一名,不管是男是女,就登台拜将! 老实说,我也想着要去从军呢!"

裘彩珍眼中一亮:"真的?"

"一点不假!"

"方侗,你看我能行吗?"

"我看能行!"

"你真好!"她抿嘴一笑,同时从玉臂上褪下一对翡翠手镯来,塞给方侗。

"这、这又干吗?"方侗手足无措起来。

"方俊在大牢内要花钱呀!你去把它们变卖了,好让他少受些皮肉痛苦!"

方侗猛然想起,裘天相早逃之夭夭了。此时,他又不忍心把裘彩珍捉来当人质。看来,搭救大哥的计划业已落空,必须另作计较了。

"你拿了呀!"

"不用!"他忽然冷冷地说,又把揩血的罗帕还她,起身要走。

"我的香帕给你揩脏、揩臭了!"她十分委屈地撇着嘴,"你就这样还我?"

"也行,待我洗净了再奉还。"

"谁要你还了?"她依然撇着小嘴。

方侗心想,不还就不还,也好留给飞凤妹妹擦鼻涕。于是他拱了拱手,说了声:"后会有期!"

"慢!"裘彩珍叫住了他,"你回去得好好休息,那针上浸的特种麻药,在体内不易排泄。这两天若劳动过度,恐要耗亏内气!"

方侗不再答话,心中不知是得是失。他惘然跳上了乌瓦围墙,又轻捷地飘落在那条幽僻的小巷深处。

第十五章　松林囚车

方侗并没有远离。他在街上转悠着,计划天黑以后,再入裘府。

然而,他很快感到了一阵从未经历过的疲乏与困顿,手中挺着的铁棍也似乎是个负担了。他意识到,这或许是玫瑰针上的麻药已经发作。

前面就是悦来客栈,他不得不暂时放弃了二入裘府的念头,走了进去。

他躺在一架宽大的棕床上,舒展着四肢,渐渐蒙眬起来了。那蒙眬之中,隐隐地传来了渐近渐细的笑声,袅袅地在耳旁回荡不息。他微微一怔,睁开眼来,见雪白的帐顶依稀在颤动,同时,蓦地幻化出一对明澈的媚眼来。它们深深地注视着自己,那目光矜持而怨艾,像一泓秋水。"我的香帕给你揩脏、揩臭了!你就这样来还我?"莺歌般的嗓音,又一次在他的耳膜上跳动,使他感到了无与伦比的甜美的奇趣!而与此同时,一种神秘的活力在他胸中翻腾起来,他专心致志地品味着那缎子般光滑的小手抹过胸部和腹部时引发的战栗与快感,不由自主展现了一个忘我的微笑。

"大丈夫要娶妻干吗?!"他想起不久前在王荣面前说过的这句话,发觉那时的自己幼稚得十分可笑。然而——他竟想娶她?那头上长疮、脚下流脓的裘天相的女儿?他不禁从鼻中重重地哼了一声,就紧紧闭起了眼睛。他不想再看见她了。谁知,愈紧闭,她反而愈清晰。

那双含情含嗔的凤眼,犹如摄人魂魄的符箓,使他体内潜在的热流进一步躁动不安起来。而且,一个声音开始恶狠狠地反驳自己:不是凡事总有特别的吗? 不是龙不一定生龙,虫也不一定生虫吗? 于是,他坦然地张开了想象的翅膀,去迎接幻觉中那些最为艳冶的诱惑。一会儿,心中就被又甜又酸的味儿灌满了……

方侗一觉醒来时,已临黄昏。不知什么时候,老板娘已经把烛台点亮。他还试图去追捕那些脉脉含情的梦,但是,它们刚一凝聚,就被店堂中突然传来的乱糟糟的脚步声和吆喝声撞散了。

店堂中的啰唣越演越烈,似乎有很多的人。一个中气很足的声音显然是在对别人进行盘问和呵斥。

"你慌个屎!"那声音说。

"啊! ……这也是你的虎威呀!"是老板娘的回答。

"我且问你,一号房间住的什么人?"

"是个唱戏的伶优。"

"二号呢?"

"化缘的和尚。"

"三号呢?"

"戴枷的犯人。"

"嗯? 犯人?"

"啊,还有两个公人住在一起。"

"男犯还是女犯?"

"男犯。"

"什么罪?"

"啊呀呀,这可要问他自己了!"

"还有!"

"自然还有。四号住的是奔丧的秀才,五号是黄牛……"

"什么黄牛?"

"就是黄牛贩子哪!"

那人冷笑一声:"楼上住的什么人?"

"一个公子。当了他的袍子才住进来的。"

"本地的熟人?"

"不,是外地的生人。"

"带兵器没有?"

"好像有一件。"

"什么家伙?"

"一根铁棍。"

"带路!老子要盘问盘问!"

方侗听着,不由得来了气。他以一种最富挑衅性的姿态,凛然坐在床沿上。

房门被打开了,老板娘领着一位军官走了进来。

"有话你盘问他吧!老身还得去照料你的弟兄!"

方侗见来人似乎有点面熟,一时却没有想起是谁。而他,却已认出了方侗,那一副居高临下的傲态,霎时收敛了起来。

"我道是谁?"他抱着拳,"原是林英雄!久违,久违!"

方侗这才想起在王家庄打擂的窦天章。

"你还记得我!"他冷笑道。

"怎么不记得?要不是林英雄助一臂之力,那天我不断筋错骨,恐怕也鼻青眼肿了!"

"往事不必提了!今天你要查问,只管查吧!"

"林英雄说哪里话来!在下不过履行公事而已。"

也许是为了表明他们的邂逅纯属偶然,别无恶意,窦天章故意闪烁其词,对方侗道:"林英雄或许还不知道,这几天,襄阳城里出了两件大事!"

"我能听听吗?"

窦天章压低了声音:"第一件,刑部斩决方俊的京详已经出京……"

方侗脑中轰地一声响,却又不得不故作镇静:"这又算得了什么惊天动地的大事?"

"事大着呢！就在这个节骨眼上,杏花岭的女大王方飞龙……"

方侗心里又猛地一跳:"你说谁?"

"女强盗方飞龙!"

方侗终于听清了一个"龙"字,便又问道:"那又怎么说?"

"方飞龙向城里派来了细作——如今已被拿下了一个。他招供说是特来刺探方俊奸杀丫鬟的内情,并负责摸清他关押的地点和来去的路线。这不是明摆着要劫狱吗?"

"也真是狗捉耗子！关强盗个屁事!"

"还有一事更了不得呢！今个白天,老裘被江洋大盗打伤了!"

"什么老裘? 什么江洋大盗?"方侗不解地问。

"老裘就是裘天相,江洋大盗就是方侗!"

"混账!"方侗忽感不妥,便自己纠正道,"当然是那方侗混账！——方侗打了老裘,可怎么知道他就是江洋大盗呢?"

"这个,老裘自有根据。反正他已经把状告到了县衙。眼下,全城正在悬榜缉拿江洋大盗方侗!"

窦天章接下去的每一句话,就像一枚枚石雷,不断在方侗的心坎上炸裂:鉴于江洋大盗方侗探过监了,怕他劫狱,方俊将在今夜从县监秘密转移到一个与世隔绝的地方去。为了预防万一,要对沿途严加搜索。窦天章所奉命搜查的,正是悦来客栈到北门外小松林一段。

方侗因失血而惨白的脸突然变得铁青,瞬息之间,有无数行动计划在他意识中流过,他只抓住了其中一个。

这时,楼下的军士已把所有的房间盘查完了。窦天章站起身来,连说了几声"打扰",眼睛却斜视着那条铁棍。他迟疑了片刻,又终于说道:"这条铁棍,林英雄便割爱了吧!"

方侗十分后悔。早知道,在豹林时就该把它还给裘小姐。

夜风在松林里呼啸,狂悖而放荡。方侗躲在树后,静静地谛听着路上的每一种声音。焦急的等待使他烦躁不安,而困乏与失力渐渐地又在加深。倘使截劫囚车失败了,裘小姐其罪非小！他也绝不能饶过她！但是（——哪来这么多"但是"），倘使不挨她九针，又如何进"悦来"？不进"悦来"，又如何能遇窦天章？不遇窦天章，又如何能知大哥移监的消息？自然也就没有夜半劫车之举了。方侗长长叹息了一声：大哥的一线生机，看来还亏得这九支玫瑰针呢！裘彩珍罪耶？功耶？在方侗的脑海中，已是稀里糊涂的一锅粥了！

正嗟叹间，忽见前面唰地闪过一条黑影，不觉警觉起来。恰此时，大路上传来了辚辚车声，方侗不得不先移近路边，把全部精力集中在路上。他又很快看清了，来的正是囚车，前后各有两个彪形大汉，手执兵刃寸步不离。方侗自恃还有余力，冷不防冲到道上，拦住去路。索性假戏真做，学着那剪径的强人，大喝一声："呔！要命的留下车，要车的留下命！"

四条汉子立即呼啦一声，各占所宜。后面两位蹿到囚车两翼，虎视顾盼，以防方侗另有同党。前面两位早抢上几步，来合拿方侗！方侗与他们拆了几招，顿感力不从心，而且很快落了下风。于是心中又暗暗把裘彩珍痛恨起来。这两位汉子却越斗越狠，他们或许欺方侗本事稀松平常，其中一位嗖地跳出圈子，直奔车后。方侗看时，车后不知什么时候多了一位蒙面之人，正与另外两位汉子战在一处，且占尽上风。眼下以一当三，仍无怯意，连连进招，全取攻势。方侗心想，必是杏花岭的强人闻讯，也来劫车了！顿时亢奋起来，一掌向眼前敌人的颈部横扫过去。对方一低头，掌风在头上飞过。避过一掌，对方立即挺剑向方侗兜胸直刺。方侗旋即侧身转体，让剑身插入自己腋下，上臂使劲向下一夹，正好夹住了剑柄。忽又翻身一式"白鹤亮翅"，敌人颈部仍然没有逃过这一掌！只听他大叫一声，倒在地上。

"大哥！"方侗趁机狂奔到囚车前面。

"你不是来送死吗！"方俊在铁笼里痛哭起来，"他们还有马队在后面接应！"

事不宜迟，方侗即用大摔碑手来破铁笼，岂料手到笼上，一阵酸麻，那笼子丝毫无损。方侗不觉魂飞魄散！莫不是武功全废了吗？一阵激愤，不由得喷出了一口鲜血。

那一处,三人战一,扯成平局。因见方侗要破笼,不得已又分出两人,前来护车。方侗硬着头皮应战,忽然脚步踉跄,一阵眩晕。那二人抢上一步,几乎同时抓住了方侗的手臂。然而,手刚搭到方侗身上,突然惨叫一声,都倒毙在地。方侗一时竟不知发生了什么。仔细看那二人,胸前都被鲜血湿透了。再看那蒙面人,也正好结果了对手。于是他们几乎同时冲向囚车。

然而,他们已经没有时间。后队十余骑风驰电掣般抵达。蒙面人悄然而退,方侗喟然长叹一声,也逃入了松林。

方侗不得不落荒而去,已是又乏又饿,心里却还想着那个蒙面之人。看其招式章法,虽然奇诡怪异,却也似曾相识。又联想到自己即将被擒之际,二敌猝然倒地的情景,骤然狂呼一声:"她?"

正愣间,斜刺里蓦地飞来一物。方侗已如惊弓之鸟,勉强接住了。他只道是什么暗器,细细看时,却是一对翡翠手镯,心里不由得一热!赶过去搜寻时,已不见人影。只见树丛中插着一条齐眉铁棍,棍上系了个纸盒。打开盒盖,心中又是一热!只见里面装着桶子鸡、套四宝,还有足足两三斤的籼饭!

方侗风卷残云般地吃饭嚼鸡。一会儿,他的面前又幻现出一双半嗔半怨的媚眼。他怔怔地忘了嚼饭,整个身心再次坠入了缠绵的柔情之中。他痴痴地想道,你既然助我劫车,来也来了,饭也送了,为什么还要躲躲闪闪呢?你纵然不愿和我一起吃饭,就坐在我身旁,咱们多说一阵话还不行吗?想着,忽然脸上一红:人家好端端的闺女,凭什么要在黑咕隆咚的深夜,面对面陪着你这个穷途末路的小子?

方侗饱食以后,又提起棍来赶路。其实,留在他体内的药毒原该散了,只因他过于劳顿,药力乘虚爆发,使他处于失力状态。方侗误以为废了武功,甚是郁悒。此时,方又觉精神抖擞起来。他顺手在路旁碗口粗的树上劈了一掌,树顿时断为两段,这才心花怒放。包袱一经卸去,不觉身轻如燕!眼前似乎还有一条路,就是到王家庄去,央求王荣出面相助。探得牢址,索性劫了他的大狱!

走了两天,不料越走越荒。此刻,他站在一个荒瘠的山坡上。太阳已沉落在山脊的背后,惨淡的暮色正从树林里渗出来,在山谷中凝聚,并从四面八方向他包抄而来。就在这时,远远地,他看见了一座破残的寺院。

这是一所绝了香火的山神庙。门窗都已残缺,又是满屋子的蛛丝马迹。只有西首的两间厢房看上去尚还整齐。方侗刚进庙门,忽听得西厢有人说话,那说话的声音又依稀熟悉。他把眼睛凑在门缝上,借着苍茫的暮色,看清了两张脸。不是别人,正是刁龙和刁虎!

那刁龙正在对刁虎说:"贤弟,愚兄实在对你不起,我要不跟他说是你打了方俊十二个耳刮子,他便不会上王家庄寻仇,你也不会被那厮打断了肋骨。"

"唉!"刁虎叹道,"断肋倒也无妨,好歹接上了。唯是这小腹上一脚……"

"我知道。"刁龙也替乃弟伤心,"这是他最最刁钻的一手!"

"可不! 这一脚踢中关元,闭了精脉! 如今纵然有雨,也撑不起伞来了! 为人一世,还有什么意思!"

"这事也不用着急,慢慢地来。"刁龙安慰道,"为此,我为你弄来了这个雌儿。她长得极俊,你就搂着她睡……"

刁龙说时,把脚下一口大麻袋上的绳子解开。

"你不是叫我学那太监'吃菜户'吧?"刁虎道。

"你和太监不同。再说皇宫的宫女也未必有这个妞逗人。她若能把你真火引动,必能重开精脉!"

"那就试试看!"

刁虎帮着刁龙打开麻袋,从里面拽出一个美貌的年轻女子来。方侗见她酥软无力,知道她又被迷魂香熏昏了。刁虎把她抱在怀里,口对口先并了个"吕",一只手又去解她胸前的纽扣。

方侗被一阵强烈的愤怒刺激着,带着杀机的血液猛然上蹿,他一脚踢开房门,眼睛中闪射着铁刺似的凶光。

双刁猛一见方侗,同时大惊失色。

"真是冤家路窄!"刁龙说。

"还亏了冤家路窄！"方侗阴冷的目光罩住了他们。

刁龙把重创刚愈的刁虎挡在身后，又从袖子里摸出了折扇，一抖开，便有寒风扑面而来。他冷笑道："今天少不得鱼死网破！"

"我偏要它双鱼死而一网全！"

方侗心高气傲。只因刁龙拿的是短兵器，他便丢了铁棍，徒手上阵。又是一式"苍龙探爪"，拳风已拂着刁龙前额。刁龙一搓扇骨，扇面折成锐角，向他拳臂内侧刷去。方侗急忙缩回，另外一手再起一拳，刁龙身体斜前抢步，从容闪躲，趁机攒合扇面，略一拧腕，使扇子贴着方侗臂膀，直刺他的咽喉。

也许世界上没有哪一个民族比中国人和扇子的关系更密切了。女子爱用它半遮粉面，以衬出她的樱唇娇艳，秋目流慧。秀才们轻摆折扇，说不尽的风流倜傥、斯文飘逸！这扇子落入武林，便更有一番神奇：它用纯钢做成扇骨，骨尖坚硬而锋利。折合时可当短棍、匕首；打开时不亚刀面、斧钺，堪称武库一绝！刁龙的扇击功夫，原也不弱。打、穿、点、缠、诱、引、影，十分娴熟，也使方侗刮目相看了！

互相拆了几招，刁虎见刁龙占不到便宜，便忍不住上前助战。但毕竟大伤初愈，外强中干。不多片刻，已被方侗捉住破绽，奋起一腿，偏又踢中了关元穴。刁虎疼得冷汗直滴，捧着小腹哇呀呀逃出庙去。自思这小子既厉害又促狭！看来，这辈子注定不能兴云布雨了！

刁龙见兄弟又受重挫，无心恋战，也接踵逃了出去。方侗好不容易在狭路遇到仇人，怎肯轻易放过？

刁虎逃了几步，痛倒在地。方侗料他一时也起不来，便紧追着刁龙不放。刁龙逃过两个山脊，忽然驻足不前，他折扇轻挥，面带微笑。

"来来来，在这里比个高低，看看究竟鱼死呢，还是网破！"

方侗大怒，纵身近前。不料，双脚踩着了陷马坑的翻板，直跌了下去。坑虽不深，但上面同时落下一张网来，把他罩定，紧紧地收在里面。

第十六章　彩虹常艳

左二爷来到山大王方飞凤的卧室前,想举手叩门,但是他的手在半空停了半晌,并没有勇气落下。此刻,他没有任何理由非要见她,但似乎又必须见她。那天,在沐雨堂初会时,其实已经有过一番这样的经历了。如果那一回,多少是受着下意识的驱使,那么现在却伴随着一种强烈的自觉冲动。

他曾遇见过许多美貌的女子,从来没有人像方飞凤那样,一见之下就能打动他的心。她的秀丽的五官、绰约的风韵,与她眉宇间的英武之气完美融合,形成了一种彻底的健美,磁石般地吸引着少年左渊!当上山大王之后,她又以不让须眉的气魄,迅速扩建了白虎岗、金鸡墩等几个新寨,并把山寨整治得井然有序。而且,她联吕展、图大业的构想,也与左渊一拍即合,这就更使左渊心悦诚服了。如今,杏花岭属于她,连左渊那颗年轻的心,也属于她了!

他终于叩响了房门。

丫鬟把门打开,一股芝兰的芬芳立即沁入心脾。

“大王!”他这样叫着她,同时深深吸了口气。

飞凤睃了他一眼,没有吭声。左渊立即知道自己犯了一个不可饶恕的错误,便改口道:“啊,龙姐!”

她这才嫣然一笑。就这一笑,左渊的心不禁荡了一下。他怔怔地看着她,她的皓齿红唇固然十分娇艳,而那双热烈的笑眼,才真正是一个迷人而又危险的世界!

"你觉得叫'龙姐'拗口,是不是?"她继续哧哧地笑个不停。

"我本来就比你大两岁嘛!"

"哎呀!我到东到西,都是人家的'贤妹',你做点牺牲,让我做一回'姐姐'不成吗?"

"我不是太吃亏了吗?要不然,就我们两个的时候,"他凝视着她,"就叫你妹妹!"

"罢了,就饶了你这一遭!——我等着你哪!"

"那么,你听好了!"左渊说着,清了清嗓子,脆生生地叫了一声,"妹妹!"

她在家被叫惯了妹妹,但这一声"妹妹",把芳心都牵动了,陡地叫红了耳朵。左渊在一旁哈哈大笑起来。于是她耳根的红云,又飘到了两颊。

"你已有了大哥、二哥,看来我充其量也只能当三哥了!"

左渊提起飞凤的大哥,立即触到了她最敏感的神经。刚才还流光溢彩的眼睛,忽地飘起了重重的阴云。

"派去襄阳的两名细作有消息了吗?"她不由得问。

左渊自己的心头,也因想起爱姐而涌起了无尽的悲凉,他神情黯然地摇了摇头。

"你尽可放心!"飞凤宽慰他,"如果案情坐实,我绝不会兴兵去救一个禽兽不如的人!"

左渊抬起头来,心坎被深深地震动着!面前站着的,仿佛不复是方飞凤娇小的身躯,而是那巍然屹立的杏花宝塔!

他忘情地、热烈地呼喊了一声:"妹妹!要是查无实据,我一定在方俊面前肉袒负荆,以谢亵渎之罪!"

"有你这一天的!"飞凤颤着声音说。

随后,他们互相对视着,唇角微微牵动了一下,各自露出了一丝感伤的浅笑。

这时,丫鬟匆匆从门外进来:"报大王、二爷!王家庄荣公子进山求见,已在射雕亭等候。"

王家庄是细作的中转联络站。飞凤向左渊甩了一下头:"走!"

他们匆匆来到射雕亭,免了一切虚应的寒暄。王荣递过一封密信,封面上一项大字写着"方飞龙大王亲启",下角具着"李甲缄"的字样。李甲和张乙是山上派去襄阳的探子。飞凤持信的手忍不住颤抖起来,她急急拆开信封时,只见信上草草写着:

敬启杏花岭龙、渊以下诸头领:
　　(一)张乙被拿。
　　(二)刑部京详已达襄城,定于初六斩方俊于刘子坟。监斩:
县令孙步邦。
　　(三)罗林六十寿诞,孙筹备生辰纲,内有珍珠塔一座,价值连
城。专候
　　定夺!

　　　　　　　　　　　　　　　　　　　×月×日

　　方飞凤在密信内见到了"珍珠塔"三字,惊骇之余,甚觉蹊跷。同时,因为细作没有提到大哥含冤,心中立即刮起了一阵旋风。她的眼光茫茫然继续在字里行间徘徊,越来越紧蹙的眉毛,不断地流露出内心的焦灼。初六这个日期,以一种无形的死亡气息压迫着她,要她当机立断,去做出一个真正无私、公正的决策。她突然感到从未有过的委屈与心酸,仿佛自己也迫切需要别人保护似的,她低低地呻吟了一声。而就在这一瞬间,她对自己突然暴露出来的软弱又感到了羞愧。

　　飞凤没有时间犹豫。她一面命丫鬟好生款待王荣,一面委托左渊去通知诸位头领到聚义厅议事。自己准备闺房更衣。刚走几步,忽见山石后面转出两个人来。

　　"你们是……"

　　"刁龙、刁虎叩见新大王!"

　　"你们就是双刁英雄?"

飞凤和双刁还是初次见面,不禁蛾眉轻扬,把他们上下打量了一番,觉得左渊推荐他们统领白虎岗,也是用得其所,便道:"你们不是在白虎岗吗?"

"禀大王,今日哥们回山述职来了!"

"那好!"飞凤点了点头,"正好一起议事。"

聚义厅上,诸头领参谒完毕,分次序坐定。方飞凤居中,左首坐着"碧波长虹"左渊、"无敌将军"彭通、"扬子鳄"崔定、"平阳斑烂"刁虎;右首坐着"摇头狮子"卜天鹏、"赛银蛟"米魁、"浑白河"刁龙、"落地雷"宋亦雄。

九爷落地雷宋亦雄新近封座,乃王荣所荐。厅外露台上,刀斧手、棍棒手、捆绑手,肃立两旁,雁行有序。厅内厅外寂然无声。飞凤见寨容整齐,山威雄壮,诸头领众星捧月般捧着她,心中也十分自得。她默默地在厅上扫视了一圈,意外地发现将军柱上五花大绑着一个汉子。他被蒙扎了双眼,恰似再现了她被方连汉捆绑的那一幕,不禁嗯了一声。

刁龙、刁虎不约而同站了起来:"大王,这是在白虎岗附近捉到的奸细。他不但大骂了我辈,还扬言要踏平杏花岭!……"

"他就有这个能耐?"飞凤冷笑着说,"我倒要看看他如何踏平杏花岭呢!"

刁虎眼珠转了几圈:"他还说,要把杏花岭上所有的头领——"

"怎么样?"众头领关切地问。

"一个个都阉了!"

聚义厅上一片哗然。卜天鹏最熬不住,连连摇着脑袋:"呀呀呀的呸!老子先来把他阉了!"

"对啊,对啊!先阉了他!"

刁虎极为得意,他已然离开座位,并从靴子中抽出了匕首。他知道新大王山规甚严,捉了奸细谁都不敢私自发落。因而,他匕首在手,眼睛仍看着飞凤,只等她点头。

方飞凤弯弯的柳眉掀动了一下。杏花岭曾经干过许多伤天害理

352

的事情,人们痛之恨之,自不足怪!而眼前这条汉子口出大言,竟要踏平杏花岭,不用说,必定有些本领!飞凤唰地抽出了宝剑,又对着刁虎甩了一下子,说:

"松绑!再给他一支剑!"

"大王!"诸头领都莫名其妙地注视着方飞凤。

"把蒙眼布摘了,也好让他睁眼看看这杏花岭的雄风!"

刁虎遵命,用尖刀挑去他身上的绳索,又顺手扯去了蒙眼布。

方飞凤乍见俘房面目,突然感到眼前一黑,宝剑落在了地上。她用手捂住了自己张得大大的嘴巴,她的全部意识,立即被一种突如其来的强烈的惊恐镇住了。她以为面前的一切都是幻象而已。然而,这个体无完衣、被双刀折磨得遍体鳞伤的被俘者,却是一个有血有肉的实体!立即有一阵酸楚从心底上升,攻上了鼻心。那可怜的、晶莹莹的泪水霎时布满了她的眼眶。随后,在这森严的聚义厅上,爆发了她失控的一声尖叫:"二哥!……"

方侗就像从梦中醒来,惊恐地望着厅上黑压压的一片人,望着日夜记挂着的妹妹飞凤,并让她忘情地揽着自己。

"妹妹,你……你也被强盗……掳来了吗?"

左渊随即踏上一步:"林英雄,别来无恙啊!"

"是你?左二爷!"

一个深潜的意念嘎的一声跳了出来。想起这个左二爷曾经一口咬定大哥杀了他姐姐,方侗心中立即愤愤不平起来,他反唇讥道:"你不就是左神童毕波吗?了了禅师的高足!了了把镇洞之剑传与你?怎么没有去襄阳把方俊剁了,为令姐报仇雪恨,却也落到了强盗的手里?"

左渊长声大笑起来。他的笑眼凝视着方侗:"那么,你不就是方侗吗?樊丰长老的得意门徒!我们龙姐'裙里腿'的正宗传人!怎么去了襄阳,没把令兄救出大牢,反而被人挟持着,也上了强盗山呢!"

方侗脸一红:"什么'龙姐''裙里腿'的,你把话说明白了!"

左渊又是诡谲地一笑。方侗这才猛地转过了神思:耳闻杏花岭上出了个女大王，名叫方飞龙，莫非飞龙就是飞凤？难道她没去襄阳，却在此落草了？他这样想着，就惊愕地看着他妹妹，眼里夹杂着冰霜和雷电："妹妹，难道你就是方飞龙？真的当上了杀人放火、奸淫掳掠、十恶不赦的强盗了？"

"我们杏花岭上的人，不许随便杀人放火，也不许奸淫掳掠！"飞凤说。

"强盗就是强盗，还往脸上贴什么金？自古以来，哪个强盗不杀人、不放火？哪个强盗不奸淫、不掳掠？"

厅上诸位头领见方侗左一声"强盗"，右一声"强盗"，不觉都皱起了眉头。

方飞凤却深深地一笑："这样的强盗，不就站在你的面前吗？"

"妹妹！我看你疯了！痴了！好好的元帅不当，武状元不当，却来这里当狗屁的强盗！"

只听哗啦一声，满厅的头领都刀出鞘，剑在手，一个个怒视着方侗。

"你们瞪什么眼？吹什么胡子？总不然方侗怕几个小毛贼不成——哎呀，我的好妹妹！好神气好神气的山大王！吏部的好女儿！方家的好后代呀！你说这杏花岭干净得一尘不染，可是就问问这刁龙、刁虎吧，他们在鸭嘴镇轮奸了多少清白少女？他们奸一个杀一个，那黑风洞中又堆积了多少无辜的白骨？要不是我有幸也在那深不见底的洞穴中逛了一圈，简直不会相信，世界上竟有这等凶恶的野兽、残暴的畜生呢！"

"有这样的事？"

方飞凤脸上一阵红一阵白，犀利的目光咄咄逼人地刺向双刁。双刁从这一双黑白分明的大眼睛中忽然看到了无声的闪电，感到了某种威严而可怕的东西。他们的脸色变白了，肌肉痉挛着，下意识地悚然后退了一步。

"大王，你不是有言在先，既往不咎的吗？"刁虎连说话的声音也变了调。

方飞凤一时语塞。方侗却又冷笑了一声:"好个既往不咎! 不是这两天你还在那里'吃菜户'吗?"

　　飞凤不知"吃菜户"是什么意思。那刁龙唯恐方侗进一步揭出底来,便道:"你管得够宽的了! 男女私情,人皆有之,又何足为奇! 你也撒泡尿照照自己,看上去似乎道貌岸然,实际上呢? 也拆穿不得,乃是个大大的淫棍!"

　　方侗被裘天相指控为"江洋大盗"已是忍无可忍,如今刁龙又把"淫棍"这顶污秽不堪的臭帽子套在他头上,怎么得了! 他眼睛发红,大吼一声:"刁龙! 你说我'淫棍',若举不出一例,就叫你立时死在我的脚下!"

　　刁龙不慌不忙,从兜中摸出一对翡翠手镯来:"瞧一瞧,这是什么? 你要不淫,不去采花杀人,这一对大家闺秀的臂上之物,如何到了你的身上? 真还风流得可以,是贴肉藏着哩! 嘻嘻! ⋯⋯"

　　"这⋯⋯"

　　方侗一时不知如何去解释这对手镯,稍一迟疑,聚义厅上立即爆发出一阵哄堂大笑。

　　方飞凤见方侗受窘,十分着急。她像深信大哥不会杀人一样,也深信二哥不会犯淫。凭着色、声、香、味、触以外的第六种感觉,相信这是刁龙死到临头时的一种拖人下水的伎俩。

　　方侗静了静心,调动真气,让自己的话声排开那些耻笑,去震荡他们的耳膜:"我倒要问你:这手镯有字? 还是它们有嘴巴会说话? 要不然,你怎么知道这是采花杀人抢来的呢?"

　　"这还用说吗?"刁龙阴笑道,"深闺的宝贝,难道会从天上飞到你的怀里吗?"

　　"被你说着了! 它们真是从天上飞来的呢!"

　　人们又一阵哄笑。

　　方侗冷不防抢过手镯,把那天半夜劫车,蒙面女郎飞镯送饭、拼死助战的一节讲了一遍,只是没有说出裘彩珍的名字。飞凤听了,心想,必有一个女子看中了方侗,果然如此,那么她未来的二嫂子一定也是武林中人了,心中也暗暗地高兴。

"精彩,精彩!"刁龙故意赞叹道,"你可以把它再编一个动听的传奇,好让哪家婊子们尽情地唱去!"

"谁信你这一套呢!"刁虎也在一边帮腔。

双刁明白,他们最好的解脱办法,就是把大王的亲哥哥诬为同类,坐实了方侗是"淫棍",他们才有可能"借光",一同免死。因而刁虎看准时机,又从身上掏出了一串黄澄澄的项链来,讥道:"你还能为这串项链编一个故事吗?"

"这还用编?"方侗脸上闪过一个嘲讽的微笑,"先把这宝贝,让你们的左二爷过过目吧!"

左渊眼尖,早看见了系在那串项链上的鸡血石章。他飞步抢到刁虎面前,伸手夺了那项链,细细看时,不由得低低地惨叫了一声,同时,身体晃了几晃,竟站立不住。幸亏飞凤在他身后,于是,金山玉树倒在了她的怀里。

"左二爷!……"

左渊微微睁开眼来,又猛地竖起身子,抽出了太阿,指着刁虎喝道:"这是哪里来的?"

"是从他身上搜来的呀!"

左渊横剑在胸,直面方侗:"这是我姐姐的遗物,怎么到了你的身上?"

方侗上前一步,突然伸出手来,左右开弓,各扇了刁龙、刁虎一个耳光,怒喝道:"你们搜了我的腰包,还把一个纸条丢到哪里去了?"

刁龙、刁虎见飞凤、左渊都逼视着自己,哪敢还手?刁龙含着隐怒道:"谁要你的什么纸条!"

方侗在自己怀中一摸,果然仍在身上,他把纸条取出来,交给左渊:"睁大你这双强盗眼睛,看仔细了!"

纸条打着一个漂亮的百叶结,更巧妙的是正反两面正好露着抬头和落款。一面是:

俊公子代达波弟

另一面是:

苦姐玉虹书

旁边是一枚鲜红的印章:"彩虹常艳"。打开纸条,是两行娟秀的字体:

感时花溅泪,
恨别鸟惊心!

"这是我大哥委托我转交你的!在毕玉虹心目中,我大哥不是她最信得过的人吗?"

方飞凤心中像搬走了一块顽石一样轻松,脸上已经没有一丝阴影,神情间也流露了些许可以察觉的笑意。

"那么,你见到方俊了?"左渊提起方俊的时候,已经没有了那股切齿的恨意。

"非但见了,而且已知道了冤案的根由!"

"什么根由?"

"珍珠塔!"

飞凤、左渊一怔,立即想起那密信上也写着"珍珠塔"。

方侗又把方俊在监狱中告诉他的那些话说了。

只是有一点还令人费解:老裘不惜杀人嫁祸,既然全为着谋塔,何以珍珠塔反到孙步邦那里去了?然而,此案无论怎样离奇,到此时,连左渊也不再怀疑方俊是奸杀的凶手了。

"二哥,"飞凤对方侗道,"今天请众位英雄到聚义厅,正是要商议如何搭救大哥!"

"什么什么?"方侗嚷道,"让强盗去救大哥?岂不笑话?!你把大

357

哥的名声放哪儿去了?!"

　　飞凤蹙着眉头:"我们不出头,这世上,还有谁能为大哥伸张正义,救他性命?"

　　"你以为就你们仁义吗?也未免太小觑别人了!我宁可到王家庄求王荣相助,也不要强盗插手!"

　　聚义厅上再度扬起了笑声。笑声中,王荣从门后转出来:"贤弟,我不是早在山上了吗?"

　　方侗立即傻了眼,张大的嘴巴,足可塞进一个大汤团。

　　而这时,刁龙、刁虎却十分恐慌,想着要溜出聚义厅,但没有逃过飞凤的凤眼,她大喝一声:"站住!"

　　双刁不敢妄动,飞凤又厉声问道:"我杏花岭的山规胜比王法!黑风洞的白骨你们作何解释?"

　　双刁知无退路,跳起身来,企图火并,左渊早欲除掉杨彪的这两个心腹,说时迟,那时快,出手间左渊的太阿剑业已到达双刁的喉间。

　　方侗见双刁授首,也就消解了心中一点不平之气。

第十七章　请君入瓮

初六的月亮躲进了云层,让襄阳城陷落在黎明前最深的黑暗之中。襄阳县衙的门厅和两翼的粉墙,像一只巨大的黑色蝴蝶的剪影。而它的背后那些庙宇般的建筑,就更使人感到阴森恐怖了。

裴旺打着灯笼,从旁边的角门中走出来,后面跟着裴天相。他们一起登上了等候已久的马车。一声鞭响,那沉重的马蹄声仿佛要踏破夜色。

裴天相挨了方侗一顿打,吓得躲进县衙,随即与孙知县合演了一出缉拿"江洋大盗"的闹剧。从此以后,果然不见了方侗的踪影。今天一早,老裴便放着胆子回家了。

然而,留在记忆里的方侗那种疯狂仇视的目光,仍使裴天相噤若寒蝉。他的女儿裴彩珍对自己似乎并不同情,这更使他不堪忍受! 有时,他甚至悲哀、恐惧得不能思想、不能言语,连心脏的跳动也几乎要停止。

"驾!"

那嘚嘚的马蹄又像踩在他的心上。

"想些别的吧!"他百无聊赖地对自己说。

裴天相耸了耸肩,借以驱走那些不愉快的思绪,竭力让自己去想一些最令人得意、愉快的事。很自然地,家中"珍宝房"的门扉就为之洞开了。他闭起眼睛,一样样、一件件地数起家珍来。不一会,脸上就露出了丁点快慰与满足。

月儿又从云中探出脸来,整个城市俨然披上了一件丧服,显得既悲怆又凄凉,早起的人们都不敢露脸。裘天相明白:这是因为方飞龙要劫法场的流言蜚语让襄阳人吓破了胆了!

蓦地,一阵歌声从小巷深处飘出,划破了晨曦中的沉寂:

> 天上一轮月,
> 地下一盏灯。
> 有灯难照亮,
> 有月昏沉沉。
> 借我手中宝哎,
> 遍地是光明!

裘天相一怔,世上什么宝贝能使灯火无光、皓月失色? 有着"宝癖"的他忍不住把头探到车篷外面,见前面巷内转出一条人影来。

"朋友!"裘天相喊道,"你唱的是什么宝物呀?"

"灵犀!"那人回答时,脚下一紧,就和飞驰的马车等速前行。

"何谓灵犀?"

他把手中的一个方盒打开一条缝,立即有一道清辉从里面喷薄而出。

"识宝的人不用多讲,一点就通了!"

裘天相唔了一声。"宝癖"撩得他心痒难熬,他立即吩咐停车。

"就是通天犀吗?"

"通天犀怎能和它相比?"那人笑道,"它有三个好处:一曰照明。此宝陈放室内,黑夜耀同白昼,不必掌灯!"

裘天相已初见端倪,便深信不疑。

"其二呢?"

"二为等温。有了此宝,室内一年四季温暖如春! 三为织锦……"

"织锦?"

“把它扔在水内，无论清水、浑水、热水、凉水，水面即现七彩锦缎！”

“这灵犀卖不？”

“你买不起！”

“开多少价？”

“五十万金！”

裘天相哈哈大笑起来：“不贵，不贵！”他说着递过一张名片，“有便还请屈驾寒舍，当面试宝。若果有这三个好处，五十万金就买你的！——敢问阁下如何称呼？宝号何处？”

“在下姓费，小店开在姑苏。”

“哈哈……”裘天相拱手笑道，“费先生，今日正是幸会哪！”

说罢，他把脑袋缩进车篷。于是鞭影闪动，车轮又滚动起来。

费先生伫立街心，含笑点头，望着马车绝尘而去。

刚回家，女儿裘彩珍就气鼓鼓地找他：

“爸！”她噘着小嘴，“你究竟给了那个孙步邦多少好处？”

“凭什么我要给他好处？”

“你不行贿他，他怎能判方俊斩决？”

“咦？欠债还钱，杀人偿命，为什么不斩？”

“你们昧了良心，冤枉了他！”裘彩珍在“你们”两字上加重了语气，嗔怒的目光射定了她的父亲。

裘天相第一次听到女儿用这样的语气、这样的表情跟他说话，他的心猛地一阵痉挛。

“你——”裘天相抬起手来指着她时，发现自己的手指在瑟瑟发抖。他想骂她一顿，然而，那些粗鲁的句子在他舌尖上结集的时候，反而僵硬得一个字也吐不出来。他在一个很长的停顿以后，不得不软化了自己的口气：“你……又何以见得呢？”

“就说那凶器，”彩珍说，“它原挂在这书房里，方俊没有钥匙，怎么能拿到手呢？”

“啊哈！”裘天相干笑了一声，“你又怎么知道他没有偷过书房的钥匙呢?"

"可是那剑鞘,出事以后,我好像还看到它挂在墙上……"

裘天相的脸色霍地一变:"好像,好像!办案能凭'好像'吗?再说,此事即使不该斩他,他与强盗方飞龙暗中勾结,也是不赦的死罪!"

回答他的是一阵酸涩的笑声!

"真是欲加之罪,何患无辞!这样一个文文弱弱的书生,与强盗会有勾结?"

"怎么没有?告诉你,方俊移监时,强盗还妄图劫持囚车呢!"

"劫车?"

"可不是!来了一男一女,那女的武艺高强,还蒙了面,不是方飞龙,还能是谁?"

于是,又一阵狂笑从她的喉间汩汩滚出。裘天相皱起眉头,他从那笑里,听到了刻骨的诅咒与深沉的叹息!随后,他又见到,一对大泪珠,无端地从她的美目里滚了出来!她哽咽着说出了两个字:"你们……"

过了许久,裘彩珍带着晶莹的眼泪叫了他一声:"爸!"

裘天相凝视着她。

"我要从军去,你答不答应呀?"

女儿这两天已几次提出要去从军,这莫不是流露了她对父亲所作所为的厌憎?她每次提出来,裘天相都感到不胜恐惧。

"你就忍心把老父孤零零地撇在襄阳吗?"

"那么,女儿一辈子守着你不成?"

他默默地在房内踱着。他似乎一下衰老了许多。他的黯淡的眼睛沉思地盯着方砖,久久地沉浸在一种落寞的愁绪中。

"俗话说,"他没有停住脚步,"上有天堂,下有苏杭。这样吧,我们父女先去苏州、杭州逛上一圈,然后——"他忽然驻足,望着彩珍,"我送你上京城去,怎么样?"

"敢情你同意了?"彩珍平静地悦。

"是的!"

有一点,裴天相暂时没有告诉女儿,他将安排管家,在他们去苏杭期间,把襄阳的家当统统搬到京城去,索性与儿子裴晋住在一起。

　　"什么时候动身呢?"彩珍追问。

　　"你说呢?"

　　"越快越好!"

　　"由你定吧。"

　　"那么,我现在就去收拾行装。"

　　裴彩珍说罢,就上了绣楼,但她的话依然留在了父亲的耳旁:女儿迟早要嫁人,总不能守着父亲一辈子!裴天相也知道自己最终拗不过她,这也促使他终于下定决心,去儿子衙门中享受天伦之乐。裴天相相信,现在把家搬进京城是十分适时的。他甚至为自己终于做出了一个重大决策而感到些许轻松。

　　"老爷!"裴旺进来说,"姑苏的费先生求见!"

　　裴天相立即想起了炫目的灵犀,兴奋地跳起身来:"快快请进!"

　　费先生一副地道的商人打扮,裴天相见他天庭饱满,太阳穴鼓凸,特别那双眼睛,光芒闪烁,不由得心中一动,便道:"费先生还是武林中的人物!"

　　"不敢妄称!"他从容答道,"我们做生意的,也就是学几路拳脚,防防身而已。"

　　"这倒也是!"

　　裴天相若有所感,要不是为着家里的珍宝房,他也不会舍得让女儿自幼拜师练武了。

　　"费先生家住姑苏什么地方?"他想起马上要去姑苏。

　　"护龙街。"

　　"好街名! 鄙人马上要到姑苏一游。"

　　"若到姑苏,请来敝处小住,则不胜荣幸!"

　　"要来,要来! 只怕一到姑苏,便不知东南西北了。若问起讯来,'在哪里'苏州人怎么个说法?"

　　费先生微微一笑,随即答道:"该说'勒罗搭'。"

裘天相学了两遍,很快活地笑了起来。一时高兴,他又道:"姑苏人如何分别我、你、他? 望先生教我。"

"其实也不难。"费先生道,"我,说'奴'。"

"你?"

"倷。"

"他?"

"俚倷。"

裘天相又笑问:"我们,怎么说?"

"伲。"

"你们?"

"唔笃。"

"他们?"

"俚笃。"

"啊哈! 如此语言不通,那不是到外国了吗? 去了姑苏,当请费先生导游!"

"这是义不容辞的事了!"费先生说着,把一碗茶喝完,望着裘天相额上涔涔的细汗,又道,"倘若嫌热,就把夹袍脱了吧,不必客气!"

裘天相一怔,立即明白了他的意思,心中又是一喜。

"莫非闲聊之间,你那'灵犀'已经驱散了敝室的薄寒?"

费先生莞尔一笑,随即取出了灵犀来。裘天相即命裘旺打来一盆清水,让他把灵犀扔进那清水中。灵犀入水,立即变得水晶般透明。它的毫光顿时幻成七彩,在水中筑起一道无比绚丽的光墙来。而绿波徐徐移动,被推向那垛彩色光墙时,水面仿佛被织成了一块七彩绸缎,美不胜收。

裘天相牢牢盯着水中这一番奇妙的景象,眼中闪耀出贪婪的亮光。好久,他才慢慢抬起头来,虽然无声,但什么都从那惊叹的神态中表达出来了。

"裘爷是个真正识宝的人,真心要买,四十万金也就可以了!"

"不,五十万!"裘天相慷慨地说,并掏出了银票。

"好！毕竟襄阳首富,与众不同!"

"只是,以后得了真宝,不要忘却裘某就是!"

"就如此说,"费先生感动得推心置腹起来,"不才就向裘爷透露一点关节。与我同来襄阳的张先生,带来了两颗明珠。一是'防腐',二是'避火'。"

"何谓'防腐'?"

"棺木中藏得此珠,可以千年不朽!"

"'避金'呢?"

"此珠护身可以刀枪不入!"

裘天相脸上立刻升起火来:"能见见这位张先生吗?"

"要见趁早!一位洛阳富商今晚要去拜访他,或许是面谈购珠事宜。"

裘天相立即唤来裘旺,吩咐备轿。

一乘八抬大轿,便由费先生领着,很快出了紫石街,向前而行。太阳已经高过三竿,懒洋洋地照着街面。街道两旁,原来繁华的商店大多闭门打了烊。行人稀稀落落,但又匆匆忙忙。不时地,走过一队队荷枪持刀的士兵,整个古城沉浸在一种异样的紧张、萧瑟和恐怖之中。人们都怀着一颗惴惴不安的心,有一个名字,像顽石一样,沉甸甸地压在他们心上,又像密密的乌云凝聚在上空,仿佛随时都可能把这城堡压垮。这个名字就是:方飞龙!

人轿刚到东门城边,十余位守城军士忽然上前来,拦住了去路。

"哒!什么时候,还乱窜乱逛!"

"朗朗乾坤,怎么就不能行走来往?"费先生反问。

"嗯?"一个把总打量了他一眼,怒道,"你没见告示吗?今天午后要斩决方俊,为防备方飞龙这伙强盗劫夺法场,任何往返行人,都得盘问。"

"你道轿中坐的是谁?"

"谁都要问!"

裘天相打开轿帘,探出脑袋来,一脸怒色:"窦天章,难道我也要问?"

"啊?"窦天章一惊,又马上堆下笑来,"我道是谁,原是裘公,请!请!"

窦天章一摆手,士兵们立刻让开了一条通道。

轿子抬到一个水陆码头。费先生指着一艘最豪华的大船,对裘天相道:"就在这船上。"

费先生扶他跨上了宽阔的跳板,裘天相心中颇为疑惑。这个码头向来冷僻,今日怎么挤满了大小船只?待进了船舱,陡觉眼前一亮,面前坐着一位天仙般的美女,那美貌女子对着他莞尔一笑,裘天相不禁就酥了半边,刚才那种强烈的忐忑,就在一瞬间消失殆尽,他甚至忘记上船干什么来了,只管呆呆地盯着她。

"裘老爷,近来挺好吧?"她的声音,听上去像动人的音乐。

"好,好!"裘天相受宠若惊,"不知小姐何以认识裘某?"

"裘老爷德望在外,遐迩皆知哪!"

"过奖、过奖!小姐能赐知芳名吗?"他大着胆子问。

"鄙姓方,贱名飞龙!"

裘天相一时没有反应过来,以至于嘴里喃喃地把这个名字复诵了一遍。当他忽然明白了这个名字的时候,仿佛一个焦雷在他顶上爆裂。他回首看时,身后已经一字形站好了四条汉子,其中的一个就是费先生。

"怎么样?再认识一下吧!"她指着费先生,"这是杏花岭的九爷,'落地雷'宋亦雄。"

宋亦雄大笑起来。

方飞凤又指着另一个面如冠玉的少年道:"裘老爷,你也许想不到,这位左二爷乃是你府上碧环的胞弟!"

裘天相惊恐地望着他们,一手指着方飞凤:"你……你是强盗!"

"你也许还不知道,我乃是方俊的亲妹妹!"

"……"

"我们神不知鬼不觉地把你请来了,还要借你的八抬大轿用用。"

"用用用,只管借了去用!"

"对裘老爷我们没有机密。你的八个轿夫,都捆起来了。待会儿,我的八个弟兄将抬着我进城去!"

"莫非……你们要要要劫……法场?"

裘天相忽然福至心灵,说话也流利了许多:"小姐,劫法场谈何容易!不若放我回去,我和孙知县去商议,向朝廷奏明方俊冤惰,放他回家!"

"嘿!"方飞凤冷笑一声,"方俊昭雪了,你自己不就倒霉了吗?何况,我们来此,不全是为着劫法场!"她指着另一艘大船,"这艘船将要装上罗林的生辰纲。其中可有我方家一座价值连城的珍珠宝塔哪!"

裘天相再也支撑不住,瘫倒在地上:"你们要……把我怎么、么、样呢?"

"我们要把你装在酒坛里,运回杏花岭去!"左渊说。

两个喽啰已抬来了一只大酒坛子。方飞凤指着酒坛:"请君入瓮吧!"

第十八章　义劫法场

襄阳县令孙步邦坐在监斩棚里，心里一片慌乱。天空的彤云压得很低。在秋云的阴影里，那本来嫌小的脑袋显得更加尖细。他阴郁、沉默，眼皮在不间断地跳动。看斩的人群中每一阵啰唣或骚动，都能使他面色苍白、手脚冰凉！

为了预防再现"石秀跳楼"那样的故事，孙步邦把法场从十字街头改到了刘子坟。这里原是墓区，不仅易于控制人头，而且离守城营不远。刘子坟两翼的高地上他布置了数十名弓箭手，一律硬弓强弩，以备不测。监斩棚的左右，站着五个僧人和五个尼姑，全是从襄阳八大宝刹名庵中重金聘来的成名高手。五个僧人是圆了、圆悲、圆知、圆觉、圆圆；五个尼姑是妙空、行空、法空、识空、空空。棚后一匹高头大马上，骑着一名剽悍的捕快，一旦法场有变，可以立即飞骑与守城营的五品守备周铁爵联络。法场的布防，几乎万无一失。然而，孙步邦心中依旧十分忐忑。一种大祸临头的预感紧紧压迫着他，使他的脸显得十分惶恐。盛传杏花岭强人要来劫法场，他猜不透，杏花岭何以会对眼前的这个死囚感兴趣！而杏花岭这个地名，因为官军的屡剿屡败，早在他的心中蒙上可怕的阴影了。

一顶小轿悄悄而来，停在无人注目的旮旯里。轿中走下一位白衣轻纱的少女来，神情凄凉。少顷，一个衙役匆匆过来。孙步邦见这个衙役似乎面生，但他无暇思索，因为一句大大出乎意料的话，正从这个衙役的嘴里麻利地跳出来："大人,方犯的胞妹从河南赶来收尸!"

"方俊还有胞妹? 是谁?"

"她自称方飞凤!"

孙步邦倏地离了座位:"什么?"

"大人,叫方飞凤!"

孙步邦听清了一个"凤",而非"龙"字,才又坐下。

"来了几个人?"

"就她一人!"

"带硬器了吗?"

"查过了,没有。"

"嗯! ……"孙步邦沉吟着。

方飞凤已经款款地走到了监斩棚前,跪在他的面前:"小女子方飞凤,恳求大老爷额外开恩,容我兄妹刑前诀别一场吧!"

她用细白的手,把掉在眼角旁的一缕青丝捋到鬓后,一双杏眼默默地盯着他,长长的睫毛纹丝不动,虽然凄婉惨淡,却异常恬静、顺从。孙步邦原来十分阴沉的眼睛倏地放出光来,并肆无忌惮地在她的脸庞和胸脯上扫来荡去。渐渐地,他心跳面热,呼吸粗重而微微喘息起来,到这时,他的选择几乎只有一种,那就是像头羔羊一样服从。

"啊,啊! ……自然,自然!"孙步邦半个身子都探在桌外,贪婪的目光依然抚摸着她的周身。

她娇滴滴地谢了恩,站起身来。

孙步邦望着她婀娜苗条的身影款款地向法场中央走去,他始终一动不动地保持着上身的倾斜角,一滴口涎,从他的嘴角流出,缓缓地滴到了尘埃。

方飞凤走到方俊跟前,见他背插斩条,五花大绑跪在那里。极度的悲痛和酸楚,突然擒住了她。她不觉也跪了下来,看着他乌青的脸,颤巍巍地叫了一声:"大哥!"

方俊脸上没有丝毫反应,双眼定定地盯着她。飞凤纵然胆大,也不觉浑身发起怵来。

"莫非他魂不守舍了吗?"她悲哀地想,同时泪水涌出了眼眶,禁不住失声哭了起来。

开斩的时刻渐已临近。既然前来活祭,方飞凤不得不从篮中拿出几样菜肴素果来,又点起香烛,化了冥纸。然后,她启动朱唇,哀婉地唱起了一支祭歌。她唱道:

> 青山有意,
> 白云无计,
> 被西风吹断功名泪!
> 路险人稀,
> 不见鸿落雁飞,
> 唯闻孤魂消客地。
> 惊小妹芳心,
> 千里迢遥,
> 一路悲啼。
> 休提起,
> 来兮归兮!
> 借得黄杏一枝,
> 吊哥哥冤魂,
> 留得清白浩然气!

歌声在法场上萦回,凄清欲绝,时而像愁云流移,悲风哽咽,时而又像寒蝉凄鸣,惊鸿哀吟。人们都感到了空气的战栗,全都屏息静气,侧耳倾听着。飞凤唱到"被西风吹断功名泪"一句时,方俊蓦地惊醒,惨叫了一声"妹妹",方飞凤便扑到了他怀里,忍不住泪如断珠,纷纷而下。那歌声便更为悲切了。顿时,人群大恸,一片唏嘘叹息,许多人也随着潸然泪下,伤心地抽泣起来。

孙步邦像在欣赏一支美妙的乐曲,他一只手按在桌上,屈着指关节,轻轻地、有板有眼地叩着节拍。正得意时,右眼又突突地跳动起来。而方飞凤一句"借得黄杏一枝",使他敏感的神经几乎爆断,他猛地一拍桌子,大叫一声:"抓住她!"

不知是谁,在人群中点响了一个鞭炮,那些"轿夫"已从大轿杆内抽出兵器,拼命冲开了人墙。方飞凤粉臂轻舒,冷不防点了刽子手的麻穴,然后捻断方俊身上的绳索,把他背在身上。

"放,放箭!"孙步邦吓白了脸。

乱箭急雨一般射向飞凤。飞凤虽然背着方俊,"玉佛千手"的神功并无稍减,依然运用自如。她也喊了一声"着",却是忙里偷闲,甩了一支箭给孙步邦,正好把他的乌纱帽打落在地。孙步邦惊得怪叫一声,双手捧着脑袋,从座椅上跌滚到了桌子底下。

远远地,左二爷把龙泉剑向她掷来,那剑尖一开始射着飞凤的咽喉,倏忽之间,红色的剑穗衬着蓝天白云,在空中抖了个花,剑身立即随势掉过头来,一眨眼,那剑柄就落在了飞凤的手中。

十位僧尼怎按捺得住?不待号令,已纷纷蹿入场内,捕捉对手。那识空、妙空、空空三尼把方飞凤围在中央。飞凤怕有后援赶到,一心想要速决,偏偏三尼甚是了得!三支拂尘全是钢柄钨丝打造,内力到处,丝缕如锥能刺能割,十分奇特。刚才左渊飞剑时,她们也许看出了飞凤拿着的是一支宝剑,因而出手十分谨慎,尽力避免与剑相碰。三尼刚柔相济,竟协同得滴水不漏。飞凤不免十分烦躁,唰唰唰一连三剑,空空后退一步,妙空、识空就抢到了飞凤后侧。识空一挥手,抖开的拂尘,正从方俊头上罩下来。方俊不由魂胆俱裂,两手本能地从飞凤肩上松开。他哪里知道,自己看着危急得千钧一发,无可抢救了,对飞凤来说,仍可从容应付!他松了双手,从飞凤背上滑落下来,便把飞凤吓出了一身冷汗。识空不觉喜上心头,掉过钢柄向方俊命门穴刺去。飞凤不得已出一险招,不救方俊而用剑直刺识空曲池穴。识空一惊,匆忙之间,竟忘了她青锋厉害,去用拂尘格挡,钨丝立即被削去了大半。

左渊正在接战圆了,眼睛却不时地顾盼飞凤,唯恐她背着方俊有所闪失。忽见方俊落在地上,也是吃惊不小,连忙一紧,手中太阿把圆了的禅杖削作两段,腾身要去援助飞凤。此时,飞凤既削了识空拂尘,背上又没了方俊,顿觉十分轻松,剑光霍霍,逼得三尼连连后退。左渊见飞凤以一打三,敌手只能招架,无法还手,也自放心。他迅速把方俊背起来向西南角奔跑而去。那圆了弃了断杖,拾起刽子手的鬼头刀,也不敢追左渊,去助着圆悲打彭通。彭通正怕圆了继续蛮缠左渊,见他来打自己,正中下怀,遂抢起铁棍,逼退圆悲几步,忽使一招"拨草寻蛇",针对着圆了的裤裆下阴撩去。圆了猝不及防,扭动着胖大的躯体,一个前空翻,避过了"寻蛇"之棒,却不意落在了"摇头狮子"卜天鹏的前面。

卜天鹏正与圆圆酣斗,眼前蓦地多了一个发亮的光头,急忙摇动矛柄,照着光头一招"顺水推舟",把圆了打昏!

此时,方侗并不在战场,他穿着一身衙役的衣服,再次急匆匆到了监斩棚。

"大人,不好了!"

孙步邦从桌子底下探出脑袋。

"大人!"方侗接着说,"衙门被强盗,抢了,烧了!"

"什么,什么?"

孙步邦气急败坏地从案下滚了出来,抬头朝东北方向望去,果见浓烟滚滚,烈火升腾,早已烧红半边天了。

"强人抢走了生辰纲!"方侗偏又火上加油。

孙步邦晃了晃身体,差点昏了过去。方侗扶住了他:"大人,我看留在此处凶多吉少了!"

孙步邦见周围的皂隶、衙役、捕快早作鸟兽散尽,孤独无援的恐惧使他牙关抖得咯咯作响。

"那不是裴府的大轿吗?"他指着旮旯处。

"是的!"方侗信口开河道,"裴天相怕大人有失,派了他自己的轿子接你来了!"

孙步邦不及多想,趁着场中一片混乱之际,悄悄向轿子溜去。刚到轿边,忽见左渊背着方俊也赶了过来,他狂叫了一声:"抓住他,把人犯截下！"

方侗"遵命"，提棍拦住了左渊。两人战了几个回合，左渊扔下方俊，仓皇逃走。方侗随即夹起方俊扔在轿内。

孙步邦心中稍有安慰，躬着身要进轿去，忽听方侗一声喊："慢！"

孙步邦回过头来时，方侗早伸出两指，一下击中了他的百会穴。孙步邦只感到眼前一黑，栽进了大桥。八名"轿夫"连忙抬起了他和方俊，飞也似的跑了起来。

飞凤见大轿已走，一阵亢奋，反手一剑，断了识空锁骨，识空不得不负痛退走，三尼缺一，更是捉襟见肘。飞凤一剑"出世横空"，青锋抖出了十朵剑花，分别对着两尼的四肢躯干，二尼应对得也尽速尽快，饶是这样，一招过后，妙空的右腿、空空的左腕，都已被划开一条半尺长的口子，顿时血流如注，各自捂着伤口狼狈窜逃而去。飞凤并不追赶。

五个和尚中，圆觉最为了得，使一只一百二十斤重的月牙铲，舞动起来，还能呼呼生风。"扬子鳄"崔定和他对敌，很快落了下风。崔定见众弟兄应敌自如，唯独自己倒要吃亏，不觉羞愤并袭，忍不住拼起命来，两柄银锤东奔西突，上下翻滚。忽一式"流星赶月"横扫和尚的粗腰，圆觉十分敏捷，闪身避过。崔定瞬即把锤头自下翻上，高举过头，却被圆觉捉住空当，月牙铲趁机铲向崔定咽喉。崔定运气于双臂，猛一招"泰山压顶"，两锤直向圆觉的光头落下。这分明是两败俱伤的打法。圆觉一声狞笑，横过铲头，用铲柄来硬接他的双锤。只听当的一声，两人虎口同时豁开，臂麻难忍，那手中的兵器便尽都脱手了。

崔定抬起头去看半空中的双锤，以便接住再战。圆觉比他乖巧，飞起一脚来踢他的小腹，崔定急忙收腹缩臀，哪里还来得及？早被踢中神阙大穴，封死了穴道，立即咕咚一声，扑倒在地。圆觉拾起了自己的月牙铲，就要去坏崔定的性命！

那边法空、行空二尼双战"赛银蛟"米魁。米魁使一柄铁拐，龙飞蛇舞，十分凶猛。法、行二尼各使一口钢刀，一鸳一鸯，刀路变化无穷，步步有根，招招相扣，配合得天衣无缝。此刻，只见法空要了一个刀花，行空立即心领神会，二人同开弓步，嗨的一声，却是合使了一招"双

373

龙戏珠"。米魁见他们刀至中途,忽然反腕,同来取他的项颈,即用铁拐去荡开。谁知二刀一虚一实,铁拐只荡开了一刀,另一刀形浮而实沉,转眼就剖开了他的肚皮,幸亏并不太深,但鲜血已像泉一样涌了出来。恰好飞凤赶到,把他替了下来。

两尼的战法全靠默契。她们已见飞凤削了识空的拂尘,知她宝剑厉害,立即主动出击,一刀紧似一刀。鸳在左,鸯在右,各个虚晃一招后,法空突然一势"泰山瞻日",取飞凤上路。行空同时一势"海底捞月",奔飞凤下路。二刀出自同一瞬间,一上一下,十分老辣,谅飞凤顾了上路就顾不得下路。二尼暗暗高兴,以为可以轻取飞凤了。

果然,飞凤无法顾及两头,那龙泉剑只得先去迎接下路鸯刀。行空寻思,我拼着断刀,也绝不让你回救上盘,好让法空的上刀得手。谁知,飞凤一抖腕,鲜红的剑穗陡地倒卷翻起,穗结正打在法空持上刀的手背上,立即青紫肿起,奇痛难熬。法空差点滴出泪来,手一松,鸳刀落在地上,而下盘的鸯刀也同时被削断了。二尼自知不敌,满面羞愧,知趣地退出了战圈。

飞凤正要去给米魁包伤,蓦地看见圆觉拾起月牙铲要结果崔定,她便大呼一声"住手"!飞凤离他丈许,已救之不及。她匆忙间举起剑来,剑尖指着和尚的颈脊,同时引动了丹田真气,通过肩头六条经脉,从劳宫穴泄出,再经剑身的传导,向前喷射。圆觉猛地感到颈脊玉枕处一束凉风吹入,放电般传遍全身。刹那,血液凝固,肌骨封冻,身体僵硬得像一块顽石一样,只有意识还清晰地留存在脑际。

飞凤对着圆觉冷冷一笑,然后到崔定跟前,为他解了穴道。

崔定跳起来,就要杀和尚。

"不必与斗败的敌手为难了!"飞凤制止了他,又指着米魁说,"你速去帮六爷裹伤,也好尽快撤离到东门去。"

崔定拍着圆觉的脑袋道:"和尚,真正便宜了你呢!"

这时,左渊也已返回,助着彭通对付圆了、圆悲。

圆了、圆悲、圆知、圆圆四僧本来与彭通、卜天鹏、宋亦雄相斗,勉强维持均势,忽然左渊来了,随后飞凤也加入,便脚步大乱起来。圆了一声呼哨,纷纷退出战圈,慌忙逃命而去。飞凤他们也不追赶,提起轻功,往县衙而来,会齐了打劫生辰纲的弟兄,然后直奔东门。

裴府大轿正停在东门城下。孙步邦中了方侗的"破魂指",魂魄既破,就只管随着方侗的意念说话,他正在对城门官窦天章说:"你说恼也不恼? 反贼把法场都劫了!"

"有这样的事?"窦天章这一惊,非同小可。

"不是林英雄他们仗义救急,恐怕本县早一命呜呼了!"

"大人,襄阳城里,究竟反了谁呀?"

"他妈的周守备,周铁爵!"

"嗯?"

"你愣着干吗? 还不快把城门打开了,让林英雄他们出去!"

窦天章开了城门。

"城上要多预备些弓箭、石灰!"

"早都预备着哪!"

"反贼追来时,本县亲自督战,决不能放过他一个!"

"是,是!"

孙步邦随后对方侗深深鞠了一躬,真诚的感激溢于言表,差一点要涕零沾襟了。

"林英雄的救命大恩没齿不忘! 咱们就来日再见啦!"

方侗抱了抱拳:"后会有期!"

随后,方侗招呼着飞凤,带着轿子和生辰纲,呼啸着出了城去。

行不多远,诸头领早忍俊不禁,都哈哈大笑起来。

"龙姐,"左渊笑着说,"什么时候我也要学学'破魂指',怪有意思的!"

"呀!"飞凤故作惊讶,"你怎么能学?"

"我为何不能学?"

"你学会了,不是可以把本大王的魂也给破了吗?"她又抿着嘴笑对方侗说,"当心他偷学了去!"

王荣在水陆码头接应他们。众头领正登船,身后突然传来了隆隆炮声。大家回首翘望,见襄阳城里硝烟弥漫,火光耀天。卜天鹏急急地摇着他的大脑袋:"妈妈的,孙步邦这龟孙儿与周铁爵干上啦!"

于是众头领又爆发了一阵开心的大笑,笑声中充满了对方侗"破魂指"的称羡,同时对他扮演的"衙役"一角也深表赞赏。这使方侗兴奋不已,初上杏花岭时那种耻于与他们同列的感觉正在消失。尽管他内心依旧带着重重遗憾,那武场夺魁、光宗耀祖的美梦被彻底粉碎了,他成了货真价实的"江洋大盗"了!但是,他心中已不像四周的山峦那样苍凉了。

"妹妹!"他想起了母亲,"我们犯下了这样的灭族大罪,母亲就危在旦夕了!"

"我和左二爷商议好了,"飞凤说,"到了金鸡墩,我们登岸换马,去太平庄把母亲接来。杏花岭一应军务,全要靠你谨慎料理!"

"就怕母亲知道我们当了强盗,不肯上山。"

"她不肯来,我们就抢,这正是强盗本色!"飞凤说时一笑。

行了几天,已到金鸡墩。一杆白底黑字的大旗上,写着斗大的一个"方"字,正在迎风招展,金鸡墩的新寨主冯刚迎候在河岸。飞凤、左渊上了岸,拱手与诸位头领作别后,翻身上了马背。转眼间,就隐没在乱石陡坡之间。

第十九章　三剑聚首

飞凤、左渊赶到太平庄时正值深夜。静静地躺在黯淡月色下的那几间茅屋，勾起了飞凤无限的家的温情。阔别数月，这里的一草一木，眼下虽然都只能见到一个依稀的轮廓，但其间隐藏的每一个淘气的故事，都令她神往而兴奋。她想象着与母亲见面时的情景，也许，她要紧紧地搂着她，甚至忍不住要失声呜咽。她想着，便有一股辛酸攻上鼻尖，两颗滚热的泪珠，便落了下来。她暗暗地在脸上抹了一把，忽然又破涕一笑，想到自己亲手腌的豹肉，或许母亲尚未吃完，今天夜里可以再开一次豹肉宴了。自然，伙头将军一定是左二爷了。

她偷偷瞥了左渊一眼，便去敲门。奇怪的是，那门是虚掩着的。他们进门后，又都踏着了湿漉漉的液体。飞凤急忙摸到灶间，点亮了灯，顿时吓得三魂少了二魂。只见桌翻椅倒，锅碎灶破，一只水缸张着一个大裂口，仿佛在抱怨飞凤的迟归，缸里的水早已流干，淌了一屋子。他们冲进卧室，也是箱烂柜裂。母亲睡的那架木床，极不情愿地倒塌歪斜在一边。

"妈！——"飞凤的惨呼割开了夜空。

她和左渊几乎同时冲进院子中。左渊又冲到大门外，飞凤纵身上了屋脊。夜，静谧而神秘，唯见月色迷蒙，山影横亘。西风过处，飞凤一阵战栗，大串眼泪扑簌簌地掉了下来。

蓦地，前面黑影一闪。飞凤大喝一声："谁?"然而黑影极其矫捷，只在眼前一闪而已。飞凤正愣间,忽然有人在她香肩上轻轻一拍,急忙回首,却又不见人影。飞凤心想,莫非见着鬼了？心念刚起,忽听得左渊在门外喊了一声:"看剑!"她连忙跳下屋脊,见左渊已在和一个夜行人交战,便也仗剑加入战圈。那人背负宝剑,却并不抽它,徒手来和方、左较量。飞凤和左渊涉世以来,除他们互相战过平局以外,还没有遇过在五十招内不败的敌手。前面的人以一战两,而且有剑不用,分明欺他们本领不济。二人又气又恨。战了十余回合后,那人才拔出剑来。飞凤、左渊只见眼前飞起一道白虹,随即剑光如轮,不觉暗暗诧异。他们分别捏个剑诀,迅退半步,又各疾使一招。瞬息之间,龙泉、太阿同时奔刺对方双肩。那人轻轻冷笑一声,用手中之剑相挡。只听砰的一声,迸出一道红光。三人各自后退几步,检查自己的剑时,都没有损伤,于是不约而同地惊叫了起来。

那人咦了一声,就飞步离开战区,一转眼,没入了夜色之中。

飞凤见有高手名剑插手,一时倒是束手无计,心中像塞了一团难理的乱麻。

"凤妹,你先别难过!"左渊安慰她。

"母亲被人绑架了,反正又不是你的母亲!"飞凤抢白他。

"你的母亲不就是我的母亲吗?"左渊道。

"你看怎么办呢?"

"我们迟来了一步,被鹰犬们抢了先着!但灶屋水迹未干,说明劫持方夫人的鹰犬还没有走远。咱们往那人离去的方向追下去,一定没错!"左渊说着,就上了马。

"慢!"

飞凤重新进屋,换上了一身方侗的衣服。

"追赶鹰犬,何必男装?"左渊道。

"着了男装,省却许多麻烦!"飞凤上了马,"你们男人都不是好东西,那许多贼溜溜的眼光只管往人家身上溜! ——这也包括你! 天亮以后,只许你在头里走,不许回头看!"

"啊呀! 这样把你丢了也不知道呢!"

"还不知丢了谁呢!"飞凤说。

看看又日沉西山了,飞凤和左渊连个鹰犬的影子都没见着。他们不得不找家客店权且住下。

"掌柜的,我们住你的店,两匹马可要喂得饱饱的!"左渊对掌柜说。

"客官尽可放心。敝店预备的都是上等草料。"

"有好房间吗?"

"有!你看,院子东首那一间,朝南,敞亮,又大又干净。一个大铺儿,包你们哥俩称心如意!"

飞凤不禁皱起了眉头:"我们要两个单间!"

"这个……"掌柜笑道,"人家单身的客人都设着法儿结伴,也好有说有笑的。你们怎么好端端的哥俩,倒要分开呢?"

"掌柜原是不知,"左渊道,"我这个老弟睡觉时鼾声如雷,震得梁上的灰尘也要掉下来呢! ——他不过担心哥哥睡不好觉罢了。"

左渊说着笑吟吟地看了飞凤一眼,飞凤也笑了起来。掌柜的却十分疑惑,自语道:"哪有这么打呼的? 这和屋后圈里的那头……"

"你啰唆什么!"飞凤截住了他的话,"究竟有没有单间?"

"有,当然有!西首一排屋子,尽是单间的。"

于是,他们先买好两个单间,然后到客堂里,拣了个干净座位,又叫来了些酒菜。

他们举目打量着这间客堂,见邻桌坐着一位白面书生,二十三四年纪,只管自斟自饮。靠墙角处,是三位捕快,都有五六分酒意了,正在高谈阔论。在这野外之店,忽遇公人,飞凤就向左渊递了个眼色。

一个矮胖子用手指敲着桌面,说话带着嗡嗡的鼻音:"不要忘了!周铁爵原是个常胜将军,眼下又升了游击!他说要扫平杏花岭,就一定能扫平!李伯英,你以为如何?"

"屁!"对面的瘦高个抢在李伯英的前面,回答说,"人家杏花岭整整五万人马。周铁爵手下充其量也不过这个数,一对一,他怎是方飞龙的对手?"

"话虽这么说,"李伯英拈着唇上的黑须,"那箱子一到游击手里,恐怕也能抵上方飞龙几万人马呢!"

"这倒也是!"瘦高个不得不点了点头。

"周铁爵毕竟是周铁爵!"矮胖子又说,"也只有他才想得出,要赶到太平庄——"

矮胖子忽然住了口,三人同时环视了一下四周。矮子见没人注意他,才又自嘲地一笑,接着道:"箱子到他手里,方飞龙第一个回合不就输了吗?"

"按照兵书上的说法,这叫不战而先屈人之兵!"李伯英说。

瘦高个忽地神秘起来,稍稍凑到两位的耳旁:"我总以为是个老婆子,谁知道还如花似玉哩!"

三人淫笑起来,笑得很厉害,以致东倒西歪地扭动着身子。笑声未了,只见那个书生站起身来,他吸了一大口酒,就向他们喷去。酒滴落下之时,竟像冰雹一般乒乓有声,把桌上的碗碟都砸碎了。三个捕快抱着脑袋,哇哇大叫着躲到了桌子底下。那书生哈哈大笑了一阵,然后扬长而去。

也有几滴酒飞到了飞凤、左渊前面,桌面上被溅了几个凹坑。两人寻思,此人内功也甚是了得!一天一夜之间,竟连连遇到高人,心中着实惊奇。

这时,三位公人从桌底下爬出来,尽管那书生早已不见人影了,他们仍冲到大门口破口大骂:"你是王八生的龟儿子!"

"奶奶的熊,有种的回来!"

"几时落在我手里,叫你舔老子的屁眼儿!"

……

他们骂了一阵,也只得照价赔了碗碟。一场酒兴早已退尽,就灰溜溜地回房歇去了。

飞凤极是疑惑。"箱子"?"太平庄"?她还隐约听到什么"老婆子""如花似玉",又似乎与母亲有关。她因而也稍感欣慰,母亲也许有点线索了。

"凤妹!"左渊也喜形于色,"你的'破魂指',又可大显神通了!"

"我想,也只有这招儿,才能使他们口吐真言。"

他们相约在三更行动,因而饮酒都不敢过量,各个吃喝了一点,便回房静待。谁知二更刚交,就隐隐地传来刀兵之声。飞凤、左渊同时出了房门,飞上屋顶,见第二进宽绰的天井里,四条黑影正在厮杀。借着月光,他们认得出,围在中心的就是那个书生,而另外三个,正是那班公人。

飞凤、左渊就在屋上观战,见那书生剑光倏忽,招法精奇,变招换式都在有意无意之间,蓦地白光一抖,一颗人头带着一条臂膀,就被削了下来。另外两个就哂地跳开一步,忽又拼死合击,两人的招路也是风驰电掣一般,瞬息万变。然而,那书生出手非但无意加快,剑光反而变得像柔云飘移,那以缓克急的战法,让飞凤、左渊也暗暗喝起彩来。也不过五六个回合,书生蹉步跃进,唰唰两剑,第二剑却是"走马回头",剑前敌手立即陷于必死之境,只听半声惨叫,三尺青锋已从上腹刺入,又从背后对穿,更令飞凤他们咋舌的是,书生并不把剑拔出,又以迅雷不及掩耳之势,接连一式"摘月换星",刺入了另一个人的后背,两人就像"冰糖葫芦"似的串在他剑上。少顷,他才一脚蹬住那尸首,把剑拔出来,又在他们身上擦干了血迹。

屋上两人见到了如此惊心动魄的一幕,心中又奇又叹又气,奇那书生的剑术举世罕见;叹他文质彬彬,却如此心狠手辣;气的是自己要活捉的"舌头",被他杀尽了!

那书生在天井中伫立片刻,就溜进了一间客房,不一会,窗户上亮起了淡黄的灯光。

飞凤对左渊点头示意。他们不得不跟踪书生,以便寻觅关于母亲的新线索。他们无声地飘落在天井中,又蹑步到窗前,用舌尖舔破窗纸,向里窥望。房中除了木床和一些椅桌外,中央还放着一只大箱子,箱外用绳索紧紧捆绑着。那书生用剑挑断了绳索,掀开箱盖,却从里面抱出一个妇人来。

飞凤暗暗着急,怕那书生在她的眼皮底下干出什么风流韵事来,那书生果然把那妇人放到木床上。这一瞬间,那妇人与飞凤正好打了个照面,飞凤连忙用手捂住嘴巴,差一点没惊叫出来。她看到了一张温文尔雅的脸,不是别人,正是自己的母亲。

昏黄的灯光映在母亲的脸上,她显得极度憔悴。飞凤看到她渐渐睁开眼来,泪光闪烁,惶急而恐惧。然而,须臾之间,那眼光又换成了惊奇和喜悦。她凝望着书生,一眨也不眨,然后轻轻啜泣起来,猛地扑进了他的怀里。

这使飞凤面红耳赤,尤其当着左渊的面,妈那异乎寻常的举动,使她更为难堪。她曾经是一品夫人,要不是亲眼所见,飞凤怎么能相信自己知书达礼的母亲竟在武林中有一个情人? 左渊幼时见过母亲,好在相隔日久,未必就认得出来。她唯有不认母亲才能免遭耻辱,于是她悲哀地转过脸来,却见左渊正注视着她,眼睛中同样交织着惊奇与恐慌。那眼光告诉了她,他已经知道那妇人是谁了!

正此时,窗上一声响,飞出两支镖来。飞凤、左渊急忙侧首避开。与此同时,书生已破窗而出,手中青锋指着飞凤、左渊:"来找死吗?"

飞凤并不答话,唰地就是一剑,仿佛要把全身的激愤通过手中的龙泉,在对方身上宣泄。左渊见飞凤已经动手,怕她吃亏,也挺剑奋起,与她联袂。书生大怒,挥剑相迎。左渊设法与飞凤紧紧呼应。见她疾手快攻,自己就用缓招慢势来配她。飞凤用的是急泻之法,左渊则是轻补之术,果然配合默契,左右逢源。这时,书生忽然变了个招,一剑凌空而下,又蓦地抖出两朵剑花,在同一瞬间,来刺飞凤、左渊胸前要穴。左渊太阿向左磕挡,飞凤龙泉向右扫荡,砰的一声,两剑夹住一剑,却又迸出一道红光来。三人都是一愣,方知太平庄上已经遭遇过一回了:书生原是那个夜行人。

他们都不胜惊疑,挥剑再战。飞凤一眼瞥见母亲掌着灯走出房来,见她脚步蹒跚,晃悠着身体,心中又涌起一阵悲凉。也许母亲为眼前的一场恶战所震惊,更可能是灯光映见了地下的乱尸污血,她惊呼了一声,便栽倒在地。

"妈！"飞凤已经无法忍受了，她弃了书生，向母亲奔去。

"慢！"书生趁机格开左渊的太阿，"我看她倒像个女子，方夫人是你们的什么人？"

"你没听她叫唤吗？"左渊冷冷地说。

书生忽然惊退两步，喃喃地自语起来："是吗，是吗！这不是做梦吧？"

飞凤一面哭叫着"妈"，一面用手搓揉母亲的胸脯。方夫人渐渐苏醒过来了。飞凤就抱起她来，依然放在房中木床上。

"凤儿，想不到你回来了。"母亲流着泪道，"大哥、二哥都好吧？"

"嗯！好，好！"飞凤也哽咽着，"妈，你是怎么被他们抓来的？"

"他们说，我和强盗叫什么方飞龙的有牵连！"

"伯母，"左渊道，"我们是救你来的！"

"这位……"方母打量着左渊。

"妈，他是毕波！"

"毕波？左神童？"方母猛地坐起来，把毕波搂在怀里，索索地颤着嘴唇，"我的儿！你受苦了！"

方母擦了擦眼角的泪痕，忽然又想起了什么，拉起飞凤的手："对了，凤儿，还不快快见过你的舅舅！"

"舅舅？"

那书生正在身后微笑着看着他们。飞凤曾听说过，外公老来得子，取名又新。陈家破散后，他已不知去向，谁知竟也流落武林！她和陈又新虽然隔着辈分，却只差几岁。飞凤不免羞答答上前叫了一声："舅舅！"而此时，她的心中自然要为刚才对他的误会而感到深深的歉疚和不安了。

左渊也跟着叫了他一声。陈又新畅怀大笑着："想不到贤外甥和贤侄的剑法如此精奇！"

"你还夸呢！"左渊道，"我们两个都没有打过你一个！"

"若再打下去，我就要败了！贤侄，如果我没有猜错，你使的一定是名剑太阿！"

383

"你好眼力!"

"那么,贤外甥使的便是龙渊了!"

"舅舅,是'龙泉'!"

"不,是'龙渊'!"

陈又新抽出了他们俩的宝剑,一边观玩着一边说道:"春秋之时,楚王曾使风胡子到吴国,用重金聘请干将、欧冶子为他铸剑。于是两位铸剑名匠凿开了茨山,取铁英而冶,引甘泉津火,一炉之内炼出三剑:一名太阿,二名龙渊,三名工布。那龙渊宝剑在唐时为避高祖李渊之讳,才被改为龙泉的! 今天我们还要避什么讳呢? 不如仍称它'龙渊'好!"

"那么,你的剑就是'工布'?"左渊问。

"是了! 我们三剑相接,便有纯青的炉火迸出,也足见它们的手足情义!"

"真想不到!"方母感慨地说,"方、陈、毕三家一败涂地,不期还有后辈在今日相聚! 只不过祖宗们世代搞的是学问,你们却全都弃文从武了!"

"咳!"陈又新同样地感慨,"在这个浑浊的世上,要不受人欺,从武恐怕最有效的了。姐,愚弟前几年浪迹江湖,如今总算有了立足之地。千里迢迢赶来,原是想接你去的。却不意迟了一步,害你多吃了许多苦头!"他忽又对飞凤笑道,"我还要给那三个鹰犬记功哩! 要不是他们劫持了你母亲,我就碰不到贤外甥和贤侄了呀!"

"小弟,"方母抬起头来,"你近年来在哪里得意呢?"

"伏牛山。"

飞凤、左渊惊得跳了起来:"什么? 你,就是吕展? 义盗吕展?"

方母差点从床上滚了下来:"你……你,你当了强盗?"

吕展倒了些热茶,递给方母。方母用手颤巍巍地把他推开。

"姐,我们就走吧! 天亮就麻烦了。官府在拿你呢!"

"你那个山里,我不去。"方母淡淡地说。

"怎么,你怕我照料不周?"

"不。"她轻叹着,又忙拉过飞凤的手说,"凤儿有去处,妈就跟

384

你去!"

飞凤快活地搂着母亲:"我们正是接你来的!"

"可是,"吕展有些心焦,"你们那里安全吗?"

"这还用问吗?"

"是个什么所在呢?"

飞凤的口吻带着豪气:"杏花岭!"

吕展猛然一怔,把茶都泼翻了。

方母却双眼一白,差点昏了过去。

"那么,你就是方飞龙!"吕展大笑起来,并没有注意到方母。他又把脸对着左渊:"她既是方飞龙,那么贤侄必就是'碧波长虹'了!"

左渊躬了躬身:"不敢!"

吕展一手搂着飞龙,一手搂着左渊,又大笑了一阵:"龙渊、龙渊!一龙一渊!妙!妙极了!"

飞凤知道他在说什么,粉嫩的脸上立时起了红潮。她低低地垂下了头,一对好看的笑窝使她的脸娇艳得像一朵带雨的杏花。左渊心中蓦地一动,同时也觉着一股热流在他胸内来回奔突。

"舅舅!"飞凤羞涩地叫了他一声,"我们要告辞了。"

"我送你们一程。"吕展说。

"你日理千机,就不必送了!"

"不,要送。我们共图大业,应该联起手来。一路上还有许多话要说呢!我想把你们送到杏花岭的前哨据点鸭嘴镇。"

飞凤、左渊的心里咯噔了一下,他怎么对杏花岭了如指掌呢?

方母轻哼了一声。

"妈!妈! ……"

方母挣扎着,毅然转过了脸去。

"舅舅,我们需要一辆车!妈太虚弱了!"

"那些鹰犬原是驾着车来的,我们索性盗来用了!"

吕展说到"盗"字,诡然一笑。

385

第二十章　抚战庭争

闯王高迎祥业已伏诛。虽然李自成接任了闯王,但在天兵的追剿下,也毕竟如惊弓之鸟了。崇祯终于放下了心头的一块石头,难得有这么好的兴致,今天到承乾宫来和田贵妃、李美人调情嬉闹。

他左臂搂着田贵妃,右臂抱着李美人,让她们坐在自己的大腿上。他的一双手,从腋下包抄过去,分别扪住了她们丰隆的胸脯。两位绝代佳人,把雪颊贴到龙颜上,那四片猩红柔软的嘴唇,在他的鬓边厮磨、轻吻着。

然而,崇祯忽然怔住了。他恍惚看见田贵妃脸上那些秀丽的五官纷纷跳动起来,重新排列组合成一个大大的"方"字,他的眼里立即腾起了可怕的凶光,霍地跳起。田贵妃和李美人不禁惊叫了一声,从他的腿上滚落下去。

崇祯这时发现,高闯王虽已剿灭,自己的心病却并没有完全去除。原来恣意行乐的时候,常有一个"高"字来骚扰他,今天被这个"方"字取代了。这也许是一种癌症,或者得自乃祖的遗传。十年前,当众望归于兵部尚书毕云显,而毕、方、陈三位大臣又过从甚密的时候,他的兄长朱由校——天启皇帝的"御目"前,也时时有一个"毕"字跳跃出没。但是,毕云显毕竟是殿下之臣,整个儿就在"御手"的掌握之中。天启不是仅仅借用了一下罗林与毕云显之间的私隙,不惜株连了方、陈两位大臣,就轻而易举地把这个"毕"字抹净了吗? 儒家倡导的君君、臣臣、父父、子子的大"礼"，为帝王们开辟了一个随心所欲的理想境界。君叫臣死，臣不得不死呀！然而，老天何以还要造出一批不愿为臣为民的人来？他们稍不顺心，就落草为盗。打家劫舍便也罢了，偏偏还要坐地割据，觊觎他朱家的江山！眼下，新闯王李自成正在向大西北溃逃，而方飞龙却拥兵数万，在中原腹地割据，甚至敢于在光天化日之下，劫了官家法场！最使崇祯担忧的是，杏花岭离伏牛山也不远，一旦方飞龙和伏牛山的吕展联合起来，就很可能成为第二个高迎祥或李自成！那隐患一日不除，他便没有一日的安宁！周铁爵虽在奉旨练兵，且曾上书曰"不灭方盗，提头见帝"，忠心固然可嘉，然而，劫持方母的第一个回合不是已经输了吗？兵部杨景春力主招安，也许不失为上策。问题可能他是一厢情愿！方飞龙既怀杀父之仇，完全有可能借招安之机，诟骂朝廷，滥杀钦差。错走一步，就将招来天下臣民的耻笑！他在战与抚之间彷徨犹豫好一阵了，倒不是优柔寡断，而是想寻觅一个万全之策。

是战是抚，崇祯皇帝自己规定要在今天决策。参与决策立论的是兵部左侍郎杨景春和通政司裴晋。他昨天已传下旨去，在乾清宫秘密召见他们。此刻，召见的时辰将到，他便顾不及倒在地上啜泣的田贵妃和李美人，十分威严地向着侍立在耳房的太监们喝了一声："起驾乾清宫！"

杨景春和裴晋在乾清宫行了君臣大礼。

"二卿平身！"崇祯淡淡地说。

在大臣面前，崇祯始终恪守着一个信条，即把自己的喜爱和憎恶深深地埋藏起来。他知道各部大臣很少敢于拂逆圣意，他们站在他的面前，常常把很多心思用在察言观色上，不断地揣摩与反复地猜度，完全是为了奉顺或驾驭皇上。崇祯的一个极有效的应对方法，就是在他们面前不露一丝声色。

"战也罢，抚也罢，都关系社稷的安危。"他看着杨景春，"杨爱卿力主招安，然而，何以知道方匪一定能接受朕的招安呢？"

"自然，"杨景春一边应对，一边斟酌着字句，"方匪据杏岭之险，拥金汤之固,大小头目几近千员,屯兵五万,兵精粮足,若无优厚的条件,必不能受抚归顺。"

"说下去!"

"陛下若能给方飞龙三处实惠,臣能担保她称臣归降。"

崇祯听到"担保"二字,像三伏天喝了带冰的矿泉水,周身舒泰。不动刀兵,而使数万盗众归降,别说三个实惠,三百个又何惜之有! 此刻圣心活跃,而龙颜却依旧冷峻得就像一块铁。

杨景春见皇上没有反应,心中的隐忧加剧起来,只得硬着头皮继续启奏下去:"以臣愚见,方飞龙落草为盗,志不在谋夺江山。因先帝斩其父方卿于西郊,方盗一直耿耿于怀,以为狱系冤狱,渴望昭雪,昭雪无望,才铤而走险!"

"爱卿的意思,是要朕为方卿平反?"

"平反之时,还应发还家财,以示招安诚意!"

崇祯不置可否,却转脸去问裴晋:"这是左侍郎给方盗的第一个实惠,裴爱卿以为可行吗?"

"不可!"裴晋回答得很干脆,"倘若开了这样的先例,以后陛下斩了忤臣,其子其女,就都可以拥兵反叛,借此要挟朝廷,岂不变得谋反有理了吗? 臣以为,对于乱臣贼子,绝不能丝毫示弱!"

"陛下,招安绝不是示弱!"杨景春忙说。

"招安不示弱,用兵倒是示弱了?"裴晋反击说。

"二卿不必相争。"崇祯又看着杨景春,"其二呢?"

杨景春见皇上仍没有表露倾向,不觉沉吟起来。

"嗯?"

"臣不敢说。"

"此番君臣对策,原属绝密,何虑之有?"

"陛下得恕臣无罪。"

"恕尔无罪就是了!"

"要上杏花岭宣旨招安,需带一物,方保事半功倍。"

"何物?"

"内阁大学士罗林的头颅!"

崇祯一怔。抄斩了毕、方、陈以后,罗林在各地的势力急剧膨胀,崇祯对他越来越不放心,因而抑制罗林的欲望与日俱增。他不知道自己的这种心理是通过什么途径被杨景春揣摩到的,使他敢于这样直率地谏言。崇祯夸张地叫一声"啊",表示了自己的惊讶。

"方盗把罗林看作是不共戴天的杀父仇敌。提了他的头颅上山,方飞龙能不感恩戴德、粉身碎骨以报陛下吗? 罗林若能为国捐躯,也就使数万将士免遭涂炭了!"

"荒唐! 史无前例的荒唐!"裴晋愤愤的,"招安不成,罗大学士不就白送了一条命吗?"

杨景春悬河既开,就不再顾裴晋的非难,他继续说下去:"第三,敕封方飞龙为征讨大元帅,一俟招安,即赴伏牛山剿灭吕展。此一箭双雕之计,也是臣为陛下谋划的最终目标!"

崇祯默默不语,峻冷的面庞上漠然无光,好像他的思绪被什么牵引住了一样,呆呆地出了好一会神。然后,他凝眸裴晋,平板的语音依然没有任何情感。

"裴爱卿主战,然何以能战? 请道其详。"

"陛下!"裴晋不慌不忙地说,"任何一个朝代都不能容忍匪盗,更何况是叛逆! 区区杏花岭本不足为患,只因历次进剿,战将不力,反张扬了贼势。臣所举周铁爵,熟读兵书,深谙韬略,且有万夫不当之勇。"

崇祯外表虽然十分淡漠,可唇边瞬间即逝的笑意却泄露了天机。机灵的裴晋立即把它捕捉到了,精神为之一振,说话便更激昂慷慨起来:"以臣愚见,可从河南、湖广再调大军五万,委以周铁爵总督之职。以十万天兵之石,击五万乌合之卵,无往而不胜! 届时天威大振,而乱臣贼子闻风丧胆矣!"

"裴爱卿所论,左侍郎以为如何呢?"崇祯内心希望杨景春能够驳倒他。

"中原与湖广,近年来匪祸连绵。更况清军入塞骚扰,数次兵抵京畿,已深感兵力不足了。若再抽调大军向杏花岭,恐捉襟见肘,有弊无

389

利。臣又以为,剿山固然痛快,却会促成方盗与吕展的结盟合作!……"

崇祯似乎仍然无动于衷,但杨景春的心却产生了一种细微的感应,它因接收到了圣心的抽搐而狂跳起来。

"陛下,吕、方联手将导致无穷后患,切不可等闲视之!"杨景春趁机加码。

崇祯觉得,他们双方的论证几乎都滴水不漏。公说公有理,婆说婆有因。因而,要在抚与战之间马上做一个妥善的抉择,依然十分困难。他身体渐渐离开了龙椅,阴冷的目光越过大殿的红漆长窗,凝望着游云飘移的天空,然后双手背在身后,收回目光看着自己的脚尖,一步一步地踱了起来。

二位大臣屏息静气,唯恐在关键时刻干扰了圣上的决策。杨景春十分清楚,杏花岭进可攻,退可守。用兵太多,反挤不下;用兵太少,又吃不光。周铁爵虽善用兵,也未必是方飞龙、左渊的对手。现时,方飞龙给他创造了一个杀掉政敌罗林的机会,他的这个提了罗林首级上山招安的近乎荒唐的提议,是他多年来不断揣摩皇上心态的结果。让罗林体面地去死,也许最切合皇上的心境。这是他整个招安谏言的一个重要支点。一旦招安成了事实,则同时也拯救了方家的后代!所谓剿灭吕展之议,恰到好处地又为方家兄妹铺垫了一条为国立功,又从而可以恢复门庭、光宗耀祖的康庄大道。

裴晋因为乃父裴天相在方飞龙的手里,就摆脱不了那阴沉的心境,摆脱不了大白天也要来痛苦折磨他的噩梦。这个噩梦时常把他带到这样一个可怕的境地:老父裴天相在杏花岭上被开膛剖腹,成了祭剑或者祭旗的活牺牲!他恨不得周铁爵生擒了方飞龙,也好让他亲手将她挖心取肝。倘若招安了方飞龙,又倘若果真封了她什么征讨大元帅,那么,他裴晋就要与这些杀父的强盗同做一殿之臣了。这将是裴家洗不净的耻辱,他还有何脸面立足在这天地之间呢?

崇祯皇帝一直向前踱着,踱到了东南的墙角处,面壁静立了一会,又蓦地转过身来。眼光虽然仍旧迂滞,面肌却显然活络了许多。他一摆手,示意二位大臣过去。杨景春与裴晋几乎小跑着到他跟前。由于在墙角,他们君臣就都落入了灰色的阴影里。

"兵部开设武科,已经决出了武举一百零八人?"皇上问。

"是的。"杨景春回答,一面揣摩着皇上何以又另辟话题,"其中男七十八名,女三十名,文韬武略双全,而可封为上将的有十六名:男十,女六。"

"卿带名单来了吗?"

"是的!"

杨景春从袖中摸出一个名折呈上。崇祯展开名折,见前十六名赫然写着:

第一名:裴彩珍(女)	第二名:胡延扬
第三名:欧阳作明	第四名:骆丽红(女)
第五名:俞传海	第六名:丛念春
第七名:柏林森	第八名:徐逢渔
第九名:沈 铁	第十名:郑如画(女)
第十一名:张秀英(女)	第十二名:东野长青
第十三名:谢添燕(女)	第十四名:傅雪蓉(女)
第十五名:姚 鸣	第十六名:戈 良

"状元、探花、榜眼,还将在前十六名中比出。"杨景春补充说。

"武举第一名竟是一个女子?"

"启奏陛下,第一名裴彩珍,乃是臣妹。"裴晋说,"臣妹不仅刀法精奇,且善发暗器,可望今科夺魁。"

"哦?"崇祯饶感兴味,"令妹使的是何种暗器?"

"臣妹善发导血神针。指哪打哪,百发百中!若中一针,即能导血致干。臣妹身上又备有神石,非她亲手治救,则必死无疑!"

崇祯嘴角牵动了一下,阴冷的脸上再次浮露了一个漫不经心的微笑,眼睛闪烁了一下。杨景春和裴晋都意识到,皇上业已做出了某种决断,二人不禁都有点紧张起来。

"殿试何日举行?"

"初定于三月十五日。"

"就三月十五! 不过,朕想换一个考场。"他接着做了个果断的手势,一字一顿地说出了那个新考场的名字,"杏——花——岭。"

裴晋大为振奋:这也许意味着皇上已向自己一边倾斜,他偷偷看那杨景春,见他悻悻地把头垂了下去。

"裴爱卿即为朕拟旨。"

裴晋立即取出袖珍笔,记录要点。

"第一,"崇祯依然背着手,来回地踱步,"赐罗林死!……"

裴晋不慎把笔掉在了地上,捡起来写时,那字迹忽然斗折蛇行起来。

"第二,"崇祯继续道,"为方卿平反,发还家财;第三,封方飞龙荡寇征讨大元帅。"崇祯轻轻咳了一声,瞟着眼前的两位大臣,"招安的钦差,正使兵部左侍郎杨景春;副使通政司裴晋。"

"万岁! 万万岁!"二臣慌忙跪下叩谢。

"……仪仗随从,裴彩珍等共十六名。方飞龙若肯从旨归顺,旨到之日,即整编开拔,赴伏牛山讨伐吕贼;如方飞龙抗旨不遵,"崇祯停下脚步,猛然回身,直面杨、裴二人,"朕命裴彩珍等将方飞龙以下匪盗头领,就地正法,格杀勿论! 日后论功听封!"此外,又密令周铁爵,杏花岭刀兵起时,以狼烟为号,立即围山进剿,里应外合,务必一举拿下,"这便是朕之抚、战两兼之意。由二卿周密部署,不得有误!"

"臣遵旨!"

杨景春、裴晋不觉都用袍袖暗暗擦了擦沁在额上的密密细汗。

第二十一章　杏岭浴血

　　杨、裘一行十八人，在崇山峻岭中迂回盘桓几天后，终于找到了杏花渡。杏花岭此时正被如火如荼的杏花掩盖着。一条浑浊的大河，环绕山脚延伸，宽阔而湍急，显示着无穷的气势，河面上见不到一艘船。与彼岸艳丽的杏云相对照，河这边仿佛还没有摆脱隆冬的奴役，依旧十分萧瑟。偶然几株瘦树，从石缝中挣扎着向外生长，才为这崎岖的荒岭点缀了几片青绿。

　　河岸有几间草屋，一个龌龊的老头，正坐在门口，津津有味地啃着一只野猪脚爪。

　　"喂，老头！"裘彩珍喊了他一声。

　　"啊？"老头愣愣地望着她。

　　"还不快来见过两位老爷！"

　　"什么？要买两双草鞋？这里不长草呀！"

　　"这是钦差大臣！"

　　"什么大虫？又哪来的大虫呀？"

　　杨景春哭笑不得，这是在杏花渡唯一见到的人。在他看来，多半也是强盗！他猛地想起这些天来密探到的几句黑话，便亲自试探着问那老头。他说得很响、很慢，希望老头能听清楚。

　　"屋里有酒吗？"

　　"有！"老头说时从屋里抱出个皮球来，"是要这个球吗？"

“我是要喝的酒!”

“'黑的球'? 没有,只有这杏黄的!”

老头不再搭理他们,返身进了屋去。不多久,只听得丁零零的一串响声,从屋后飞出一支响箭,直往湖心岛射去。杨景春和裴晋相视一笑,凝望前面的湖心岛时,但见芦苇分处,一艘“浪里钻”射了出来。时未交夏,持桨的汉子业已穿了背心,光着两条古铜色的结实的膀子,嘴里唱着一支渔歌,与其说是唱,还不如说是号:

> 骑着老龙背,
> 挨着龙女睡!
> 任你天王老子来,
> 先要朝我拜八拜!

船离岸丈许,那汉子用力把竹篙插入河底,他一只手仍然握着篙子,船就像搁在浅滩上一样,纹丝不动。

“什么人?”他说话很干脆。

“我乃杨景春,方大王的故人!”

“果仁? 你这果仁能吃吗?”

“英雄见笑! 我们有急事,要求见大王。”

“今天山上理案,概不见客!”

“英雄你只管去通报,就说杨景春来了,她有天大的事也要放下来见我呢!”

“那好,你们就等着吧!”

汉子拔起篙来,双腿一使劲,“浪里钻”就在河中转了一百八十度大弯。他一篙下去,船尖立即裁开浊浪,箭一般地回山去了。

他们十八条人影仍留在光秃秃的山岩上,猎猎的山风吹拂着他们的衣袍。好久好久,不见船的影子。裴晋几乎失去了耐心,不断地发出轻吁。那装聋作痴的老头仍坐在太阳底下,细细地品嚼着他的野猪脚爪。

终于，河面上又传来了歌声，尽管仍然那样粗犷、不入调，但此番听来分外悦耳了。那汉子换了一艘大船来，让他们尽数登上，然后他小心地驾驶着船，在一条特殊的水道上航行。钦差们都隐隐地看见了许多粗细不等的钢缆、铁索，布防在深浅不同的水域中，那钢缆、铁索上捆扎着各种式样的尖刀和铁器，泛着泡沫的大堆水草下面悬挂着成串的水雷。二位大臣同时打了个寒噤，现在，连裴晋也相信了这一点：周铁爵的十万之众即使打到了环山河，要突破这凶险的河防，也绝非轻而易举之事！这又足见皇上"里应外合，中心开花"的战术是何等英明了。此时，杨、裴二位钦差都清楚地意识到了，皇上任命他们当钦差，实际上是把他们一起编进了"敢死队"！一旦"中心开花"起来，他们难道还能生还吗？自然，皇上之意，仍是要他们多在游说招安上下功夫，这也就是所谓背水一战、置之死地而后生的妙法了！杨景春似乎胸有成竹。而裴晋，虽然强烈主战，但一编进"敢死队"，他对开战的局面，想来就感到不寒而栗！

他们在沐雨堂登岸。

刚上岸，立即闻到了杏花浓郁的芬芳。杨景春猛然见一个少年从花径中走过来，来到他的面前，躬身一礼，道："表伯大人在上，小侄这厢有礼了！"

杨景春慌忙扶他起来，仔细看时，却是方侗，便笑了起来："我道是谁，原是贤侄！"

方侗感到杨景春背后，有一双眼睛在瞟着他。他一眼就认出了她，不觉心中一热，赶紧也到她跟前施了礼："姐姐，别来无恙！"

裴彩珍冷冷地别过头去。

"姐姐，我是方侗呀，你不认识我了？"

"我认识的是方侗，可不是强盗！"

"哎呀，我何尝是强盗！"方侗红了脸，"只因那阵子，被……"本想说"被老裴"，忽觉不妥，便在舌尖上打了个滚，改口道，"被……被人逼得走投无路，不得已才到山上来借居做客！其实，我人在山上，心中一直想着，哪一天皇恩浩荡，能把我们都招安了去，为国家效力才好呢！"

杨景春哈哈大笑着:"飞凤侄女也有这样的心吗?"

"反正我和母亲,还有大哥,都这样劝导她。可她听了,总是一笑了之,也不知她心里究竟是怎么想的!不过,她是十分敬爱你的,表伯父你的一句话,怕抵得上我们的千言万语呢!"

杨景春捋着他黑黑的长髯,踌躇满志地说:"走,我们正是为了这事才上山来的!"

"好,我带你们去见妹妹!——不过,有一事还得委屈诸位,按照山章,得把你们的眼睛蒙上!"

众人立即大哗起来,徐逢渔道:"我们被蒙了眼,也便罢了,可二位大人是钦差,还成什么体统?"

方侗面有难色:"诸位有所不知,山上摆着的是一个'天方阵'。那杏林深处、洞前穴后,有许多眼睛监视着山道,凡是生人登山,又没蒙眼的,按照阵主的规定,格杀勿论!"

裘晋立即摆了摆手:"罢了,罢了!我们就委屈一下吧!"

于是,方侗招来了一批喽啰,他们用黑布蒙了众人的眼,同时,每人搀引一个,开始登山。

方侗拉着裘彩珍,偷偷把她嫩滑的小手握在手里。裘彩珍并不拒绝,方侗不禁大为振奋,看着她略带红晕的脸,心里越发热烘烘的。裘彩珍也仿佛感觉到他在瞧她,她侧过脸来,温情脉脉地小声问:"侗弟,那夜的饭菜还可口吗?也不知能不能填饱你的肚子!"

"我还从来没有吃过那样可口的饭菜!"方侗把她的手扪在自己的胸前,"你感觉到了吗?你的那对玉镯,一直藏在我的怀里!不,藏在我的心里!"

裘彩珍的脸红得更厉害了,却又嫣然一笑,露出了两排细白的贝齿。

"侗弟,"她忽又问,"倘若我和你妹妹打架,你帮我呢,还是帮她?"

方侗笑了一笑:"哪能呢?"

"要是真的打了起来呢?"

方侗默然不语。

"你快说呀!"裘彩珍偏又逗他,"熊掌与鱼不能兼得,你到底选择哪一样?"

"二者不能兼得,也许我什么都得不到了!"他怔怔地说。

"怎么,你想逃跑,让我们俩在刀光剑影中自相残杀?"

"不。我就站在你们中间,用胸脯挡着你的刀,用脊梁挡着她的剑,让你们先在我身上戳几个窟窿也好!"

裘彩珍不禁喃喃地自语道:"那么,但愿我们不要打架! ……"

他们转弯抹角,走了一两个时辰,才到了聚义厅前面的露台上。喽啰们为他们摘去蒙布,就在这一瞬间,裘晋却惨叫了一声!彩珍一时不知发生了什么,忙跑过去抱住了他摇摇欲倒的躯体:"哥,你怎么啦?"

裘晋并不顾她,只是向露台中央冲去,裘彩珍回头看时,也惊叫了一声。那露台中央,结结实实捆绑着一个人,正是久违了的老父裘天相!

"爹!"他们狂呼着蹿过去。

"我的儿!"裘天相举起失神的双目,泪流满面地望着他们。

杨景春心中立即一凛,虽然处斩裘天相是山上原定的安排,对于他们一行并不意味着什么,然而,一旦裘天相人头落地,也就失却了和谐的招安气氛。于是杨景春高呼着踏进聚义厅:"贤侄女,刀下留人哪!"

一言提醒了裘晋和众人,他们也跟进聚义厅,齐声说:"刀下留人!刀下留人哪!"

只有裘彩珍仍然在露台上。她左膝跪地,为父亲抹着泪痕。她对父亲平日的所作所为,虽然甚是不以为然,但现时见他老泪纵横,命在旦夕,也足使她芳心破碎了!

"爹,我们一定把你救出去!"她见父亲眼中充满了疑虑,又安慰他道,"你尽管放心,我们身负皇命,前来招安,不怕他们不放人!"

"要是方飞龙不愿招安呢?"

裘彩珍见身旁无人,便暗暗地向父亲做了一个杀头的手势。

裘天相眼中闪亮了一下,随即又痛苦地摇了摇头,哀吟着:"我知道你喜欢方侗,只怕你到时就心软手颤了!"

"爹!"裘彩珍坚定地说,"忠和义不能两全时,女儿唯有尽忠而已!"

说毕,裘彩珍离了父亲,也进了聚义厅,见众头领烘云托月般地簇拥着一位巾帼强人。她眉清目秀,唇红齿白,眉宇之间隐隐透着一股飒爽英气。造物主何其偏心,似乎把所有女人的秀丽娇媚以及所有男人的英武潇洒都慷慨地赐予了她一个人。彩珍虽然被人称惯了"金枝玉叶",相比之下,却有一种莫名的自卑感油然而生,她不禁酸溜溜地暗自冷笑一声,心里阴沉地想着:这聚义厅上,连方侗在内也不过十个头领,而她却指挥着十五名都想夺取武魁的高手,要是打起架来,只要她一摆手,也许费不了一顿饭的工夫,就能让这聚义厅喋血横尸!到时,看你方飞龙如何跪在我的面前苦苦哭求!

这时,方飞凤已离开虎皮交椅。她尽管一身大王打扮,但让初次见面的人都感觉到了,在她威武肃穆的外表掩盖下的那种纯真、活泼,以及不可多得的自然。她缓缓地向前走了两步:"诸公既然都说裘天相是个好人,姑且饶他不斩。只不过表伯大人远道而来,不知有何见教?"

杨景春见方飞凤和颜悦色,似乎丝毫没有恼意,便放下心来。他思量着,不如先放一个色彩诱人的气球:"太平庄一别,已有半载。当初曾邀请二位贤侄参加今科武举……"

"是的,是的!"飞凤立即想起了家中举行豹肉宴的情景,脸上漾起了快乐的微笑。

"武场虽开,不能尽如人意,始感将才难求!何况国家正值多事之秋,因而老朽执意要保举贤侄为将!……"

飞凤的思绪从遥远的地方收拢过来,眼光凝视着杨景春,静静地听他游说。

"一旦拜为大将,毕生荣华富贵!有这样的一天,尔父也瞑目九

398

泉了！"

　　杨景春等待着飞凤的反应，聚义厅上所有的眼光都射向了她，一个长长的、莫测的沉默降落在他们中间。

　　一个闪亮的光点在飞凤的眸子上掠过。善于揣摩别人心态的杨景春，却并没有捕捉到它的含义。相反，预先准备好的说辞，在方飞凤的沉默面前，却变成了一大堆乱麻，竟不知哪一句最能切中飞凤的心境。

　　"当今皇上圣明，求贤若渴！"裴晋打破了难堪的寂静，"以方大王之文韬武略，若埋没于杏花岭这污秽遗臭之地，殊为可惜了！"

　　裴晋即使为自身计，此时也不得不积极促成招安，他"污秽遗臭"之语刚出口，自感有点失言。果然，厅上众头领都在对他怒目而视了。

　　"裴大人，"方飞凤道，"你没见山前山后杏花如荼、花气袭人吗？如此芬芳净洁之地，在你眼里怎么就'污秽遗臭'了呢？"

　　"恕我直言，"裴晋道，"当了强盗，总是为人不齿的！"

　　"是的！"飞凤静静地站在虎皮椅的前面，唇上挂着自若而深沉的微笑，"不必讳言，我们偷过、抢过，是贼，是强盗！可是你们这些高官厚禄的贵人，不也成天价在偷、在抢吗？又何异于盗贼？"

　　"大王，有偷盗劣迹的，又何能做官？"

　　"哈哈……"飞凤笑道，"我说一件奇事给你听。某一个朝廷命官的父亲，为了抢夺别人的稀世珍宝，把侍奉他的丫鬟奸了、杀了，又移花接木，嫁祸于宝物的主人。县主办案，逼他把宝物贿赂他，然后不惜枉法，铸成冤狱。这样的贼，这样的盗，你们官场中还少吗？"

　　"贪赃枉法的事，自然有，但为大明法典所不容！"

　　"哦？淫环杀人，诬良为奸，按大明法典，当处何刑呢？"

　　"斩！"

　　"裴大人说要斩，自然不错！"飞凤说完，从桌上拔了一根令箭，扔在地下，道，"本大王也不过替天行道而已！"

　　一个刀斧子捡起了令箭。裴晋不知道方飞凤的"奇事"指的是谁，愣愣地十分纳罕。这时飞凤又从桌上一个嵌宝包金的首饰箱中拿出一座毫光四射的珍珠塔来:"这座珍珠塔,就是这个故事的见证!"

"珍珠塔!"

裘晋感到头皮一阵发麻,立即猜想到她指的是谁了,一个可怕的联想闯进他的意识。果不然,厅外一声锣响,那个刀斧手提着裘天相的首级上厅来复命。

"你——"裘晋脸色惨白,气得浑身筛糠一般抖动着。

裘彩珍哇地哭叫了一声,就昏了过去。方侗立即上前把她扶起来,为她输气点穴,同时,又恶狠狠地瞟了飞凤一眼。

飞凤见到二哥异样的眼光,心中也是一怔。她完全不知道这个女使臣是谁,她也很美,二哥为她的昏厥如此动容,抑或出乎英雄惜美人的情感?但也有一缕别样的联想在心中一闪,她还没来得及捕捉到,裘彩珍已经苏醒了。她一睁开眼睛,立即挣脱了方侗的怀抱,咬牙切齿地指着方飞凤:"我和你誓不两立!"

裘彩珍说时,手摸在她的腰带上。杨景春大吃一惊,立即喝一声:"放肆!"

裘彩珍无可奈何,就捂着脸哭了起来。

杨景春明白,他在开读圣旨之前,故意放的一个五彩缤纷的试探气球,已被方飞凤无情地戳破了!她肯定已经猜到了他们的来意,她强硬地处斩裘天相,实际上巧妙地向他们关闭了招安的大门。这聚义厅上,尸横血溅的残酷前景恐怕难以避免,杨景春把心中的一声叹息化成了一次深深的呼吸。

方飞凤并不言语,慢慢地坐了下来。刚抬头,见方侗扶着母亲,陪同大哥,一起进了聚义厅。杨景春已经萎缩的精神又陡地增长起来,这也许是老天爷给他扭转乾坤的唯一机会了,他连忙迎着方母走去。

"啊,弟妹! ……"

"景春!"方母眼中闪动着泪花,"你若不来呢,我也要派人找你去了!"

"有事只管吩咐便了!"

"景春,我方家难道就在这杏花岭上当一辈子强盗不成?你就没有办法,在圣驾面前疏通招安吗?"

"慢来、慢来!"杨景春大喜过望,不等方母说完,就吩咐欧阳作明把一个木盒打开。

盒子里装着一颗人头,方母吓得变了脸色。

"你道他是谁? 乃是陷害方吏部的内阁大学士罗林。万岁已洞察他的奸心,把他斩首了。方吏部冤情既明,万岁已下旨为他平反昭雪。此外,还有一桩更大的喜事,要恭贺弟妹呢!"

"快说,还有何喜?"方母听了,激动万分。

"皇上敕封了飞凤侄女为荡寇征讨大元帅!"

这时,杨景春才摸出圣旨来:"弟妹,下官正是上山来宣旨的呀!"

"阿弥陀佛!"方母流下了眼泪,"凤儿,怎么还不快快焚香接旨哪?"

方俊对着飞凤深深地一躬道:"好妹妹,我们这十年中,孜孜所求的,不就是除奸报国吗? 如今皇恩浩荡,不仅奸佞已灭,还敕封妹妹为大元帅,其贵其荣,杏花岭怎能攀比?"

方飞凤听了大哥这几句话,不觉悲从中来,挂下一串珠泪:"大哥,当今这世上,窃钩者杀头,窃国者封侯! 朝廷之卑鄙,杨大人、裘大人心中不会不清楚,只是不便说罢了;官场之龌龊,大哥吃了那么多苦头,难道还不清楚吗?"

方侗忍不住叫了起来:"妹妹说这些话有什么意思? 现在朝廷给了我们一个改邪归正的机会,我们怎能眼巴巴坐失良机? 俗话说,机不可失,时不再来哪!"

左渊在一旁,乜了飞凤一眼,他抚弄着剑穗,笃悠悠地说:"龙姐,有这么多人劝你招安,又有这样一位好伯父,真正的朝中有人好做官哩! 不若跪下投降了他们,去享受荣华富贵吧!"

方飞凤狠狠地白了他一眼。

"侗儿,你去预备香案,她不接旨,我接!"方母说。

"慢!"飞凤转向杨景春,她的面容仍未改变冰冷的、拒人千里之外的表情,"敕封我为荡寇征讨大元帅,表伯大人,不知征讨谁呀?"

"闯王高迎祥业已伏诛,近日李自成接了闯王之位,可也溃不成军,自然不足为患了,唯有伏牛山吕展颇有声势。但区区吕展,又如何是贤侄的对手呢?"

"哦,你们要我去剿灭吕展! 那么,你们知道吕展是谁吗?"

"闯贼一样的流寇而已!"

"岂止是'流寇'? 还是我的舅舅!"

杨景春不禁倒抽了一口凉气:"他? 陈又新?"

"让外甥去追剿舅舅,好主意!"

"你尽管去!"方母接口说,"我也随了你去! 索性也在阵前劝他投降了,不是更好吗?"

"妈,你知道他是绝不肯招安的,他们不过借了我的刀去杀舅舅,或者借了舅舅的刀来杀我罢了! 妈,当我杀不了舅舅时,回来还不是一样的一刀之罪! 那皇帝的心肠,比蛇蝎还毒几分呢!"

"啪!"一个耳光重重地落到了飞凤白皙的脸颊上,那里立即泛出了几道红红的指印。方母一手抓住杨景春,一手抓住了裘晋,愤愤地说:"走,我下山跟着两位大人自首去!"

"妈!"飞凤忍住了泪水。

"俊儿,侗儿,都下山! 我们生是大明的臣,死也是大明的鬼!"

杨景春心中暗暗地抱怨着方母:当着这么多客人扇了飞凤一个耳光,等于把一切招安的通道都堵塞了! 看来,杏花岭招安,也许不是人力所能挽回的了。想到马上要血溅聚义厅,不觉又长叹了一声。

裘彩珍见方母拖着两位大人下山,正中下怀。钦差离开战场也正是时候! 为防不测,她吩咐俞传海、戈良保着他们。

方母痛苦地哭泣着,但她心里十分清楚,就这样下山自首,无疑是去送死。不过,她仍然相信自己的女儿会追出来,会流着眼泪苦苦哀求她。当她明白完全无法阻挡母亲的行动时,她必定就同意招安了!

但是,方母没有想到,飞凤并不需要追她。她只向彭通丢了个眼色,彭通便心领神会,立即出聚义厅,到塔台上去发信号,把一切可能出山的船只控制了起来。

402

"大王!"宋亦雄谏道,"既然方夫人执意下山,不若招安了也好!"

飞凤拔出龙渊,把案桌一挥两半,厉声道:"再言招安,就叫他像这桌子一样!"

裘彩珍冷笑一声,阴沉的话同时从她的嘴里飘了出来:"现在你想要招安,也没份了!"

说时一摆手,在场的人同时把腰带松开。原来,他们的兵器是特制的软刀软剑,伪装成了腰带,系在身上。裘彩珍记恨父仇,便直取飞凤。卜天鹏挺丈八蛇矛,拦路一横。裘彩珍不得已先战起"摇头狮子"来。柏林森、东野长青离方飞凤、左渊最近,他们就盯住了两位大王。杏花岭诸头领气得哇哇直叫,纷纷亮出家什。当时米魁接住了欧阳作明、丛念春;崔定接住了徐逢渔、沈铁;宋亦雄接住了胡延扬、姚鸣;这天恰逢冯刚回山述职,王荣也正好应邀前来参加对裘天相的审问,他们两个就与四位女杰对阵。她们是郑如画、骆丽红、谢添燕、傅雪蓉。只张秀英一人,把那些没本事的刀斧手、捆绑手杀尽了,然后从聚义厅后门偷偷溜上山顶去放狼烟,以便与周铁爵联络。

柏林森是十六人中唯一没有拿软剑的人,他把一对判官笔藏在袖中。此时,就对方飞凤使了一路"魏碑"。笔锋凌厉、刚劲挺拔。那笔尖涂过毒药,黑如墨碳,沾肤即死。飞凤的龙渊虽然厉害,却很难削到他的短兵器,和他争执了几个回合,竟也相持不下。

裘彩珍趾高气扬,不一会,和她对战的卜天鹏前胸已鲜血淋漓。飞凤一眼窥见了,心中十分惊疑。裘彩珍忽又舍了卜天鹏,去和姚鸣、胡延扬交换了对手,也不过一会工夫,与她交战的宋亦雄也渐渐地沁出血来。飞凤知裘彩珍必有暗道,便想尽快解决柏林森,好去对付她。于是,她故意放慢剑速,露出破绽,让柏林森左笔直欺过来。柏林森好不得意!忽见飞凤两腿交叠,急待闪避时,已经来不及,被"裙里腿"踢中腰间,不觉向后踉跄了几步,跌倒在地。飞凤箭步上前,正要结果他时,柏林森忽然一个"鲤鱼打挺",跳了起来。他靠着浓厚的金钟罩铁布衫的功夫,竟没有受伤。刚站直,便又一路"狂草",龙飞蛇舞般把飞凤紧紧裹住。

东野长青占了先发之利,使左渊没有来得及拔出宝剑,左二爷毫不畏惧,使出"徒手夺白刃"的手段,与他周旋。东野的软剑也着实了得!左渊右手已几次触及剑柄,都被他逼开。左渊怒从心起,忽然身子一矮,袖袍一抖,东野尚未弄清路数,胸口已受了一拳。这原是了了禅师独传给左渊的看家本领:袖中拳。东野受拳,只感胸口一阵剧痛,稍一运气,立即喷出一口血来。左渊趁机拔出了太阿。

忽然之间,卜天鹏大叫一声,咕咚摔倒在地,他满身鲜血,脸如白蜡。姚鸣、胡延扬嘿嘿一笑,他们见四位女杰战不下冯刚、王荣,便加入了那里的战团。飞凤一阵心酸,疾呼一声,剑尖指着柏林森咽喉,用其气定住了他全身。运用这种功夫,极伤内气,几个时辰之内也只能使用一次,照例应在迫不得已时使用,只因飞凤见卜天鹏倒地,一心想尽快对付裴彩珍,就顾不得许多,用了再说。柏林森既不能动弹,她就毫不留情,把剑尖插进了他的心口,拔出剑时,尸不扑倒,那剑洞的鲜血像喷泉一般喷了出来。恰在此时,左渊一剑削了东野半个脑袋,不约而同来寻裴彩珍。裴彩珍此时又换了米魁对阵,见方、左朝她奔来,她笑喊一声:"来得正好!"弃了米魁,双刀分别指着飞凤和左渊。只战了三个回合,彩珍觉得手上一震,看两口刀时,只剩了两个把柄,不觉吓白了脸,返身就往聚义厅外窜逃!飞凤、左渊怎能饶得了她?风也似的追了出去。

杏花岭上虽然人多势众,但头领以下的各级头目都在自己的防区镇守。聚义厅今天审问裴天相,谁都没想到会发生这样的变故。虽然聚义厅已血流成河,但没有人发觉,没有人前来援救,只一会工夫,杏花岭几位头领已处在绝对劣势之下。

连彭通也浑然不晓那里发生的一切,他上杏花塔挂起了信号,刚下塔台,忽见一女使臣在那里堆起一堆干柴,并用硝磺等物,引起了浓烟烈火。他便大喝了一声:"呔!"

话音未绝,一支飞镖已向他鼻梁奔来。彭通起手刚接住,张秀英已经亮出软剑,站在他数丈远处。她欺彭通手中没有兵器,持剑对他削来。彭通并不闪让,冷不防把手中的飞镖一扬,只因距离太近,张秀英无法闪躲,飞中了她手腕,那软剑也就落在地上了。彭通也不顾她,只管去扑灭焰火。张秀英抓住他衣服去阻拦,两人就扭翻在地。

彭通五大三粗,张秀英十分娇小,哪里是他的对手!彭通很快压到了她的身上。

"你们就要全军覆没了!投降吧!"她气喘吁吁地说。

彭通跳起来,把她两条小腿握在手里。

"呸!究竟谁投降谁!"

他说时用力一撕,把个张秀英活生生地撕作两半,然后他就抢着尸首去扑火,一眨眼,只见五脏涂地,六腑狼藉!火是小了,烟却更浓了。彭通想到聚义厅必有凶险,就直奔而去。

方母一行,正在半山腰。方俊偶尔回首,见山顶上浓烟滚滚,不觉傻了眼。

"妈,山顶上失火啦!"

众人停了脚步,纷纷转身观望。方侗忽然叫了声:"不好!"

"莫不是裴小姐和飞凤打起来了?"他说。

"我看不会。"裴晋故意这样说,他想的只是尽快离山。

"也许,彩珍说服了飞凤,她们烧了聚义厅,准备一起下山呢!"杨景春说。

"阿弥陀佛,这样就好了!"方母说。

"要是真的打起来,可不得了!"方侗仍然顾虑重重,眼睛落在戈良的腰间。他突然犯起疑来,冷不防去扯他的腰带,一下触动了机栝,腰带立即弹开,化成了一把软剑。

"你们暗藏着兵器!"方侗厉声说,"莫非存心要来算计飞凤吗?"

杨、裴二人默然无语。

方侗用软剑指着裴晋道:"你也害了自己的妹妹!飞凤、左渊的宝剑削铁如泥,削了她的兵器,三个裴彩珍也打不过一个方飞凤!"

"是吗?是吗?"裴晋惊恐万状。

"倘若三个回合削不了她的双刀,妈,妹妹就要满身是伤了!"

方母、方俊吓得目瞪口呆。

"你们这帮狗强盗,死干净了才好呢!"俞传海也亮出了软剑。方侗大怒,反身直刺俞传海。戈良要去助战,裴晋忙把他拦住。一是他没有了软剑,二是需要有人看住方母、方俊。倘若他们脱不了身,这两名人质,就是一张与方飞龙讨价还价的绝好王牌。

方侗见俞传海剑术甚是老辣,一时还胜不了他,便故意逃入杏林。俞传海紧追不舍,方侗绕着"之"字形的线路逃跑,俞传海贪快,取直径追杀。刚追几步,只听轰的一声,触了暗雷。硝烟散时,方侗已提着俞传海的首级出了杏林。

"照!"

方侗将首级向裴晋掷去,裴晋又没有武功,如何避得开?正中面庞,弄得满脸血污! 方侗趁机近前,来掀杨景春的黑髯,却被戈良接住。戈良的武功原是十六人中最差的一个,若各执兵器,或许还能与方侗斗上几十回合,如今他徒手来敌方侗,只几回合,就被方侗一剑挥作两段!

方侗又用重手法点了杨景春和裴晋的穴道,使他们动弹不得,也不顾母亲、大哥,飞一般直向聚义厅而去。

他一路上,只记挂着裴彩珍。那红润的脸庞、多情的媚眼,以及娇嗔的小嘴,那桶子鸡,那粢饭……不时在他脑中作极生动的闪回。他忍不住把手伸进怀中,摸着那一对被他体温烘热了的玉镯。彩珍刚才还在喃喃自语,不要与妹妹打架,难道真要他用自己的身子,为她去阻挡妹妹的剑,或为妹妹抵住她的刀吗?

方侗急匆匆地刚到聚义厅外的露台底下,蓦地看见一个婀娜的身影一闪,正是裴彩珍。她像一只被鹰隼追逐的小兔,瞪大了无限恐惧的眼睛,可怜兮兮,气喘吁吁! 他刚才握过的那一双嫩滑的小手中,只捏着两个刀柄了。飞凤、左渊接踵追至时,他看见他们的胸部腹部沁着鲜血。裴彩珍背靠露台的石墙,已无路可逃。闪亮的太阿、龙渊分别指着她的两肋。方侗还没来得及呼叫一声,已见两剑从裴彩珍两肋插入,只听飞凤、左渊同时喊了一声:"嗨!"剑刃早把裴彩珍纵剖成两半! 他见到一块被鲜血染红了的装着磁章的锦盒,从她怀中跌落下来,骨碌碌滚到了自己的脚旁。

方侗怒吼一声,同时绕过墙角,唰唰唰软剑急雨般直刺飞凤、左渊,他仿佛玩命似的,全不顾及自己的防护,招招是进攻的路数,似乎必欲置二人于死地而后快!

"二哥!"飞凤大叫一声,脸色也变了。

"贤弟,你怎么了?"左渊也连连后退。

"你们混账!"

方侗声泪俱下,而剑招愈快。但飞凤、左渊仍不接招,只是避让。

隐隐地,传来了炮声。飞凤惊魂不定,估计周铁爵要配合着进攻了,心中十分烦恼。这时左渊一侧身,避过方侗一剑。只因方侗用力过猛,剑刺入了一棵老榆粗大的树干,一时没拔出来。飞凤趁机点中了他的肩井穴。

"走!"飞凤招呼左渊,她心中惦记着聚义厅。走了两步,不禁又回头,愤愤地对方侗说:"二哥,我看你才疯了、痴了! 你就这么待着吧!今天我使的只是轻手法,半个时辰穴道自解,到时,留山离山,你自己请便!"

二人回到聚义厅,继续参与混战,直到最后一个敌人在飞凤剑下扑倒时,方有那死一般的寂静替代了战斗的嘈杂。空气中弥散着浓烈的腥味,血,流动的,或者凝固的血,通过折射,把四壁粉墙都染成了绯红。那座价值连城的珍珠塔,已经一跌两断,一半沉浸在血泊之中,另一半跳到了静静地躺着的谢铁燕的脸旁,正吻着她的雪颊。只有柏林森仍然圆瞪着环眼,威武地站在那里,他手中的判官笔仿佛还想狂书,那笔尖底下似乎有着写不完的文章。

飞凤用手探了探卜天鹏的鼻息,已经气绝。米魁、宋亦雄的衣衫已被血液染湿,虽然还有一丝脉息,看来也全不中用了。崔定断了左臂,王荣、冯刚也身受重伤,昏迷不醒。只有彭通坐在血地上,呆呆地一语不发。飞凤知道他穴道被闭,就在他天灵盖上一拍,彭通立即跳起身来。

"大王! 左二爷!"铁塔般粗壮的汉子悲哽着说不出话来。

"你没伤吗?"

彭通活动了一下躯体四肢:"老天保佑!"

飞凤觉得自己的心凄楚得快要把胸膛胀破,她的手和脚大约都是冰凉的。

"众头领中,就你一个完好的了!"左渊说。

刚说完这句话,左渊觉着一阵天旋地转,身体晃了几晃,飞凤一手把他扶住。

"左二爷,你感到怎样了?"

"还好,就是头晕。"

飞凤也感到失血的眩晕正在向她袭来,头部沉甸甸的,双眼枯涩,同时感到浑身上下直冒虚汗。

"你得马上办几件事!"她对彭通说,"先派几个弟兄从坑道出后山,火速去伏牛山向吕展大王求援!并立刻通知各营,告诉他们的头领,聚义厅遭到了重创,一切军务均由副头领掌管。同时,速速叫些弟兄来,把厅上有口气的头领包扎好,送到平屋洞去养伤。然后,你再回到塔台,由你协调各营作战!"

"我?"

"是的! 我和左二爷都已负了重伤。倘若方飞龙和左二爷有了三长两短,这'方'字大纛你就改作'彭'吧!"

"不!"彭通泪如泉涌,"这大纛永远写着'方'字!"

彭通刚要走,飞凤又忽然把他叫住,她从案桌的抽屉中取出一本册页来。

"杏花岭一应布阵,上面都有详尽的说明和图解,所有口诀,你要尽快背熟。"

"是! 不过,大王能先剖示一二吗?"

"你记住了,整个大阵恰似一头凶狠的豹子,白虎冈是它的头,金鸡墩、凤凰山是前爪,百丈峰、千里崖是后爪,杏花岭则是豹尾。敌军攻我一翼,则头尾响应,攻头则四爪相接。敌若分兵,同时攻我头与两翼,豹尾反而十分灵活,可择其弱处,倒卷横扫,尽可各个击破!"

"大王放心吧,有彭通在,就有山寨!"

飞凤凄然一笑,看着彭通飞快离去。这时她更觉四肢无力,口中干燥,金色的小蝌蚪开始在眼前飞舞游动,她勉强把左渊扶到杏林内,让他躺倒在松软的地上。她为他解开了衣裤,又撕下了自己的一角裙子,擦着他胸脯和腹部的血渍。她看到了一二十处出血点,源源地向外流着鲜血,就不知道如何去制止血流,无论包扎、按压都无济于事。她的心一阵痉挛。痛苦,就像一根紧扎在她心上的细铁丝,缠了又缠,收了又收。她把自己的衣服也解开,露出了晶莹、光洁的肌肤,她也检查了一下自己,身上同样的出血点也有十余处。

"渊,你晕得很厉害吗?"她捧着左渊的脸。

左渊困乏得失去了说话的力气,他含情脉脉地望着飞凤。飞凤俯下身去,失血的双唇吻着他。一串滚烫的泪珠,沿着她的鼻梁、唇角,流进了他的唇间。

好长好长的吻。然后,她就枕着他的胳膊,睡在他身旁。

一阵春风吹过,摇落了无数杏花,它们撒在飞凤和左渊的身上,像要把他们埋起来。

飞凤索性闭上了眼。立即,她看到了许多美好的事物,听到了许多美好的声音。有镇江金山寺的,也有祥符太平庄的。其中最令她欣喜神往的,恐怕还是那次红烧豹肉宴……

血一样的残阳已把整个山峦染红。

他们躺在一起。

又一阵轻风,又一阵花雨,杏花的花瓣把他们埋得更深了。

恍惚之间,飞凤从山风中听到了一个隐隐的呼唤:"妹妹!……飞凤妹妹!……"

好像是二哥方侗。